Carolina Garcia-Aguilera

Die Beretta steht ihr gut

Carolina Garcia-Aguilera

Die Beretta steht ihr gut

Ein Lupe-Solano-Thriller

Aus dem Amerikanischen
von Michaela Grabinger

LIMES

Die Originalausgabe erschien 1996
unter dem Titel *Bloody Waters* bei
G. P. Putnam's Sons, New York

1 2 3 4 5 99 98 97

Satz: Röck, Weinsberg
Druck und Bindung: Wiener Verlag, Himberg

ISBN 3-8090-2416-3

Miami, Juli 1993

Elio Betancourt trug den Strohkorb zur Bibliothek; vor der Glastür blieb er kurz stehen und sah nach, ob das Baby noch schlief. Er wollte dem drinnen wartenden Paar kein brüllendes Kind überreichen – womöglich würden die beiden es sich dann anders überlegen.

Vorsichtig, um es nicht zu wecken, legte er dem kleinen Mädchen die Hand neben den Mund, öffnete die Faust des Kindes und schob ihm den Daumen zwischen die Lippen. Sah wirklich herzerweichend aus. Selbst jetzt, am Schluß, war Präsentation alles.

Elio genehmigte sich ein paar Sekunden und bewunderte seine Inszenierung. Das Baby, die Bibliothek hinter der Glastür – alles aus Mahagoni und Leder, viele Reihen beeindruckender Bücher, die er nach ihrem Aussehen ausgewählt und pfundweise gekauft hatte – einfach perfekt. Er trat mit dramatischer Geste ein, den Korb wie ein Weihnachtsgeschenk in beiden Händen haltend. Die Klienten standen erwartungsvoll auf und stießen dabei vor lauter Eifer aneinander.

Er, José Antonio Moreno, war Finanzmakler, der ein Vermögen mit costaricanischen Auslandskonten gemacht hatte. Seine Frau Lucia war jünger als ihr Mann. Sie war schön, doch mehrere vergebliche Versuche, ein Kind zu bekommen, hatten Kummerfalten um Augen und Mund gegraben.

»O Liebling, sieh nur, wie süß sie ist!« sagte Lucia mit ihrer

leicht heiseren Stimme, lachte und sah Betancourt an, als wäre er ihr bester Freund. »Darf ich sie mal halten, Elio?«
José Antonio hüstelte verlegen und strich sich mit der Hand durchs schüttere Haar. »Natürlich darfst du, Schätzchen«, sagte er, den Blick ebenfalls auf Betancourt gerichtet. »Sie gehört jetzt uns.«
Damit war der Handel unter Dach und Fach. Nun stand der heikle Teil an: das Geld. Elio hatte bereits fünfundzwanzigtausend bekommen; jetzt war der Rest fällig. Er räusperte sich. *Schon gut, das reicht. Nehmt das Kind und haut ab!*
Nichts. Er räusperte sich noch einmal, doppelt so laut und doppelt so lang. Immer noch nichts. Er schob die Hände in die Hosentaschen und seufzte ungeduldig auf.
José Antonio griff in seine Tasche und zog einen ungefähr fünf Zentimeter dicken Packpapierumschlag hervor. »Das ist für Sie«, sagte er und gab ihn Betancourt.
Der steinreiche Typ hatte an seinem Geld festgehalten, bis zur allerletzten Sekunde – als würde es in seiner Tasche noch ein paar Zinsen bringen. Betancourt wog den Umschlag in der Hand, verfluchte den Tag, an dem das Finanzministerium aufgehört hatte, große Scheine drucken zu lassen, und beschloß, es nicht sofort nachzuzählen. Dazu hatte er einfach zuviel Klasse.
»Also dann«, sagte Elio. »Es wird allmählich Zeit.«
Lucia bekam nichts mehr mit. Sie war völlig hingerissen von dem sabbernden Baby, das sie gerade zu einem Lächeln zu bringen versuchte. Dafür hatte José Antonio noch genug Gespür, um zu merken, daß Elio sie loshaben wollte. Nach endlosen Abschieds- und Dankesfloskeln stiegen sie in ihren azurblauen Jaguar, und die Frau legte das Baby vorsichtig in einen vorbereiteten Kindersitz. Mann, die hatten wirklich an alles gedacht! Eine ganze Minute wartete Elio im Vorraum, lauschte, bis das Motorengeräusch leiser wur-

de, und ging dann hinaus. Der Kies, der die Auffahrt bedeckte, knirschte unter seinen Füßen.

Nach einem anstrengenden Morgen wie diesem hatte Elio keinerlei Lust auf seine tägliche Suche nach dem *Miami Herald*. Seiner Überzeugung nach war der Zeitungsjunge ein Kommunist aus Haiti, der seinen Haß auf die Reichen dadurch zum Ausdruck brachte, daß er das Blatt in abgelegene Ecken pfefferte. Jeden Morgen in eine andere. Elios Sekretärin rief den *Herald* regelmäßig einmal pro Monat an und beschwerte sich, aber es half nichts. Als sie Elio erzählte, daß die Frau, die diese Beschwerden entgegennahm, einen starken haitianischen Akzent habe, wußte Elio, daß der Zeitungsjunge gewonnen hatte. Elio rächte sich, indem er dem Bengel an Weihnachten nur fünf Dollar Trinkgeld gab.

Seit einigen Wochen ging er immer mit einer Stoppuhr auf die Suche und nahm die Zeit. Er hatte das Ganze bereits zu einer Kunst verfeinert: Die letzten Meter zum Tor ging er stets mit geschlossenen Augen, um die Zeitung auch ja nicht unabsichtlich zu finden, ehe die Stoppuhr bereit war. Seine beste Zeit betrug fünf Sekunden. Die schlechteste erzielte er an einem Sonntag, während ein sintflutartiger Regenguß niederging: fast vier Minuten. Aber das zählte im Grunde nicht, eben wegen des Regens.

Wenn er die Zeitung einmal überhaupt nicht finden konnte, zog er eine perverse Genugtuung daraus, sich wenigstens wieder mal beim Abonnentenservice des *Herald* beschweren zu können. Selbstverständlich erwähnte er dabei nie, daß der Golden Retriever seines kolumbianischen Nachbarn die Zeitung geklaut haben könnte – der blöde Hund war drei Jahre alt, benahm sich aber wie ein monströser Welpe. Warum sich der Kolumbianer ums Verrecken keinen Pitbull anschaffen konnte wie alle anderen Drogenhändler auch, war Elio völlig unverständlich, aber jedem das Seine.

Heute war einer von den besseren Tagen. Zwanzig Sekunden, ein gutes Omen. Federnden Schrittes ging er zum Haus zurück. Wenn er Glück hatte, war seine Frau noch nicht wach. Er war guter Laune und wollte sie sich nicht verderben lassen.

Ihre Königliche Hoheit schlief sich oben aus, sammelte Kraft für welches auch immer heute auf der Tagesordnung auftauchende gesellschaftliche Ereignis. Ihm war völlig egal, was sie tat. Margarita hatte ihn eines Tages ohne jede Vorwarnung, als er gerade unterwegs war, ins Gästezimmer umquartiert; das war kurz nachdem er sich bei einem Wohltätigkeitsball einen Cuba libre zuviel genehmigt und erklärt hatte, das einzige, an was er glaube, seien Benefizveranstaltungen zugunsten sexuell übertragbarer Krankheiten. Wie auch immer. Diese cubanischen Society-Damen, selbst die Mütter unter ihnen, taten so, als wären sie unschuldige Jungfrauen.

Manchmal dachte Elio daran, sich scheiden zu lassen; doch wenn er sich dann vorstellte, wie einer dieser Scheidungsanwälte in Miami den Bericht über seine Vermögenslage durchlas, verging ihm der Gedanke wieder. Es gab immer noch die Möglichkeit, sie umzubringen, aber er wußte, daß er das nicht fertigbrächte. Wenigstens hatte er dadurch eine Ausrede und brauchte keine seiner Freundinnen zu heiraten. Die konnten nicht daran zweifeln, daß er sich fest in den Krallen seiner Ehefrau befand – schließlich war sie jeden Tag in den verdammten Klatschspalten zu sehen, begleitet von ihrem gequält grinsenden Elio.

Doch seine Lebensphilosophie lautete: Spiel mit den Karten, die man dir gegeben hat. Es war genau wie mit dem *Herald*: Betrachte die Widrigkeiten des Daseins als Herausforderung. Wenn Gott es für richtig hielt, manchen Ehepaaren eigene Kinder zu verwehren, während er anderen Kinder schenkte, die nicht gewollt waren … Nun, Er hatte in Seiner unendlichen Weisheit Elio zum Vermittler zwischen diesen beiden Parteien gemacht. Und wenn sich daraus auch noch Profit schlagen ließ – warum hätte ausgerechnet Elio da an Gottes Weisheit zweifeln sollen?

1

Miami, Mai 1995

Man muß kein Genie sein, um dahinterzukommen, daß Schußwaffen von Männern erfunden wurden – keine Frau würde je ihre Hände derart mißhandeln. Hätte eine Frau die erste Schußwaffe konstruiert, hätte sie garantiert darauf geachtet, daß ihr Nagellack beim Nachladen nicht absplittert. Und gar mit feuchten, frischlackierten Nägeln auf irgend etwas zu schießen, auf so eine Idee käme eine Frau nie. Selbst die sogenannten »Damenrevolver« können einen rasend machen.
Irgendwann verfielen die Konstrukteure von Schußwaffen offenbar auf den Gedanken, daß Frauen eher Pistolen und Revolver kaufen würden, wenn sie nach dem weiblichen Geschmack gebaut wären. Diese Vorstellung führte eine Zeitlang sogar zur Produktion von rosaroten Revolvern – das muß man sich mal vorstellen! Aber was bringt ein niedlicher kleiner Revolver schon? Die Waffenhersteller halten Frauen anscheinend für geistige Pygmäen. Revolver und Pistolen sind zum Töten da, ganz egal, welche Farbe, Form oder Größe sie haben, und unabhängig davon, ob sie beim Abfeuern »New York, New York« spielen oder nicht.
Mit tiefen philosophischen Fragen dieser Sorte schlug ich mich beim Übungsschießen in Tamiami herum, während ich verzweifelt versuchte, mich nicht lächerlich zu machen. Die Beretta fühlte sich ziemlich komisch in meiner Hand an, und ich schoß ganz fürchterlich daneben. Ich hatte es schon zu lange schleifen lassen. Nachdem ich noch ein paar

Schuß abgefeuert hatte, glaubte ich sogar, die Pistole wegen Nichtgebrauchs aufstöhnen zu hören.

Zum Glück war der Schießstand fast leer. Ich hatte es auf die harte Art lernen müssen, nicht gerade in den Hauptbetriebszeiten zu üben. Vor einigen Jahren kam ich nämlich mal an einem Sonntagnachmittag, als alles voll war, und landete neben einem Hampelmann, der mit einer .357 Magnum schoß. Fünf Minuten später hatte ich eine verbrannte Lippe, nachdem aus der Kanone des Kerls eine heiße Patronenhülse mir direkt ins Gesicht geflogen war. Noch heute habe ich eine Narbe.

So würde es nie gehen; ich war einfach nicht in der richtigen Stimmung. Wenn ich so weiterschoß – ganz mies und ohne jede Inspiration –, würde ich zum Schluß nur stocksauer und frustriert sein. Ich achtete darauf, daß das Magazin auch wirklich leer geschossen war, und legte die Pistole in meine riesige schwarze Chanel-Ledertasche, in das Fach mit dem Reißverschluß. Es war verdammt schwer, eine Lederhandtasche zu finden, in die man die Beretta stecken konnte, ohne daß die Tasche ihre Form verlor.

Ich zog die Plastikstöpsel aus den Ohren, verpackte sie in Watte und warf sie in das Fach zur Beretta. Für heute Schluß zu machen, war nicht so schlimm; in den sieben Jahren, die ich nun schon in der Branche arbeite, habe ich noch kein einziges Mal schießen müssen. Ich finde es nicht mal gut, eine Waffe mit mir herumzutragen, aber ich weiß genau, daß der Tag, an dem ich die Beretta zu Hause lassen würde, genau der Tag wäre, an dem ich sie zum ersten Mal bräuchte.

Draußen auf dem Parkplatz stellte ich die Alarmanlage des Mercedes ab, öffnete die Tür und wich erst mal vor der heißen Luft zurück, die mir von innen entgegenschlug. Ich liebe diese Stadt, aber das Wetter ist zehn Monate im Jahr die reine Hölle. Fast überall bedeutet Mai Frühling; hier dage-

gen kommt man fast um vor Hitze, und die Grausamkeiten des Sommers stehen unmittelbar bevor.
Ich stellte die Klimaanlage auf Hochbetrieb, ehe ich einstieg, um das Wageninnere so weit abzukühlen, daß ich beim Fahren nicht meine Kleider durchschwitzen würde. Okay, das war sehr optimistisch gedacht. Ich wußte, ich würde schwitzen – in Miami schwitzt jeder –, hoffte jedoch, wenigstens verhindern zu können, daß ich völlig durchgeweicht würde. In einer knappen Stunde hatte ich im Büro einen Termin mit Klienten und wollte einigermaßen präsentabel aussehen.
Stanley Zimmerman, unser Familienanwalt, hatte die Klienten an mich verwiesen. Die Morenos waren auch seine Klienten, was bedeutete, daß sie steinreich waren. Stanley Zimmerman hatte keine armen Klienten. *Pro bono* – kostenlose Rechtsberatung – hielt er für etwas, mit dem Julius Cäsar seine Truppen verpflegte.
Stanley hatte mir nicht viel erzählt, als er mich anrief und mitteilte, die Morenos würden sich mit mir in Verbindung setzen; nur daß sie ein Baby, ein kleines Mädchen, adoptiert hätten und aus irgendwelchen Gründen die leibliche Mutter ausfindig machen wollten. Hatte nicht gerade toll geklungen; für Adoptionssachen interessiere ich mich nicht besonders. Bei diesem Thema lautet meine Philosophie, daß die Mutter für das Weggeben des Kindes ihre Gründe gehabt haben wird und daß man das respektieren sollte. In der Vergangenheit zu wühlen, tut nie gut.
Meine Fahrt zur Flagler Street wurde vom grellen Läuten des Autotelefons unterbrochen. Es war meine Schwester Fatima.
»Lupe«, sagte sie, und ich hörte sofort, daß sie sehr besorgt war. Wie üblich. »Papa macht das Boot schon wieder fertig. Hast du irgendwas gehört?«

Unser Vater füllte die *Hatteras* ständig mit frischem Proviant auf; er wollte jederzeit zur Überfahrt nach Havanna bereit sein, sobald er von Fidel Castros Fall erführe.
»Nein, aber ich habe heute noch nicht Radio gehört. Es ist bestimmt nichts passiert, sonst würden doch alle Cubaner rumballern.«
Fatima seufzte wenig überzeugt auf. »Also, wenn du doch irgendwas hörst, ruf mich bitte an. Papa macht mich noch verrückt. Er hat das Radio auf den Anlegesteg gestellt, damit er Nachrichten auch in der Zeit hören kann, während er das Boot zum Auslaufen klarmacht, und der cubanische Radiosender dröhnt mit voller Lautstärke.«
Obwohl meine Schwestern und ich in Miami geboren wurden und noch nie auf Cuba waren, konnten wir nie auch nur einen Tag lang vergessen, welchen Einfluß diese Insel auf unser Leben hat. Vom Aufwachen bis zum Tagesende wird man immer irgendwie und irgendwann an das knapp einhundertfünfzig Kilometer entfernte Land erinnert. Wenn der *Miami Herald* mal keinen Bericht über Cuba auf der ersten Seite bringt, ist das wirklich ungewöhnlich. Wer hier Bürgermeister werden will, muß ein detailliertes außenpolitisches Programm vorlegen, während in anderen Städten über Schlaglöcher und die Müllabfuhr gestritten wird. Schon ein kleiner Funke genügt, und die Leidenschaft der Exilcubaner ist entzündet. Fidel Castro war nun schon seit sechsunddreißig Jahren an der Macht, aber man hatte oft den Eindruck, als habe seine Herrschaft erst gestern begonnen. Der Groll der Emigranten war kein bißchen geringer geworden, und kleine Demonstrationen gegen die USA und ihre Castro-Politik an irgendwelchen Straßenecken waren genauso normal wie feuchtheiße Tage in Miami.
Wenn meine Schwestern oder ich gefragt werden würden, woher wir kämen, würden wir, ohne mit der Wimper zu

zucken, antworten: Wir sind Cubanerinnen aus Havanna. Zu Hause und mit unseren Freunden sprachen wir meist spanisch, was keineswegs ungewöhnlich war. Cuba lag uns einfach im Blut, und so würde es immer bleiben. Schon als kleines Mädchen träumte ich davon, die Heimat meiner Vorfahren zu besuchen. In der Schule schrieb ich Aufsätze über Cuba und sammelte alles an Wissen über die Insel, was ich in Erfahrung bringen konnte. Es läßt sich ohne zu übertreiben behaupten, daß ich, genauso wie mein Vater, besessen war von Cuba, meinem Land – genau wie circa eine Million anderer Emigranten.

Ich bog in die Douglas Road ein. Fatima machte sich Sorgen, aber sie hätte es besser wissen müssen. Sich auf Fidels unmittelbar bevorstehenden Sturz vorzubereiten, war Papas Lieblingshobby. »Es ist so heiß draußen, Lupe, er sollte sich nicht in dieser Hitze aufhalten. Ich habe ihm gesagt, er könnte die Nachrichten doch auch im Haus hören, aber er wollte einfach nicht.«

»Beruhige dich«, sagte ich. Papa hatte sein ganzes Leben in der Hitze verbracht; er hielt das schon aus. »Ich bin gleich im Büro. Von dort aus rufe ich ein paar Leute an und erkundige mich. Wahrscheinlich sind es nur wieder diese Alpha-66-Typen, die alles in Aufregung versetzen. Ich ruf' dich dann an. Versprochen.«

Arme Fatima. Seit Mamas Tod vor sieben Jahren war sie Papas selbsternannte Aufpasserin und fühlte sich ihm sogar noch zu weit mehr verpflichtet. Sie hatte immer das Gefühl, Schande über die Familie gebracht zu haben, weil sie die erste und einzige geschiedene Tochter war. Fatima war ein altmodisches Mädchen.

Von den drei Solano-Schwestern – Fatima, Lourdes und ich, Guadalupe – war Fatima die älteste und die einzige, die geheiratet hatte. Meine Mutter hatte uns aus Gründen, die nur sie selbst kannte, nach Orten benannt, an denen die Jungfrau Maria erschienen war. Es hätte schlimmer kommen können; sie hätte uns auch nach den Heiligen Sakramenten nennen können, nach der Unbefleckten Empfängnis, nach Christi Geburt oder, am allerschlimmsten, nach den Wundmalen. Glauben Sie mir: Für Katholiken gibt es da Tausende von Möglichkeiten.

Fatima heiratete Julio Juarez gegen den Willen unserer Eltern, aber sie war eben jung, verliebt und bis obenhin voll mit wildgewordenen Hormonen. Mama und Papa dachten, er sei nur aufs Geld aus. Ich mochte ihn eigentlich ganz gern, aber ich war damals erst fünfzehn – was wußte ich da schon? Nur ein paar Stunden nach der Hochzeit begann ich mich allerdings der Meinung meiner Eltern anzuschließen, als ich zwei Beinpaare sah – ein weibliches, ein männliches –, und zwar durch den Schlitz unten in der Damentoilette des Clubs, in dem der Hochzeitsempfang abgehalten wurde. Meine jugendliche Neugier plagte mich so sehr, daß ich draußen vor der Tür stehenblieb, um zu erfahren, wer sich darin befand. Zu diesem Zeitpunkt hatte ich bereits eine ziemlich genaue Vorstellung, um wen es sich handeln könnte; schließlich trugen nicht allzu viele Gäste graue Cuts mit Schwalbenschwänzen. Und prompt kamen nacheinander und jeweils ziemlich verlegen mein frischgebackener Schwager und eine Bedienung des Partyservice aus der Toilette. Irgendwas war da drin gerade vollzogen worden, und zwar garantiert nicht die Ehe meiner Schwester.

Eigentlich mußte ich Julio Juarez dankbar sein. Seinetwegen wurde ich nämlich Privatdetektivin. Wenn Julio nicht Hunderttausende von Dollars aus Papas Baufirma veruntreut hätte, wären wir nicht gezwungen gewesen, Stanley Zimmerman mit der Untersuchung der Sache zu beauftragen. In der ersten Zeit seiner Ehe mit Fatima war Julio entweder nicht fähig oder nicht willens, sich lange in einem Job zu halten; ihm genügte das Geld vollauf, das Fatima ihm gab. Papa stimmte widerwillig zu, kürzte jedoch Julios finanzielle Unterstützung, als er erfuhr, daß die Baufirma Solano nicht nur für Fatimas Haushalt, sondern auch für die nur unwesentlich bescheidenere Wohnung einer gewissen *señorita* in Little Havana aufkam. Selbst Papas Freigebigkeit hatte ihre Grenzen.

Dies alarmierte Julio derart, daß er eines Tages tatsächlich aufstand, sich anzog und bei der Baufirma Solano um Arbeit nachsuchte. Da er grundsätzlich nicht qualifiziert war, überhaupt irgend etwas zu tun, gab man ihm der Form halber einen völlig unwichtigen Bürojob. Nach kürzester Zeit hatte er herausgefunden, daß ihn wegen der Bedeutungslosigkeit seines Postens niemand kontrollierte. Als Schwiegersohn des Chefs konnte er ohnehin tun, was er wollte, ohne Fragen gestellt zu bekommen. Innerhalb einer Woche hatte er sich einen genialen Plan ausgedacht und schöpfte Außenstände ab, indem er Kundenrechnungen zweifach ausstellte. Seine am kräftigsten sprudelnde Quelle waren unsere Staatsaufträge.

Papa wäre heute nicht das, was er ist, wenn er nicht ein sehr kluger Mann wäre. Doch er behielt seinen Verdacht für sich. Bei Mama war einige Monate zuvor Eierstockkrebs diagnostiziert worden, und Papa wollte nicht, daß sie sich über einen Familienskandal aufregte. Mein Vater war ein stolzer und starker Mann, aber das zeitliche Zusammentreffen der Krankheit seiner Frau und der Betrügereien seines Schwiegersohns machte ihn insgeheim fertig. Eines Abends ging er mit mir zur *Hatteras* hinaus und erzählte mir alles über Julio. Nur ich sollte es wissen.

Am nächsten Tag trafen wir uns mit dem Mann, den Stanley als Ermittler beauftragt hatte, mit Hadrian Wells, einem übergewichtigen, kettenrauchenden Exbullen, der mich in meinem Strandkleid und den hochhackigen Schuhen penetrant anstierte. Wells schlug vor, zum Schein als Aushilfskraft bei Solano anzuheuern, um Beweise gegen Julio sammeln zu können.

Innerhalb von drei Tagen war Julio aus Fatimas Leben wieder verschwunden. Als er ging, war sie weit weniger verzweifelt, als wir befürchtet hatten. Vielleicht war ihr die ganze Zeit klar gewesen, daß sie einen Fehler begangen hatte. Da die Scheidung einvernehmlich erfolgte, war sie nach dreißig Tagen rechtskräftig. Bis heute weiß Fatima nicht genau, warum Julio sie verließ. Zumindest hoffen das Papa und ich.

Mich selbst hatten die Sache an sich sowie Wells' Vorgehensweise unglaublich fasziniert. Ich ging zu seinem Chef, Esteban Morales, stellte ihm eine Menge Fragen, schaute mich in dem Laden um, und nachdem ich lange genug gebettelt hatte, durfte ich Esteban bei seinen Ermittlungen zusehen. Nach einiger Zeit half ich ihm bei seinen Fällen und lernte seine Kontaktleute kennen.

Selbst Esteban glaubte, das alles sei für mich nur eine Spielerei. Ich war ein reiches Töchterchen, Erstsemester an der University of Miami, Hauptfach Werbewesen. Ich war nicht besonders ehrgeizig – es fällt ziemlich schwer, sich lange den Kopf über die eigene Zukunft zu zerbrechen, wenn man in einem Haus mit zehn Schlafzimmern im exklusiven Stadtteil Cocoplum lebt. Wenn ich je in finanzielle Schwierigkeiten käme, überlegte ich damals, könnte ich immer noch meinen Mercedes verkaufen und eine Zeitlang von dem Geld leben.

Nachdem ich näher mit Esteban bekannt geworden war – rein beruflich, natürlich –, kam mir das Werbewesen ziemlich langweilig und lahm vor. Meine Eltern sahen ein, daß aus mir nie eine anständige, normale Werbefachfrau werden würde, und da sie praktisch denkende Menschen waren, beschlossen sie, nicht dagegen anzukämpfen. Sie baten mich nur, die Collegeausbildung abzuschließen; dann könne ich tun, was ich wolle.

Nachdem ich das Studium beendet hatte, begann ich als Assistentin bei White and Blanco, einer aus fünfzehn Ermittlern bestehenden Detektei in Nordwest-Miami. Esteban hatte das für mich arrangiert mit der Begründung, ich müßte erst Erfahrungen sammeln, ehe ich im Alleingang loslegen könnte. Die Detektei nahm sowohl Zivil- als auch Strafrechtssachen an, war seit langem im Geschäft und hatte einen sehr guten Ruf, zumindest wenn man die in Dade County üblichen Maßstäbe anlegt. Der Bundesstaat Florida verlangt von Privatdetektiven eine zweijährige Assistenzzeit, die erlassen werden kann, wenn der Bewerber den Nachweis erbringt, daß er bereits bei der Polizei tätig war. Ich war bis dato nur im Party-Bereich tätig gewesen, erfüllte also die Bedingungen für die Befreiung von der Assistenzzeit nicht.

In den zwei Jahren, die ich dort arbeitete, sah ich buchstäblich alles. Esteban erklärte mir, die Assistententätigkeit werde schwierig sein, aber ich glaube, er meinte die Arbeit und nicht die Einstellung zur Arbeit, die die anderen Detektive mir vermittelten. Es gab bei White and Blanco außer mir nur eine Frau, Mary Matheson, eine sechzigjährige Großmutter und pensionierte New Yorker Polizistin. Den im Büro kursierenden Gerüchten zufolge war sie eine erstklassige Ermittlerin gewesen, doch seitdem war viel Zeit vergangen. Als ich bei der Detektei anfing, kümmerte sie sich vornehmlich um die Bürofeten. Ich hatte noch nie erlebt, daß ein solcher Wirbel um Geburtstagsfeiern gemacht wurde; Umtrünke anläßlich der Geburt von Babys gab es keine, dafür jede

Menge Geburtstagsbesäufnisse, und unsere Weihnachtsfeiern dürften die besten in Süd-Florida gewesen sein. Mary stärkte die Arbeitsmoral im Büro ungemein.

Trotzdem wundere ich mich noch heute darüber, daß ich es dort ausgehalten habe. Mein Schreibtisch stand in einem Großraumbüro, das ich mit dreizehn anderen Ermittlern teilte, die rauchten, tranken, fluchten, furzten, rülpsten und, anstatt zu sprechen, brüllten. Es hatte mehr von einer Hindernisstrecke als von einem Büro; die Schreibtische standen so eng beisammen, daß wir über sie klettern mußten, um sie zu erreichen. Mehr als einmal trat ich, damit ich an mein Telefon kam, in einen überquellenden Papierkorb. Die Klienten wurden in diesen Raum natürlich nie geführt. Die beiden Chefs, Sam White und Miguel Blanco, empfingen sie in ihren Büros oder im plüschigen Konferenzraum.

Nachdem ich das zwei Jahre gemacht hatte, fand ich, daß es reichte. Und Esteban hatte natürlich, wie immer, recht gehabt: Bei White and Blanco bearbeitete ich alle möglichen Sachen, von Mordfällen über Fälle mit vermißten Personen bis hin zu häuslichen Auseinandersetzungen und Betrügereien. Außerdem wurde ich häufig bei verdeckten Ermittlungen eingesetzt – diese Arbeit mochte ich ganz besonders. Insgeheim habe ich mich schon immer ins Fernsehen oder in den Film geträumt, und verdeckte Ermittlungen kommen dem am nächsten.

Ich stellte Kontakte nicht nur zu künftigen Klienten her, sondern auch zu Leuten, die mir aufgrund ihrer Position hilfreich sein konnten, sobald ich mich einmal selbständig gemacht hätte: zu Bullen, Reportern, Angestellten bei einzelstaatlichen Behörden und Bundesämtern und auch zu anderen Privatdetektiven. Nach Ablauf meiner Lehrzeit gründete ich eine eigene Detektei, die ich großkotzig »Detektivbüro Solano« nannte. Als Firmensitz mietete ich ein

Drei-Zimmer-Gartenhäuschen in Coconut Grove an, ein kleines, von der Straße zurückgesetztes Paradies mit orangeblühenden Flamboyantbüschen, Bougainvilleen, sich neigenden Palmen und krächzenden Papageien. Da Papa mir ein bißchen Startkapital gab, konnte ich gute Computer und ordentliches Mobiliar anschaffen und dem Büro einen seriösen Anstrich geben.

Der Haken an der Sache war, daß ich meinen Cousin Leonardo als Mitarbeiter einstellen mußte. Er war der einzige Sohn von Mamas Schwester und das schwarze Schaf der Familie. Er wollte Schauspieler werden, jedenfalls war das sein Anspruch – in den Augen einer konservativen cubanischen Familie ein alles andere als löbliches Unterfangen. Mamas Schwester Mercedes wünschte Leonardo an einem Arbeitsplatz zu sehen, an dem die Familie so lange ein Auge auf ihn haben konnte, bis er endlich zur Vernunft gekommen wäre. Darauf warteten nach fast fünf Jahren immer noch alle. Für mich war es kein Problem – Leonardo und ich kamen blendend miteinander aus; er war erst zweiundzwanzig, also so jung, daß ich, die vier Jahre Ältere, ihn herumkommandieren konnte.

Leonardo bemühte sich, ein guter Assistent zu sein, und war ein tolles Aushängeschild für die weiblichen Klienten. Fitneßtraining bildete jetzt, da ihm keine Zeit mehr fürs Theater blieb, seinen Lebensinhalt; er hatte seinen Körper zu einem wahren Prachtexemplar modelliert und besaß obendrein pechschwarze Locken. Schon ziemlich bald hatte er mir die Erlaubnis abgerungen, seine Geräte im leeren Hinterzimmer aufzustellen, um sie während der Mittagspause benutzen zu können. Der Raum sah innerhalb kürzester Zeit aus wie ein Fitneßstudio; dem StairMaster in der einen Ecke folgten wenig später ein Laufband sowie einige andere Apparate, die aussahen, als wären sie für die Ausübung grauenhafter mittelalterlicher Foltermethoden ersonnen. Dann tauchte auch noch ein Trupp Arbeiter auf und installierte Spiegel, die vom Boden bis zur Decke reichten. Von diesem Zeitpunkt an war es für Leonardo ganz selbstverständlich, im Jogginganzug und mit Laufschuhen ins Büro zu kommen, damit er sich nicht inmitten seines Arbeitstages umziehen mußte.

Seit einiger Zeit waren mir außerdem Broschüren über gesunde Lebensweise, Ernährung und Esoterik aufgefallen, die im Büro herumlagen. Ich mutmaßte, daß Leonardo eine Erweiterung seines geistigen Horizonts plante, jedoch noch nicht den Mut gefunden hatte, mir dies mitzuteilen, sondern es erst einmal mit Andeutungen versuchte. Es war ihm aber bewußt, daß ich meine Ermittlungen niemals schleifenlassen würde – am allerwenigsten, um irgendwelchen kuschelweichen New-Age-Prinzipien zu genügen. Ich hatte bereits viel zu lange und viel zu schwer für den Aufbau meines Detektivbüros gearbeitet, und das wußte er genau. Wenn wir jeden Monat die Miete zahlen wollten, brauchten wir Stunden, die wir abrechnen konnten, und zwar eine ganze Menge.

Wenn man das Detektivbüro Solano betrat, sah man sofort, daß der Laden nicht gerade wie ein auf Volldampf laufendes Großunternehmen geführt wurde. Aber wir waren effizient und seriös, und ich arbeitete langsam und methodisch an der Vergrößerung unserer Klientenkartei. Außerdem hatte ich im Lauf der Jahre das für einen Privatdetektiv wohl Allerwichtigste aufgebaut, nämlich eine Rolodex-Kartei mit Namen von Ermittlern – sowohl vertraglich mit uns zusammenarbeitenden Leuten als auch freiberuflich Tätigen. Für diese Kartei hätten andere Privatdetektive jemanden umgebracht.

Leonardo war zwar ziemlich abgefahren, aber um keine

Mißverständnisse aufkommen zu lassen, betone ich: Er war mir eine Hilfe; auf ihn konnte ich zählen. Das Büro machte vielleicht einen etwas lässigen Eindruck, doch wir nahmen unsere Arbeit überaus ernst. Mußten wir auch. In Miami handelte man sich unter Umständen sehr schnell jede Menge Schwierigkeiten ein. Ob man hellwach war oder nicht, konnte über Tod oder Leben entscheiden.

2

Als ich reinkam, saß Leonardo an seinem Schreibtisch; er trug ein ärmelloses Sporttrikot und hatte sich ein Handtuch um die muskulösen Schultern drapiert. Nachdem er mich begrüßt hatte, drückte er mir einen kleinen Stapel mit Telefonanrufen in die Hand, die er notiert hatte, und blätterte auf die nächste Seite der neuesten Ausgabe von *Muscle and Fitness*.

»Irgendwer hat einen hellblauen Jaguar auf meinem Parkplatz abgestellt«, sagte ich.

»Neue Klienten«, erklärte Leonardo und deutete mit dem Daumen nach hinten auf meine Bürotür. Tatsächlich saßen die von Stanley zu uns geschickten Klienten, ein Ehepaar mittleren Alters, steif auf der Kante meines Ledersofas. Ich war gespannt auf ihre Reaktion.

Sie hatten wohl kaum mit einer Privatdetektivin gerechnet, die genauso reich zu sein schien wie sie selbst. Vielleicht hatten sie ein grobschlächtiges, mit allen Wassern gewaschenes, schlecht frisiertes, zigarrerauchendes Flintenweib erwartet, wer weiß? An einem guten Tag komme ich auf eins zweiundfünfzig. Ich fand mich eigentlich immer etwas zu üppig für meine Größe, aber meine Freunde – und davon gab's viele – sind da ganz anderer Ansicht. Mein langes schwarzes Haar trage ich im Stil der fünfziger Jahre hochgesteckt und achte auf perfekt manikürte, blutrot lackierte Fingernägel. Da meine Augen miserabel sind, experimentiere ich viel mit getönten Kontaktlinsen; die grünen trage ich am liebsten, obwohl ich damit aussehe, wie ein Marsmensch, der sich verirrt hat.

»Guadalupe Solano«, sagte ich und schüttelte ihnen die Hand. Dann bedeutete ich ihnen, sich wieder aufs Sofa zu setzen, und nahm hinter meinem Schreibtisch Platz. Beide waren meinem Blick ausgewichen. Die Frau starrte auf den Boden, während der Mann überallhin sah, nur nicht zu mir. Sie standen eindeutig unter großer innerer Anspannung, aber das gilt ausnahmslos für alle meine Klienten.

Mit verzweifelten Menschen muß man vorsichtig umgehen. Deshalb tat ich erst einmal so, als betrachtete ich völlig fasziniert eine unleserliche Telefonnotiz, die mir Leonardo auf den Schreibtisch gelegt hatte. Entweder hatte Juan Garcia von der First Miami wegen meines Aktienportefeuilles angerufen oder aber Johnny Carson wegen irgendwelcher Hosen und Parfüms – genau ließ sich das nicht entziffern.

Nachdem ich es aufgegeben hatte, mir einen Reim darauf zu machen, sah ich mir die Morenos genauer an. José Antonio Moreno war Ende fünfzig, groß – über einen Meter achtzig – und gab sich ziemlich würdevoll. Sein dunkelbraunes Haar war schon sehr schütter, aber er hatte, Gott sei Dank, nicht zu dem blöden Trick gegriffen, die verbliebenen Strähnen quer über den Schädel zu drapieren, um die beginnende Glatze zu verdecken. Seine wachen schwarzen Augen mit den dunklen Ringen wirkten, als wären sie tief ins Gesicht gesunken.

Lucia Moreno hielt die Hand ihres Mannes so fest, daß sie ganz blutleer und weiß geworden war. Als ich mich dem Stapel mit meiner Post zuwandte, lehnte Lucia sich zurück und streckte die Beine von sich, als hätte sie Rückenschmerzen, die sie halb umbrachten. Trotz des psychischen Ausnahmezustandes, in dem sie sich befand, war sie perfekt hergerichtet. Sie war mindestens fünf, sechs Jahre jünger als ihr Mann, eine schöne Frau vom klassischen nordspanischen Typus: blond mit heller Haut, blauen Augen und fei-

nen Gesichtszügen. Gekleidet war sie in ein teures, elegant geschnittenes ärmelloses schilfgrünes Kleid ohne jeden Firlefanz.
Ich hatte das Gefühl, daß sie als erste sprechen würde. Ich hatte recht.
»Miss Solano, wir sind in einer äußerst heiklen Angelegenheit hier.« Sie schob ihren riesigen Diamantring bis zum nächsten Fingergelenk hoch, so daß ein einfacher Platin-Ehering darunter zum Vorschein kam. »Wir müssen uns hundertprozentig auf Ihre Diskretion und Vertraulichkeit verlassen können.«
»Selbstverständlich. Was immer wir hier besprechen, werde ich mit äußerster Diskretion behandeln.« Das mußte ich allen meinen Klienten versichern. Die Leute verstanden einfach nicht, daß mein professioneller Ruf für immer ruiniert gewesen wäre, wenn ich das Vertrauen auch nur eines Klienten gebrochen hätte.
Lucia zog ein Hochglanzfoto aus ihrer Handtasche, auf dem ein kleines, etwa eineinhalbjähriges Mädchen zu sehen war, das weder Lucia noch José Antonio ähnelte.
»Das ist Michelle, unsere Tochter. Wir haben sie adoptiert, als sie zwei Wochen alt war«, erklärte Lucia. »Ihretwegen sind wir hier.«
Sie gab mir das Foto. Michelle war ein wirklich süßes kleines Mädchen mit ausdrucksstarken dunklen Augen und schwarzen Löckchen, die ihr Gesicht umrahmten. Als ich das Foto genauer betrachtete, sah ich, daß sie am Hals ein sternförmiges Muttermal hatte, dessen Durchmesser etwa der Länge meines Zeigefingers entsprach. Dann bemerkte ich, daß José Antonio mich ansah.
Er räusperte sich, wandte den Blick wieder ab und legte den Arm fest um seine Frau. Sie schloß die Augen und lehnte den Kopf an seine Schulter. So saßen sie eine Weile da.

»*Amor*«, sagte José Antonio schließlich und stützte seine Frau, als sie sich wieder aufrichtete. »Wenn sie uns helfen soll, müssen wir ihr alles erzählen.«
Interessant. Es klang, als hätten sie mit dem Gedanken gespielt, mir nur einen Teil ihrer Geschichte zu erzählen – was natürlich die meisten Klienten vorhaben.
Ich nahm einen Schreibblock mit gelbem Papier zur Hand. »Bevor wir anfangen, muß ich ein paar Dinge wissen.«
Der Klienten-Fragebogen des Detektivbüros Solano war äußerst simpel: Name, Adresse, Telefonnummer, Arbeitgeber, falls vorhanden, Sozialversicherungsnummer und der Name desjenigen, der sie zu mir geschickt hatte. Letztere Information war oft die wichtigste überhaupt, denn sie ermöglichte mir, den Ruf meiner Klienten zu überprüfen. Die Morenos waren durch Stanley an mich verwiesen worden, daher wußte ich, daß sie nicht nur seriös, sondern auch sehr reich waren.
Da es für mich leichter sein würde, wenn die Morenos mir vertrauten, nahm ich mir viel Zeit fürs Ausfüllen des Fragebogens und machte währenddessen ein bißchen Smalltalk mit den beiden. Beim Unterschreiben waren sie schon ein bißchen aufgetaut. Ich legte den Fragebogen beiseite, bedachte sie mit dem ernstesten Detektivinnenblick, den ich draufhabe, und bat sie, mir zu erzählen, warum sie gekommen waren.
»Ich sage es, *querido*«, sagte Lucia und tätschelte ihrem Mann die Wange. »Miss Solano, mein Mann und ich sind seit zwanzig Jahren verheiratet. Wir sind beide Cubaner – José Antonio stammt aus Santiago, ich aus Havanna. Unsere Familien kamen Anfang der sechziger Jahre unabhängig voneinander nach Amerika; wir wohnten in New York, nur fünf Blocks voneinander entfernt. Als wir heirateten, war ich zwanzig, José Antonio fünfunddreißig.«

Ich rechnete nach. Lucia war jünger, als sie aussah. Sie machte träge Handbewegungen beim Sprechen, setzte Cuba mit der Hand hierhin, New York dorthin und bewies dabei einen ausgeprägten Sinn für topographische Verhältnisse.

»Gott hat uns in vieler Hinsicht reich beschenkt. Nur Kinder gab er uns keine.«

José Antonio hatte seine Frau die ganze Zeit angesehen, als hätte er nur darauf gewartet, daß sie vom Thema abschweifte. »Wir wollten immer eine große Familie«, unterbrach er sie. »Nachdem wir fünf Jahre verheiratet waren, fanden wir, daß es an der Zeit war. Lucia wurde sofort schwanger, verlor das Baby aber sechs Wochen später. Wir ... Lucia hatte noch drei weitere Fehlgeburten, und die letzte Schwangerschaft war eine Bauchhöhlenschwangerschaft. Lucia mußte operiert werden.«

Lucia stieß die Luft aus, schüttelte den Kopf und fuchtelte mit der Hand herum. Es sah aus, als versuchte sie, die Vergangenheit zu vertreiben wie ein in der Luft schwebendes Staubflöckchen.

»Das Ergebnis dieser Operation ist, daß wir keine Kinder haben können«, erklärte José Antonio hastig. »Vor fünf Jahren beschlossen wir, nach Miami zu ziehen, in einer neuen Stadt ganz von vorn anzufangen. Wir haben hier Verwandte.«

Lucia tätschelte ihrem Mann die Hand, und er hörte auf zu reden. »Unseren Kinderwunsch haben wir nie aufgegeben«, sagte sie; ihre Stimme klang jetzt sehr leise und eindringlich. »Wir dachten an Adoption. Meine Cousine Elvira hatte einige Jahre zuvor auf privatem Wege, über einen Rechtsanwalt, zwei Kinder adoptiert, einen Jungen und ein Mädchen. Sie meinten, das sei die beste Möglichkeit. Elvira ist mit einem deutschen Buchhalter verheiratet, und als er sagte, er habe sich über alle Möglichkeiten erkundigt, glaubten wir ihm das.«

Ich lächelte vorsichtig, da mir nicht klar war, wie lustig ich den kleinen Witz, ihrer Ansicht nach, finden sollte. Ihr Gesichtsausdruck veränderte sich jedenfalls nicht.

»Elvira sagte, man könnte über die Health and Rehabilitative Services of Florida Kinder adoptieren, aber da gab es eine lange Warteliste, und der Papierkram war immens. Außerdem wollte ich, genau wie Elvira, ein cubanischstämmiges Kind. Das konnten HRS mir nicht garantieren, der Anwalt schon. Innerhalb eines halben Jahres hatte er Elvira, wenn auch zu einem hohen Preis, die Kinder verschafft.«

»Wie hieß dieser Anwalt?« fragte ich.

»Elio Betancourt«, antwortete sie. Ich erwiderte nichts.

»Wir haben dann Kontakt zu Mr. Betancourt aufgenommen. Es lief alles genau so, wie Elvira es uns erzählt hatte – es dauerte weniger als sechs Monate, und wir mußten fast überhaupt keine Formulare ausfüllen. Nach nur zwei Treffen, bei denen wir jeweils eine Teilsumme bezahlten, bekamen wir unser kleines Mädchen.«

Ich warf einen kurzen Blick auf José Antonio. Er sah schuldbewußt weg.

»Betancourt war ein charmanter Mann, sehr freundlich und verständnisvoll«, sagte Lucia und beugte sich vor. »Er sagte, es würde ihn freuen, andere glücklich zu machen, und wenn er dabei auch noch Geld verdiente – um so besser. Die einzige Bedingung für die Adoption war, daß wir keine Fragen stellen durften. Er sagte, die von ihm vermittelten Babys seien Kinder sehr junger cubanischer Mütter, die nicht wollten, daß ihre Familien von ihrer Schwangerschaft erfuhren. Die Mädchen wohnten angeblich in einer Gemeinschaftsunterkunft irgendwo in den Vereinigten Staaten und erhielten eine ausgezeichnete Schwangerschaftsbetreuung. Diese privaten Adoptionen funktionierten also vor allem deshalb so gut, weil die jungen Mütter wußten, daß

ihre Identität für immer geheimgehalten würde, verstehen Sie?«
Elio Betancourt war in Miami bekannt dafür, Drogenhändler, Gangster und überhaupt jeden zu verteidigen, der bereit war, ein Spitzenhonorar für einen Anwalt hinzulegen, der gegen unmoralische, ja gefährliche Mandanten nichts einzuwenden hatte. Ich bezweifelte, daß die Morenos erst durch die Adoption von ihm gehört hatten.
Ich notierte mir etwas auf meinem Schreibblock, hörte aber gleich wieder auf. »Hat Betancourt Ihnen seine Gründe für diese Geheimnistuerei dargelegt?«
José Antonio verzog das Gesicht, als hätte ich eine ungehörige Frage gestellt. »Wissen Sie, Miss Solano, wir als Cubaner verstanden diese Geheimnistuerei durchaus. Ihnen ist ebensogut wie mir bekannt, daß für ein cubanisches Mädchen ihr guter Ruf lebenswichtig ist. Diese jungen Mütter wurden einfach geschützt.«
»Wir wollten unbedingt ein Baby«, sagte Lucia. »Wir zahlten fünfzigtausend Dollar, und sie gehörte uns. Ein gesundes, wunderschönes kleines Mädchen. Alles war perfekt – bis jetzt.«
Die Morenos warfen einander einen Blick zu; ich versuchte zu deuten, was ich darin sah: Angst, Schuld, Sorge ... aber keine Reue.
»Erzählen Sie's mir«, sagte ich.
»Letzten Monat ging ich mit Michelle zu unserem Kinderarzt, um sie untersuchen zu lassen. Am nächsten Tag rief der Arzt an und sagte, er wolle ihr Blut noch einmal testen. Da wußte ich, daß etwas nicht stimmte, obwohl er behauptete, es sei reine Routine.«
Lucia hatte sich eine Hand aufs Herz gelegt, während sie sprach, als wolle sie etwas tief in ihrem Inneren Verborgenes berühren. »Die Ergebnisse des ersten Tests waren kor-

rekt. Michelle hat eine seltene, ererbte Blutkrankheit. Der Spezialist im Jackson Memorial Hospital erklärte uns, wir müßten ihre leibliche Mutter finden, damit sie ihr Knochenmark spendet.«

»Sind Sie sicher?« fragte ich. »Es könnte doch vielleicht …«

»Lassen Sie mich ausreden!« unterbrach mich Lucia streng. »Die einzigen Patienten, die diese Krankheit überlebten, hatten Knochenmark von ihrer Mutter erhalten. Es ist die einzige Chance für Michelle.«

Noch bevor sie es mir erzählt hatten, wußte ich, was als nächstes passiert war. Sie waren zu Betancourt gegangen, um Informationen über die leibliche Mutter einzuholen, die er ihnen jedoch verweigerte. Dann war ich auf die Bildfläche getreten.

»Was geschah, als Sie Betancourt mitteilten, warum Sie Michelles Mutter finden müssen?«

José Antonio rutschte unruhig auf der Couch hin und her und strich sich die Krawatte über dem Bauch glatt. »Betancourt war das völlig egal«, sagte er mit wütend verzogenem Mund. »Er sagte, wir hätten schließlich gewußt, daß die Mutter des Kindes anonym bleiben würde. Zuerst zeigte er Mitgefühl, aber als wir uns weigerten zu gehen, wurde er aggressiv. Er sagte, wir hätten in eine illegale Adoption eingewilligt, wir hätten praktisch ein Baby gekauft. Wenn wir zur Polizei gingen, würde man uns Michelle wegnehmen, und wir bekämen größte Schwierigkeiten – er selbst natürlich auch.«

»Wir hatten geglaubt, alles sei legal abgelaufen«, sagte Lucia. Es klang, als versuche sie sich genauso davon zu überzeugen wie mich.

»Betancourt sagte, auch die anderen Leute, die durch seine Vermittlung zu Adoptionen gelangt seien, würden uns bestimmt nicht helfen«, fügte José Antonio hinzu, »weil sie natürlich auch das Risiko eingehen müßten, daß man ihnen ihre Kinder wegnimmt.«

Immerhin gaben sie ehrlich zu, daß sie etwas Illegales getan hatten, auch wenn Lucia es zu bemänteln versuchte. Das war ein guter Anfang.

»Betancourt hat Ihnen doch sicher eine Geburtsbestätigung für Michelle gegeben, oder?«

»Ja, hier.« José Antonio griff in seinen Aktenkoffer und zog einen Umschlag heraus, in dem sich eine ordnungsgemäße, vom Bundesstaat Florida für ein weibliches Neugeborenes ausgestellte Geburtsbestätigung befand: Michelle Moreno, Geburtsdatum 11. Juli 1993. Dem Dokument zufolge war das Kind im Jackson Memorial Hospital geboren; der Geburtshelfer war ein Dr. Allen Samuels gewesen. Von einer Gemeinschaftsunterkunft für ledige cubanisch-amerikanische Mütter war nicht die Rede.

»Kennen Sie diesen Dr. Samuels?« fragte ich.

»Nein. Wir haben natürlich versucht, ihn ausfindig zu machen, aber es ist uns nicht gelungen.« José Antonio zog, während er dies sagte, eine Zigarette aus der Tasche und warf mir einen fragenden Blick zu. Als ich ihm keinen Aschenbecher gab, steckte er das Ding wieder weg. »Im Telefonbuch von Dade County steht er nicht. Wir haben auch in den Countys Broward und Monroe, sogar in Palm Beach County gesucht. Nichts. Ich rief bei der Amerikanischen Bundesärztekammer an, aber die wußten nichts Aktuelles über ihn. Sie sagten, wahrscheinlich sei er in den Ruhestand gegangen, denn die letzten Unterlagen, die sie über ihn hätten, seien fünf Jahre alt. Aber wie kann er als der Arzt angegeben sein, der Michelle zur Welt brachte, wenn er überhaupt nicht mehr als Arzt tätig ist?«

Ich erwiderte nichts. Sie hätten es wissen müssen. »Haben Sie im Jackson Memorial angerufen?« fragte ich.

»Dort hat man uns nur mitgeteilt, er arbeite nicht bei ihnen; mehr sagten sie nicht. Wir wollten keine weiteren Fragen stellen, um sie nicht mißtrauisch zu machen.«

Lucia strich sich gedankenverloren über die Wange. Ihre Tapferkeit und all ihre Kraft schienen sie verlassen zu haben. »Wir haben fürchterliche Angst, Miss Solano. José Antonio würde das nie zugeben, aber ich.« Sie betrachtete ihren Mann von der Seite.

José Antonio wandte den Blick ab. »Können Sie uns helfen?«

»Ich kann es versuchen, aber versprechen kann ich nichts«, sagte ich. Es war schrecklich, wie die beiden mich ansahen – wie zwei Kinder, die an den Lippen ihrer Eltern hingen. »Im Augenblick hat Betancourt die Oberhand, und offenbar weiß er das auch. Sie haben eine kriminelle Tat begangen, und er zählt darauf, daß Sie ihn nicht zwingen werden, Ihnen zu sagen, woher er Ihr Baby hat.«

José Antonio zog schwungvoll sein Scheckheft aus der Jackentasche, eine Bewegung, die er offenbar schon häufig ausgeführt hatte. »Aber Sie helfen uns, ja? Wir zahlen, was immer Sie wollen.«

»Nehmen wir an, ich habe Glück und finde die Mutter«, sagte ich, ohne auf seine Ankündigung einzugehen, »was ist, wenn sie Michelle nicht helfen will? Vielleicht will sie, daß man sie in Ruhe läßt? Schließlich hat sie ihr Baby zur Adoption freigegeben.«

Ich fand es selbst schrecklich, das sagen zu müssen. Lucia senkte den Blick auf ihren Schoß; in ihren Augen standen Tränen. José Antonio hob die Stimme, als könne die Lautstärke alle Probleme vertreiben, die er sich selber eingebrockt hatte.

»Daran haben wir auch schon gedacht, Miss Solano, aber was sollen wir denn sonst tun? Wir setzen darauf, daß die Mutter sich bezahlen lassen wird und für dieses Geld Knochenmark spendet. Wir würden ihr geben, soviel sie will.«

»Na ja, es ist schließlich ihr leibliches Kind«, sagte ich. »Eigentlich logisch, daß sie ihm helfen wird.«

»Genau«, sagte José Antonio und griff nach der Hand seiner Frau.

»Na gut, ich werde mein Bestes versuchen. Aber bevor ich einen Vertrag aufsetze, möchte ich klarstellen, daß bei dem Ganzen unter Umständen gar nichts herauskommen wird. Es ist gut möglich, daß ich trotz großer emotionaler und finanzieller Anstrengungen nicht einmal die leibliche Mutter Ihres Kindes ausfindig machen kann.«

José Antonio erhob sich, seine deprimiert zusammengesunkene Frau mußte er förmlich von der Couch hochziehen. Dann riß er einen Scheck aus dem Heft, unterschrieb und datierte ihn und legte ihn mir auf den Schreibtisch.

»Die Summe, die Sie für den Anfang brauchen, tragen Sie selbst ein«, sagte er. »Was immer Sie für angemessen erachten.«

Ich starrte den Blankoscheck an. Der Fall war mir schon jetzt zuwider.

»Bitte, Miss Solano«, sagte Lucia mit düsterem Blick und zitterndem Kinn. »Die Spezialisten sagen, daß Michelle ohne die Knochenmarktransplantation höchstens noch vier Monate zu leben hat. Bitte finden Sie die Mutter!«

Sie schlossen die Tür ganz leise hinter sich. Ich begann über Nadeln in Heuhaufen und über meine minimalen Chancen nachzudenken, in dieser Lotterie zu gewinnen.

3

Fünf Jahre waren seit dem Tod meiner Mutter vergangen, aber meinem Gefühl nach war es erst fünf Monate her. Ich sah noch die Kinder in dem ruhigen Vorzimmer des Jackson Memorial Hospital vor mir, die auf ihre Chemotherapie warteten. Mamas Behandlung zog sich monatelang hin, und ihre Therapietermine fanden in regelmäßigen Abständen statt, so daß wir uns ein bißchen mit den anderen Patienten anfreundeten. Die Kinder zerrissen mir schier das Herz.

Obwohl es damals niemandem eingefallen wäre, die anderen Patienten nach ihrem jeweiligen Gesundheitszustand zu fragen, wußten immer alle alles über die Krebserkrankung der anderen. Wenn einer zu einem Termin nicht erschien, war jedoch niemand wild darauf, Einzelheiten zu erfahren. Der Grund für das Wegbleiben lag nämlich nie in einer Verbesserung des Zustands; in dieser Klinik wurden die allerwenigsten wirklich geheilt.

An ein kleines Mädchen, Elena Rojas, konnte ich mich ganz besonders gut erinnern. Sie war damals wohl sieben oder acht Jahre alt, aber genau konnte man das nicht sagen, weil die Chemotherapie sie unglaublich mitgenommen hatte. Auch ohne Haare und mit aufgedunsenem Gesicht war sie noch ein sehr hübsches Kind, und die Schwestern liebten sie. Ihre Zuversicht und Fröhlichkeit waren ansteckend, und als ich meine Mutter mal ins Jackson Memorial brachte und Elena nicht sah, mußte ich meine ganze Selbstbeherrschung aufbieten, um nicht herumzufragen, wie es ihr gehe.

Im Lauf der Zeit fiel mir auf, daß sie nur selten zweimal von ein und demselben Menschen begleitet wurde; vielleicht, stellte ich mir vor, hatte sie eine große Familie. Aber ich war nun mal neugierig, und eines Tages fand ich raus, daß die Leute, die Elena zur Therapie brachten, gar keine Verwandten von ihr waren, sondern Angestellte der Florida Health and Rehabilitative Services. Elena war ein Heimkind, ihre Eltern waren schon seit mehreren Jahren tot. Die Krankenschwester erzählte mir, von Zeit zu Zeit tauche irgendein Angehöriger auf und wolle Elena zu sich nehmen, doch keiner habe je die gerichtlichen Auflagen erfüllt, und Elena sei ständig im ungewissen geblieben. Als Elenas Leukämie sich allmählich verschlimmerte, versiegte das Pro-forma-Interesse ihrer Verwandten endgültig.

Dann wurde der Zustand meiner Mutter kritisch, und wir mußten öfter und für längere Zeit ins Krankenhaus. Ich sprach viel mit den Schwestern, und sie erzählten mir, daß Elenas Situation gar nicht ungewöhnlich sei – es gebe einige Kinder, die sich wie sie in der Obhut von Fremden befänden und der Gnade von Justizangestellten ausgeliefert seien.

In den letzten Wochen verlor meine Mutter oft das Bewußtsein, und ich gewöhnte mir an, durch die Gänge zu wandern, um mich abzulenken. Ich besuchte die Kinder, und ich glaube, sie halfen mir mindestens ebensosehr durch diese Zeit wie ich ihnen. Wenig später starb meine Mutter, doch ich ging, als würde ich einer alten Gewohnheit folgen, weiterhin in die Abteilung und verbrachte ein bißchen Zeit mit den Kindern. Sie machten mich ganz offiziell zu einer freiwilligen Helferin, deren Arbeit darin bestand, zweimal in der Woche Geschichten zu erzählen und Papierpuppen zu basteln.

Nach knapp drei Jahren starb Elena. Ich ging und kam nie wieder. Damals dachte ich, ich sei einfach erschöpft, und das würde sich mit der Zeit geben, doch da irrte ich mich.

Als sie nicht mehr da war und mir keine Kraft mehr geben konnte, ertrug ich das Krankenhaus nicht mehr.

In meinem Zimmer roch es immer noch schwach nach Lucias Parfüm. Ich betrachtete das Foto von Michelle auf dem Schreibtisch. Wenn ich irgend etwas dazu tun konnte, würde sie nicht wie all die anderen Kinder in jenem Wartezimmer enden. Jetzt konnte ich endlich wiedergutmachen, daß ich den anderen einfach davongelaufen war. Mir war klar, daß ich mich ziemlich reinsteigerte – bitte, was wollen Sie, ich bin katholisch. Ich glaube nun mal, daß man etwas abbüßen kann. Mein gesunder Menschenverstand sagte mir zwar, daß meine Chancen, Michelles leibliche Mutter zu finden, gleich Null waren, aber auf den gesunden Menschenverstand habe ich noch nie viel gegeben.
Leonardo klopfte leise an die Tür. »Lupe? Alles in Ordnung mit dir?«
»Ja, alles in Ordnung, Leonardo.« Ich steckte das Foto in den Umschlag. »Ich denke nur über diesen neuen Fall nach, nichts weiter.«
Leonardo schob die Tür so weit auf, daß er den Kopf durchstecken konnte. »Schon wieder eine Empfehlung von Stanley«, sagte er, glücklich lächelnd, wie nur ein völlig Ahnungsloser lächeln konnte. »Find' ich super! Seine Klienten sind alle total reich und zahlen pünktlich!«
»Was uns das Leben fraglos wesentlich erleichtert«, erwiderte ich. Leonardo kümmerte sich um die Rechnungen und die Bücher – bis zu einem gewissen Grad. Einmal im Monat kam ein Buchhalter und brachte unser kleines Finanzchaos in Ordnung, bevor es sich zur Katastrophe auswuchs. Aber ich war trotzdem nicht streng mit Leonardo. Immerhin zeigte er guten Willen.
Er stand immer noch in der Tür und steckte den Kopf rein,

als zögere er, ganz einzutreten. »Was gibt's denn?« fragte ich ihn schließlich.
»Also, ich wollte eigentlich mit dir über was reden«, sagte er, kam rein und setzte sich auf einen meiner Klientenstühle. Er hielt so eine Metallfeder in der Hand und drückte sie immer wieder zusammen, damit seine Unterarmmuskeln stärker werden würden. »Es geht um meine Freundin, Serenity.«
Ich liebe Leonardo wie einen kleinen Bruder, wirklich, aber manches an ihm ärgert mich doch ziemlich. Er hat, beispielsweise, Freundinnen, die nach seelischen Zuständen benannt sind. Und ständig hat er irgendwelche Projekte laufen. Kürzlich verkaufte er aus der Büroküche heraus energiespendende, fettverbrennende Fruchtshakes. Unser Gartenhäuschen ähnelte eher der Vorratskammer eines Kurhotels als einer Detektei.
Er nahm die Metallfeder in die andere Hand und begann wieder mit seinen Übungen. »Sie hat eine Idee und glaubt, die könnte dir gefallen«, sagte er. »Es ist nur zweimal wöchentlich und nach den Bürostunden. Du würdest es wahrscheinlich gar nicht mitkriegen, aber ich will, daß du damit einverstanden bist.«
»Sehr rücksichtsvoll von dir«, sagte ich und versuchte mir unter Zuhilfenahme dessen, was ich über die kleine, völlig weggedrehte Hippiefrau Serenity wußte, zu erahnen, was jetzt kommen würde: Schlammbäder mit Gesang? Teeblätter und Séancen? Kräuter-Darm-Anwendungen? Mann, alles, bloß nicht das!
»Serenity möchte im Vorraum Yoga- und Meditationskurse geben, aber nur mit ganz wenigen Schülern. Du kannst natürlich auch mitmachen. Für dich wäre es kostenlos.«
Vielleicht lag es an der üppigen tropischen Vegetation, die das Häuschen umgab, oder an den wilden Papageien, die

hinten krächzten und die Bäume mit ihrem leuchtenden Gefieder bunttupften, jedenfalls hatte das kleine Haus irgend etwas, das es für dieses spinöse, eigentlich typisch kalifornische Zeug geeignet erscheinen ließ. Na, zumindest würden durch das Meditieren keine Flecken auf den Teppichboden kommen.
Andererseits wurde mir halb schlecht bei dem Gedanken, daß ein Klient außerhalb der Bürostunden auf ein Dutzend Coconut-Grove-Hippies stieß, die ihre Beine gerade um die Schultern geschlungen hatten, und ich verdrehte die Augen nach oben. Leonardo interpretierte dies als überwältigende Zustimmung.
»Super! Ich hab' gewußt, daß du ja sagen würdest! Ich gehe gleich mal an den Kopierer und mach' ein paar Werbezettel. Geht doch auch klar, oder?«

Das Standesamt ist im Nordwesten von Miami, eingezwängt zwischen dem County-Gefängnis und dem Cedars of Lebanon Hospital, in einem besonders tristen, heruntergekommenen Block. Mir graute davor, dort hinfahren zu müssen, obwohl die schmalen Straßen jetzt, zu Mittag, vor Menschen wimmelten. Mir war in dieser Gegend bisher noch nie etwas passiert, aber das war nur eine Frage der Zeit. Für uns hier in Miami gehören Kriminalität und Gefahr zum Alltag, und die meisten Leute versuchen sich zu schützen, indem sie sich von Orten wie dem Standesamt fernhalten. Für mich war es ein ganz normaler Arbeitstag.
Dort einen Parkplatz zu finden, war wie immer unmöglich, vor allem seit ich den Mercedes fuhr. Ich drehte erfolglos mehrere Runden um den Block und fand mich schließlich damit ab, schamlos mit dem Standesamt-Parkwächter flirten zu müssen, damit er mir erlaubte, meinen Wagen auf einem der für die Beamten reservierten Plätze abzustellen.

Für den üblichen Fünf-Dollar-Obolus versprach er, ein Auge auf mein Auto zu haben.
In dem niedrigen, senfgelben Gebäude blieb ich vor der stickigen, fensterlosen Registratur stehen und straffte die Schultern, um mir Mut zu machen. Ich habe eine Theorie, die besagt, daß die Bürokraten von Dade County diesen Raum ganz bewußt so deprimierend gestaltet haben und die Wartezeit auf Informationen und Dokumente absichtlich so in die Länge ziehen, damit wirklich nur die zähesten Bürger es überhaupt versuchen.
Anstatt eine Nummer zu ziehen und mich seelisch auf die endlose Warterei einzustellen, bis mein Name aufgerufen werden würde, ging ich schnurstracks zum Schalter mit der Aufschrift »Beerdigungsunternehmer und Justizbeamte«. Ich war zwar weder das eine noch das andere, aber mein Freund Mario Solis arbeitete in dieser Abteilung, und ich wußte, daß er mich nicht hängenlassen würde.
Mario – um die Vierzig mit kleinem Spitzbauch – arbeitete schon seit meiner Zeit bei White and Blanco in der County-Verwaltung. Er war verheiratet und hatte fünf Kinder, aber ich spürte trotzdem jedesmal, wenn wir uns sahen, daß er ein bißchen in mich verknallt war.
Als er mich sah, funkelten seine Augen, und er glättete seine breite, dunkelblaue Krawatte. »Lupe! Das ist aber eine schöne Überraschung!«
»Du siehst großartig aus, Mario. Wie geht's Consuelo und den Kindern?« fragte ich ihn in naivem, von brennendem Interesse durchsäuseltem Tonfall, während ich ihm flüchtige Küßchen auf die Wangen hauchte. Consuelo war eine stadtbekannte Xanthippe.
»Gut geht's ihnen, danke der Nachfrage.« Zu meiner großen Erleichterung zog er diesmal das Fotoalbum, in dem jeder Geburtstag und jeder ausgefallene Zahn seiner Kinder bis

in die kleinsten Einzelheiten festgehalten war, nicht aus der Schublade. Mario war ein guter Mensch, aber wenn ich mit ihm verheiratet gewesen wäre, hätte ich mir jeden Morgen zum Frühstück Wodka in den Orangensaft geschüttet.
Nachdem uns die Smalltalk-Themen ausgegangen waren, grinsten wir uns eine Weile an. Dann zog ich meinen Schreibblock aus der Tasche. »Mario, ich bräuchte da etwas für einen Fall, und zwar die Geburtsbestätigung eines kleinen Mädchens, das am 11. Juli 1993 in Dade County zur Welt kam.«
Sofort war die Stimmung verhagelt. »Lupe, du weißt genau, daß ich derartige Informationen ohne Genehmigung nicht weitergeben darf«, sagte Mario und warf verstohlene Blicke auf seine Kollegen, um zu sehen, ob sie etwas mitgekriegt hatten. »Ich weiß, ich habe dir schon einige Male geholfen, aber in letzter Zeit wird hier wirklich durchgegriffen. Wir bekommen unglaublich viele Anfragen von Adoptivkindern, die ihre richtigen Eltern suchen, und juristische Probleme hat es deswegen auch schon gegeben.«
Ich hatte nichts anderes erwartet, aber ich wußte auch, wie sehr Mario Kinder liebte. »Nun komm schon, Mario«, sagte ich, »ich brauche die Geburtsbestätigung aus medizinischen Gründen, nämlich um ein krankes Kind zu retten. Wenn meine Klienten den Amtsweg beschreiten müssen, ist es garantiert zu spät.«
Er wirkte nicht gerade überzeugt; die Ironie lag natürlich darin, daß ich die Wahrheit gesagt hatte. Als ich aber einen Schmollmund zog und ihn hilflos ansah, beugte er sich so weit vor, daß die ganze Glasscheibe zwischen uns von seinem ovalen Kopf ausgefüllt war. »Ich seh' mal, was ich machen kann«, flüsterte er. »Wir treffen uns unter dem Flamboyantbaum beim Parkplatz gegenüber dem Gefängnis. In ein paar Minuten beginnt meine Pause, dann bringe ich dir die Bestätigung, falls sie überhaupt hier ist.«

Ich gab Mario die Informationen, die er brauchte – wobei ich ihn sicherheitshalber um die Geburtsbestätigungen sämtlicher weiblicher weißer Säuglinge bat, die drei Tage vor und drei Tage nach dem von Betancourt als Geburtsdatum angegebenen 11. Juli in Dade County auf die Welt gekommen waren –, und ging, ohne sonst noch etwas zu sagen. Mario pflegte nämlich mit mir zusammen immer sein dramatisches Talent zur Entfaltung zu bringen; einmal übergab er mir in der Lobby des Standesamts eine Sterbeurkunde, indem er sie in meine Handtasche schob, nachdem ich so getan hatte, als wäre ich gestolpert und gefallen. Sein Familienleben war wohl nicht gerade aufregend.

Ich wartete also unter dem Flamboyantbaum auf ihn. Es war nicht mal langweilig; ich hatte nämlich das Glück, die Freilassung der an diesem Tag fälligen Gefängnisinsassen miterleben zu dürfen. Ein junger Kerl im üblichen Gang-Outfit bemerkte mich, machte seine Kumpels auf mich aufmerksam, pfiff mir hinterher und schlenderte auf mich zu. Als ich meinen Detektiv-Ausweis zückte, blieb er verblüfft stehen und entfernte sich dann langsam mit einem letzten Blick auf den Knast.

Eine Stunde später war ich bereits nahe daran, aufzugeben und es mit einer anderen Taktik zu versuchen, doch dann tauchte Mario endlich auf, einen hellbraunen Umschlag krampfhaft an die Brust gepreßt. Sorgsam auf den Verkehr achtend, lief er über die Straße. Ich hatte den Eindruck, er habe ein paar Pfund zugelegt.

Die Anstrengung war offenbar zuviel für ihn; als er bei mir anlangte, war er völlig außer Atem und knallrot im Gesicht. »Dafür kann ich gefeuert werden, ist dir das klar?« sagte er keuchend. »Meine Vorgesetzte war die ganze Zeit im Raum und hat mich fast erwischt, als ich das Mikrofiche kopierte. Wenn es ihr gerade in den Sinn gekommen wäre, hätte sie ohne weiteres nach dem Antrag fragen können. Das mache ich nie wieder, nicht mal für dich!«

Er zog ein Taschentuch heraus und wischte sich das Gesicht ab, während ich schweigend wartete. Das Gejammere war ebenfalls fester Bestandteil unseres Rituals. »Wenn die Frau mich dabei erwischt, daß ich vertrauliche Informationen über diese Babys rausrücke, bin ich dran! Ich muß wirklich komplett verrückt sein!«

Ich dachte mir, daß ein bißchen Dankbarkeit an dieser Stelle nicht schaden könne, beugte mich zu Mario vor und gab ihm einen Kuß auf die Wange. »Vielen, vielen Dank, Mario! Es tut mir ja so leid, daß du das alles meinetwegen durchmachen mußtest, aber du darfst nicht vergessen, daß du damit einem unschuldigen kleinen Kind hilfst.«

Er errötete vor Genugtuung. »So, Mario, und jetzt mußt du mir noch erklären, wie hier im County mit den Geburtsbestätigungen verfahren wird.«

Die Gesichtsröte verschwand. Mario sah sich um, als würden wir von FBI-Agenten beobachtet. »Alle Lebendgeburten müssen laut Gesetz 382.16 des Bundesstaates Florida innerhalb von fünf Tagen registriert werden«, rezitierte er. »Normalerweise wird das vom jeweiligen Krankenhaus automatisch erledigt.«

»Und wie ist es bei Adoptionen?«

Er betupfte sich noch einmal die Stirn. Jetzt, am Mittag, war die Luftfeuchtigkeit wie üblich so hoch, daß man sich wie in einer Sauna vorkam. »Bei Adoptionen ist es anders. Da wird der Name der leiblichen Mutter sowie des Vaters, wenn einer bekannt ist, jeweils notiert. Wenn die Adoption über die Bühne gegangen ist, schicken uns die Gerichte eine geänderte Geburtsbestätigung, auf der die Namen der neuen Eltern stehen. Die beiden Dokumente sehen völlig gleich aus, so daß allein aufgrund der Papiere kein Unterschied festzustellen ist. Die ursprüngliche Bestätigung wird dann in die versiegelte Gerichtsakte aufgenommen. Danach benötigt man eine gerichtliche Verfügung, um an dieses Schriftstück heranzukommen.«

Ich warf einen Blick über den Parkplatz, konnte meinen Wagen jedoch nicht entdecken. Hoffentlich war er nicht bereits gestohlen und ausgeschlachtet. »Und wie ist es bei Hausgeburten?«

»Da ist meist eine Hebamme oder ein Arzt dabei. Das Gesetz verlangt, daß jede Geburt verzeichnet wird, und die meisten Leute erledigen das gleich, weil jeder eine Geburtsurkunde für die Behörden braucht. Es gibt allerdings Ausnahmen. Manche Gastarbeiter, beispielsweise, verzichten darauf, sich eine Geburtsurkunde ausstellen zu lassen, wenn sie vorhaben, in ihr Land zurückzukehren. Aber die allermeisten dieser Leute wollen, daß ihre Kinder Amerikaner werden.«

Das notierte ich mir. Daran, daß eine Mutter die Geburt ihres Kindes unter Umständen nicht offiziell verzeichnet wissen wollte, hatte ich gar nicht gedacht.

Mario sah mir beim Schreiben zu. »Hey – du hast doch hoffentlich nichts Illegales mit diesen Dokumenten vor, oder, Lupe?«

Ich ging nicht darauf ein, weil ich die Antwort selbst noch nicht kannte. »Und wie sieht es bei ausgesetzten Babys aus?«

»Die werden, wenn man die leiblichen Eltern nicht findet, bis zur Adoption als Baby Jane oder Baby Joe geführt. Dabei kommt es vor, daß eine Geburt nicht registriert wird, aber nur sehr selten.«

Betancourt hatte die Adoption vermittelt, und sie war mit fast hundertprozentiger Sicherheit illegal gewesen. Ich versuchte nachzudenken: Wo konnte er das Baby aufgetrieben haben?

Mario berührte mich am Arm. »Jetzt sei mal ganz ehrlich, Lupe. Ich helfe dir ja, soweit ich kann, aber für einen kompletten Idioten brauchst du mich nicht zu halten. Was geht hier eigentlich ab?«

Mario mit seiner Frau und dem Haus voller Kinder besaß die Geduld von fünf Männern, aber jetzt hatte ich ihn schließlich doch zermürbt. Einen Augenblick lang tat er mir echt leid.

»Du hast recht, Mario, ich habe dir nicht alles gesagt.« Ich atmete einen tiefen Zug schwülwarmer Luft ein und erzählte ihm von den Morenos und der Geburtsbestätigung, die sie mir gegeben hatten. »Ich will rauskriegen, ob diese Bestätigung beim Standesamt eingereicht wurde. Ich weiß nämlich, ehrlich gesagt, nicht mal, ob ihr darüber irgend etwas habt. Meine Klienten haben nicht bei euch nachgefragt, bevor sie zu mir kamen.«

Daß ich ihm so viel erzählen mußte, machte mich nervös, aber es war wichtig, daß er mir vertraute, sonst hätte er seine Hilfe möglicherweise sofort wieder eingestellt – in diesem Fall und vielleicht auch in allen zukünftigen.

»Na, auf was wartest du dann noch?« fragte er ironisch lächelnd. »Mach den Umschlag auf und schau nach!«

Ich hätte wissen müssen, daß Mario mich nicht im Stich lassen würde. Dann hätte es in seinem Leben nämlich überhaupt nichts Aufregendes mehr gegeben. Hastig öffnete ich den Umschlag und überflog den Ausdruck.

Ein Kind namens Moreno war nicht verzeichnet. Ich staunte über die Anzahl von Geburten in Dade County allein in dieser Zeit. Kein Wunder, daß Miami so überbevölkert war: Im Sommer '93 waren im Jackson Memorial Hospital ungefähr zwanzig Babys pro Tag zur Welt gekommen, und das waren nur die weiblichen Neugeborenen. Dann fiel mir ein, daß auf der Liste obendrein nur die registrierten Geburten standen.

Mario beobachtete mich scharf, und ich merkte, daß er mir die Enttäuschung vom Gesicht ablesen konnte. Ich sah mir den Ausdruck noch einmal an, weil ich dachte, ich hätte Michelle beim ersten Mal vielleicht übersehen. Aber ich hatte einfach kein Glück – Moreno war nicht dabei.
Hier blieb für mich nichts mehr zu tun. Ich stand vom Gras auf und half Mario auf die Beine. Er hatte wirklich zugenommen.
»Also, ich habe meine Mittagspause sowieso schon überzogen«, sagte er, während er sich die Erde von der Hose klopfte.
Ich versprach ihm, mich mal wieder zu melden, und küßte ihn noch einmal auf die Wange. Man konnte nie wissen, wann man ihn wieder brauchen würde.

4

Auf der Fahrt zu meinem Elternhaus in Cocoplum fiel mir ein, daß ich das Fatima gegebene Versprechen, mich nach den neuesten Gerüchten über Castro zu erkundigen, komplett vergessen hatte. Während ich mich durch den Verkehr auf dem Main Highway schlängelte, schaltete ich das Radio ein. Es gab keinerlei Grund, sich Sorgen zu machen – wenn auf Cuba tatsächlich etwas passiert wäre, hätte ganz Miami schon längst durchgedreht. Ich fummelte noch eine Weile am Radio herum, schaltete es aber wieder aus, als ich immer nur Musik reinbekam. Wenigstens konnte ich Fatima jetzt sagen, daß ich mich über das angeblich bevorstehende Ende Fidel Castros tatsächlich informiert hätte; ich mußte ja nicht genauer darauf eingehen, wie engagiert ich meine Informationssuche betrieben hatte.

Ich stieg aufs Gas. Meine Schwester Lourdes sollte übers Wochenende heimkommen, und ich freute mich schon sehr darauf, sie zu sehen. Sie wohnte mit drei anderen Nonnen, allesamt Mitglieder des Ordens vom Heiligen Rosenkranz, in einem kleinen, bescheidenen Haus in Little Havana und führte ein ziemlich einfaches Leben, brauchte aber hin und wieder einen Schuß Zuhause. Ich konnte das gut verstehen; nach dem College, während meiner Lehrzeit bei White and Blanco, wohnte ich ein Jahr lang ganz allein, doch als die Miete für mein Apartment in der Brickell Avenue aufgrund einer Renovierung erhöht wurde, schaltete Papa sich ein und versuchte mich zu überreden, wieder nach Hause zu ziehen. Ich ließ es mir durch den Kopf gehen und kehrte sogar für einen Monat zurück, aber sosehr ich meine Familie auch liebte, ich brauchte doch meine Unabhängigkeit. In den seit meinem zweiten Auszug vergangenen Jahren hatte ich mich an das Alleinleben gewöhnt und daran, daß ich niemandem gegenüber Erklärungen abgeben mußte und kommen und gehen konnte, wann ich wollte. Außerdem fühlte ich mich in meiner Wohnung sehr wohl.

Ich wohnte in einem ziemlich unscheinbaren Haus am südlichen Ende der Brickell Avenue, gleich bei der Auffahrt nach Key Biscayne. Es war eine für junge Familien und Berufsanfänger typische Wohngegend, was bedeutete, daß die Leute sofort wieder wegzogen, sobald sie mehr verdienten. Ich aber hatte drei für mich vollständig ausreichende Zimmer – ein Wohn/Eßzimmer, ein Arbeits- und ein Schlafzimmer –, eine modern eingerichtete Küche, ein ordentliches Bad und einen Balkon. Über meine Möbel geriet niemand in Ekstase; sie erinnerten an die Einrichtung einer Studienanfängerin. Aber ich wohnte im fünfundzwanzigsten Stock mit Blick auf die Sonnenuntergänge über der Bucht – wer legte da schon Wert auf tolle Möbel?

Wirklich wichtig war mir, abgesehen von meiner durch das Alleinleben garantierten Privatsphäre, daß das Detektivbüro Solano auch Geld einbrachte. Leonardo und ich hatten gearbeitet wie die Irren, und endlich begann sich das auszuzahlen. Angefangen hatten wir mit entlaufenen Hunden, mit dem Eintreiben ausstehender Rechnungen, mit Aufträgen von gewerblichen Kautionsstellern, deren Klienten sich aus dem Staub gemacht hatten, und dem Sammeln irgendwelcher anderen Informationen. (Obwohl wir damals wirklich verzweifelt nach Aufträgen suchten, war die von mir gezogene Grenze bei Kopfgeldjägerei erreicht.) Am Ende unseres ersten Jahres stellte sich heraus, daß es sich lohnte; die Ausgaben waren gedeckt, und wir fuhren ein halbwegs anständiges Gehalt ein. Im Jahre vier hatte ich Papa das Geld zurückgezahlt, das er mir zur Unternehmensgründung geliehen hatte. Ich hatte mich als unabhängige und erfolgreiche Frau in einem typischen Machoberuf etabliert.

Papa akzeptierte endlich, daß ich erwachsen war – bei mir, dem Nesthäkchen, hatte das eine Weile gedauert – und mein eigenes Leben lebte. Ich glaube, als Mama starb, hoffte er, ich würde wieder nach Hause ziehen, aber er gab sich damit dann zufrieden, daß ich ihn laufend besuchte, für ihn kochte und ihm die Wäsche wusch. Das einzige, was er darüber hinaus verlangte, war, daß ich mir von ihm ein passendes Auto schenken ließ, und ein passendes Auto konnte in seinen Augen nur ein Mercedes sein. Sie können sich bestimmt vorstellen, wie sehr er darum kämpfen mußte, ein dreiundzwanzigjähriges Mädchen zur Annahme dieses Geschenks zu bewegen …

Fatima und ihre zwei Töchter, die zwölfjährigen Zwillinge Magdalena und Teresa, lebten bei meinem Vater. Nach Mamas Tod und dem Skandal mit Julio Juarez war es für Fatima das Selbstverständlichste der Welt gewesen, nach Hause zurückzuziehen. Wir drei, meine beiden Schwestern und ich, kamen sowieso irgendwie immer wieder zurück. Warum, war schwer zu erklären, vor allem Amerikanern. Papa dagegen war selig, weil er ständig Gesellschaft hatte und sich darüber beklagen konnte, der einzige Mann in einem Haus voller plappernder Frauen zu sein.

Papa war in Havanna Bauunternehmer gewesen und hatte sich unter Batista, bevor er ins Exil mußte, ein ansehnliches Vermögen mit Hotelbauten geschaffen. Seine Ausbildung hatte er in den Vereinigten Staaten erhalten, zuerst in Choate in Connecticut, dann in Princeton, und sich mit einigen der Amerikaner, die traditionell in Cuba investierten, angefreundet.

Als die politische Situation in Cuba zu brisant und zu unsicher für Geschäfte geworden war, begann Papa mit Hilfe seiner amerikanischen Freunde, das Kapital der Familie in die Vereinigten Staaten zu verlegen. Als Batista stürzte und Castro die Herrschaft übernahm, hatte Papa bereits den größten Teil seines Geldes aus dem Land geschafft. Mama und er hatten gerade geheiratet und verließen ihre Heimat nur sehr ungern, aber nachdem die Castro-Diktatur sich einige Jahre gehalten hatte, wurde ihnen klar, daß sie weg mußten, solange es noch ging. Mama war damals im dritten Monat mit Fatima schwanger.
In Miami erhielt Papa sofort eine Lizenz als Bauunternehmer und begann zu arbeiten. Anders als die meisten Cubaner, die Anfang der sechziger Jahre in die Staaten einwanderten, gab er sich in bezug auf Cubas Zukunft keinen Illusionen hin. Er wußte, daß das Land nie wieder so werden würde, wie es früher war, und diese Überzeugung brachte ihm einen immensen Vorsprung gegenüber den anderen ein. Papa und Mama packten ihre Zukunft an.
Zuerst wohnte die Familie in einem bescheidenen Vierzimmerhaus im südlichen Teil von Coral Gables; Papa wollte abwarten, bis sich ihm die Gelegenheit bot, das perfekte Haus schlechthin zu bauen. Seine Chance kam vor etwa fünfzehn Jahren, als die Arvida Corporation mit dem Bau einer exklusiven Wohnanlage auf einem riesigen Grundstück an der Biscayne Bay, südlich von Coconut Grove, begann. Papa kaufte drei Parzellen, und zwar dort, wo das Wasser am tiefsten war, denn er wollte eine Anlegestelle für ein Tiefseefischerboot (seine große Leidenschaft) bauen.
Diese Wohnanlage hieß später Cocoplum. Manche Staatsanwälte des Countys nennen sie »Coc*a* plum«, weil für den Kauf einiger der Häuser Drogengeld benutzt wurde. Aber so ist das nun mal in Südflorida. Manches an der Anlage

war zwar ziemlich geschmacklos und typisch für Neureiche, und es wohnten darin ein paar Drogenhändler, die zu Geld gekommen waren und für ehrbar gelten wollten, aber wenn man die Wärter und Schranken passiert hatte, war man in meinem Cocoplum: großzügig verteilte, pastellfarbene Häuser und üppige Grünflächen, Kanäle und der Wind vom Meer. Das war mein Zuhause.

Und was für ein Zuhause! Als ich in die Auffahrt einbog, schoß es mir bestimmt zum millionstenmal durch den Kopf, daß Papa wirklich übertrieben hatte mit unserem Haus. Lourdes nannte es den »Exflüchtlings«-Stil. Es war das typische Haus eines Einwanderers, der im Land der unbeschränkten Möglichkeiten Geld gescheffelt hatte. Normalerweise waren meine Eltern sehr zurückhaltende Menschen, doch in Hinblick auf das Haus hatten sie alle Hemmungen verloren und keinerlei Gefühl für Proportionen bewiesen. Es war riesengroß: zehn Schlafzimmer, jedes einzelne unglaublich geräumig, jede Menge Wohnbereich, Terrassen, Patios. Ein einziger kapitalistischer Alptraum.

Meine Schwestern und ich wissen wirklich nicht, was damals in Papa gefahren war. Er entwarf das Haus zu der Zeit, als er gerade über die galizischen Vorfahren unserer Familie forschte, und kopierte prompt irgendeinen obskuren Bauplan für eine spanische Hacienda, den er in einem Lexikon gefunden hatte. Gott sei Dank besaß er drei Parzellen, so daß es zwischen uns und den anderen einen ziemlich großen Abstand gab, doch selbst aus der Ferne betrachtet, stellte unser Haus die Häuser unserer Nachbarn in den Schatten. Ich ging davon aus, daß sie uns deswegen haßten.

Der alte Osvaldo goß gerade, einen Strohhut auf der Glatze, die Blumen, als ich ankam. Der drahtige, immer noch muskulöse Mann stand über einen langen Schlauch gebeugt. Seine Frau Aida und er arbeiteten schon seit Jahren für unsere

Familie; angefangen hatten sie als Köchin und Butler für meine Großmutter in Havanna. Nach ihrer Ankunft in Miami riefen sie meine Eltern an und teilten ihnen mit, sie seien bereit, den Dienst in der Familie wieder aufzunehmen. Mama, die natürlich wußte, daß die beiden schon auf die siebzig zugingen und daß eine Wiedereinstellung bedeuten würde, für die zwei bis zu ihrem Tod zu sorgen, zögerte keine Sekunde. Ich kann mich nicht erinnern, daß Osvaldo und Aida einmal nicht dagewesen wären.

»Fahr dein Auto ein Stück weiter, Lupe! Hierher!« rief Osvaldo und trocknete sich mit einem Taschentuch die Stirn. »Wie ist es denn so dreckig geworden? Hast du wieder unter einem Jakarandabaum geparkt? Ich hab' dir doch gesagt, daß der Saft von diesem Baum den Lack kaputtmacht!«

Ich fuhr den Wagen näher an Osvaldo heran. Er sah, die Hände in die Hüften gestemmt, zu und öffnete mir dann die Tür.

»Gerade die kleinen Dinge sind wichtig, Lupe«, erklärte er. Dann schloß er die Wagentür, inspizierte den Lack und schimpfte wieder los: »Gerade an diese Dinge mußt du im Leben immer denken!«

Als Kind streckte ich ihm in solchen Situationen immer die Zunge raus, jetzt sagte ich allerdings nur: »Tut mir leid, Osvaldo, es wird nicht mehr vorkommen, ich verspreche es. Ist Lourdes schon da?«

»Sie ist an der Pier bei deinem Papa«, sagte er und richtete sich dabei auf. Er war nur wenig größer als ich. »Aida hat gebackene Muschelschnecken gemacht, aber du mußt dich beeilen. Kaum hat Aida sie gemacht, sind sie schon aufgegessen. Du kennst ja diese Familie – immer nur essen.«

Einmal wöchentlich kam Osvaldo ins Detektivbüro Solano und kümmerte sich um das Grundstück, auf dem das Häuschen stand. Er behauptete, es mache ihm Spaß, bringe seine

Kreativität zur Entfaltung. Doch Gartenarbeit und Gartengestaltung waren im unordentlichen Coconut Grove etwas völlig anderes als in Coral Gables. In Coconut Grove wucherte alles üppig und wild, während man in Coral Gables perfekt gepflegten Rasen und makellos gestutzte Hecken bevorzugte. In Grove gab es so gut wie keine Bebauungsbeschränkungen, in Gables mußten die Hauseigentümer beim Anstreichen ihrer Häuser aus sechzehn genehmigten Farben eine auswählen.

Als Osvaldo vor mehreren Jahren das Grundstück um das Häuschen herum zu bearbeiten begann, wollte er sich mit mir über die Bäume und Büsche unterhalten, fand jedoch bald heraus, daß ich in Sachen Natur keinen blassen Schimmer habe. Seither hatte er mich, was den Garten anbelangt, nur noch ein einziges Mal angesprochen, und zwar nachdem er Leonardos Marihuanabeet entdeckt hatte. Mein brillanter Assistent wundert sich noch heute darüber, daß der alte Osvaldo diese andere Sorte Gras tatsächlich erkannte.

Osvaldo blieb an der Auffahrt, während ich ins Haus trat und mich erst mal von der Klimaanlage abkühlen ließ. Dann ging ich zur Pier hinaus, und sofort empfing mich wieder ein Schwall tropischer Miami-Luft. Dort stand Lourdes; sie trug nicht ihr Nonnenhabit, sondern Freizeitkleidung von Gap. Sie sah eher aus wie ein Cuppie – ein cubanischer Yuppie – als wie eine gesetzte Dienerin Gottes. Nonnen sind heutzutage ja so selten, daß man gar nicht mehr weiß, wie sie eigentlich aussehen sollten. Lourdes ist die einzige Nonne, die ich kenne. Manchmal vergleichen wir unsere Berufe miteinander, lachen dann viel und überlegen, wo wir möglicherweise einen Fehler gemacht haben.

Ich trat hinaus auf die Pier und umarmte meine Schwester. Lourdes fühlte sich wie immer stark und fest an zwischen meinen Armen.

»Hallo, Schwesterherz«, sagte sie, den Mund voller gebakkener Muschelschnecken. Sie sah toll aus. Das dunkle Haar trug sie in einer flotten Kurzhaarfrisur, die ihre glänzenden braunen Augen betonte. Ihre Haut war makellos.

Man sieht es ihr vielleicht nicht an, aber Lourdes ist wirklich mit Leib und Seele Nonne. Als ich mal in Tamiami schießen übte und in meiner Handtasche nach der Beretta tastete, war Mamas weißer Lackrosenkranz um den Lauf gewickelt. Ich wußte, daß das Lourdes' Werk war, und mir schossen die Tränen in die Augen und sprengten die coole Maske, die ich an Macho-Orten wie dem Schießstand immer aufsetzte. Lourdes machte sich Sorgen um mich und gab mir immer irgendwelche religiösen Gegenstände mit, um die Gefahr zu bannen. Richtiggehend peinlich kann es werden, wenn ich mit einem Mann zusammen und gerade in höchster Ekstase bin und dann plötzlich stoppen muß, um die religiösen Anhänger abzunehmen, die ich – versprochen ist versprochen – an meinen BH gesteckt habe.

Ich nahm mir eine Handvoll gebackener Muscheln aus der Schüssel, die auf dem Glastischchen an der Pier stand, und schenkte mir ein Glas *mojito* – Rum und Zitronensaft – zum Runterspülen ein. Papa trat, das faltige Gesicht von einem großen Panamahut und einer riesigen schwarzen Sonnenbrille verdeckt, behende vom Deck seines Boots herunter.

»Es gibt also nichts Neues?« rief er mir zu. Ich sah, daß er die bittere Wahrheit akzeptiert hatte. Auch an diesem Morgen würde er noch in Miami sein, und Fidel war nichts passiert. Papa erklärte nie im Detail, was er zu tun beabsichtigte, sobald die *Hatteras* in den Hafen von Havanna eingelaufen wäre. Ich glaube, er wußte es selbst nicht.

Wir aßen auf der Terrasse zu Abend. Die Sonne versank mit strahlendem Orange und einem zarten dunkelvioletten Ton über der Biscayne Bay, und die Wolken schwebten im aufkommenden kühlen Nachtwind gemächlich über den Himmel. Fatima stritt sich mit Teresa und Magdalena über Reitstunden und über die Frage, ob die beiden ein Pferd bekämen oder nicht. Papa aß schweigend; insgeheim war er wohl immer noch mit seinen enttäuschten Hoffnungen beschäftigt. Mit zunehmendem Alter identifizierte er sich immer mehr mit unserer Heimat, und seine Sehnsucht, dorthin zurückzukehren, wurde immer stärker.

Ein- oder zweimal bemerkte ich, daß Lourdes mich merkwürdig ansah, doch sie sagte nichts. Ich neckte die Zwillinge mit Kommentaren über den Gestank von Pferden, lehnte mich dann zurück und betrachtete die auf ihren Pfählen hockenden Pelikane, die darauf warteten, daß ein unglücklicher Fisch aus dem Wasser auftauchte und sie graziös auf ihre Beute herabstoßen konnten.

Während Aida das Geschirr wegräumte, saßen Lourdes und ich allein am Tisch. »Schau mal«, sagte ich und deutete ins letzte Tageslicht. »Da, im Wasser. Ich glaube, das ist eine Seekuh.«

Lourdes sah nicht mal hin. »Sagst du mir jetzt endlich, was dich bedrückt, oder soll ich raten?«

Sie lehnte sich, ihren Drink in der Hand, zurück und sah mir ruhig in die Augen. Sie war mir sehr, sehr nahe, und so merkwürdig es klingt, aber seit sie Nonne war, hatte sie eine unglaubliche Einfühlsamkeit und Intensität entwickelt. Manchmal war es direkt unheimlich.

»Nichts«, antwortete ich, aber ich wußte, daß sie das als Lüge erkannte.

»Na gut, dann gehen wir die Liste eben durch. Ist es ein Mann?«

»Nein, damit hat es nichts zu tun.«

»Dann also die Arbeit.« Lourdes griff in ihre Handtasche und zog eine Zigarette hervor. Sie schützte das Streichholz mit der Hand vor dem Wind und inhalierte tief. »Bist du in etwas reingeraten, in das du besser nicht reingeraten wärst?«

»Ich weiß nicht. Ich hab' einfach ein komisches Gefühl.«

Sie nickte und schnippte die Asche in den von einem Ficusbaum bewohnten Pflanztopf. »Auf diese Gefühle solltest du hören, kleine Schwester«, sagte sie, den Blick zum Horizont gerichtet. »Manchmal versuchen sie nämlich, einem etwas zu sagen.«

5

»Dreizehntausendzweihundertzweiunddreißig? Das ist nicht Ihr Ernst!«

Ich telefonierte mit Jennifer Harvey, die in der Abteilung Öffentlichkeitsarbeit des Jackson Memorial Hospital arbeitete. Sie klang jung und ein bißchen unerfahren, aber kaum hatte ich ihr meine Frage gestellt, ratterte sie auch schon die Anzahl der im vergangenen Jahr im Jackson Memorial geborenen Kinder runter. Sie wußte wirklich Bescheid.

»Augenblick mal«, sagte ich, während ich die Ziffern in meinen Rechner eingab. »Geteilt durch 365 macht 36,25 Geburten pro Tag.«

»So in etwa«, fügte Jennifer forsch hinzu.

»Genau«, murmelte ich und schrieb mir die Zahl auf. Ich hatte den Hörer zwischen Schulter und Ohr geklemmt, was allmählich ziemlich unbequem wurde. In diesem Augenblick ließ Leonardo, der im Nebenzimmer Gewichte hob, ein lautes Ächzen ertönen. Es klang wie eine Kuh in den Wehen. Ich fragte mich, für was Jennifer es wohl hielt.

Doch sie hatte entweder nichts gehört oder tat zumindest so. »Die Aufgliederung nach männlich und weiblich kann ich Ihnen nicht geben«, sagte sie. »Aber Sie brauchen die Zahl im Grunde nur durch zwei zu teilen. Macht ungefähr 6616 weibliche Neugeborene pro Jahr.«

Als ich sie fragte, wie man im Jackson die Geburtsregistrierung handhabte, konnte sie mir zwar nicht helfen, verband mich jedoch mit der Entbindungsstation, wo mir ein Pfleger mit heiserer Stimme alles bestätigte, was Mario mir gesagt hatte. Und zusätzlich erfuhr ich etwas sehr Interessantes:

Bei Patientinnen ohne eigenen Arzt wurde auf die Geburtsbestätigung »diensthabender Arzt« geschrieben, was wiederum bestätigte, daß Allen Samuels, wer immer er auch war, Michelle Moreno tatsächlich auf die Welt geholfen hatte und daß die Mutter seine Patientin gewesen war.

Ich hatte bereits in Erfahrung gebracht, daß es allein in Dade County neunundzwanzig Gemeindekrankenhäuser gab, von denen die meisten eine Entbindungsstation besaßen. In der mir verbleibenden Zeit konnte ich unmöglich die Geburten weiblicher Säuglinge in jeder einzelnen dieser Kliniken überprüfen. Ich hatte eine Geburtsbestätigung, auf der das Jackson Memorial Hospital angegeben war, doch in Wirklichkeit waren die Morenos nicht mal sicher, ob Michelle überhaupt in Dade County das Licht der Welt erblickt hatte. Sie wußten nur, was Betancourt ihnen mitgeteilt hatte – und der hatte sich als hochgradig unglaubwürdig erwiesen. Ich wußte nur eines mit Sicherheit: daß die von Betancourt ausgehändigte Geburtsbestätigung nie beim Standesamt abgegeben worden war.

Apropos Geburt – Leonardos Entbindung im Nebenzimmer machte offenbar gute Fortschritte. Er schrie mit hoher Stimme irgend etwas Unverständliches und stöhnte noch einmal auf. Dann hörte ich ein lautes Krachen. Er hatte das Gewicht auf den Boden donnern lassen.

Ich brauchte dringend ein paar gute Ideen. Ich nahm die Lupe aus meinem Schreibtisch und untersuchte die Dokumente, die die Morenos mir gegeben hatten. Auch in der Vergrößerung wirkten sie echt.

Daß Betancourt Michelles Geburt nicht hatte registrieren lassen, gab mir zu denken. Eltern brauchten doch originale, beglaubigte Dokumente für Sozialversicherungsnummern, Pässe und staatliche Zuschüsse. Wie hatte Betancourt annehmen können, daß seine Klienten nichts davon je beantragen würden? Eine Schlange wie Betancourt war viel zu vorsichtig, um die Sache zu vermasseln, es sei denn, er hatte nur bei den Morenos geschlampt. Es gab nur eine Möglichkeit, das herauszufinden.

»Mr. Moreno? Hier spricht Guadalupe Solano. Ich habe leider noch nichts für Sie.« Ich sprach schnell, weil ich keine Hoffnungen in ihm wecken wollte. »Aber ich möchte Ihnen ein paar Fragen stellen.«

»Anita, lassen Sie mich bitte einen Augenblick allein, ja? Und machen Sie die Tür zu!« Ich hatte José Antonio in seinem Büro angerufen, und jetzt schickte er seine Angestellte kalt und gebieterisch aus dem Raum. Doch als er sich wieder an mich wandte, klang seine Stimme ganz weich. »Fragen Sie, fragen Sie – wenn ich nur mithelfen kann!«

»Wie viele Kopien von Michelles Geburtsbestätigung hat Ihnen Elio Betancourt gegeben?«

»Zehn, alle beglaubigt. Ich erinnere mich an die genaue Zahl, weil ich fand, daß es ziemlich viele Kopien waren. Warum fragen Sie?«

Im Nebenzimmer knirschte Metall. Leonardo startete seine Beinmaschine. »Ich gehe gerade einer bestimmten Spur nach, Mr. Moreno, aber ich möchte erst noch mehr Informationen haben, ehe ich die Sache richtig anpacke. Bevor ich Ihnen Hoffnungen mache, muß ich ein paar Dinge klären.«

José Antonio erwiderte nichts, sondern atmete heftig und laut in die Sprechmuschel.

»Eine Frage noch. Ihre Frau sagte, sie habe durch ihre Cousine Elvira von Betancourt gehört. Könnte Ihre Frau bitte Elvira anrufen und fragen, wie viele Geburtsbestätigungen er ihr für ihre Kinder ausgehändigt hat und ob sie Ihnen Kopien davon geben würde? Ich möchte sie mir gern mal ansehen.«

»Selbstverständlich, selbstverständlich.« José Antonio freute sich auf geradezu rührende Art, endlich von Nutzen sein zu können. Der arme Mann stand wahrscheinlich am Rand eines Nervenzusammenbruchs. Ich kannte die Mentalität cubanischer Männer gut genug und wußte genau, daß er seiner Frau nie sagte, was er fühlte. Ein Macho tut so was nicht.
Als ich auflegte, ertönte aus dem Nebenzimmer ein Aufschrei. Ich rief Leonardo; er versicherte mir, es sei alles in Ordnung mit ihm. Ich befürchtete ständig, daß er sich beim Training im Büro verletzen würde, und sah bereits diverse Notaufnahmen, eine lange Rehabilitationszeit und den völligen Arbeitsstillstand in meiner Detektei vor mir.
Als nächstes wählte ich die Privatnummer meiner Cousine Luisa. Sie hatte einige Monate vor Michelle Morenos Geburt einen Jungen zur Welt gebracht. Ich bat sie, mir für ein paar Tage die Geburtsbestätigung ihres Kindes zu leihen, um eine rechtlich einwandfreie Urkunde mit der von Michelle vergleichen zu können. Luisa, der daheim die Decke auf den Kopf fiel, war überglücklich, mir helfen zu dürfen. Vor der Geburt ihres Sohnes war sie leitende Kundenberaterin in der Barnett Bank in Miami gewesen. Ihre Mutterpflichten machten ihr zwar großen Spaß, aber ich wußte, daß ihr Hirn vom tagtäglichen Alleinsein daheim allmählich aufzuweichen begann.
Ich legte den Hörer auf, warf einen kurzen Blick ins Nebenzimmer und sah Leonardo gekrümmt über seiner Beinmaschine stehen; es sah aus, als würde er sich gleich einer schmerzhaften medizinischen Untersuchung unterziehen. Dann klingelte das Telefon.
José Antonio hielt sich nicht mit Förmlichkeiten auf. »Elvira hat ebenfalls zehn Geburtsbestätigungen für jedes ihrer Kinder erhalten. Ich habe einen Boten zu ihr geschickt. Vor Ablauf einer Stunde müßten Sie sie in Händen halten.«

»Hat Elvira Betancourt gefragt, warum er ihr so viele gab?«
»Sie nicht, aber ihr Mann – Sie wissen ja, er ist Buchhalter. Wahrscheinlich hatte er Angst, die würden extra berechnet.« José Antonio lachte müde auf. »Betancourt sagte, er gebe ihnen mehr Kopien als üblich, weil unter Umständen einige Zeit vergehen werde, bis er sie beim Standesamt einreichen würde.«
Ich erwiderte nichts. Betancourt hatte es mit verzweifelten Menschen zu tun, mit Menschen, die keine Fragen stellten.
»Hören Sie, Miss Solano, ich bitte Sie, mir eine ehrliche Antwort zu geben. Sie sind ja offenbar auf etwas gestoßen.«
»Sie und Elvira und wahrscheinlich auch alle anderen Adoptiveltern bekamen deshalb so viele Geburtsbestätigungen, weil Betancourt nie die Absicht hatte, die Geburt Ihrer Babys in Dade County zu melden. Ich war heute im Standesamt; dort wurde Michelle nie registriert. Aus der Sicht des Countys ist sie nie geboren worden.«
José Antonio schwieg. Ich wartete, bis er die Mitteilung einigermaßen verdaut hatte. Plötzlich brüllte er: »Ich habe Ihnen doch gesagt, daß Sie draußen bleiben sollen, Anita! Raus! Und Tür zu!«
In seiner Stimme schwang etwas mit, das ich nicht erwartet hatte: Scham. »Ich nehme an, daß das auch auf Elviras Kinder zutrifft«, sagte ich. »Wenn ich die Urkunden, die Sie mir schicken, vorliegen habe, kann ich mehr sagen.«
»Ist das in Hinblick auf das Problem, Michelles leibliche Mutter zu finden, gut oder schlecht?« fragte er.
»Ich weiß nicht, was es zu bedeuten hat. Sollte es zu irgendwelchen neuen Entwicklungen kommen, melde ich mich sofort bei Ihnen, versprochen!« Mir war klar, daß meine aufmunternden Worte ziemlich mau geklungen hatten, aber mehr konnte ich im Augenblick einfach nicht tun.
»Da wäre noch etwas«, fügte er ein bißchen verlegen hinzu.

»Lucia ... Lucia bittet Sie, uns zu besuchen, Michelle zu besuchen. Meine Frau glaubt, es wäre irgendwie besser, wenn Sie das Kind einmal sehen würden.«

»Wir wär's mit morgen nach dem Mittagessen?« sagte ich, ohne zu zögern. Dann wurde mir klar, daß es nicht gerade die beste Idee war. Die Morenos waren derzeit emotional so aufgeladen, daß ich mich möglicherweise davon anstecken ließ. José Antonio sagte, er freue sich auf mich, und legte auf.

Nach einer knappen Stunde hatte ich die Geburtsbestätigung von Elviras Kindern auf dem Schreibtisch. Ich legte die von Michelle daneben. Die Urkunden waren, abgesehen von den Namen der Kinder, Eltern und Geburtsdaten identisch. Auch das Krankenhaus war ein und dasselbe: Jackson Memorial. Der Arzt war ebenfalls derselbe, Allen Samuels, dessen Büroadresse die Anschrift der Klinik war. Alle Urkunden wirkten, bis hin zum Notarstempel des Bundesstaates Florida, echt.

Leonardo kam in mein Zimmer und ließ sich auf einen Besucherstuhl fallen. Eine Zeitlang wischte er sich mit dem Handtuch den Schweiß vom Gesicht und bewegte dann seine Brustmuskeln, was man durch das dünne Leibchen deutlich sehen konnte. Er schien mit dem Ergebnis des Tages derart zufrieden zu sein, daß ich mit dem Gedanken spielte, ihm einen Spiegel anzubieten.

»Brauchst du irgendwas, Leonardo?«

Er riß die Augen auf und strich sich eine nasse Locke aus der Stirn. »Wollte nur kurz hallo sagen«, erklärte er verlegen. »Du hast gerade telefoniert, oder?«

»Ein Wunder, daß du das trotz deines Gebrülls gehört hast. Ist die Geburt gut verlaufen? Soll ich dir eine blaue oder eine rosa Babydecke schicken?«

Er schüttelte den Kopf und stand auf. Er war an meine sar-

kastische Art gewöhnt, aber jetzt hatte ich doch ein bißchen zuviel von meiner Frustration an ihm ausgelassen.
»Hey, tut mir leid, Leonardo«, sagte ich, während er sich zum Gehen wandte.
»Schon gut. Ich würde die Tür ja zumachen, aber ich möchte ans Telefon, wenn es klingelt.« Nachdem seine Ehre fürs erste wiederhergestellt war, blieb er wartend vor der Tür stehen. »Also, ich habe da eine Idee. Willst du sie mal hören?«
Ich biß mir buchstäblich auf die Zunge, um nicht irgend etwas Bitterböses über Nächstenliebe oder Sanftheit zu sagen oder wie immer die blöde Tussi mit dem Yogakurs hieß.
»Du kriegst nicht raus, woher diese Kinder kommen, richtig? Und du suchst einen Arzt aus dem Jackson Memorial, ja?« Leonardo hob die Schultern. »Habe mir, als du weg warst, mal deine Notizen durchgelesen.«
»Na wunderbar. Und zu welchem Ergebnis bist du gekommen?«
»Gladys Rodriguez«, sagte Leonardo, wartete, bis es in meinem Gedächtnis »Klick« machte und meine Augen aufleuchteten, und ging dann selig aus dem Zimmer. Ich hörte noch, wie er auf dem Weg zu seinem Schreibtisch auf seinen stahlharten Bauchmuskeln einen Trommelwirbel vollführte.
Gladys war eine Krankenschwester, die sich in den letzten, quälenden Lebensmonaten um meine Mutter gekümmert hatte. Jetzt fiel mir wieder ein – und Leonardo war es offenbar auch eingefallen –, daß sie jahrelang in der Neugeborenenstation im Jackson Memorial gearbeitet hatte. Vor einigen Jahren war sie in den Ruhestand gegangen, aber vielleicht kannte sie Dr. Allen Samuels.
Kaum hatte sie sich gemeldet, versetzte mich ihre knarrende, ein bißchen grelle Stimme in die damalige Zeit zurück. »Dr. Samuels? Dr. Samuels? Lassen Sie mich mal überlegen.«

Sie schwieg sehr lange, und ich befürchtete schon, ihr früher äußerst scharfer Verstand habe sich im Alter abgeschwächt. »Lupe, *querida*, es gab dort so viele Ärzte. Jackson ist das Lehrkrankenhaus der medizinischen Fakultät der University of Miami. Manchmal waren dort Assistenten, hin und wieder sogar Medizinstudenten als Geburtshelfer tätig. Und dann natürlich die Belegärzte. Es waren so viele ... aber an Samuels erinnere ich mich. Ich glaube, er war sogar ziemlich lang dort.«

Sie seufzte leicht tirillierend auf. Sie ging inzwischen wohl auf die achtzig zu, klang aber immer noch genauso wie damals.

»Ja, ja, jetzt bin ich mir ganz sicher, daß ich mich an ihn erinnere. Er war ein guter Arzt. Ich glaube sogar, daß mir vor gar nicht allzu langer Zeit jemand von ihm erzählt hat. Ach, mein Gedächtnis! Ich schwöre Ihnen, seit ich aufgehört habe zu arbeiten, hat es sich auch in den Ruhestand begeben.«

Ich lachte mit ihr mit. »Ihr Gedächtnis ist hervorragend, Gladys. Ich freue mich, daß es Ihnen offenbar gutgeht.«

»Ja, ja. Ich rufe einfach meine Freundin Regina an. Sie war die Assistentin des Chefarztes der Entbindungsstation im Jackson und erinnert sich bestimmt an Ihren Dr. Samuels. Was wollen Sie denn wissen?«

»Ich müßte wissen, wo er jetzt wohnt. Ich arbeite gerade an einem Fall, in dem es um ein Baby geht, bei dessen Geburt er als Geburtshelfer tätig war.«

Gladys' Stimme wurde noch lauter. »Ach, es geht um einen *Fall*. Ich konnte es ja kaum glauben, als ich hörte, daß Sie Detektivin geworden sind, Lupe. Sie waren doch so ein nettes Mädchen.«

Während ich auf Gladys' Rückruf wartete, überlegte ich mir, was ich Leonardo als Dank für seine Hilfe und für den Fall, daß er mir meine Witzelei noch immer übelnahm,

schenken könnte, und hatte mich gerade mit mir selbst auf eine Magnumflasche seines widerlichen Lieblings-Bodybuilder-Protein-Shakes geeinigt, da klingelte das Telefon.
Es war Gladys. »Ich habe gerade mit Regina gesprochen. Sie sagt, Dr. Samuels sei vor ungefähr fünf Jahren in Pension gegangen, und sie glaubt, daß er nach North Carolina gezogen ist. Er hatte dort jedenfalls ein Haus, er und seine Frau. Regina konnte sich sogar noch an seine Abschiedsparty erinnern. Sie sagt, er sei ein guter Arzt gewesen, aber sie glaubt, daß er irgendein Problem hatte und deshalb fortzog. Reicht das, Lupe? Habe ich alles richtig gemacht?«
Mir war klar, daß das hier Gladys mehr Spaß machte als jede *telenovela*.
»Was für ein Problem hatte er denn?« fragte ich und spürte sofort das Brennen in meinen Ohren, das immer kommt, wenn ich ganz nah an etwas Wichtigem dran bin.
»Also, darüber weiß ich gar nichts«, erwiderte Gladys ein wenig schroff. Sie tratschte zwar gern, war jedoch immer darauf bedacht gewesen, Leute aus dem medizinischen Bereich von dieser Leidenschaft auszunehmen.
»Meinen Sie, daß Regina bereit wäre, mit mir zu sprechen, Gladys?« Meine Ohren wurden immer heißer.
»Ich rufe sie an und frage sie, Lupe. Ich rufe gleich wieder zurück.« Schon hatte sie aufgelegt.
Dann rief mich gleich Regina selbst an. »Guadalupe Solano«, sagte sie mit tiefer, sonorer Stimme, »Gladys hat mir von Ihrer Familie erzählt. Sie sagte, Ihre Mutter sei eine wunderbare Frau gewesen.«
»Danke«, sagte ich leise.
»Gladys hat mir erzählt, was Sie von mir wissen wollen. Ich helfe Ihnen gern, aber nicht am Telefon. Ich möchte Sie von Angesicht zu Angesicht sehen.«
Ich stimmte hastig zu. Schließlich kannte ich die Mentalität

der älteren Cubaner. Regina wollte ihre Wichtigkeit herausstellen, indem sie mich zwang, zu ihr zu kommen. Auch ihr war wohl ziemlich langweilig, und sie freute sich einfach über Besuch und wollte, daß ich am nächsten Tag ein paar Stunden auf ihrer Veranda saß, Kaffee trank und mich mit ihr über Cuba unterhielt. Ein niedriger Preis, wenn ich dadurch herausfand, was aus Samuels geworden war.
Als ich aus meinem Büro trat, saß Leonardo hinter seinem Schreibtisch und klebte kleine mystische Symbole auf ein Blatt Papier – der Yoga-Werbezettel. Es störte mich nicht im geringsten.
»Leonardo, du bist ein Genie«, sagte ich.
Er schenkte mir ein strahlendes Lächeln. »Hat also funktioniert, was?«
»Ja, es hat funktioniert. Danke.«
»Super«, sagte er. »Weißt du, das ist jetzt vielleicht eine gute Gelegenheit, dich zu fragen, ob ich …«
Ich hob die Hand. »Alles, was du willst. Aber bitte erklär es mir später. Im Augenblick läuft alles viel zu gut.«
Ich sperrte mein Büro ab, blieb eine Weile vor dem Fenster im Vorraum stehen und lauschte den einander angackernden Papageien. Ein spätnachmittägliches Lüftchen wehte herein und brachte süßen Blütenduft mit. Das Leben war schön.

6

»Emma, hier spricht Lupe. Hi.«

»Wo warst du denn nur, Mädchen?«

»Ich hatte unheimlich viel zu tun. Hör mal, hast du heute mittag Zeit? Ich müßte mal dein Gehirn anzapfen für einen Fall, an dem ich gerade arbeite.«

»Sag wo, und ich sag' ja.«

»Um halb eins im Joe's.«

»Super. Ich liebe Einladungen zum Lunch. Gut, daß ich nichts gefrühstückt habe.«

Emma Gillespie war eine meiner besten Freundinnen. Wir kannten uns noch aus der Vorschule und verbrachten die ganze High-School-Zeit zusammen, freundeten uns aber erst später richtig miteinander an, als Mama krank wurde. Emma hatte ihre Mutter als Kind verloren und besuchte mich, als sie von Mamas Krankheit erfuhr. Sie hatte in Harvard Jura studiert, als Bundesstaatsanwältin gearbeitet und war dann eine der renommiertesten Strafverteidigerinnen von Dade County geworden.

Ich hatte ihr viel zu verdanken, nicht nur, weil sie mir geholfen hatte, eine alptraumhafte Phase meines Lebens durchzustehen. Sie war darüber hinaus aufgrund ihres Einflusses in Juristen- und Polizeikreisen eine überaus wichtige Kontaktperson für mich. Gleich nach dem Essen mit ihr würde ich Regina befragen und den Fall Moreno mit ein bißchen Glück in wenigen Tagen zum Abschluß gebracht haben.

Als ich in Miami Beach ankam, hatte ich einen Bärenhunger. Ich wußte schon, was Emma und ich essen würden –

zwei Portionen Steinkrabben, Röstkartoffeln, Rahmspinat, als Nachspeise Limonenpie und dazu eisgekühlten Weißwein. Die einzige Variationsmöglichkeit bot der Wein – ich mochte trockenen, Emma lieblichen. Heute durfte sie wählen.

Als ich vor Joe's vorfuhr, sah ich, daß Emmas knallroter Porsche gerade von einem Restaurantangestellten weggebracht wurde. Es war noch nicht mal zwanzig nach zwölf. Emma war der einzige Mensch, der mir das Gefühl gab, zu spät zu kommen, obwohl ich zu früh dran war, aber ich tickte eben nach der cubanischen Zeit, sie nach der Zeit der weißen, englischstämmigen Amerikaner. Ich raste zu der Stelle, wo die Angestellten die Wagen zum Parken übernahmen, und brachte dem dort stehenden Portier beinahe einen Herzinfarkt bei.

Emma nannte dem Oberkellner gerade ihren Namen, als ich den schummrigen Wartebereich betrat. Zu meiner Erleichterung war sie leger angezogen; sie trug ein rosarotes Baumwoll-T-Shirt, eine Baumwollhose und Espadrilles, was bedeutete, daß wir uns für das Mittagessen Zeit nehmen konnten, da sie offenbar keine Nachmittagstermine hatte und auch nicht mehr ins Gericht mußte. Sie trug ihren Lieblingsstrohhut, an dessen schwarzem Samtband eine rote Pfingstrose befestigt war. Mit ihrem frischen Aussehen und der makellosen Haut hätte Emma für jede Seife Werbung machen können. Sie strahlte Gesundheit und Sauberkeit aus und wirkte immer sorglos und ausgeglichen. Ihre Gegner machten jedoch häufig die schmerzliche Erfahrung, daß sich hinter dem harmlosen Äußeren ein rasiermesserscharfer Verstand verbarg.

Als sie mich sah, eilte sie auf mich zu und umarmte mich so heftig, daß ich fast umfiel. Wir waren altersmäßig nur wenige Monate auseinander, aber sie blieb der ewige Teenager.

»Es sind nur ein paar Leute vor uns«, sagte sie und rückte ihren Hut gerade. »Wir kriegen bestimmt bald einen Tisch.«
Ich warf einen Blick in das volle Lokal. Wenigstens war es nicht Abend, sonst hätten wir ein bis drei Stunden warten müssen. Bei Joe's konnte man nicht reservieren; die Gäste wurden in der Reihenfolge ihres Eintreffens plaziert.
»Du hast dem Typen ein Scheinchen zugesteckt, was?« flüsterte ich.
»Na klar.« Als der Oberkellner mit den Speisekarten kam, um uns an einen Tisch zu führen, lächelte sie ihn freundlich an. Sie ging vor mir her, drehte sich plötzlich um und flüsterte mir ins Ohr: »Lebendige Demokratie.«
Als wir uns setzten, kicherten wir noch immer. Die Eigentümer von Joe's legten größten Wert auf das Prinzip, daß die Leute, die zuerst kamen, auch zuerst bedient wurden, doch das glaubten nur zwei Sorten von Gästen: die wirklich Naiven und die Geizkragen, die auf der Einhaltung des Prinzips beharrten.
Eine Weile saßen wir schweigend da, denn Emma hatte sich in ihre Speisekarte vertieft. Sie würde sich wohl nie ändern. Ich kannte keine Frau außer ihr, die sich nach Ablauf des sechzehnten Lebensjahres noch mit dem billigen Jean-Naté-Cologne parfümierte, und wenn sie ausnahmsweise mal keinen Hut aufhatte, was fast nur vor Gericht der Fall war, trug sie ihr Haar mit einem Mittelscheitel und offen über den Rücken fallend. Vor einigen Jahren hatte eine in Miami erscheinende Klatschillustrierte einen Bericht über die zehn schönsten alleinstehenden Karrierefrauen veröffentlicht, und Emma war dabeigewesen. Als die Redakteurin sie fragte, wie sie ihr wunderschönes goldenes Haar pflege, sagte Emma ihr lässig die Wahrheit – daß sie es mit jeweils dem Shampoo wusch, das es gerade im Sonderangebot gab, und es auf dem Weg ins Büro trocknete, indem sie die Gebläseschlitze

des Wagens auf ihren Kopf richtete. Einmal hatte sie in der Hektik sogar versehentlich das Floh- und Zeckenshampoo ihres Hundes erwischt. Die Redakteurin war offenbar völlig humorlos, denn die Episode wurde nicht gedruckt.

Emma bestellte für uns beide – alles genau wie von mir erwartet, bis hin zum lieblichen Wein –, streckte den Arm über den Tisch aus und ergriff meine Hand. »Ich freue mich so, dich zu sehen. Ist ja schon wieder eine Ewigkeit her«, sagte sie und zog ihre Hand wieder zurück. »Aber am Telefon hatte ich den Eindruck, daß du mich heute wegen einer ernsten Angelegenheit sehen wolltest. Um was geht es denn?«

»Du hast mir doch vor ein paar Jahren erzählt, daß du mal gerichtlich mit Elio Betancourt zu tun hattest, erinnerst du dich?«

»Mit diesem Arschloch?«

»Ja, mit diesem Arschloch.«

Emma verzog das Gesicht, als hätte sie in eine verschimmelte Zitrone gebissen. Sie versuchte, angewidert zu wirken, sah aber viel zu süß aus, als daß ihr das gelingen konnte.

Die Bedienung erschien mit einem Brotkörbchen und dicken Scheiben Butter. Der Kellner folgte auf dem Fuß und schenkte den Wein ein; nachdem Emma ihn gekostet und für trinkbar erklärt hatte, stießen wir miteinander an und tranken in einem Zug aus. Der Kellner schenkte uns mit leicht geweiteten Augen sofort nach. In seinem Blick glomm Hoffnung auf: Vielleicht würde das hier ein Zwei-Flaschen-Tisch werden.

»Was willst du denn wissen?« fragte Emma.

»Also, ich habe da einen Fall, in den er verwickelt ist.«

Emma beschmierte ein Brötchen mit einer zentimeterdicken Scheibe Butter und biß hinein. Von der Tyrannei der Fettfrei-Brigade ließen wir uns beide nicht einschüchtern.

»Erzähl mir von dem Fall«, sagte Emma mit vollem Mund

und hob die Flasche mit einer geschmeidigen Bewegung aus dem Weinkühler. Die vier am Nebentisch sitzenden Männer warfen ihr bewundernde Blicke zu. In diesen Zeiten wagten es nur wenige Frauen, öffentlich ihrem Appetit zu frönen.
Ich berichtete kurz, was die Morenos mir erzählt hatten und was ich daraufhin getan hatte. Ich wußte, daß Emma nicht nur als Freundin sondern auch als Anwältin absolut vertrauenswürdig war.
»Wow!« sagte sie, als ich zu Ende erzählt hatte. »Das ist vielleicht 'ne Ratte! Daß er eine zwielichtige und skrupellose Figur ist, wußte ich zwar schon, aber ich hätte nie gedacht, daß er die Finger in ausgesprochen kriminellen Sachen haben könnte. Auch daß er mit einigen eher unwichtigen Klientinnen im Bett war, wußte ich, aber das hier ist unglaublich!«
Der Kellner trat mit einem riesigen, sich förmlich biegenden Tablett an unseren Tisch. Wenn bei einem Treffen von Emma und mir Essen im Spiel ist, hört jede Diskussion auf. Wir schoben Betancourt beiseite und konzentrierten uns auf das vor uns Liegende. Der Kellner bot uns Plastiklätzchen an, doch wir winkten ab. Plastiklätzchen sind für Touristen. Dann machten wir uns über die kalten Steinkrabben her und tunkten sie abwechselnd in die Senfsauce und die zerlassene Butter. Die Röstkartoffeln waren wie immer köstlich und troffen vor Fett. Erst als wir eine kurze Halbzeitpause einlegten, kam ich auf das, was Emma zuletzt gesagt hatte, zurück.
»Genau das dachte ich mir auch«, sagte ich, während ich mir gründlich die Hände abwischte. »Daß er keine Mutter Teresa ist, war mir klar, aber was hat ein Strafverteidiger mit Adoptionen zu tun, egal ob mit legalen oder illegalen? Braucht der Kerl Geld? Wie geht seine Kanzlei denn in letzter Zeit?«

»Immer mit der Ruhe, Lupe!« Emma schob sich noch eine Gabel voll Röstkartoffeln in den Mund. »Hältst du mich für eine Elio-Betancourt-Expertin, oder was?«

»Also, bitte, ihr Strafverteidiger wißt doch genau übereinander Bescheid! Schließlich weißt du ja nie, ob du dich nicht mal selbst verteidigen lassen mußt.«

Emma zog belustigt die Nase in Falten und trank einen großen Schluck Wein. »Jetzt mal raus mit der Sprache, Lupe – hast du bei der Arbeit an diesem Fall schon irgendwelche Gesetze übertreten?«

Ich konzentrierte mich wieder auf mein Essen und ließ die Frage unbeantwortet. »Wie sieht's in seinem Privatleben aus?« fragte ich nach einer Weile. »Weißt du von irgendwelchen Skeletten im Schrank?«

»Na ja, ich weiß, daß er seine Frau betrügt wie blöd. Für ihn ist alles, was einen Rock trägt, Freiwild.«

»Klingt ja fast, als würdest du aus eigener Erfahrung sprechen.«

Die Typen am Nebentisch hatten ihr Mittagsmahl beendet und standen gleichzeitig auf. Ich merkte, daß sie sich Mühe gaben, uns im Vorbeigehen nicht allzu offensichtlich anzustarren.

Emma hatte es offenbar nicht mitbekommen. »Also, dieses Angebot abzulehnen fiel mir nun wahrlich nicht schwer«, erklärte sie. »Jedenfalls interessiert sich Margarita, seine Frau, nur für das Society-Leben. Soweit mir bekannt ist, hatte er im Lauf der Jahre eine ganze Reihe von Geliebten. Vielleicht braucht er deshalb Geld. Solche Frauen sind schließlich nicht billig.«

»Hey, Emma, wach endlich auf! Er ist Cubaner. Klar hat er Geliebte. Dieser Posten läuft in seinem Etat wahrscheinlich unter ›Festkosten‹. Was weißt du sonst noch über ihn?«

»Augenblick, bitte.« Der Kellner hatte gerade den überaus

wichtigen Limonenpie serviert. »Ich hätte gern eine Tasse Kaffee dazu«, sagte Emma. Der Mann nickte und verschwand Richtung Küche.

»Ich weiß wirklich nicht, was schlimmer ist«, sagte ich. »Daß das Joe's sich weigert, hier, in der heimlichen Hauptstadt Lateinamerikas, cubanischen Kaffee zu servieren, oder daß es dir nichts ausmacht, dieses völlig verwässerte amerikanische Zeug zu trinken.«

Emma zuckte mit den Achseln. »Ich finde, daß der cubanische Kaffee wie gezuckerter Teer schmeckt.«

Ich aß einen Bissen von meiner Pie. Über Kaffee und Wein würden wir uns nie einig sein, doch wir tolerierten unseren jeweiligen Geschmack.

»Also, wie auch immer«, sagte Emma, die ihr Stück Pie bereits fast aufgegessen hatte, als der Kaffee kam, »Betancourts Klientenkartei liest sich wie ein Who's Who der Drogenszene, aber das weißt du ja sicher. Ich habe gehört, daß er nicht mal vor Psychoterror zurückschreckt, um seine Frau zu ärgern. Ihre soziale Stellung ist ihr unglaublich wichtig, und er versucht ständig, sie zu untergraben.«

»Ziemlich kraß, was?«

»Ach, ich weiß nicht. Frag mich noch mal, wenn ich verheiratet bin«, erwiderte Emma. »Aber die Ironie des Ganzen liegt darin, daß er als ziemlich guter Anwalt gilt. Vor ein paar Jahren hat er ein paar Körperverletzungssachen gemacht und gute Resultate für seine Mandanten erzielt. Außerdem hat er mal mehrere Lehrer vertreten, die gegen die Schulaufsichtsbehörde geklagt hatten, weil sie aus irgendeinem saublöden Grund gefeuert worden waren – ich weiß nicht mehr, um was es ging. Und er hat gewonnen.«

»Scheint ja 'ne ziemlich schillernde Type zu sein.«

»Das kannst du laut sagen.«

Ich gab dem Kellner mit einer Handbewegung zu verstehen, daß er die Rechnung bringen solle. Der Wein hatte mich schläfrig gemacht, und ich mußte noch zu den Morenos und anschließend nach Sweetwater zu Regina fahren. Als ich bezahlt hatte, gingen wir hinaus und standen noch eine Weile in der brennenden Nachmittagssonne, die mich blendete und von der ich sofort Kopfschmerzen bekam.

»Sollte ich noch irgend etwas in Erfahrung bringen, rufe ich dich sofort an, Süße«, sagte Emma, als ihr Wagen als erster vorgefahren wurde.

Ich machte noch einen Abstecher zum Ocean Drive. Die Sonne glitzerte auf dem Wasser, bildete Lichtbögen, die auf der blauen Oberfläche tanzten. Nach einem Treffen mit Emma war ich immer ganz entspannt. Sie nahm alles leicht, und das färbte dann für eine Weile auf mich ab. Nur der Gedanke an das schwerkranke kleine Mädchen und das Wissen, daß ich ihre einzige Hoffnung darstellte, brachten mich um den perfekten Seelenfrieden.

7

Ich mußte nicht erst in den Rückspiegel sehen, um zu wissen, daß sich die Autos hinter mir stauten. Ich fuhr nämlich noch langsamer als die alten Damen in ihren pinkfarbenen Cadillacs, aber es war mir schlicht unmöglich, das Tempo zu erhöhen. Seit José Antonio mich tags zuvor gebeten hatte, seine Tochter Michelle im Jackson Memorial zu besuchen, hatte ich über diesen Besuch nicht viel nachgedacht, doch jetzt, da er immer näher rückte, war mir gräßlich zumute. Schon seit Jahren war ich nicht mehr in diesem Krankenhaus gewesen und konnte mir wahrlich Schöneres vorstellen, als es wieder zu betreten.

Zum erstenmal in meinem Leben hielt ich die Geschwindigkeitsbegrenzung auf der Old Cutler Road ein. Die Fahrer hinter mir machten verzweifelte Überholversuche. Allein der Selbsterhaltungstrieb brachte mich schließlich doch dazu, ein bißchen Gas zu geben – ich wollte nicht durch einen im falschen Moment überholenden Stümper angefahren werden. Als ich kräftig beschleunigte, gingen die Fahrer hinter mir sofort wieder zum normal dichten Abstand über. Als ich dann vierzig Stundenkilometer schneller fuhr, als erlaubt, waren die sich allmählich beruhigenden Nerven meiner Hinterleute förmlich zu spüren.

José Antonio hatte bei Leonardo nachgefragt, wann ich kommen würde, und mir ausrichten lassen, ich solle zuerst zu ihrem Haus fahren; daher wußte ich, daß nicht nur Lucia, sondern auch er da sein würde. Die Wirkung des Weins vom Mittagessen ließ, Gott sei Dank, allmählich nach; es wäre ziemlich respektlos gewesen, mit einer Fahne aufzutauchen. Ich hoffte allerdings, daß sich der Alkohol nicht vollständig verflüchtigt haben würde, denn mir war klar, daß der Besuch ziemlich hart für mich werden konnte.

Nachdem ich in der Nacht zuvor Stunden gebraucht hatte, um einzuschlafen, quälte mich dann auch noch ein Alptraum. Auf der Bühne eines leeren Broadway-Theaters stand, dramatisch von hinten angeleuchtet, ein von weißen Blumen bekränzter Kindersarg. Ich war ganz in Schwarz gekleidet und ging wie in Zeitlupe auf den Sarg zu, in dem, auf rosaroten Stoff gebettet, ein sanft schlafendes kleines Mädchen lag. Ihre Haut war, mit Ausnahme des Muttermals am Hals, wachsweiß. Plötzlich öffnete das Mädchen die Augen; Tränen schossen hervor und näßten das Satinkissen.

Kaum nötig zu sagen, daß ich mit heftig klopfendem Herzen und schweißnaß erwachte. Kurz vor Tagesanbruch stand ich auf und öffnete die Balkontür. Bevor ich diesen Tag anpackte, brauchte ich eine Tasse cubanischen Kaffee und eine Stunde, in der ich nichts tat, als das dunkle Wasser der Biscayne Bay zu betrachten.

Als ich den Blinker betätigte und nach links in die Gables Estates einbog, fühlte ich mich wie ein Schaf auf dem Weg zur Schlachtbank. Kurz vor dem Pförtnerhäuschen verlangsamte ich das Tempo und blieb vor der bruchsicheren Schranke stehen. Ich nannte meinen Namen, sagte, ich wolle die Morenos besuchen, und wartete, bis der Pförtner die Wagennummer notiert hatte. Dann winkte er mich durch, starrte meinem Auto aber, ich sah es, als ich mich kurz umgedreht hatte, immer noch nach. Genau dafür zahlen ebendie Leute, die in teuren bewachten Wohnvierteln leben: für mißtrauische, paranoide Wächter, die am liebsten alle, die nicht innerhalb der Umzäunung wohnen, draußen halten würden – Besucher eingeschlossen.

Emmas Familie hatte während unserer Schulzeit in Gables Estates gewohnt; ich kannte mich also aus. Die Morenos wohnten nur einen Block von Emmas altem Haus entfernt, und ich mußte unwillkürlich lächeln, als ich an dem See vorbeikam, auf dem wir immer Wasserski gefahren waren. Die Gegend hatte sich kaum verändert; allerdings wirkten die Häuser größer, als ich sie in Erinnerung hatte. Ich begann auf die Hausnummern zu achten und merkte, daß ich bereits fast am Ziel war. Höchste Eisenbahn, die Erinnerungen zu verscheuchen.

Das Haus von Lucia und José Antonio war das letzte des Blocks, ein imposantes sandfarbenes Gebäude im spanischen Kolonialstil, zweistöckig und durch dicht gepflanzte Ficusbäume vor dem Einblick von der Straße geschützt. Kaum war ich in die Auffahrt eingebogen und hatte die Wagentür geöffnet, hörte ich jemanden rufen: »Señorita Lupe! Señorita Lupe!«

Als ich ausgestiegen war, kam eine winzige alte Frau in traditioneller schwarz-weißer Haushälterinnenkluft auf mich zugerannt und warf mich fast um. Erst als sie wieder zu Atem gekommen war, bestand für mich Aussicht herauszufinden, was denn so dringend war. Ich bin selbst, weiß Gott, keine Riesin, aber diese Frau reichte mir kaum bis zur Brust.

»Señorita Lupe!« stieß sie noch einmal keuchend hervor.

Die Liliputanerin hatte ein winziges, aufgedunsenes und stark gerötetes Puppengesicht. Sie zog ein Taschentuch hervor und begann sich die Augen zu trocknen. Ich hielt es nicht mehr aus. »Was ist denn los?« fragte ich.

»Michelle ist im Krankenhaus. Die Señora hat gerade auf Sie gewartet, da ist es Michelle plötzlich sehr schlecht gegangen.«

Ich hätte sie fast an mich gezogen und getröstet. »Michelle hat sehr schlecht ausgeschaut, genau wie beim letztenmal.

Die Señora hat die Notrufnummer gewählt; sie sind gleich gekommen und haben Michelle mitgenommen. Die Señora ist mit dem Mädchen im Krankenwagen mitgefahren. Sie hat mich gebeten, Sie anzurufen, aber ich hatte Ihre Nummer nicht.«

»Schon gut, schon gut«, sagte ich hastig. »Sind sie jetzt im Jackson Memorial Hospital?«

Die Haushälterin nickte und schneuzte sich lautstark ins Taschentuch. Die Situation war offenbar ernst, und auch mich berührte die Angst dieser Frau tief. So ist das mit Kindern: Selbst wenn man es gar nicht will – man kann einfach nicht anders, als sich um sie zu sorgen – und meist nicht zu knapp. Ich tätschelte der Haushälterin reichlich unbeholfen den Arm und stieg wieder in meinen Mercedes.

Es blieb mir nichts übrig, als zum Jackson zu fahren. Auf dem Weg dorthin betete ich darum, daß es dem kleinen Mädchen gutgehen möge. Wie durch ein Wunder herrschte nur wenig Verkehr, wenn man es mit dem sonst in Miami üblichen verglich, so daß ich das Krankenhaus wenige Minuten später erreichte. Ich parkte auf dem »Reserviert für Ärzte«-Platz hinter dem Onkologia-Flügel in der Hoffnung, der Mercedes werde zwischen den Wagen der Ärzte nicht weiter auffallen und somit auch nicht abgeschleppt werden.

Innerlich fröstelnd, betrat ich das Krankenhaus und suchte automatisch nach Mamas Namen auf der Bronzeplakette, die in die Nordwand des Empfangsbereichs eingelassen war. Nach Mamas Tod hatte Papa in ihrem Namen eine halbe Million Dollar gespendet. Als freiwillige Helferin hatte ich immer für meine Mutter gebetet und die Plakette an einer bestimmten Stelle mit der Hand gerieben, bevor ich mich bei meinem Einsatzort meldete. Auch jetzt absolvierte ich das alte Ritual, nachdem ich mich nach etwaigen Beobachtern umgesehen hatte.

Nach dem Weg zur Kinderabteilung mußte ich nicht erst fragen. Ich drückte den Aufzugknopf für den dritten Stock und wartete, daß die schwere Tür vor mir sich wieder öffnete. Mir war, als wäre ich nie weggewesen.

Als ich aus dem Aufzug trat, sah ich José Antonio vor einem Zimmer am Ende des Gangs an der Wand lehnen. Während ich auf ihn zuging, klapperten meine Absätze unnatürlich laut auf dem Linoleumboden. Bevor ich bei ihm angelangt war, kam ich an Elenas Zimmer vorbei und erwartete fast, sie darin zu sehen.

José Antonio schüttelte mir die Hand. »Danke, daß Sie gekommen sind. Es geht ihr sehr schlecht«, sagte er, den Blick abwendend. »Aber die Ärzte glauben sie stabilisiert zu haben. Natürlich nur bis zum nächstenmal.«

Er sprach mit mir, als wäre ich eine alte, sehr vertraute Freundin. Lucia kam, einen leeren Wasserkrug aus Plastik in der Hand, aus dem Zimmer und lächelte mich matt an.

»Danke. Hat Rosa Ihnen gesagt, daß wir hier sind?«

»Ja. Sie macht sich große Sorgen«, fügte ich hinzu – ich weiß auch nicht, warum.

Lucia dachte einen Moment nach und sagte dann zu ihrem Mann: »Geh hinein, Antonio, und bleib ein bißchen bei dem Kind sitzen!«

José Antonio gehorchte wie ein Roboter und ließ Lucia und mich allein auf dem Gang zurück. »Ich möchte mit Ihnen sprechen, ohne daß mein Mann dabei ist«, erklärte Lucia.

Wir gingen zum Schwesternzimmer. Ich wartete, während sie den Krug mit Wasser und Eis füllte. Auf der Station war es, wie immer, sehr still, doch unter der äußerlichen Ruhe lauerte das Unheil.

»Mein Mann ist sehr verzweifelt«, sagte Lucia auf dem Rückweg. »Er ißt und schläft kaum noch. Die Ärzte sagen uns immer wieder, daß uns die Zeit davonläuft. Wie kom-

men Sie denn voran bei der Suche nach Michelles ... Mutter?«
Sie hatte mit leiser Stimme gesprochen. Wenn ich keinen Erfolg erzielte, würden demnächst drei Morenos im Krankenhaus liegen. Die Angst vor dem Versagen wurde plötzlich so groß, daß ich Galle aufstieß. Ich schluckte schwer.
»Ich verfolge mehrere Spuren und arbeite, so hart ich kann«, erwiderte ich ein bißchen kleinlaut. »Ich bin sicher, daß wir bald etwas haben werden. Ich verspreche es.«
Als Lucia sich zu mir wandte und mich offen ansah, kam mir wieder die Galle hoch. Ich weiß nicht, ob sie mir glaubte, aber es blieb ihr nun mal nichts übrig, als darauf zu vertrauen, daß ich mein Möglichstes tat. Zurück vor Michelles Zimmer, bat sie mich, draußen zu warten. Bis die Tür sich wieder öffnete, zählte ich die Sprenkel auf dem Boden.
Lucia winkte mich hinein. Während ich auf das Bett zuging, rauschte in meinen Ohren das Blut. Als ich sie sah, mußte ich mich am Bettgitter festhalten, um nicht zu fallen. Da lag das Mädchen von dem Foto, das Mädchen in meinem Alptraum. Sie schlief; ihre geschlossenen Lider waren von violetten Flecken umgeben. Das Schlimmste war offenbar überstanden; ich sah weder Monitore noch ein Beatmungsgerät. Nur ein dünner, in ihren Arm mündender Infusionsschlauch zeigte, daß es ihr alles andere als gutging.
Ich hörte, daß José Antonio und Lucia aus dem Zimmer gingen; gleich darauf wurde die Tür geschlossen. Ich war allein mit dem kleinen Mädchen. Ich streichelte ihre Wange. Die Augenlider flatterten kurz und kaum wahrnehmbar.
»Ich glaube, ich muß mich erst mal vorstellen.« Ich kam mir total lächerlich vor. »Ich heiße Lupe Solano und bin Privatdetektivin.«
Sie schlief weiter. »Ich finde sie für dich«, flüsterte ich. »Das schwöre ich dir.«

8

Sweetwater, eine Stadt im Westen von Dade County, hatte eine Truppe russischer Liliputaner gegründet, die aus einem Zirkus geflohen waren, der durch Südflorida zog. Man nannte es auch »Little Managua«, da der Großteil der Einwohner heute aus Flüchtlingen, vorwiegend Nicaraguanern, bestand. Unter ihnen lebten auch einige Cubaner, denen der Anblick der ehemaligen Somoza-Soldaten, die durch die ruhigen Straßen patrouillierten, offenbar Sicherheit gab. Hier wohnte Regina Larrea.

Zu meinem nicht geringen Stolz bog ich nur dreimal falsch ab, ehe ich vor ihrem kleinen, gepflegten, frischgestrichenen Haus hielt. Das Mittagessen hatte mich total geschafft – ich war müde, vollgefressen und ein bißchen verkatert –, und ich kam erst zwanzig Minuten nach drei an. Zu meinem Glück ist Unpünktlichkeit für Cubaner etwas Selbstverständliches.

Während ich in der sirrenden Hitze darauf wartete, daß sie die Sicherheitsketten an der Haus- und der Gartentür löste, konnte ich mir Regina eine ganze Weile gut ansehen. Sie war klein, kompakt, schätzungsweise Anfang siebzig und strahlte hundertprozentige Kompetenz aus. Ich verstand, warum sie im Jackson so lange eine so wichtige Stellung eingenommen hatte.

Nachdem ich ihre sämtlichen Sicherheitsvorkehrungen vorgeführt bekommen hatte, warf ich einen kurzen paranoiden Blick auf meinen abgesperrten Mercedes vor ihrem Haus, als würde ich ihn zum letztenmal sehen. Na, wenigstens war ich versichert.

Ich folgte Regina ins Haus. »Möchten Sie ein Glas Limonade?« fragte sie und machte sich schon auf den Weg in die Küche.
Ich nahm das Angebot an und sah mich, bis sie wiederkam, ein bißchen um. Das Haus war blitzsauber; auf den Sesseln lagen Häkeldeckchen, und durch die bestickten Gardinen fiel der Blick auf Fenster, die mit Metallstäben gesichert waren. Auf einem niedrigen Holzregal standen Fotos einer dunkelhaarigen Familie mit spanischen Gesichtszügen – die älteren unter den Aufnahmen waren in den Straßen und Hinterhöfen des früheren Havanna gemacht, die neueren, farbigen Fotos im Exil in Florida.
»Setzen wir uns hier in die Schaukelstühle«, sagte Regina und kam von hinten wieder auf mich zu; einen Augenblick lang erschreckte mich ihre heisere Stimme. Sie deutete mit dem Tablett auf zwei weiße Holzstühle. Als wir uns jeweils mit einem Plastikbecher Limonade in der Hand gesetzt hatten, fragte sie, womit sie mir helfen könne.
Ich erzählte ihr den größten Teil dessen, was den Morenos und deren Tochter widerfahren war, und enthielt ihr nur einige Details vor. Ich erachtete Regina als eine sehr nüchterne Frau und hielt es für besser, alles Überflüssige auf ein Minimum zu reduzieren.
»Dr. Allen Samuels«, sagte sie und zupfte sich einen Fussel vom Baumwollkittel. Als ich ihr erzählte, daß die von ihm während der Geburt versorgten Babys später illegal adoptiert worden waren, war sie spürbar auf Distanz gegangen.
»Seit Gladys mich nach ihm gefragt hat, versuche ich mich an möglichst viel zu erinnern. Schauen Sie, ich habe sogar noch ein altes Foto von ihm gefunden. Es wurde bei seiner Abschiedsparty aufgenommen.«
Sie gab mir das leicht zerknitterte Foto eines älteren, sehr gepflegten Herrn, der von etwa einem Dutzend Frauen in

Schwesterntracht umringt war. Die Aufnahme war im Krankenhaus entstanden, denn im Hintergrund sah man medizinische Geräte und jede Menge Klinikbedarf. Der Raum war mit Ballons und Luftschlangen dekoriert, und in der Mitte stand auf einem Untersuchungstisch aus Metall eine Torte. Ich drehte das Bild um und las »Februar 1988«.

»Haben Sie das Foto aufgenommen?« fragte ich sie. »Sie kann ich darauf nämlich nicht entdecken.«

»Ja, und ich habe es auch gleich entwickelt, weil die anderen Schwestern und ich es stark vergrößern und rahmen wollten, um es Dr. Samuels als Abschiedsgeschenk zu überreichen. Wir mochten ihn alle gut leiden, wissen Sie, und wir waren traurig, als er ging. Er war nett, nicht so muffig wie einige andere Ärzte, vor allem die jungen.«

Ich deutete auf das Datum. »Habe ich Sie richtig verstanden? Sie haben mir gerade erzählt, Dr. Samuels sei im Februar 1988 in Pension gegangen. Sie haben eine Abschiedsparty für ihn organisiert, und gleich danach ist er weggezogen, ja?«

Regina nickte entschieden. Mit ihren hohen Wangenknochen und der perfekten Nase mußte sie einmal eine wunderschöne Frau gewesen sein, wenn auch wohl eine etwas herbe. »Ja, so war es«, antwortete sie. »Er zog sogar so schnell weg, daß wir ihm das Bild nach North Carolina nachschicken mußten.«

»Haben Sie noch seine Anschrift?« Ich gab ihr das Foto zurück.

»An die Stadt und die Adresse kann ich mich nicht erinnern, da müßte ich nachsehen. Ich vergesse jetzt öfter einmal etwas.«

»Wissen Sie, warum er es so eilig hatte wegzuziehen?«

»Nein. Es kamen mir zwar bestimmte Gerüchte zu Ohren, aber darauf habe ich nichts gegeben.« Sie warf einen Blick

auf das Foto und steckte es in die Brusttasche ihres Kittels. »Das Jackson Memorial ist wie eine Kleinstadt, wissen Sie. Fast zehntausend Leute arbeiten dort.«
»Und die Leute reden.«
Sie sah mir in die Augen und runzelte die Stirn. »Genau. Ich mochte und respektierte Dr. Samuels. Außerdem bin ich kein Klatschmaul.«
Schnell ging das nicht voran, aber ich konnte es mir nicht leisten, sie zu verärgern, deshalb versuchte ich es auf einem anderen Weg. »Meinen Sie, Sie könnten seine Anschrift finden?« fragte ich noch einmal. »Ich muß ihn unbedingt sprechen und um Hilfe bitten.«
»Meine alten Papiere habe ich alle in Schachteln in der Garage. Das Foto war in einem Album, aber die Adresse ist, seit ich im Jackson aufgehört habe, in einer Schachtel bei den anderen Papieren. Das ist jetzt sechs Jahre her, wissen Sie.«
Klang nicht gerade ermutigend, und sie sprang auch nicht etwa begeistert auf, um ihre alten Sachen in der Garage zu durchwühlen. Deshalb fragte ich sie, weil ich wußte, daß sie sich darüber freuen würde: »Wie ich sehe, haben Sie noch in der guten alten Zeit in Havanna gelebt. Wie war das denn so?«
Eine Stunde später verließ ich Regina, nachdem ich ihr meine Visitenkarte in die Hand gedrückt und versprochen hatte wiederzukommen, sobald sie ihre alten Papiere durchgekramt hätte. Völlig umsonst war das Ganze dennoch nicht gewesen – immerhin wußte ich jetzt, daß Allen Samuels' Name noch Jahre nach seinem Weggang vom Jackson Memorial und seiner angeblichen Pensionierung auf Geburtsbestätigung aufgetaucht war.
Wieder im Büro, bekam ich zu meiner Verblüffung mit, daß Leonardo versuchte, per Telefon einige überfällige Honorare einzutreiben. Daß er damit aufhörte, war wirklich das

letzte, was ich wollte, und so ging ich auf Zehenspitzen an ihm vorbei in mein Zimmer und schloß die Tür hinter mir. Ich öffnete meine Rolodex-Kartei und machte mich daran, einige Ermittler anzurufen, die ich schon öfter engagiert hatte. Nach wenigen Minuten war die Rund-um-die-Uhr-Beobachtung Elio Betancourts organisiert.

Dann nahm ich ein Glas Wasser und ein paar Aspirin zu mir und schrieb Leonardo einen Zettel mit der Aufforderung, telefonisch in North Carolina nach Samuels zu forschen. Für den Fall, daß Leonardo das nicht schaffte, rief ich außerdem einen von mir häufig beschäftigten Suchservice an und beauftragte ihn, im ganzen Land nach Samuels zu fahnden. Wenn der Mann noch lebte, hatten diese Leute eine gewisse Chance, ihn zu finden.

Jetzt konnte ich nur noch warten, was ich allerdings nicht besonders gut beherrsche. Da ich wußte, daß Informationen, wenn sie eintreffen, dies stets in Schwällen zu tun pflegen, begann ich liegengebliebenen Papierkram aufzuarbeiten. Den Rest des Tages verbrachte ich mit dem, was ich am meisten hasse: mit der Abfassung von Berichten. Leonardo hatte mich in letzter Zeit mehrmals dazu aufgefordert, und ich wollte ihn wahrlich nicht davon abbringen, die Begleichung alter Rechnungen anzumahnen.

Unsere Arbeit war nicht billig, und Leonardo wies mich darauf hin, daß die meisten Klienten unsere Rechnungen mit größerer Begeisterung zahlen würden, wenn sie etwas Fertiges in Händen hielten. Da mußte ich ihm zustimmen, obwohl ich ziemlich sicher war, daß er mit irgendeinem neuen Fitneßgerät liebäugelte. Wahrscheinlich dachte er, ich würde um so weniger dagegen haben, daß er die Maschine kaufte, je mehr Außenstände er eintrieb. Damit hat er wohl recht, aber ich denke nicht im Traum daran, ihm das zu sagen.

Gegen Abend wurde die Situation deprimierend. Leonardo

war nach Hause gefahren, und der Stapel mit Berichten auf meinem Schreibtisch wuchs und wuchs. Ich entdeckte Berichte, die bereits seit einem halben Jahr überfällig waren. Ich konnte nur hoffen, daß die Klienten sich noch an mich und die Arbeit, die ich für sie erledigt hatte, erinnerten.
»Kopf hoch, Leonardo«, sagte ich ins leere Büro hinein. »Ein paar schaffe ich noch weg, und dann bist du auf dem besten Weg nach Soloflex City.«

Zwei Tage später hielt ich mehrere Tagesberichte der von mir angeheuerten Ermittler über Elio Betancourt in Händen. Ich fühlte mich frisch und ausgeruht, nachdem ich an den zwei vorhergehenden Abenden brav gewesen, früh nach Hause gefahren und wie ein Baby eingeschlafen war.
Elio war, wenn diese zwei Tage typisch für ihn waren, der reinste Dynamo. Jede wache Minute nutzte er entweder für seinen Beruf oder hatte in gesellschaftlicher Funktion gewirkt. Entspannung war ihm offenbar völlig fremd. Er arbeitete den ganzen Vormittag, trank beim Mittagessen wie ein Fisch, arbeitete den Nachmittag über in seiner Kanzlei oder bei Gericht, aß dann mit Kollegen zu Abend und begann sich hinterher gesellschaftlich zu betätigen – dazwischen besuchte er immer wieder eine seiner Geliebten. Ich wurde schon vom Lesen müde.
Die Berichte über Elios Tagesablauf waren für mich jedoch völlig wertlos. Wie er bei Adoptionen vorging, darüber stand dort nichts. Wie viele Wohltätigkeitsbälle er mit seiner Frau besuchte oder wie viele Freundinnen er nebenher hatte, war mir völlig egal. Ich suchte nach etwas Auffälligerem, etwas Ungewöhnlicherem. Mein einziger Vorteil war, daß ich das Upper-Class-Leben, das Betancourt führte, sehr gut kannte und mich daher ziemlich leichttun würde, etwas Ungewöhnliches zu entdecken.

Auch was das Aufspüren von Samuels betraf, war ich keinen Schritt weitergekommen. Regina hatte nicht wieder angerufen, und Leonardo hatte mit seinen Telefonaten nach North Carolina erst begonnen. Dem Suchservice war es nicht gelungen, Samuels im Rahmen einer landesweiten Suche aufzuspüren; man werde es jetzt mit anderen Datenbanken versuchen, hieß es. Der Mann konnte ja nicht einfach vom Erdboden verschwunden sein.

Ich nahm eine Telefonnotiz zur Hand, die Leonardo vor meinem Eintreffen an diesem Morgen geschrieben hatte, und starrte sie an. José Antonio Moreno. Ich mußte ihn anrufen und ihm gestehen, wie wenig ich bisher herausgefunden hatte. Noch war ich zwar nicht in Panik – Esteban hatte mir beigebracht, nie etwas zu übereilen, denn genau dann beginnt man bei einem Fall Mist zu bauen –, aber mir war klar, daß José Antonio nicht gerade erfreut reagieren würde. Es würde völlig sinnlos sein, ihm zu erklären, daß man bei einem Fall nie etwas erzwingen darf, daß jeder Fall irgendwie selbst auf seine Lösung zusteuern muß.

Er hob nach dem ersten Klingelzeichen ab. Er war wahrscheinlich gerade allein im Büro, denn seine Stimme klang ein bißchen blechern, wie über Lautsprecher. Ich sagte ihm, ich sei auf der Suche nach Samuels, hätte ihn jedoch noch nicht gefunden.

Er schwieg eine Weile. »Mr. Moreno? Sind Sie noch dran?« fragte ich.

»Ja, entschuldigen Sie, bitte«, antwortete er. Das Lautsprechertelefon ließ seine Stimme weit entfernt klingen. »Es tut mir leid, aber ich habe gestern nacht kein Auge zugetan.«

Jetzt geriet ich doch in Panik. »Wie … wie schlimm steht es denn?«

»Ihr Blutbild ist katastrophal, und sie verliert immer wieder das Bewußtsein. Ihr Zustand ist zwar noch stabil, aber die

Krankheit schreitet ständig voran. Meine Frau hat sich hingelegt und versucht ein bißchen zu schlafen, bevor wir heute nachmittag wieder ins Krankenhaus fahren.«

»Das tut mir sehr leid, Mr. Moreno.«

»Wir haben noch ein bißchen Zeit, Miss Solano, aber längst nicht mehr so viel, wie wir dachten.« Er hatte die Stimme erhoben; es klang, als berühre er den Lautsprecher mit dem Mund. »Wir brauchen Sie.«

Eine Welle unterschiedlicher Gefühle brach über mir herein: Erinnerungen an meine eigene Angst und Hoffnungslosigkeit, als Mamas Zustand sich im Verlauf weniger Wochen rapide verschlechterte. Die Wut, die ich damals empfand, war jetzt wieder da und drohte sich gegen José Antonio zu richten. *Sieht er denn nicht, daß ich tue, was ich kann? Ich habe sein kleines Mädchen schließlich nicht krank gemacht!*

Doch dann schloß ich die Augen und atmete tief durch.

»Seien Sie unbesorgt, Mr. Moreno, ich lasse mir etwas einfallen, das verspreche ich Ihnen.«

Ich legte auf. *Und jetzt?*

9

Am nächsten Morgen summte, Stunden vor Sonnenaufgang, mein Handy. Ich brauchte eine Weile, bis mir klar wurde, daß es der Apparat auf meinem Nachtschränkchen war und nicht Teil des Traums, den ich gerade geträumt hatte und in dem ich Elio Betancourt auf dem Pferd von South Beach nach Sweetwater hinterherjagte, Emma im Schlepptau.

Es war Nestor Gomez, den ich auf Honorarbasis nachts zur Beobachtung Betancourts engagiert hatte.

»Entschuldige, daß ich dich so spät störe, Lupe.«

Ich knipste das Licht an und sah durchs Fenster in den dunklen Himmel. »Was gibt's, Nestor?«

»Ich dachte, ich sage es dir lieber gleich. Um genau zwei Uhr fuhr ein Paar in einem dunklen Lexus vor Betancourts Haus vor. Sie blieben eine Stunde drin, dann gingen sie wieder.«

»Zwei Uhr morgens ist eine komische Besuchszeit«, sagte ich, während ich nach meinen Hausschuhen tastete. Es war zwar erst kurz nach drei, aber ich wußte, daß ich nicht mehr einschlafen könnte.

»Deshalb habe ich auch gleich angerufen. Ich habe ein paar Aufnahmen mit dem Teleobjektiv gemacht, aber ich glaube nicht, daß die was wert sind. Ich war einfach zu weit weg, und es war zu dunkel.«

Ich wußte, wovon er sprach. Um zu entscheiden, wo die Beobachter vor Betancourts Haus Posten beziehen sollten, war ich mehrmals an dem Objekt vorbeigefahren. Es war hoffnungslos: In Coral Gables jemanden zu beobachten, ist fast ausgeschlossen. Es gibt kaum Deckung, die Bullen sind übereifrig, und die Bewohner geraten sofort aus dem Häuschen, wenn sie einen Wagen mit Insassen am Straßenrand parken sehen. Das Risiko, entdeckt zu werden, war enorm groß.

»Also, die Fotos lasse ich auf jeden Fall mal entwickeln«, fuhr Nestor fort. »Ich bringe sie dir irgendwann heute vorbei.«

»Nestor«, sagte ich hastig, weil ich Angst hatte, daß er auflegen würde, «die Nummer des Lexus hast du doch, oder?«

Nestor kicherte. Er hatte sich einen kleinen Spaß mit mir erlaubt. »Klar doch, Lupe.«

»Braver Junge, Nestor.« Ich öffnete meinen Schrank und suchte mir ein paar Kleidungsstücke zusammen. »Kriegst einen Einser mit Stern für deine heutige Hausaufgabe!«

Als die Sonne aufging, hatte ich die Nummer des Lexus bereits durch den Computer gejagt. Es handelte sich um eine Familie Carillo in Bay Point, einer exklusiven Wohnanlage nördlich von Downtown Miami. Eine Freundin aus der High School wohnte dort, deshalb kannte ich die Gegend. Ich erinnerte mich, daß Bay Point ein Pförtnerhäuschen hatte, um unliebsamen Besuch abzuhalten; ohne daß einer der Bewohner zuvor beim Pförtner angerufen hatte, war es für Fremde unmöglich reinzukommen.

In der High-School hatte ich mich über meine alte Freundin Sonia immer halb totgelacht, aber später war aus ihr ein fades Weib geworden. Sie war den üblichen Weg gegangen: Ehemann, zwei Kinder, Kindermädchen, Wohltätigkeitsveranstaltungen. Ich hatte die schreckliche Angewohnheit entwickelt, ihre Einladungen zum Mittagessen anzunehmen, im letzten Moment aber immer abzusagen.

»Sonia? Hi, hier spricht Lupe. Wie geht's dir? Wie geht's deiner Mom?«

Im Hintergrund brüllten ihre Kinder. Ein Fernseher lief mit voller Lautstärke.

»Hör mal, könntest du mir einen Gefallen tun und mich in Bay Point einschleusen? Ich muß da rein wegen eines Falls. Sag einfach den Pförtnern meinen Namen, ja? Dank dir. Zum Lunch? Na klar. Bestimm den Tag und ruf mich an. Also, noch mal vielen Dank, *querida*!«

Manchmal muß man einfach rücksichtslos vorgehen.

Ich mußte die Observation selbst erledigen und hoffte nur, nicht den ganzen Tag im heißen Wagen verbringen zu müssen. Um möglichst unauffällig zu wirken, hatte ich einen gediegenen dunkelbraunen Hosenanzug angezogen, aber wie ich es in diesem Outfit aushalten sollte, sobald der Vormittag in den glühendheißen Nachmittag übergegangen war, wußte ich nicht.

Sonia hatte ihre Sache gut gemacht. Reinzukommen war kinderleicht gewesen. Das Haus hatte ich schnell gefunden, allerdings war die Bezeichnung Haus die reinste Untertreibung – es war eher ein Herrschaftssitz, ein pinkfarbener Miami-Palast gleich an der Bucht, in der Palm Lane.

Direkt gegenüber stand ein Haus zum Verkauf. Die Götter meinten es eindeutig gut mit mir. Es wohnte nämlich auch niemand mehr darin, so daß ich mich in die Auffahrt stellen konnte, völlig blickgeschützt war und trotzdem perfekte Sicht auf das gegenüberliegende Gebäude hatte. Dort stand in der Sackgasse vor einem kleineren Haus der Lexus, den Nestor bei Betancourt gesehen hatte.

Es dauerte nicht lange, bis sich etwas tat. Kaum hatte ich mich nach allen Regeln der Kunst versteckt, bogen auch schon, wie in einer Prozession, mehrere teure Wagen in die Auffahrt gegenüber ein. Am Steuer saßen ausschließlich Frauen, und jede hatte ein Geschenk dabei. Dann kamen drei Wagen von Floristen und lieferten riesige Blumenkörbe ab.

Nachdem der letzte Lieferwagen weggefahren war, wußte ich, daß es in dieser Familie einen neugeborenen Jungen geben mußte. Warum sonst hätte man den Leuten blaue Nelken geschenkt? Ich schoß ein paar Fotos, hauptsächlich um in Übung zu bleiben, fuhr dann weg und hoffte inständig, für eine Immobilienmaklerin gehalten worden zu sein, die man bei einem Hausbesichtigungstermin versetzt hatte.

Im Büro wartete mit dunklen Ringen unter den Augen Nestor Gomez. Er hatte sich in meinem Zimmer in einen Besucherstuhl gefläzt und nippte an einem von Leonardos Mango-Power-Vitamin-Shakes.

Er sah sich die Fotos auf seinem Schoß durch und versuchte, die besten auszuwählen. »Sind zwar nicht gerade super«, sagte er matt, »aber so schlecht, wie ich dachte, sind sie auch wieder nicht.«

Ich setzte mich an meinen Schreibtisch und ging die Bilder durch. Obwohl die Aufnahmen grobkörnig und unscharf waren, erkannte man ein Paar mittleren Alters beim Betreten und Verlassen von Betancourts Haus, wobei die beiden beim Weggehen einen Babysitz dabeihatten. Datum und Uhrzeit am unteren Rand jedes einzelnen Fotos besagten, daß die Leute genau eine Stunde drin gewesen waren. Ich wußte, daß einige Einzelheiten sehr viel deutlicher zu sehen sein würden, wenn ich die Bilder stark vergrößern ließ.

Ich konnte zwar noch nicht behaupten, den Fall gelöst zu haben, aber ein Anfang war gemacht. »Gute Arbeit, Nestor«, sagte ich. »Ich weiß, daß er ziemlich schwer zu überwachen ist.«

Nestor rieb sich mit dem Handrücken die Augen. Er war noch keine dreißig, ging aber gut und gern für fünfzig durch. Er besuchte die Abendschule und hatte außerdem zwei Jobs. Er stammte aus der Dominikanischen Republik und sparte mühsam jeden Cent, um seine Familie nach Miami nachkommen zu lassen. Er hatte mir mal erzählt, daß er elf Geschwister habe; es würde also eine Weile dauern. Wenn ich einen Auftrag hatte, rief ich immer ihn an. Er war zuverlässig und vertrauenswürdig – Eigenschaften, die man in unserer Branche nur selten antrifft; außerdem brauchte er ständig Arbeit und sagte mir deshalb nie ab.

»Danke, Lupe. Aber bitte nie mehr Coral-Gables-Jobs! Dort jemanden zu beobachten, ist echt sauschwer.«

»Betancourt wird für dich der letzte Job dort sein, das verspreche ich dir.« Ich nahm einen Notizblock zur Hand. »So, jetzt erzähl mir bitte alles, was du gesehen hast.«

Nestor holte tief Luft. Mir war völlig schleierhaft, wie er sich in Anbetracht seines Schlafdefizits überhaupt noch irgend etwas merken konnte.

»Um zwei Uhr fuhr der Lexus vor«, sagte er. »Ansonsten kam und ging niemand. Das ist eigentlich alles.«

Wenn Nestor sagte, daß das alles gewesen sei, konnte ich sicher sein, daß nichts weiter vorgefallen war. Er war ungemein, fast schon übertrieben genau. Einmal hatte er auf Beobachtungsposten stundenlang reglos auf eine Tür gestarrt. Undenkbar, daß irgend jemand von der Straße her Betancourts Haus betreten haben konnte, ohne von Nestor gesehen worden zu sein.

»Wo kam das Baby her? Nachdem wir miteinander telefoniert hatten, rief ich Missy und Kenny an.« Bei der Nennung der Ermittler, die die beiden Schichten vor seiner gehabt hatten, runzelte Nestor die Stirn. Der Arbeit anderer, außer vielleicht der meinen, brachte er größtes Mißtrauen entgegen. »Den beiden zufolge traf dort während ihrer Schicht kein Baby ein. Das Baby war aber im Haus, als das Ehepaar aus Bay Point kam, oder?«

Nestor dachte so konzentriert nach, daß sein braungebranntes Gesicht sich verzog. »Vielleicht war das Baby schon da, bevor unsere Beobachtung begann. Ich weiß jedenfalls mit hundertprozentiger Sicherheit, daß in den drei Tagen, in denen ich dort stand, kein Baby ins Haus gebracht wurde. Aber da drin auf die Welt gekommen wird es ja kaum sein, was?«

Ich schüttelte den Kopf. »Nein, das glaube ich auch nicht. Keiner von euch hat eine schwangere Frau ins Haus gehen sehen, und ich bezweifle, daß Betancourt da drin einen Kreißsaal eingerichtet hat. Außerdem ließ sich keine einzige Wagennummer der diversen Besucher auf einen Arzt oder eine Krankenschwester zurückverfolgen.«

»Sollte ein Witz sein, Lupe.«

»Ach, Entschuldigung.« Ich hatte es wirklich geglaubt. Man hätte sein Gesicht aufnehmen und zur Illustration des Begriffs »Pokerface« an einen Lexikonverlag verkaufen können.

Aber er hatte mich damit auf eine Idee gebracht. Die Babys wurden zwar nicht in Betancourts Haus geboren, konnten aber auch noch nicht sehr lang dort gewesen sein. Elio nahm notorische Kriminelle als Klienten an und benahm sich in aller Öffentlichkeit daneben, um seine in der Schickeria heimische Gattin zu ärgern. Er war also reizbar und pervers, was aber noch nicht bedeutete, daß er dumm war. Er wollte bestimmt nicht, daß Margarita von seinen ungeheuerlichen illegalen Machenschaften erfuhr, gerade wegen des großen Gewichts, das sie auf ihr Image in der Öffentlichkeit legte, und ein schreiendes Baby über einen längeren Zeitraum vor ihr geheimzuhalten, war mit Sicherheit ziemlich schwierig.

»Red weiter, Nestor«, sagte ich. »Was sagt dir das alles?« Genau jetzt brauchte ich Nestors nüchterne Denkweise.

»Ich weiß nur, daß das Baby nicht in einem Auto gebracht worden sein kann«, meinte er zögerlich.
»Augenblick mal! Es gibt zwei Möglichkeiten, auf das Grundstück der Betancourts zu gelangen«, warf ich ein. »Von der Straße oder aber von der Bucht, und zwar über den Kanal hinter dem Haus. Wenn wir die Straße ausschließen können, bleibt der Kanal. Das Baby ist per Boot gekommen!«
Nestor brachte das überhaupt nicht aus der Ruhe. Phantasiereichtum gehörte nicht zu den von ihm gepflegten Eigenschaften. »Von meinem Posten aus konnte ich den Kanal nicht sehen. Gut möglich, daß es per Boot kam. Ist wohl die einzige Erklärung.«
Er stand auf und wandte sich zum Gehen. Ich schrieb ihm rasch einen Scheck aus. »Danke. Das hast du super gemacht. Die Sache könnte sich noch ein paar Wochen hinziehen. Meinst du, du könntest das terminlich schaffen?«
»Klar. Für das, was du mir zahlst, kann ich wahrscheinlich eine meiner Schwestern hierherbringen«, erklärte er stolz auf dem Weg zur Tür. »Es sind jetzt nur noch sieben, weißt du.«
»Schlaf dich mal ordentlich aus!« rief ich ihm nach, als er die Tür hinter sich schloß.
Als ich den Hörer abhob und zu wählen begann, hörte ich, daß Leonardo Nestor irgendwelche Vitamine anzudrehen versuchte. Er hatte sich gerade warm geredet – besonders apart fand ich die Stelle in seinem Verkaufsgespräch, wo es darum ging, daß man dank der Dinger mit sechs Stunden Schlaf auskomme und sich großartig fühle, da Nestor wahrscheinlich von Glück reden konnte, wenn es drei Stunden pro Nacht wurden –, als sich am anderen Ende der Leitung Lucia Moreno meldete.
»Señora Moreno? Hier spricht Lupe. Ich muß Ihnen noch

ein paar Fragen stellen. Könnten Sie und Ihr Mann heute kurz bei mir im Büro vorbeikommen?«

Ich hätte wissen müssen, daß sie sofort angerast kommen würden. Als mir klargeworden war, daß Leonardo zwar Vitamine und Nahrungszusätze im Wert von dreißig Dollar an Nestor losgeschlagen, jedoch immer noch nichts über Samuels in North Carolina zutage gebracht hatte, standen sie bereits vor der Tür.

»Der Typ braucht circa sechs Monate lang ein Einzelzimmer in einem Sanatorium und sonst gar nichts«, erklärte ich Leonardo gerade, als das Ehepaar eintrat.

Lucia war in den zehn Tagen seit unserem letzten Zusammentreffen um Jahre gealtert. Sie hatte sichtlich abgenommen und wirkte zerbrechlicher denn je. Ich machte mir Sorgen um sie. Dieser Fall mußte, so oder so, gelöst werden, und zwar schnell.

Zu meiner Verwunderung ging sie quer durchs Zimmer auf mich zu und drückte mich fest an sich. Ich spürte ihre Körperwärme und das Zucken ihrer Schultern, als sie in leises Schluchzen ausbrach. José Antonio sah mit betretener Miene zu. Mir war das Ganze peinlich; gleichzeitig hatte ich dieser Empfindung wegen Schuldgefühle.

»Da, Señora«, sagte Leonardo, reichte ihr ein Taschentuch und ergriff ihre Hand. Zuerst war sie sehr erschrocken, einem gutaussehenden jungen Mann gegenüberzustehen, der ein ärmelloses »Muscle Club«-Trikot und Joggingshorts trug, doch dann wirkte er offenbar so aufrichtig und ehrlich besorgt auf sie, daß sie sich von ihm zum Bürokühlschrank führen ließ, wo er ihr einen Mango-Shake mixte und mit leiser Stimme beruhigend auf sie einsprach.

»Entschuldigen Sie, bitte«, sagte José Antonio. »Lucia ist nun mal sehr emotional.«

Klar, daß José Antonio, ganz der cubanische Mann, sich gezwungen fühlte, so zu tun, als bestehe er aus Granit. »Wie geht es Michelle?«

»Unverändert«, antwortete er, den Blick gesenkt. »Im Augenblick ist sie okay.«

Leonardo und ich führten die beiden in mein Büro. Ich setzte mich hinter meinen Schreibtisch und versuchte, so geschäftsmäßig wie möglich zu wirken. Ich war nahe daran, mich von Lucias Verzweiflung anstecken zu lassen, und mußte jetzt um jeden Preis ruhig bleiben.

Ich hatte sämtliche Berichte im Zusammenhang mit dem Fall zusammengeschrieben und las ihnen die komplette aktualisierte Fassung vor. Die beiden hörten sich aufmerksam an, was ich ihnen zu sagen hatte; Lucia nippte dabei immer wieder mal an ihrem Mango-Drink.

»Und was passiert jetzt?« fragte José Antonio. »Sind wir jetzt wirklich näher dran, Michelles leibliche Mutter zu finden?«

»Genau deshalb habe ich Sie gebeten zu kommen. Versuchen Sie sich an die Nacht vor zwei Jahren zu erinnern, als Sie in Betancourts Haus kamen, um Michelle abzuholen. Denken Sie gut nach! Sie müssen mir ganz genau erzählen, was damals von dem Augenblick an, als Sie das Haus betraten, vor sich ging. Lassen Sie sich Zeit.«

Die Morenos warfen einander einen mißtrauischen Blick zu. Dann sagte José Antonio leise und sehr sachlich: »Betancourt rief uns an und sagte, das Baby sei geboren worden, und wir würden im Lauf der folgenden Woche telefonisch erfahren, wo genau wir das kleine Mädchen abholen könnten. Er sagte, wir sollten Tag und Nacht mit diesem Anruf rechnen.«

Lucia räusperte sich. Der Versuch, sich an damals zu erinnern, hatte sie offensichtlich ein bißchen beruhigt. »Er rief uns dann drei Tage später um Mitternacht an und sagte, wir sollten Punkt zwei Uhr morgens in sein Haus in Coral Gables kommen und einen Babysitz mitbringen. Die Babysachen hatten wir natürlich alle schon. Michelles Zimmer war schon seit Monaten fertig eingerichtet.«

»Haben Sie ihn gefragt, warum es so spät nachts sein mußte? Zwei Uhr morgens ist schließlich ziemlich spät für ein Neugeborenes.«

Lucia überlegte. »Er sagte, die Mütter wollten die Babys abgeben, ohne daß jemand sie dabei sah, weil sie sich dessen, was sie getan hatten, so schämten. Er sagte immer wieder, es seien gute cubanische Mädchen, die von ihren Familien verstoßen werden würden, wenn irgendwer herausfand, was sie getan hatten.«

»Sie müssen verstehen, Miss Solano«, warf José Antonio ein, »daß wir uns nichts sehnlicher wünschten als ein Baby. Da stellten wir keine Fragen. Vielleicht wollten wir auch gar nicht allzuviel wissen; das war sicherlich ein Fehler. Aber für diesen Fehler darf nicht Michelle bezahlen.«

Ich unterbrach ihn. »Denken Sie an den Augenblick zurück, als Sie bei dem Haus ankamen. Ich brauche alle Einzelheiten. Wo war das Baby? War es schon da, als Sie eintrafen?«

»Nein, sie war noch nicht da, als wir kamen«, antwortete José Antonio. »Zumindest nicht in der Bibliothek; in die hatte Betancourt uns nämlich geführt. Dort saßen wir ungefähr eine halbe Stunde und erledigten den Papierkram, während Betancourt verschwand, um das Baby zu holen. Von dem Moment an, als wir das Haus betraten, bis zu dem Augenblick, als wir es mit Michelle verließen, waren wir ausschließlich in der Bibliothek, da bin ich ganz sicher!«

»Sie wissen also nicht, wie das Baby ins Haus gelangte, beziehungsweise ob es während Ihres Aufenthalts dort schon da war?«

Ich sah ihnen an, daß sie herauszufinden versuchten, auf was ich hinauswollte. »Nein, das wissen wir nicht«, sagte Lucia leise.
»Haben Sie, während Sie dort waren, irgend etwas Ungewöhnliches gehört?«
Beide schüttelten den Kopf.
»Hatte die Bibliothek Fenster? Konnten Sie draußen irgend etwas sehen?«
Lucia und José Antonio schwiegen. Ich sah förmlich ihre Erinnerung bei der Arbeit, während sie ihr Gedächtnis durchkämmten. Es war mies, die beiden so zu quälen, aber jetzt konnte ich nicht mehr zurück.
»Da war doch eine zweiflügelige Glastür, oder, José Antonio?« fragte Lucia wie aus weiter Ferne. »Eine Glastür, die auf einen Patio oder einen Garten ging oder … Es tut mir leid, aber es war dunkel, und ich war so aufgeregt. Ich kann Ihnen nicht viel weiterhelfen.«
José Antonio legte den Arm um seine Frau und küßte sie auf den Scheitel. Dann sah er mich an. »Miss Solano, warum stellen Sie uns all diese Fragen? Auf was wollen Sie hinaus?«
Sie waren fix und fertig, und in José Antonios Stimme hatte sich ein leicht indignierter Unterton geschlichen. Ich erläuterte ihnen meine Theorie, wonach das Baby per Boot zum Haus gebracht worden war. Die beiden hörten es sich schweigend an, lauschten, als suchten sie einen Funken Hoffnung hinter meinen Worten.
Meine Möglichkeiten hatten sich auf eine einzige reduziert, die darin bestand zu warten, bis Elio Betancourt das nächste Kind angeliefert wurde.
Nachdem ich die Morenos zu ihrem Wagen begleitet hatte, war ich zwar total erschöpft, mußte aber noch einen Anruf tätigen, ehe ich heimfahren konnte. Der Empfang war leer;

Leonardo hatte sich davongemacht – wahrscheinlich zu einem Selbstverteidigung-durch-gesunde-Ernährung-Kurs oder ähnlichem.

Ich wußte, daß irgendwo im Bürokühlschrank noch eine angebrochene Flasche Weißwein stand; erst mußte ich mich allerdings durch einen kleinen Berg gekühlter Recyclingflaschen mit verschiedenfarbigen Gesundheitsdrinks wühlen. Den Wein fand ich schließlich hinter einer großen Plastiktüte mit einer komischen Knolle, die bereits Triebe zu produzieren schien.

Ich stürzte ein halbes Glas hinunter; dann begann ich zu wählen. Die Stärkung würde ich brauchen.

»Sonia? Hi, hier spricht Lupe. Ich wollte mich für deine Hilfe bedanken. Ich bin dir wirklich sehr dankbar.«

Zum zweitenmal an diesem Tag telefonierte ich nun mit meiner alten Freundin, die mich in Bay Point eingeschleust hatte. Ich legte die Hand über die Sprechmuschel und trank noch einen großen Schluck Wein; ein Gespräch mit Sonia war kein Zuckerschlecken.

»Lupe!« Sie brüllte fast. »Bist du problemlos reingekommen? Diese Pförtner können manchmal echt unverschämt sein. Ich sage immer zu Ricardo, ist zwar gut und schön, wenn man sich sicher fühlt, aber wie in Fort Knox will ich auch nicht leben!«

Ich gab die passenden Antwortlaute von mir. Meine Nakkenhaare hatten sich aufgestellt; das hatten sie auch in der High-School immer getan, wenn ich mir Sonias endloses Geschwafel anhören mußte. Ich füllte das Glas; bei Sonia war mindestens eine halbe Flasche fällig.

»Hör mal, Sonia, *querida*«, sagte ich möglichst sachlich, »als ich heute in Bay Point war, ist mir aufgefallen, daß die Carillos von vielen Floristen beliefert wurden. Veranstalten die eine Party? Die Blumen waren wirklich zauberhaft.«

»Die Carillos? Aber nein, Lupe, die veranstalten keine Party. Weißt du das denn noch gar nicht?« Ich brummte etwas ins Telefon, um Sonia zum Weitersprechen zu animieren. »Sie haben endlich einen kleinen Jungen adoptiert – so viele Jahre mußten sie drauf warten.«

»Ich wußte gar nicht, daß die schon so lange versucht hatten, ein Kind zu adoptieren«, sagte ich. In Wahrheit hatte ich nicht den leisesten Schimmer, wer die Carillos waren, aber ich wußte, daß Sonia jede Gelegenheit ergreifen würde, um alles, was sie über diese Leute wußte, loszuwerden. Sie war schließlich in der High-School nicht umsonst drei Jahre in Folge zur »Miss Plaudertasche« gewählt worden.

»Aber ja, Lupe, schon seit Jahren. Angeblich hat man es ihnen immer wieder verwehrt, weil Maria zu alt sei – sie ist schon über fünfzig, soweit ich gehört habe, obwohl sie behauptet, sie wäre erst dreiundvierzig. Maria hat gesagt, es läge daran, daß sie kein cubanisches Kind bekämen, aber der wahre Grund ist natürlich ihr Alter. Es gibt da ja bestimmte Richtlinien.«

»Aber wenn das stimmt, wie haben sie es dann doch noch geschafft, ein Baby zu adoptieren?« fragte ich möglichst unschuldig und hielt vor Spannung die Luft an.

»Es war angeblich eine private Adoption. Es ist das Kind irgendeines Mädchens, das in Schwierigkeiten geraten war, irgendein Mädchen, das sie kannten«, erklärte Sonia leichthin.

»Darf man so was denn?« fragte ich. »Ist das legal? Wenn der Staat sagt, daß man kein Kind adoptieren darf, ist es doch illegal, es doch zu tun, oder?« Ich gab meiner Stimme den naivsten Ton, zu dem ich fähig war, allerdings nur, um in Übung zu bleiben. Mir war völlig bewußt, daß das, was ich sagte, Sonia ziemlich egal war.

»Genau das habe ich mir auch gedacht«, erklärte sie mir.

»Ich habe dann Ricardo gefragt, und er hat gesagt, es kommt darauf an. Viele Adoptionen gehen privat über die Bühne, aber die wichtige Frage ist immer, woher die Babys kommen.«
Es war das Intelligenteste, was Sonia mir gegenüber seit langem von sich gegeben hatte. Ich wollte schon auflegen, fühlte mich aber plötzlich merkwürdig einsam. »Wenn ich so darüber nachdenke – ich kenne eigentlich gar nicht viele Leute, die ein Baby adoptiert oder ihr Kind zur Adoption freigegeben haben«, sagte ich, nur um irgend etwas zu sagen.
»Also, bitte, Lupe, natürlich kennst du welche!« erwiderte Sonia mit vielsagendem Unterton. »Du erinnerst dich doch noch an Caridad Gutierrez in unserem vorletzten High-School-Jahr! Weißt du denn nicht mehr, daß sie damals vorzeitig von der Schule ging?«
»Doch, dunkel. Ach ja, Caridad, genau! Sie ist damals zu ihrer Tante nach New Jersey gezogen.«
Sonia begann zu kichern. »Weißt du wirklich nicht, warum sie von der Schule abging? Ihr mieser Freund hatte ihr ein Kind angehängt, der Typ von der Privatschule, du weißt schon. Sie ist dann zu ihrer Tante nach New Jersey gezogen und hat das Baby dort zur Welt gebracht. Hast du das echt nicht gewußt? Mein Gott, Lupe, du bist vielleicht naiv!«
Ich schaltete sie auf den Lautsprecherapparat und schenkte mir noch ein Glas Wein ein, während sie weiterschwafelte. Das milderte ein bißchen meine Einsamkeit und stillte mein Bedürfnis, mit irgend jemandem zu reden.
»Sonia? Ich habe da gerade einen Anruf auf der anderen Leitung. Ich ruf' dich bald wieder an, das verspreche ich dir. Dann gehen wir mal zusammen essen, ja?« Ich legte auf.
Ich blieb am Schreibtisch sitzen und machte mir Notizen über das, was die Morenos mir bei ihrem Besuch erzählt

hatten und was ich von Sonia am Telefon erfahren hatte, wobei ich Sonias gehässiges Gerede über ein Mädchen, das ich schon seit Jahren nicht mehr gesehen hatte, natürlich ausließ. Irgendwann war es so dunkel, daß ich ohne Licht nichts mehr sehen konnte. Ich hatte eine Theorie und mehrere konkrete Aussagen, die diese Theorie stützten. Trotzdem blieb mir weiterhin nichts übrig, als zu warten.

Nachdem ich das Büro abgeschlossen und die Alarmanlage eingeschaltet hatte, fuhr ich in meine Wohnung in der Brikkell Avenue. Das Autotelefon klingelte einmal, aber ich hob nicht ab. Ich hatte an diesem Abend weder Lust auf weitere Gespräche noch auf die Gesellschaft irgendeines Menschen.

10

»Also, Esteban, da Betancourt das letzte Baby erst vor zwei Tagen an das Ehepaar aus Bay Point geliefert hat, haben wir wohl ein bißchen Zeit, oder siehst du das anders?«

»*Sí*, da hast du wahrscheinlich recht. Mindestens eine Woche, vielleicht sogar ein bißchen mehr. Es müßte eigentlich reichen, um eine Überwachung des Anlegestegs auf die Beine zu bekommen.«

Mir war klargeworden, ich mußte Esteban jetzt in den Fall einweihen; schon eine Stunde nach meinem Anruf war er gekommen; er wirkte fit und jeder Aufgabe gewachsen. Er war schlank und muskulös, und sein Gesicht wurde mit jeder neuen Falte attraktiver. Zwei Stunden brauchte ich, um ihm zu erzählen, was ich bisher herausgefunden hatte, und ihm die Überwachungsfotos zu zeigen, damit er sich mit Betancourts Grundstück vertraut machen konnte.

Was das Überwachen betraf, konnte keiner ihm das Wasser reichen. Wenn es irgend jemand schaffte, Betancourts Haus vom Wasser aus zu beobachten, dann er.

»An welchem Kanal liegt das Haus?« fragte er, drehte eines der Fotos auf den Kopf und betrachtete es, als vermittle ihm diese Perspektive völlig neue Einsichten.

»Am Granada-Kanal. Von Cocoplum aus zu Fuß erreichbar, aber wir müssen in die Bucht raus und dann nach Coral Gables zurückfahren.«

Er hob den Blick von den Fotos und sah mich mit seinen dunklen Augen an. »Ist mit deinem Vater wegen der *Hatteras* alles geklärt?«

»Ja, klar«, sagte ich leicht gereizt. »Wir können sie den ganzen Nachmittag haben.«
Esteban war mein Guru gewesen, und ich hatte ihm viel zu verdanken. Mittlerweile war ich jedoch eine eigenständige Detektivin mit einer eigenen Detektei, und obwohl ich ihn schon einige Male engagiert hatte, konnte ich mich nie des Gefühls erwehren, daß er mich immer noch nicht als ebenbürtige Kollegin akzeptierte.
Das lag nicht etwa daran, daß er ein Sexist war – im Gegenteil, er war ein echter Gentleman und behandelte mich stets mit großem Respekt. Ich glaube eher, daß er sich mir gegenüber wie ein Vater fühlte, der seine einzige Tochter einfach nicht als Erwachsene sehen konnte, nicht einmal, nachdem sie das Elternhaus verlassen hatte und allein in die Welt hinausgegangen war. Ich hoffte bloß, daß das diesmal kein Problem werden würde. Die Sache war viel zu wichtig, und wir hatten nicht mehr viel Zeit. Für den Fall, daß Esteban sich nicht hundertprozentig an das vereinbarte Programm hielt, war ich wild entschlossen, ihn zur Räson zu bringen.

Coral Gables war in den zwanziger Jahren von George Merrick gegründet worden, einem echten Dade-County-Pionier. Ihm schwebte eine Wohnanlage im maurischen Stil vor, und so ließ er quer zu den Straßen Kanäle ziehen. Bei der Realisierung seiner Vision ging er derart konsequent vor, daß Coral Gables noch heute die strengsten Bauvorschriften im gesamten Land hat. Einige an den Kanälen liegende Häuser sind geradezu feudal, und weiter zur Bucht hin stehen noch teurere Exemplare. Und je näher an der Biscayne Bay die Häuser lagen, um so größer waren die Boote der Eigentümer, die hinter den Villen anlegen konnten. Dort war nämlich nicht nur das Wasser tiefer, sondern, weit wichtiger, die Boote mußten dort auch unter weniger

niedrigen Brücken durchfahren, um in die Bucht zu gelangen.
Coral Gables und das darin liegende Cocoplum befinden sich inmitten des dichtbebauten Miami und bilden gemeinsam einen Großteil der Upper-Class-Welt dieser Stadt. Ich hatte schon seit jeher ein kleines, von Papa eingeimpftes Vorurteil gegenüber Coral Gables, denn man hatte Papa im Zusammenhang mit den restriktiven Bauvorschriften große Probleme bei der Errichtung unseres Monsterhauses gemacht.
Wir tuckerten in Papas Boot gemächlich den Kanal Richtung Betancourts Haus hinauf. Obwohl es für mich eigentlich Arbeit war, genoß ich die Fahrt. Papa hatte meinen Schwestern und mir bei jedem Boot, das er jemals besessen hatte, beigebracht, es zu steuern. Er wußte, daß man, wenn man am Wasser wohnte, auch damit umgehen können sollte. Meine Schwestern und ich hatten lange bevor wir laufen konnten, schon schwimmen zu lernen begonnen.
Als wir in den Granada-Kanal einbogen, drosselte ich den Motor, damit wir kein großes Kielwasser produzierten. Tatsächlich lag zwischen Betancourts Haus und der Bucht nur eine einzige Brücke. Er hatte schnellen und problemlosen Zugang zum offenen Wasser.
Wir näherten uns dem Haus ganz vorsichtig, obwohl wir sicher waren, daß er jetzt, am Spätnachmittag, nicht daheim war. Hinter den Häusern seiner sämtlichen Nachbarn waren Boote vertäut, doch Betancourts Pier war leer. Der Anlegesteg bestand aus langen, dunkelgebeizten Holzplanken mit Flutlichtern, die darüber aufragten, sowie einer amerikanischen Flagge, die der Wind ständig gegen einen hohen Aluminiummast schlug.
Der Anlegesteg war sehr gepflegt; die Metallpfosten glänzten, und die Planken waren blitzsauber. Neben mehreren

Holzpfosten lagen einige säuberlich aufgerollte Taue; weitere waren an Klampen befestigt, sofort benützbar für jedes Boot, das hier anlegen wollte. Außerdem hatte Betancourt den Bereich um die Anlegestelle so gestaltet, daß es fast unmöglich war, das Haus vom Kanal aus zu sehen. Statt dessen erblickten wir einen weitläufigen, sehr grünen und perfekt gepflegten Rasen.

Man konnte also anlegen, ohne vom Haus aus entdeckt zu werden, und wurde von der Anlegestelle aus nicht gesehen, wenn man im Haus war.

Esteban und ich fuhren an dem Grundstück vorbei, ohne zu stoppen, und tuckerten noch ein paar Minuten auf dem Kanal herum; dann machten wir kehrt. Estebans Gesicht war vor Anspannung zu einer mißmutigen Grimasse verzogen; er schwieg. Mir war klar, daß es nicht leicht werden würde.

»Du hast doch gesagt, daß Geld bei diesem Fall keine Rolle spielt, oder?« fragte er mich schließlich, während ich das Boot in langsamem Tempo voraus steuerte.

»Ja.«

Er nickte befriedigt. »Schau dir die Brücke gut an«, befahl er. »Merk dir ihre Lage in Relation zum Kanalanfang.«

Er forderte mich auf, die *Hatteras* zu wenden und noch einmal an dem Haus vorbeizufahren. Es war Abend geworden, und die Sicht hatte abgenommen.

»Langsamer!« flüsterte er. »Fahr so langsam du kannst! Schau jetzt zu dem rosaroten Haus direkt gegenüber von dem Betancourt-Haus am anderen Kanalufer! Wenn wir oben auf dem Bootshaus jemanden postieren, hat der Beobachter einen perfekten Blick auf Betancourts Anlegestelle.«

Ich starrte auf das relativ bescheidene rosarote Haus und das Bootshaus. Esteban hatte recht; von dort aus hatte man den besten Blick weit und breit und konnte von Betancourts Villa aus nicht gesehen werden. Ein Problem gab es allerdings.

»Esteban«, sagte ich zaghaft, »wie willst du denn für wer weiß wie lange jede Nacht für mindestens zehn Stunden jemanden dort oben postieren, ohne daß er gesehen wird?«

»Der Beobachter wird natürlich nicht die ganze Zeit dort oben sein«, erwiderte er ungeduldig wie ein Professor, der einem begriffsstutzigen Studenten ein Problem erläutert. »Wir brauchen zwei Leute; einer wird mit einem Handy auf der Brücke postiert. Der andere kommt schon vorher mit dem Ruderboot hierher.«

In diesem Augenblick wurde ich auf einen großen Papagei aufmerksam, der uns von einem über den Kanal hängenden Ast aus beobachtete. Ich hatte das paranoide Gefühl, daß er uns belauschte.

»Du weißt doch, daß diese Häuser nur von der Straße und vom Kanal aus zugänglich sind«, dozierte Esteban, der den Papagei nicht gesehen hatte, weiter. »Unser zweiter Mann darf natürlich nicht das Risiko eingehen und angehalten werden, weil er durch irgendwelche Gärten streift, um einen guten Blick auf das Bootshaus zu kriegen. Er muß per Boot kommen.«

Der Papagei über uns stieß einen meckernden Schrei aus. Esteban hörte auf zu reden und hob suchend den Blick. Als er den Vogel entdeckte, lächelte er und pfiff nach ihm. Esteban liebte Tiere.

»Du siehst, was ich meine«, fuhr er schließlich fort und wandte dem Wasser den Rücken zu. »Nachts angeln viele Leute mit dem Ruderboot in den Kanälen, daher wird unser Mann nicht weiter auffallen. Er kann das Boot vor einer der Böschungen, an denen wir beim Reinfahren vorbeikamen, ankern und sich darin verstecken. Die Eukalyptusbäume verbergen das Boot, und wenn der Ermittler auf der Brücke ein Boot sieht, das auf Betancourts Haus zufährt, kann er das per Handy melden. Der Mann im Ruderboot wird sich dann allerdings ziemlich beeilen müssen, um den Kanal hinaufzufahren und das Ruderboot so schnell wie möglich an einem der Pfosten unter der Anlegestelle des Nachbarn zu vertäuen, ohne entdeckt zu werden.«

»Es ist jetzt fast dunkel«, sagte er, auf die Anlegestelle des rosaroten Hauses deutend. »Unter der Anlegestelle kann man praktisch nichts sehen. Und dieser Baum da mit den über das Bootshaus hängenden Ästen – auf den muß er klettern. Wir können das Risiko, daß er entdeckt wird, auf ein Minimum reduzieren – er muß nur in der Nacht der Übergabe auf das Bootshaus steigen.«

Wir hatten das Beobachtungsgebiet inzwischen fast passiert. Esteban deutete auf Einzelheiten, die ich, der Dunkelheit wegen, fast aus dem Gedächtnis rekonstruieren mußte.

»Ich denke, es könnte funktionieren, aber wen soll ich, bitte schön, dazu bringen, das zu tun?« Der Mann im Boot mußte stark und wendig und außerdem bereit sein, Nacht für Nacht im Dunkeln in einem Ruderboot zu sitzen und sich von den Moskitos zerstechen zu lassen. Wenn dann endlich das Signal kam, daß sich ein Boot näherte, mußte er wie ein Irrer rudern, das Boot festbinden und auf ein hohes Bootshaus klettern, obendrein mit einer schweren, sperrigen Kameraausrüstung. Ein ziemlich mieser Job.

»Klingt gut. Ich komme auf mindestens tausend Möglichkeiten, wie es danebengehen kann«, sagte ich in süßlichem Ton. »Gibt es noch einen Plan B oder ist das meine einzige Chance?«

Esteban blickte mich wütend an. Normalerweise war er einer der lockersten und freundlichsten Menschen, die ich kannte – außer wenn es um seine Arbeit ging und ganz besonders, wenn seine Professionalität in Frage gestellt wur-

de. Ich hatte ihn mit meinem Tonfall beleidigt; immerhin hatte er mich ausgebildet, und daß ich seine Pläne in Zweifel zog, stellte in seinen Augen die Verhältnisse auf den Kopf.
»Ich mag es nicht, wenn du mir so machohaft kommst, Esteban«, sagte ich. »Das paßt überhaupt nicht zu dir.«
»Hör mal, Lupe, ich erweise dir hier einen Gefallen. Du kannst mit der Sache meinetwegen beauftragen, wen du willst. Ich würde dir das nicht übelnehmen, das kannst du mir glauben.«
Ich mag es auch nicht, wenn Männer mich anlügen. Es schickt sich nicht; außerdem sind sie selten gute Lügner. Sie lügen zwar in unterschiedlichem Maß, aber sie lügen alle. Früher dachte ich, Männer würden unabsichtlich lügen, einfach nur, um die Gefühle der Frauen nicht zu verletzen, doch meine Zeit bei White and Blanco hatte mich etwas anderes gelehrt. In den meisten Fällen liegt es an ihrem mangelnden Selbstbewußtsein, daß sie es mit der Wahrheit so wenig ernst nehmen. Wenn eine Frau sich ihre Naivität austreiben lassen will, gibt es kaum etwas Besseres, als in einem Großraumbüro mit dreizehn Typen zu arbeiten, das kann ich garantieren.
»Beruhig dich wieder, Esteban«, sagte ich. »Ich habe ja nicht behauptet, daß es nicht funktioniert, oder? Ich habe nur ein bißchen laut gedacht.«
Das besänftigte ihn offenbar ein wenig. »Wenn du mir sagst, wen du dafür anheuern willst, mache ich mit den Leuten ein paar Probeläufe, damit sie es schaffen, wenn es soweit ist.«
Er lehnte sich über die Bootsreling und blickte in die Ferne. Ein paar Worte hatten ausgereicht, um seine männliche Ehre wiederherzustellen. »Hat dein Vater ein Ruderboot, das er uns leihen kann, oder ein Schlauchboot?« fragte er. »Ein älteres Modell wäre mir am liebsten; das sieht dann nicht aus, als wäre es gestohlen. Noch besser wäre es, wenn wir

zwei Boote hätten, dann könnten wir sie abwechselnd einsetzen und würden noch weniger Mißtrauen erregen. Wir bräuchten sie nur von ungefähr elf Uhr nachts bis Tagesanbruch. Zu dieser Zeit sind in Coral Gables nicht gerade viele Leute unterwegs. Wenn es South Beach wäre, würde es anders aussehen. Da beginnt man um diese Uhrzeit erst auszugehen.«

Esteban redete immer zuviel, wenn er aufgeregt war. Ich nickte nur und lächelte, obwohl ich wußte, daß seine Idee gut war. Riskant zwar, aber nachvollziehbar. Ich selbst wäre wahrscheinlich nicht darauf gekommen.

Kurz danach konnte ich in der Ferne mein Elternhaus sehen. Es war nicht schwer zu entdecken, denn zu meiner großen Verlegenheit war es erleuchtet wie ein gigantischer Weihnachtsbaum. Osvaldo und Aida hielten nichts von Einsparung, welcher Art auch immer. Dort, von wo sie herkamen, protzte man nun mal mit dem, was man hatte.

In der Bucht wurde es ein bißchen stürmisch, aber das bereitete mir keine Probleme. Ich schaffte es, schon beim ersten Versuch die *Hatteras* am Bootssteg anzulegen. Das konnte ich nun wirklich im Schlaf, selbst während eines Hurrikans.

Esteban war schweigsam geworden; wahrscheinlich leckte er noch immer die ihm von mir zugefügten Wunden. Ich dachte weiter darüber nach, wen ich mit der Sache beauftragen sollte.

Wahrscheinlich hielt er es einfach nicht mehr aus. »Also, Lupe, was ist nun? Willst du jetzt, daß ich dir helfe, oder nicht?« Er warf einen Blick auf das Haus. »Ich bin gern bereit, es für dich zu erledigen, aber darum anbetteln werde ich dich bestimmt nicht.«

Genau deshalb hatte ich nie geheiratet. Tag für Tag mit dem männlichen Ego umzugehen, schaffte ich einfach nicht.

Wenn ich auf Sensibelchen aus gewesen wäre, hätte ich gleich ein paar Kinder kriegen können. Ich bringe wirklich nicht die Geduld auf, Leute zu bemuttern, die größer sind als ich.

»Entschuldige, Esteban. Ich fände das ganz toll. Vielen Dank!« Ich legte ihm die Hand auf die Schulter. »Aber ich möchte, daß du deine Arbeitsstunden notierst und mir eine Rechnung schreibst. Das ist meine einzige Bedingung, damit ich deine Hilfe annehmen kann.«

Esteban hatte bisher darauf bestanden, kostenlos für mich zu arbeiten, aber ich wußte, daß er an seinem Haus anbaute. Ein bißchen Extrageld würde er bestimmt nicht ausschlagen.

»Okay, okay«, sagte er nachgebend. »Aber wer soll der zweite Mann sein?«

»Wer sagt denn, daß es ein Mann sein muß?«

11

»Los jetzt! Ich glaube, es ist soweit. Beeil dich!«

Es war meine fünfte Nacht auf der Brücke über dem Granada-Kanal. Der Mercedes stand unter einem Baum gleich hinter dem nahe gelegenen Kreisverkehr, und ich befand mich mehr oder weniger außerhalb der Straßenbeleuchtung. Ich überlegte gerade, wie sehr die Unmengen von Stichen, die mir die Moskitos in dieser Nacht beigebracht hatten, wohl anschwellen würden, als ich das hölzerne Segelboot entdeckte und Miranda verständigte.

Ich hatte ein Nachtfernglas mit neuen Batterien und konnte zusehen, wie Miranda das Ruderboot hastig auf den Kanal schob. Das Fernglas war gut für längere Beobachtungen, obwohl mir die Polsterung der Linsen ins Gesicht schnitt; leicht grünstichig und ziemlich schattenhaft sah ich, wie Miranda in aller Eile den Weg zwischen ihrem Posten an der Kanalböschung und dem rosaroten Haus zurücklegte. Miranda war Mitglied der Rudermannschaft der University of Pennsylvania und gebaut wie eine Olympiaathletin. Ich stellte mir vor, daß die einzige Ähnlichkeit zwischen Coral Gables und dem Schuyulkill River wahrscheinlich der Gestank war, der durch die schnell eintretende Ebbe entstand.

Ich betete, daß es nicht erneut – und damit zum fünften Mal – falscher Alarm war. Dabei konnten wir von Glück reden, wenn Betancourt wirklich schon so bald wieder ein Baby angeliefert wurde. Ich schob ein weiteres Gebet nach, diesmal für Miranda.

Leise tuckernd fuhr das Boot unter der Brücke durch, auf

der ich stand. Durchs Fernglas sah ich, wie Miranda mit den Seilen zu kämpfen hatte, während sie das Ruderboot tief unter dem Anlegesteg vertäute. Es würde knapp werden.
»Bitte, mach, daß es das richtige Boot ist!« bat ich die Heilige Jungfrau. »Du weißt doch, daß uns die Zeit davonläuft.«
Ich stand glücklicherweise im Schatten und konnte auch dann nicht gesehen werden, wenn sich zufällig einer auf dem Segelboot umdrehte. Doch Miranda hatte das Ruderboot gerade erst festgebunden und sich auf den Ast geschwungen, der am niedrigsten über dem Kanal hing, als das Segelboot immer näher kam. Dann aber bestieg sie den Baum in unglaublichem Tempo und sprang auf das Dach des Bootshauses. Ich konnte kaum fassen, daß sie es tatsächlich geschafft hatte. Ich wäre sofort ins Wasser gefallen und hätte vor dem anrückenden Boot herumgeprustet.
Auf dem Bootshaus hielt Miranda kurz inne, duckte sich und betastete ihr Bein. Sie mußte sich beim Klettern verletzt haben; ich hoffte, daß es nichts Schlimmes sein würde. Das Mittel, das ich ihr gegeben hatte, hielt die Moskitos zwar ziemlich gut ab, aber jetzt würden sich die kleinen Biester wie verrückt auf ihre offene Wunde stürzen.
Miranda war nun ganz sich selbst überlassen. Ich richtete das Fernglas daher auf den Kanal und auf Betancourts Anlegesteg. »Verdammt!« flüsterte ich. Das Boot fuhr an Betancourts Grundstück vorbei.
Doch dann hörte ich, daß der Motor abgestellt wurde, und sah, daß das Boot langsam wendete. Der Lotse hatte offenbar vor, in Richtung Bucht anzulegen – zweifellos um schneller wieder wegzukommen.
Ich schwenkte hinüber auf Miranda und sah, daß sie mit ihrem Fernglas den Kanal beobachtete. Ich war zu weit weg, um Einzelheiten erkennen zu können, doch sie hatte einen

perfekten Blick. Am Himmel stand eine schmale Mondsichel – sowohl Segen als auch ein Fluch, denn einerseits war die Gefahr für sie, gesehen zu werden, dadurch geringer, andererseits machte das wenige Licht ihre Aufgabe schwieriger.

»Na bitte!« sagte ich ein bißchen zu laut, als ich einen Mann und eine Frau auf dem Deck des Segelboots auftauchen sah. Irgend etwas an diesem Boot, das bis hin zum Mast ganz aus Holz bestand, erinnerte mich an die Sommer im Nordosten, als wir Papas Collegefreunde besuchten und auf solchen Booten segelten. In Südflorida begegnetem einem diese Boote nicht gerade oft; eigentlich konnte ich mich nicht erinnern, hier unten überhaupt schon mal so eines gesehen zu haben.

Von dem Pärchen konnte ich nicht viel erkennen. Ich sah, daß der Mann einen Schnurrbart trug, und identifizierte die andere Gestalt deshalb als Frau, weil sich durch ihr dickes Strickhemd riesige Brüste abzeichneten. Die waren jedoch nicht das einzig Ausladende an ihr; sie hatte auch einen dikken Bauch, und beim Gehen wabbelte das Fett an ihrem Körper.

Nachdem das Boot problemlos angelegt hatte, warteten der Mann und die Frau auf Deck. Kurz darauf erschien ein großgewachsener Mann – Betancourt. Er war offenbar aus seinem riesigen Haus gekommen und quer über den breiten Rasen geeilt.

Miranda hatte die Kamera hervorgeholt und fotografierte. Ich hatte ihr auf ihren eigenen und auch auf meinen Wunsch hin nichts über den Fall erzählt. In unserer Branche ist es immer besser, wenn der Ermittler möglichst wenig über die Zielpersonen weiß. Sollte etwas schiefgehen, konnte sie überzeugender behaupten, von nichts zu wissen, und sich auf diese Weise vielleicht größere Schwierigkeiten ersparen.

Das Paar auf dem Boot überreichte Betancourt etwas. Was es war, konnte ich nicht erkennen. Der Mond war hinter einer dicken Wolke verschwunden, und mit meinem Fernglas konnte ich auf diese Distanz kaum Einzelheiten ausmachen. Doch ich hatte Miranda gesagt, sie solle, wenn sich etwas tue, so viele Fotos wie möglich machen: vom Boot, von allen Personen, die auftauchten, und von jedem Objekt, das möglicherweise übergeben werde. Wenn das Ganze vorbei war, würde ich ihr erzählen, daß sie dabei geholfen habe, einem kleinen Mädchen das Leben zu retten. Hoffte ich zumindest.

Betancourt wandte sich zum Haus und trug den Korb hinein. Kaum hatte er den Weg über den Rasen angetreten, ertönte auch schon der Motor des Bootes. Die Frau stieß es von der Anlegestelle ab und kümmerte sich um die Taue. Für ihr Gewicht war sie erstaunlich wendig und sprang sogar, als das letzte Tau gelöst war, behende von der Anlegestelle aufs Boot.

Das Segelboot fuhr ebenso leise, wie es gekommen war, den Kanal hinunter und in die Bucht hinein. Ich drehte mich in Richtung Bootshaus um und sah Mirandas schlanke Gestalt. Sie schüttelte gerade ihr rotblondes, mit einer schwarzen Seiden-Bandanna zusammengehaltenes Haar.

Bevor sie das Dach des Bootshauses verließ, sah sie sich vorsichtig um, als wolle sie sicherstellen, daß sie auch bestimmt keine Spuren hinterlassen hatte.

»Braves Mädchen!« sagte ich. Behutsam kletterte sie den Baum hinunter und stieg ins Ruderboot. Ich sah, daß sie auf ihr Bein hinabschaute, und fragte mich, wann sie wohl ihre letzte Tetanusspritze bekommen hatte.

12

Das Segelboot – die *Mamita* – war auf einen gewissen Alberto M. Cruz zugelassen, der im nordwestlichen Teil der Stadt, in der Nähe des Miami River, wohnte. Dieses Viertel mit den vielen schäbigen Mietshäusern und den Lagerhäusern am Flußufer kannte ich gut. Unter den zumeist nur vorübergehend hier wohnenden Leuten waren nicht wenige, die ihren Lebensunterhalt auf jede nur erdenkliche kriminelle Weise bestritten. Ich kann wahrlich auf mich selbst aufpassen, aber dorthin fahre nicht mal ich gern allein, vor allem nicht nachts.

Als ich in der Gegend angelangt war, sah ich keinen Grund, mich dort länger als unbedingt nötig aufzuhalten und eine Besichtigungstour zu veranstalten. Ich fuhr Leonardos Jeep, denn wenn ich mit dem Mercedes gekommen wäre, hätte ich den Wagen nie wieder gesehen. Nachdem ich ihn geparkt und mich entfernt hätte, wäre er wahrscheinlich auf einem nach Port au Prince fahrenden Frachter gewesen, noch ehe ich ihn bei der Polizei als gestohlen gemeldet hätte. Und die Bullen hätten garantiert kein Mitleid mit mir gehabt, sondern mir erklärt, daß ich selbst schuld sei, wenn ich mit einem solchen Wagen in diese Gegend gefahren sei, und dann hätten sie das Protokoll in den Rundlauf gesteckt.

Cruz war offenbar unser Mann. Das Eintreffen des Bootes in der Nacht zuvor war gleichzeitig mit der Ankunft eines weiteren betuchten cubanischen Ehepaars in Betancourts Haus erfolgt. Neben der Beretta lagen in meiner Handtasche die zehn, zwölf Fotos, die Miranda von dem Boot geschossen hatte, das kurz an der Anlegestelle des Rechtsanwalts vertäut gewesen war. Als ich sie nach einer Stunde in dem Schnell-Entwicklungs-Laden abholte, hätte ich Miranda am liebsten geküßt. Wir hatten Zulassungsnummer, Gesichter und eine schemenhafte, schlanke Gestalt mit breiten Schultern, bei der es sich unbestreitbar um Betancourt handelte.

Ich ging rasch von meinem Jeep auf Cruz' Haus zu, ein dreigeschossiges pastellgrünes Mietsgebäude mit abblätternder Farbe und mehreren Metallbriefkästen davor, die allesamt schon vor langer Zeit aufgebrochen worden waren. Als ich den Außengang zu Cruz' Wohnungstür entlangging, war es fast unnatürlich still und ruhig in dem Haus, abgesehen von dem aus einem Fenster im ersten Stock dröhnenden Fernseher.

Ich pochte mit der Faust an die Tür und rief seinen Namen. Bei jedem Schlag fielen grüne Farbplättchen auf den fleckigen Teppichboden des Außengangs. Niemand machte auf. Doch während ich dastand und überlegte, was ich als nächstes tun sollte, und spürte, wie sich meine Nackenhaare aufstellten, wurde die Tür plötzlich einen Spaltbreit geöffnet.

»Wer sind Sie? Was wollen Sie?« Ich wußte zwar nicht viel über Alberto, doch es war nicht zu übersehen, daß er von einer Besucherin, die unangemeldet mitten am Nachmittag auftauchte, in höchstem Maße alarmiert war.

»Sind Sie Señor Cruz?« fragte ich höflich. Er öffnete die Tür ein bißchen mehr, und schon war ich sicher, daß er es war: die kurzen, wuscheligen Haare und das faltenreiche dunkle Gesicht gehörten dem Mann auf dem Boot.

»Warum wollen Sie das wissen?« fragte er mit einer Stimme, die jedem Anti-Raucher-Spot zur Ehre gereicht hätte. Er zog die Tür noch ein bißchen weiter auf, und mein Blick fiel in eine schummrig beleuchtete Küche.

»Ich heiße Lupe Solano. Darf ich reinkommen?«

Er knallte die Tür so heftig zu, daß ich einen Augenblick befürchtete, sie würde aus den Angeln springen. Verdutzt stand ich da und starrte wie eine Idiotin auf die zugeschlagene Tür, bis eine Hand den Vorhang hinter dem kleinen schmutzigen Fenster neben der Tür teilte. Cruz musterte mich und versuchte zu entscheiden, ob er noch mal aufmachen sollte. Er würde es bestimmt tun. Die Versuchung war einfach zu groß.

Tatsächlich hörte ich gleich darauf rasch hintereinander mehrere Klickgeräusche; sechs insgesamt. Der Mann sicherte seine Wohnung mit einem Haufen Metall.

Er öffnete erstaunlich höflich die Tür, trat zur Seite und winkte mich in seine makellos saubere, luftige Studiowohnung, die atemberaubend geschmacklos im frühen Aluminiumstil eingerichtet war; eine mauvefarbene Couch diente auch als Bett, und in allen vier Ecken stand je eine glänzende violette Vase mit cremefarbenen flaumigen Federn. Ich brauchte ein paar Sekunden, um den Anblick zu verarbeiten.

»Nett haben Sie's hier«, sagte ich, als er mir mit einer Handbewegung zu verstehen gab, daß ich mich auf einen der vier Aluminiumstühle setzen sollte, die um einen funkelnden Eßtisch aus Edelstahl standen.

Cruz, der eine Hose aus glänzendem grauem Stoff und ein abgetragenes Polohemd mit einem nautischen Motiv trug, zuckte daraufhin mit den Achseln wie ein Baron, dem man ein Kompliment über sein Schloß gemacht hatte. »In dieser Gegend ist es besser, wenn die Leute nicht wissen, was man hat. Deshalb putz ich auch das Fenster nie und spare es mir, die Tür erneuern zu lassen.«

Ich setzte mich vorsichtig hin, um das rosarote Samtpolster des Stuhls nicht in Unordnung zu bringen. »Eine gute Idee.«

Als ich mich umsah, entdeckte ich nur eine einzige Sache, die nicht hierher paßte und meinen Gesamteindruck von Alberto als einem schwer zwanghaften Sauberkeitsfreak störte: Aschenbecher, viele Aschenbecher in verschiedenen Formen und Größen, und einige quollen über vor filterlosen Kippen und Asche. Merkwürdigerweise sah ich jedoch nirgends Zigaretten oder Feuerzeuge.

Es machte nichts, daß er sich vor mir keine ansteckte, denn ich erkannte seine Marke am Geruch, der in dem Raum herrschte – stark und gut teerhaltig. Alberto war ein Gauloise-Mann, ein Raucher der harten Sorte. Seit meiner Reise nach Frankreich zwei Jahre zuvor kannte ich diesen Geruch. Ich sah mich rasch nach der berühmten hellblauen Schachtel um, konnte jedoch keine entdecken. Komisch. Da mindestens ein halbes Dutzend Aschenbecher in Reichweite standen, würde es wohl nicht lange dauern, bis er sich eine anzündete.

Dann kam ich auf die Idee, daß möglicherweise ein anderer Bewohner der Raucher war, doch als Alberto an mir vorbeiging, schob ich den Gedanken schnell wieder beiseite. Der Mann roch wie eine brennende Gauloise; außerdem hatte ich seine gelben Zähne und die verfärbten Finger gesehen.

Er nahm auf dem Stuhl mir gegenüber Platz und sah mich eine Weile an, als überlegte er, ob ich ihn verkohlen wolle. »Also, Lupe Solano«, sage er schließlich mit abgewandtem Blick, »was kann ich für Sie tun?«

»Ich helfe einer Freundin, jemanden zu finden, und man hat mir gesagt, daß Sie mir dabei helfen könnten.«

Er legte die Hand flach auf den Tisch. »Entschuldigen Sie bitte, ich habe ganz vergessen zu fragen, ob Sie etwas trinken möchten.«

»Nein, vielen Dank, bitte keine Umstände!«

Er wirkte leicht beleidigt. »Also, ich glaube, ich verstehe nicht recht, was Sie meinen. Erklären Sie mir doch, was Sie wollen!«

»Vielleicht hilft Ihnen das hier weiter.« Ich gab ihm den Umschlag mit den Fotos, die Miranda gemacht hatte, beobachtete, wie er jedes einzelne gründlich betrachtete, und genoß den Wandel der Gefühle, die sich in seinem Gesicht spiegelten: Schock, Faszination, Verwirrung und schließlich unterdrückte Wut. Nachdem er alle Aufnahmen angesehen hatte, hob er den Blick.

»Was für eine Hilfe ist das denn, die Ihre Freundin will?«

»Meine Freundin will Informationen über den Aufenthaltsort der leiblichen Mutter ihres adoptierten Kindes. Und meine Freundin ist bereit, dafür zu zahlen.«

»Dazu müßte ich mehr über das Problem Ihrer Freundin wissen«, sagte Cruz mit kurzem, gelblichem Lächeln. »Es waren sehr viele Babys, wissen Sie.«

Ich lächelte zurück. Ich hatte es mir ganz anders vorgestellt, hatte erwartet, daß er trotz der vor ihm liegenden Fotos alles abstreiten würde. Jedenfalls hätte *ich* das getan. Daß es so leicht werden würde, hatte ich nicht zu hoffen gewagt – obwohl ich wußte, was als nächstes kam: Er würde versuchen herauszufinden, wie dringend ich seine Hilfe brauchte, um einen Preis nennen zu können.

»Was würde es kosten, Ihr Gedächtnis in bezug auf eine Bootsfahrt aufzufrischen, die Sie vor etwa zwei Jahren, im Juli 1993 unternommen haben?«

Cruz schüttelte bedauernd den Kopf. »Wissen Sie, ich bin kein junger Mann mehr, und manchmal läßt mich mein Gedächtnis schon im Stich. Ich müßte sehr lange nachdenken, um mich daran zu erinnern. Ich könnte es natürlich tun, aber es wäre sehr schwierig.«

Wir lächelten einander noch ein bißchen mehr an. »Wie

schwierig denn?« fragte ich. »Ich muß es meiner Freundin sagen, damit sie alles für Sie arrangiert.«
Nur das Wissen, daß Alberto Cruz meine einzige Verbindung zwischen Michelle und ihrer Mutter war, hielt mich davon ab, ihm an die Gurgel zu springen. Ich wußte, daß er alle Einzelheiten, die ich brauchte, parat hatte. Ein Mensch, der seine Wohnung so zwanghaft sauberhielt, erinnerte sich garantiert an jedes Detail des Baby-Projekts.
»Ich glaube, zwanzigtausend Dollar würden meiner Erinnerung auf die Sprünge helfen.«
Alberto war also doch nicht ganz so schlau. Ich hatte die Morenos vorgewarnt, sie sollten damit rechnen, daß er fünfundzwanzigtausend verlangte; so hatte ich wenigstens den Spaß mitzuerleben, wie er zuwenig forderte. Es war zwar noch immer eine enorme Summe, aber wenn es um ein Menschenleben geht, zahlen die Leute, das weiß ich aus Erfahrung. Mein Vater hätte sein ganzes Vermögen hergegeben, um das Leben meiner Mutter zu retten.
Außerdem wußte ich, daß ich Alberto nicht trauen durfte, aber es war wenigstens eine Chance. »Ich könnte morgen mit der Hälfte wiederkommen«, sagte ich. Es hatte keinen Sinn, jetzt noch die Zurückhaltende zu spielen. »Den Rest kriegen Sie, wenn wir die Mutter gefunden haben. Hier ist ein Foto des Babys; die Aufnahme entstand unmittelbar nach der Übergabe an die Eltern. Das Mädchen hat seitlich am Hals ein auffälliges Muttermal – vielleicht hilft Ihnen das beim Erinnern.«
Cruz betrachtete das Bild nachdenklich und ließ dabei die Zunge über die Backenzähne gleiten. »Okay, ich denk' darüber nach«, sagte er. »Zehntausend bar morgen, zehntausend, wenn ich Ihnen etwas über die Mutter gesagt habe. Ich muß erst sicher sein, daß sie wirklich dort ist, wo ich es vermute, aber das dauert nicht lang.«

Ich mußte es einfach versuchen. »Wo sind diese Mütter denn, Alberto? Hat das alles etwas mit dem Jackson Memorial Hospital zu tun?«

Er sah mich fast bewundernd an. »Ich habe mich sehr über Ihren Besuch gefreut«, sagte er, stand auf und ging zur Tür. »Er war für mich ein Höhepunkt des Tages.«

Ich blieb an der Tür stehen. Es gab keinen Grund mehr zu lächeln. »Also, bis morgen nachmittag.«

Alberto hielt mich hin. Ich merkte, daß er sich an die Mutter erinnerte, doch er bestand darauf, die Sache auf seine Art über die Bühne zu bringen. Es überraschte mich auch gar nicht: Seine blitzblank geputzte Wohnung war die eines Menschen, der stets die Kontrolle über alles haben mußte. Wenn man bei jemandem unangemeldet reinschneit, erfährt man alles über ihn.

Leonardo saß an seinem Schreibtisch und glühte vor Workout-Erschöpfung. Ich eilte an ihm vorbei in mein Büro und schloß die Tür.

Gleich darauf hatte ich José Antonio am Telefon. Als ich ihm von Alberto Cruz erzählte, rang er nach Luft.

»Die Zehntausend in bar müssen morgen unbedingt für mich bereitliegen«, erklärte ich ihm. »Heben Sie aber nicht die ganze Summe von einem Konto ab. Die Banken sind nämlich verpflichtet, es dem Staat zu melden, wenn eine Summe ab dieser Höhe entweder abgehoben oder eingezahlt wird.« Das Gesetz war erlassen worden, um nach Florida kommendes Drogengeld zu kontrollieren, und war ein umwerfender Erfolg.

»Ich kenne dieses Gesetz«, erwiderte José Antonio trocken. »Das Geld liegt morgen bereit.«

»Wenn Sie Glück haben, brauchen Sie die anderen Zehntausend gar nicht zu zahlen. Ich habe einen Ermittler angeheu-

ert, der Cruz folgen wird, sobald er seine Wohnung verläßt. Cruz hat jetzt einen ständigen Schatten, und wenn er zu Michelles leiblicher Mutter geht, ist die Sache gelaufen.«
Ich klang sehr zuversichtlich. Nestor Gomez würde Cruz auch in einen Hochofen folgen, wenn es sein mußte.
José Antonio schwieg. Einen Augenblick glaubte ich, er habe aufgelegt, und ich hätte den Freiton noch nicht gehört. Dann sagte ich seinen Namen.
»Entschuldigen Sie, Miss Solano«, antwortete er. »Ich war anderswo mit den Gedanken. Ich hoffe, daß bald etwas geschieht. Sollten wir aber doch den ganzen Betrag zahlen müssen, bin ich auf jeden Fall darauf vorbereitet.«
»Ist etwas mit Michelle?« fragte ich hastig.
»Sie ist … sie hatte heute morgen einen Rückfall. Es ging ihr schon besser, doch es ist leider nicht so geblieben.«
»Das tut mir sehr leid, Mr. Moreno. Aber wir sind jetzt ganz nah dran, das spüre ich.«
José Antonio seufzte, und mir wurde klar, daß ich ihm keine falschen Hoffnungen machen durfte. Von einer Sekunde auf die andere konnte alles in sich zusammenfallen. »Ich vertraue Ihnen, Miss Solano«, sagte er. »Aber meine Frau hat große Angst. Ich möchte ihr nichts erzählen, was sie dann später möglicherweise enttäuscht.«
Ein cubanischer Mann durch und durch: Sprach von den Gefühlen seiner Frau, obwohl ich an seiner Stimme erkannte, daß er nur noch mit allerletzter Kraft durchhielt.
Nachdem wir das Gespräch beendet hatten, rief ich Regina an. Sie hatte immer noch nichts über Dr. Samuels Verbleib herausgefunden und wollte sich nur über das alte Havanna unterhalten. Ich begann zu zweifeln, ob sie wirklich alles tat, was ihr möglich war, um diesen Arzt ausfindig zu machen, und ich argwöhnte sogar schon, daß sie ihn aus irgendeinem Grund schützte. Doch da sie keinerlei Ver-

pflichtung hatte, mir zu helfen, konnte ich nicht viel tun. Eine Viertelstunde lang hörte ich mir ihre Erinnerungen an, dann sagte ich, ein Klient sei gekommen und ich müsse auflegen.

Ich öffnete meine Bürotür einen Spaltbreit und sah, daß Leonardo ein echtes Buch las, das auf seinem Schreibtisch lag. Daraufhin ging ich, Mirandas Fotos in der Hand, zu ihm hinaus, weil ich wissen wollte, was er vor sich hatte.

Er trieb die Show ziemlich weit – er trug sogar eine Lesebrille mit dunklem Gestell, die ich noch nie an ihm gesehen hatte.

»Was ist das denn für ein Buch?«

Er richtete sich ein wenig auf und lächelte mich schüchtern an. »Es handelt davon, wie man seine kosmische Mitte findet.« Ich wußte sofort, daß er es für ein Mädchen las.

»Das liest du für Clarity, nicht wahr?«

»Sie heißt Serenity«, verbesserte mich Leonardo und legte das Buch mit dem Rücken nach oben auf den Schreibtisch. »Und wir sind nur Freunde. Aber gestern abend war ich mit einem unheimlich tollen Mädchen aus. Sie macht viel für ihre Fitneß und ernährt sich gesund. Sie gibt Aerobic-Kurse im Gemeindecenter.«

Wenn Leonardo ein Mädchen kennenlernte, das ihm gefiel, regredierte er zu einem triefäugigen Teenager. Es war richtig süß. »Und wie heißt sie? Tranquility? Oder Moon Child?«

»Sie heißt Alice.«

»Die gefällt dir wirklich, was?« Ich sagte es so anspielungsreich, wie es nur ging; ich wußte genau, wie leicht man ihn verlegen machen konnte.

»Hör auf!« sagte er, wurde rot und sah sich geniert um. Dann fiel sein Blick auf die Fotos in meiner Hand.

Ich legte sie auf den Schreibtisch und erklärte ihm kurz, um was es sich handelte. Ich fand es gemein, ihn noch länger wegen seiner neuesten Eroberung aufzuziehen. Er nahm die Brille ab – wahrscheinlich sah er überhaupt nichts, wenn er sie trug – und deutete auf die fette Frau an Bord der *Mamita*.

»Wer soll das denn sein?« fragte er. »Und wie schafft die das alles mit diesem Körper?«

Ich hatte völlig vergessen, Cruz nach der Frau zu fragen, und er war von sich aus natürlich nicht auf sie zu sprechen gekommen. Ich betrachtete die dicke Frau auf dem grobkörnigen Foto und überlegte zum erstenmal, welche Rolle ihr in diesem Spiel zukam.

13

Am nächsten Morgen fuhr ich mit dem Geld zu Albertos Wohnung. Er sagte, er werde mich »im Lauf der nächsten Tage« anrufen, und drückte mir seelenruhig die Tür vor der Nase zu. Ich erinnerte ihn noch daran, daß ich wisse, wo er zu finden sei.

Den Rest dieses Tages und einen Großteil des nächsten verbrachte ich mit der Lektüre der Überwachungsberichte im Fall Moreno und ganz allgemein mit dem Warten auf eine Inspiration. Es kam jedoch keine, und ich wollte schon nach Hause fahren, da klingelte mein Telefon. Es war Tommy McDonald, der mich fragte, ob ich mit ihm zu Abend essen wolle. Da ich nicht vorhatte, mich in nächster Zeit heiligsprechen zu lassen, und der Fall Moreno mich, seit ich damit beschäftigt war, ständig in Beschlag genommen hatte, fand ich, daß mir ein bißchen Spaß gegönnt sein sollte. Und Tommy war eine Garantie für Spaß.

Er war Amerikaner beziehungsweise, wie man hier in Dade County sagt, ein »nicht-hispanischer Weißer«. Ich hatte ihn Jahre zuvor durch Zufall während der Arbeit an einem Fall kennengelernt. Ich sollte für seinen Sozius eine eidesstattliche Erklärung in einer Zivilsache abgeben, doch dann kam seinem Partner in allerletzter Minute etwas dazwischen. Da er den Termin nicht absagen wollte, bat er Tommy, ihn zu vertreten.

Es war ein banaler Fall – deshalb beschlossen Tommy und ich, ihn interessant zu machen, indem wir hemmungslos miteinander flirteten. Kaum hatte die Gerichtsreporterin ihre Sachen zusammengepackt, waren Tommy und ich schon auf dem Weg in die nächste Bar. Im Morgengrauen wachte ich hungrig und verkatert, doch voller Bewunderung für den Blick aus seiner Penthouse-Wohnung in der Brickell Avenue auf.

Ich hatte schnell herausgefunden, daß Tommy ein ziemlicher Draufgänger war, ein Strafverteidiger reinsten Wassers, was bedeutete, daß er sich, sozusagen aus innerster Überzeugung, stets unglaublich herablassend über Zivilsachen äußerte. Nichts regte seine Testosteronproduktion mehr an als ein Prozeß, vor allem wenn sein Mandant nicht die geringste Chance auf Freispruch hatte. Boshafte Staatsanwälte bezeichneten ihn wegen der Mandanten, die er vertrat, als »Ganovenkumpel«. Er glaubte jedoch in geradezu schwärmerischer Weise an die Verfassung, die er zuweilen ziemlich eigenwillig auslegte; ganz besonders liebte er die Stelle, wo es um das Recht eines jeden Angeklagten geht, sich eines Rechtsbeistands zu seiner Verteidigung zu bedienen. In Tommys Augen bezog sich dieser Passus vor allem auf reiche Angeklagte ... Mit ihm auszugehen, war immer lustig, manchmal allerdings sogar für mich zu aufregend. Einmal hatte er es mit einem umstrittenen Tötungsdelikt zu tun, in das der Kurier eines Drogenkartells verwickelt war, und jedesmal, wenn wir damals ausgingen, mußten wir vorher unter seinem Rolls nach Bomben suchen.

Wir waren schon mal soweit gewesen, übers Heiraten nachzudenken, wurden dann jedoch wieder vernünftig und fanden, daß wir uns viel zu gern hatten, um uns das anzutun. Ungefähr einmal im Monat gingen wir miteinander essen und blieben irgendwie Freunde. Tommy liebte es, seine Bekannten zu schockieren, indem er ihnen erzählte, daß er mit einer katholischen Cubanerin ausging, die daheim wohnte. Und nicht nur das – eine ihrer Schwestern war sogar eine Nonne! Aber das machte mir nichts aus. Ich war einfach lie-

ber mit ihm zusammen als mit den meisten anderen Männern, die ich kannte, und der Sex mit ihm war auch nicht schlecht.
Wir landeten im Strand, einem älteren Lokal in der Washington Avenue in South Beach, und begannen schon ziemlich früh mit dem Abendessen. Obwohl es dort wirklich ausgefallene Speisen gibt, bestellte ich wie üblich Hackbraten. Er schmeckte mir dort besser als alles andere, und ich genoß es, ihn ganz dekadent mit einem Dom Perignon runterzuspülen.
»Was ist los, Lupe?« fragte Tommy, dessen hübsches irisches Gesicht durch die Kerze auf unserem Tisch von dramatischen Schatten überzogen war. »Du hast das Kartoffelpüree ja noch nicht mal angerührt.«
Ich schob ihm meinen Teller hin, und er begann gierig zu essen. Tommy schaffte immer mehr als andere. »Ich arbeite gerade an einem Fall, der mich noch in den Wahnsinn treibt. Ich glaube, ich drehe bald durch.«
Die Gäste des Lokals bestanden an diesem Abend aus den für South Beach typischen Filmstars, Möchtegern-Starlets, Models, homosexuellen Pärchen beiderlei Geschlechts und sogar aus ein paar Transvestiten. Tommy und ich waren ein tolles Paar – selbst wenn ich meine Stöckelschuhe trug, war er mindestens dreißig Zentimeter größer als ich, und seine Haare waren so blond wie meine schwarz.
»Möchtest du darüber reden?« fragte er.
Man servierte uns eine Flasche Champagner. Tommy sah den Kellner verdutzt an, der daraufhin zu einem Tisch in der Ecke deutete. Ich schielte hinüber und sah mehrere Kolumbianer. Der älteste hob lächelnd sein Glas. Tommy winkte.
»Ohne mich hätte der Kerl fünfunddreißig Jahre gekriegt«, flüsterte er mir zu.
Ich spielte kurz mit dem Gedanken, ihn nach Elio Betan-

court zu fragen. Sie liefen sich immer wieder in bestimmten Kreisen über den Weg und hatten viele gemeinsame Bekannte. Aber dann beschloß ich, die Sache einfach mal zu vergessen. Ich würde noch ausflippen, wenn ich ständig an Michelle und ihre Eltern, an Betancourt und Cruz dachte.
»Also, da macht dir irgendwas offenbar ziemlich zu schaffen.« Tommy langte über den Tisch und ergriff meine Hand. »Warum willst du es mir denn nicht erzählen?«
Ich schwieg. Nein, ich wollte ein bißchen Spaß haben; möglicherweise war das hier für eine ganze Weile die letzte Gelegenheit dazu. »Hey, weißt du noch, wie du mich in den County-Knast geschickt hast, damit ich diesen Typen über den Einbruch befragte? Weißt du noch, was das für ein saublöder Fall war? Und wie sich der Typ in mich verknallt hat?«
Tommy sah mir in die Augen. Er wußte, daß mich etwas bedrückte, aber er wußte auch, daß es keinen Sinn hatte, weiter danach zu fragen. »Ja, genau, er hat dir sogar Gedichte geschrieben«, sagte er, liebevoll lächelnd.
»›Während ich hier sitze und durch die Gitterstäbe meiner Zelle blicke‹«, rezitierte ich, »›träume ich von dem Tag, an dem ich wieder frei bin und Dir zeigen kann, wie sehr ich Dich liebe.‹«
»Das Zeug wurde dann ziemlich anschaulich, oder?« fragte Tommy schaudernd, doch auch boshaft amüsiert. »Mann, der Kerl war wirklich unheimlich.«
»Na ja, er hatte eben Talent zum Schreiben«, sagte ich achselzuckend.
Nach dem Essen genehmigten wir uns ein paar Drinks und fuhren dann zu ihm. Tommy war zwar überrascht, als ich sagte, daß ich nicht bei ihm übernachten würde, aber aus irgendeinem Grund wollte ich in meinem eigenen Bett schlafen. Er reagierte nicht beleidigt und versuchte auch nicht, mich zum Bleiben zu bewegen. Als das letzte Tageslicht

über der Stadt verschwand, fuhr ich nach Hause und dachte mir, was für ein toller Mann Tommy doch war. Nur gut, daß wir unsere Beziehung nicht durch eine Heirat kaputt gemacht haben.

In solchen Nächten, wenn ich – je nachdem, wie erfolgreich der Abend verlaufen war – relativ spät oder gar nicht heimkam, fuhr ich immer in meine Wohnung in der Brickell Avenue. Es war wirklich sinnlos, Papa klarmachen zu wollen, daß ich nicht mehr sein süßes jungfräuliches kleines Mädchen war, wie es daheim in Cocoplum im makellos weißen Erstkommunionkleid eingerahmt auf dem Kaminsims stand.

Lourdes war die einzige in der Familie, die mich hin und wieder über mein Liebesleben ausfragte. Allen anderen reichte es offenbar, im Zustand totaler Verdrängung zu leben, was mir nur recht sein konnte, da dies für alle Beteiligten am verträglichsten war.

In dieser Hinsicht waren wir genau wie alle anderen cubanisch-amerikanischen Familien in Miami. Die Mädchen galten als ewig keusch und unberührt, auch wenn sie schon längst erwachsene Frauen waren, die geheiratet und Kinder bekommen hatten. Dabei schlafe ich nicht wahllos in der Gegend herum, sondern hatte schon seit drei oder vier Jahren keinen neuen Mann mehr gehabt.

Allerdings schlief ich mit ehemaligen Liebhabern. Je älter ich wurde, um so weniger Lust hatte ich, Energie in die Suche nach neuen Männern zu stecken. Deshalb waren mir schließlich die Männer am liebsten, die ich bereits kannte und denen ich vertraute. Meine Männerfreunde gingen gern mit mir aus, wenn ich anrief, und störten sich nicht an meinem strikten Grundsatz »Nichts fragen, nichts erzählen« – oder taten wenigstens so.

Ich wußte, daß auch andere Männer sich für mich interessierten, und lernte in meinem Job jede Menge verfügbarer Jungs aus allen möglichen Schichten kennen, aber irgendwie hatte ich nie Lust. Abgesehen von den Gesundheitsrisiken, wollte ich mich nicht der Mühe unterziehen, mich einem unbekannten Menschen gegenüber zu öffnen, einem Menschen, der weder mich noch meine Lebensweise verstand. Und da ich es Tag für Tag mit Verrat, Betrug, Streitsucht und Gewalt zu tun hatte, fiel es mir schwer, einem Fremden unbesehen zu glauben.

In meinem Haus war es an diesem Abend ganz still, und kaum war ich in meinem Stockwerk aus dem Lift gestiegen, spürte ich, daß etwas nicht stimmte. Ich blieb vor meiner Wohnung stehen und starrte auf die geschlossene Tür. Einen Moment lang überlegte ich, ob es nicht besser sei, umzukehren und abzuhauen, doch dann kam ich mir lächerlich und ziemlich paranoid vor. Der Fall machte mir allmählich wirklich zu schaffen.

Ich steckte den Schlüssel ins Schloß und versuchte mich wieder abzuregen. Schließlich war das Haus hervorragend gesichert, hatte Pförtner am Eingang und Schlösser, die nur mit Spezialschlüsseln geöffnet werden konnten. Seit ich hier wohnte, hatte ich noch nie von einem Einbruch gehört. Das klang sehr beruhigend – bis ich die Tür öffnete und wußte, daß irgendwer drin gewesen war. Ich wußte es einfach.

Ein moderiger Geruch hing in der Luft, ein Geruch, der nicht dorthin gehörte. Und einige Sachen standen nicht mehr da, wo ich sie hingestellt hatte. Ich zog die Pistole aus der Handtasche, ging weiter und versuchte, meine Hand möglichst ruhig zu halten. Das Arbeitszimmer war ohne jeden Zweifel durchsucht worden. Wer immer drin gewesen war, hatte sich jedoch mittlerweile aus dem Staub gemacht, und es schien nichts zu fehlen.

Ich hob den Hörer des Hausapparats ab und rief den Pförtner an. Als ich erfuhr, wer in dieser Nacht Dienst hatte, stöhnte ich auf.

»Bernard?« sagte ich seufzend. »Hier ist Lupe. Können Sie bitte mal zu mir raufkommen?«

Einige Minuten später betrat er schnaufend und keuchend meine Wohnung. Ich wollte herausfinden, ob am Abend irgendwer nach mir gefragt oder ob sich etwas Ungewöhnliches ereignet hatte, aber ich wußte, daß es völlig sinnlos war. Bernard fand nicht mal mit einem Fernlichtscheinwerfer aus einer Einkaufstüte raus.

Er absolvierte gerade eine Kosmetikschule, wollte Friseur werden und hielt sich über Wasser, indem er aushalf, wenn einer unserer Pförtner sich mal freinahm. Die Mieter liebten ihn alle von Herzen, waren sich jedoch darin einig, daß wir mehr von ihm als von etwaigen Einbrechern zu befürchten hatten. Es war eher wahrscheinlich, daß er versehentlich sich selbst oder einen von uns erschoß, als daß er einen Verbrecher traf.

»Hi! Was gibt's, Lupe?« Er grinste mich an und sah sich lässig um. Es war unmöglich, ihn nicht nett zu finden; seine Inkompetenz machte einen Großteil seines Charmes aus. Mir fiel auf, daß er seine Pistole falsch herum trug; das Halfter sah in die verkehrte Richtung.

»Bringen Sie das in Ordnung, Bernard«, sagte ich, auf das Halfter deutend. Er ergriff es wie ein Spielzeug. »Und passen Sie bitte auf, ja?«

»Danke«, sagte er, während er am Gurt rumfummelte. »Jedesmal mache ich das falsch.«

»Nur keine Aufregung.« Ich ließ ihn nicht aus den Augen und war bereit, jederzeit hinter dem Sofa zu verschwinden, falls es Probleme geben sollte. »Hören Sie, Bernard, ich glaube, daß heute abend jemand in meiner Wohnung war.«

»Echt?« fragte er und trat näher. »Ist das schlimm?«
Mir wurde klar, daß ich noch mal von vorn anfangen mußte. »Bernard. Irgendwer ist heute abend in meine Wohnung eingebrochen.«
»Jemand, den Sie kennen? Ein Freund von Ihnen?«
Ich konnte nur hoffen, daß er sich zum Friseur besser eignete als zum Sicherheitsmann. Andernfalls hatte er nämlich einige magere Jahre vor sich.
»Nein, Bernard, niemand, den ich kenne.« Ich sprach ganz langsam und artikulierte jedes Wort extrem deutlich. »Deshalb wollte ich ja mit Ihnen sprechen – um herauszufinden, ob mich heute abend irgendwer besuchen wollte oder nach mir gefragt hat.«
Er zog sein Besucherbuch heraus und sah nach. »Nö. Tut mir leid. Fehlt denn irgendwas?«
Vielleicht bestand doch noch Hoffnung. »Nein, es fehlt nichts. Aber ich weiß einfach, daß jemand hier war, das ist alles. Sind Sie ganz sicher, daß niemand zu mir wollte?«
»Ich kann Ihnen echt nicht helfen«, erklärte er bedauernd. »Wenn jemand hier war, ist er jedenfalls weder an der Schranke noch beim Pförtner stehengeblieben.«
Genau das beunruhigte mich. Wer immer meine Wohnung betreten hatte, war schlau genug gewesen, die Sicherheitsvorkehrungen in meinem Haus zu umgehen. Eines war mir klar: Es hing mit dem Fall Moreno zusammen.
Bernard und ich wünschten einander gute Nacht, und er forderte mich ritterlich auf zu versprechen, daß ich ihn anrufen würde, wenn irgend etwas wäre. Ich machte ein Pokerface und schickte ihn wieder runter.
Nachdem ich die Tür hinter ihm geschlossen hatte, blieb ich eine Weile in meinem Wohnzimmer stehen und lauschte in die Stille hinein. Dann sah ich mich noch mal im Arbeitszimmer um; es fehlte nichts, aber irgend jemand hatte sich

sehr für meinen Schreibtisch und meine Akten interessiert. Die Spuren waren ausgezeichnet verwischt worden, nur eines störte mich: Das Zimmer war einfach *zu* aufgeräumt. Meine Papiere lagen geradezu millimetergenau aufeinander. Ich fragte mich, was Alberto Cruz wohl an diesem Abend vorgehabt hatte.

Ich warf einen Blick auf mein ungemachtes Bett, suchte im Kühlschrank nach Resten und setzte mich dann hin, um meine Post durchzugehen. Plötzlich spürte ich meine Pistole, die ich mir hinten in den Rockbund gesteckt hatte. Es war wirklich lächerlich. In der Wohnung war es viel zu still, und ich schlich herum wie eine paranoide Überlebenskünstlerin. Für eine Nacht konnte ich schon mal auf meine Privatsphäre verzichten. Ich mußte nach Hause.

14

Während ich spätnachts nach Cocoplum fuhr, überlegte ich, ob ich mir das Ganze nicht vielleicht eingebildet hatte. Ich versuchte mir vorzustellen, ob ich vor Gericht definitiv sagen könnte, daß am heutigen Abend jemand in meine Wohnung eingebrochen sei. Ich hatte einen Verdacht, Intuition und ein ungutes Gefühl. Im Kreuzverhör wäre ich wahrscheinlich voll eingebrochen.

Zu meiner Überraschung sah ich, als ich mich dem Haus näherte, Emmas Porsche in der Auffahrt; erstaunlich vor allem deshalb, weil es schon nach zehn war. Ich erinnerte mich nicht, daß sie gesagt hatte, sie würde mal vorbeischauen, konnte jedoch nicht ausschließen, daß ich es einfach vergessen hatte. Ich überlegte rasch, ob ich von meinem »Einbruch« erzählen sollte, und beschloß, es nicht zu tun. Papa würde darauf bestehen, daß ich wieder nach Hause zog. Ich konzentrierte mich auf den kurzen Spaß, den ich wenige Stunden zuvor mit Tommy gehabt hatte, und eilte ins Haus. Wenn Emma mich hier erwartet hatte, war sie vielleicht schon wieder im Aufbruch.

Meine Befürchtung war unbegründet. Emma saß seelenruhig auf einem hölzernen Küchenhocker und plauderte in perfektem Spanisch mit Aida, die gerade weiße, duftige Baisers zubereitete. Sie saßen offenbar schon eine ganze Weile da, denn vor Emma war die Theke mit weißem Puderzucker bedeckt.

Als Emma mich sah, klopfte sie auf den Hocker neben sich. »Hey, *chica*, nimm dir ein Baiser!«

Ich griff in den Glaskrug, in dem Aida ihre selbstgemachten Köstlichkeiten aufbewahrte, und nahm mir mehrere Baisers. Nach dem Wein und dem Essen mit Tommy sah ich mich schon jetzt gezwungen, zwanzig Minuten länger als sonst auf Leonardos Laufband zu verbringen.

»Du siehst aus, als hättest du einen anstrengenden Abend hinter dir«, sagte, diabolisch lächelnd, Emma, die noch immer ihren Hosenanzug von der Arbeit trug, und blinzelte Aida zu.

Nachdem ich mir angehört hatte, wie Aidas Tag gewesen war – sie war, wie üblich, liebevoll böse auf Osvaldo, diesmal weil er auf eine hohe Leiter gestiegen war, um die Regenrinne zu säubern –, ging ich mit Emma zum Anlegesteg hinaus.

»Aida ist so witzig«, sagte Emma, während sie sich auf ein gepolstertes Sofa setzte. »Ich sollte wirklich öfter herkommen.«

»Ja, das wäre schön«, sagte ich. »Ist lange her, daß wir zuletzt so hier draußen saßen.«

»Hast du etwas auf dem Herzen? Du wirkst so angespannt.« Emma legte den Kopf schief, als würde sie mich zum erstenmal in dieser Nacht richtig ansehen.

Bevor ich antworten konnte, trat Osvaldo mit einem Silbertablett aus dem Haus und strahlte Emma an. »Keiner hat mir gesagt, daß Sie da sind!« rief er. »Ich bin oben vor dem Fernseher gesessen und hätte Sie beinahe verpaßt!«

Emma stand auf und umarmte den alten Mann, der sie auf beide Wangen küßte. Ich glaube, alle in meiner Familie, auch Aida und Osvaldo, waren Emma noch immer sehr dankbar, weil sie uns nach Mamas Tod so geholfen hatte, stark und vernünftig zu bleiben. Wenn Emma uns gefragt hätte, ob sie einziehen dürfe, hätte sicherlich niemand etwas dagegen gehabt. Osvaldo hielt ihre Hand einige Sekunden lang fest; man sah es seinem faltigen, ihr liebevoll zugewandten Gesicht an, daß er an damals dachte. Dann ging er zurück ins Haus.

Der Himmel über uns hatte sich violett gefärbt und kündigte eine klare Nacht an, in der die darunterliegende Welt großartig wirkte und unglaublich deutlich war. Selbst die Pelikane hielten in ihrer unablässigen Futtersuche inne, um sich umzusehen.

»Es gibt offenbar einen Grund zum Feiern«, sagte ich. Osvaldo hatte uns einen Krug *mojitos* und frisch gebackene Schneckenmuscheln gebracht. »Für mich allein hätten Aida und Osvaldo das nie getan.«

Wir füllten die Gläser und begannen die Muscheln zu knabbern. Emma war völlig ausgehungert. Wie ich sie kannte, hatte sie bis spätabends gearbeitet und war dann direkt hergefahren, ohne vorher etwas zu essen. Sie brummte vor Zufriedenheit, streckte mir ihr leeres Glas entgegen und hatte das, was kurz zuvor in meinem Gesicht zu lesen gewesen war, offenbar völlig vergessen.

»Es macht dir hoffentlich nichts aus, daß ich ohne Voranmeldung zu euch gekommen bin«, sagte sie kauend. »Aber ich wollte dir den neuesten Klatsch über Elio Betancourt erzählen – das heißt, wenn es dich überhaupt noch interessiert.«

»Natürlich macht es mir nichts aus, wenn du hier vorbeischaust«, sagte ich. »Und ich stecke immer noch bis zum Hals in dem Fall, in den Betancourt verwickelt ist. Wenn ich ehrlich sein soll, glaube ich sogar, daß die Sache mich bald völlig verrückt machen wird. Was hast du denn in Erfahrung gebracht?«

Emma erhob sich rasch. »Sieh mal, Lupe, das Ding da drüben! Dort, schau doch! Ist das eine Seekuh?«

Sie lief so schnell zum Ende des Anlegestegs, daß ihr langes

Haar um ihre Schultern wehte, und beugte sich so weit vor, wie sie konnte. Sie sah genauso aus wie damals, als wir junge Mädchen waren. »Schau doch, Lupe, es ist wirklich eine Seekuh! Schau mal, sie hat ein Baby!«

Das mußte ich mir ansehen. Es war nicht ungewöhnlich, daß Seekühe um unseren Anlegesteg herumplanschten, aber eine mit einem Kalb hatte ich noch nie gesehen. Emma lehnte sich noch weiter vor.

»Paß auf, sonst fällst du rein!« rief ich.

»Was soll das Geschrei?« fragte plötzlich jemand hinter mir, und ich sprang vor Schreck fast selbst ins Wasser. Es war nur Lourdes, die sich von hinten an mich herangeschlichen hatte. Sie wirkte mürrisch, war barfuß und trug ihren Habit.

Emma löste sich vom Geländer und stieß erleichtert die Luft aus. »Emma hat eine Seekuh mit einem Kalb gesehen«, sagte ich. »Schau, dort drüben.«

Im klaren Wasser schwammen, vom Mond beschienen, die Mutter und ihr Baby. Als ihre suchenden, inbrünstigen Blicke mich trafen, lief es mir kalt den Rücken hinab.

»Wie schön!« rief Lourdes und beugte sich über das Geländer, an dem Emma gerade gestanden war.

In Sekundenbruchteilen hatte sie ihren Habit ausgezogen und stand in BH und Unterhose da. »Ich muß es tun, ich muß, ich muß!«

Emma und ich sahen mit offenem Mund zu, wie Lourdes halbnackt aufs Geländer stieg und mit einem perfekten Hechtsprung in den Kanal tauchte. Sie landete unmittelbar links von den Seekühen, ohne daß das Wasser in große Bewegung geraten wäre.

Ich sah Emma an, Emma sah mich an. Ich zuckte mit den Achseln, schlüpfte aus Rock und Bluse und gesellte mich ins kühle Wasser zu meiner Schwester, der emanzipierten

Nonne. Emma brauchte länger, um aus ihrem Hosenanzug herauszukommen, sprang dann aber auch ins Wasser und schwamm mit uns um die Holzpfosten der Pier.
Die Mutter war unglaublich sanft und arglos. Wir hielten uns dicht bei den Seekühen, schwammen über und unter ihnen, hielten uns sogar an Moms Flossen fest und ließen uns von ihr gemächlich im Kreis herum ziehen. Ihre Haut fühlte sich kühl und glatt an, und immer wenn wir näher kamen und uns wieder entfernten, verfolgten ihre dunklen Augen uns mit freundlichem Interesse.
Nach ungefähr einer Viertelstunde stand plötzlich Fatima über uns und beugte sich übers Geländer. »Was macht ihr denn da unten?« rief sie ängstlich. »Braucht jemand Hilfe?«
Fatima hatte wohl die auf dem Anlegesteg verstreuten Kleider gesehen und gedacht, wir hätten uns erst ausgezogen, wären dann in den Kanal gefallen und würden jetzt ertrinken. Na ja, Fatima war berühmt für ihre grauen Zellen. Emma, Lourdes und ich sahen zu ihr hoch, während ihre Augen sich an die Dunkelheit gewöhnten und sie endlich mitkriegte, was wir machten. Auch die Seekuh warf einen Blick nach oben, merkte, daß die Spielstunde vorüber war, und geleitete ihr Kalb weiter in Richtung Bucht.
Als wir aus dem Wasser stiegen, kam Aida mit Handtüchern und Bademänteln für uns drei unberechenbare Mädchen angelaufen. Fatima sah uns gleichzeitig wütend und besorgt an.
»Ich fasse es nicht«, sagte sie zu Lourdes. »Wenn man das dreckige, giftige Kanalwasser trinkt, kann man sterben! Von diesen beiden Verrückten da ist es ja kaum anders zu erwarten, aber von dir, einer Nonne, einer Braut Christi!«
Lourdes konnte sich nicht mehr zurückhalten. Sie brach in schallendes Gelächter aus, und einige Sekunden später prusteten auch wir los – Fatima nach einer Weile eingeschlos-

sen. Dann zogen wir wie gehorsame kleine Mädchen ins Haus, um uns richtig abzutrocknen und anzukleiden. Das spontane Bad im Kanal hatte mich schnell wieder nüchtern gemacht – oder aber ich hatte zuviel Kanalwasser geschluckt, denn von den *mojitos* und dem Champagner, die Tommy und ich getrunken hatten, spürte ich nicht mehr das geringste, als Emma und ich aus der Dusche kamen und uns anzogen.

Wir machten es uns auf meinem Bett bequem, genau wie damals, als wir noch zur Schule gingen. »Also, was wolltest du mir über Betancourt erzählen?« fragte ich sie.

Emma lag auf dem Rücken und starrte zur Decke hoch; ihr nasses langes Haar hatte sie hinten verknotet. »Weißt du noch, als ich dir von Marisol Velez erzählt habe, der Uruguayerin, die für mich als Ermittlerin arbeitete?«

»Ich glaube schon«, antwortete ich. »Sie kennt sich sehr gut mit den ganzen Videosachen aus, oder?«

»Genau die«, sagte Emma gähnend. Es wurde allmählich spät. »Also, die habe ich gestern angerufen, um sie zu fragen, ob sie in einem reichlich schmutzigen Sorgerechtsfall für mich arbeiten will. Meine Mandantin ist die Mutter. Es ist die uralte Geschichte – der Vater will keinen Unterhalt für die Kinder zahlen und klagt deshalb das Sorgerecht ein.«

»Klar. Dabei geht es ihm gar nicht um die Kinder, sondern nur darum, die Mutter fertigzumachen.«

»Genau. Die Mutter behauptet, der Vater habe vor den Kindern mit seinen Freundinnen geschlafen. Der Vater behauptet, die Mutter bringe vor den Kindern Santería-Tieropfer dar. Die Wahrheit liegt in diesem Fall eindeutig nicht in der Mitte. Also, ich rief, wie gesagt, Marisol an, weil ich wollte, daß sie Videoaufnahmen vom Haus des Vaters machte, während die Kinder auf Besuch bei ihm waren. Sie erklärte mir jedoch, sie könne den Auftrag nicht annehmen, weil sie gerade mit einem anderen Fall beginne; dann sagte sie, es sei ein Auftrag von Elio Betancourt.«

Emma drehte sich auf den Bauch, griff sich ein paar Kissen und sah mich mit einem »Das interessiert dich jetzt sicher brennend«-Blick an. Es dauerte eine Weile, bis sie die Kissen möglichst bequem um sich gruppiert hatte. Ein aufmerksames Publikum war das Höchste für sie.

»Heute nachmittag erhalte ich einen Anruf von Marisol«, erzählte sie endlich weiter. »Sie fragte, ob ich noch an ihr interessiert sei, da sie den Job für Elio doch nicht angenommen habe. Ich fragte natürlich, warum. Sie wollte nicht darüber reden, aber ich hab's trotzdem rausbekommen.«

Das kannte ich gut. Emma zog einem alles aus der Nase, selbst Dinge, von denen man gar nicht wußte, daß man sie wußte. Gegen die volle Wucht von Emmas Neugier hatte Marisol nicht den Hauch einer Chance gehabt.

Über uns rumpelte es laut. »Keine Angst«, sagte ich, als Emma zusammenzuckte. »Lourdes macht ihre Gymnastikübungen, das ist alles.«

»Aha«, sagte Emma mit Blick zur Decke. »Sie ist wirklich eine erstaunliche Frau. Hast du ihren Sprung gesehen?«

Ich schlug sie neckisch mit einem Kissen. »Also, bitte, lenk jetzt nicht ab, ja?«

»Aber woher denn!« Emma rückte näher zu mir. »Also, Marisol sagte, Betancourt habe sie aufgefordert, etwas Illegales zu tun. Es sei dabei um mehr gegangen, als nur um das Risiko, ihre Lizenz zu verlieren – es ging um kriminelle Handlungen.«

»Was wollte er denn von ihr?«

»Das hat sie nicht direkt gesagt«, erklärte Emma. »Elio hatte sie schon ein paarmal angeheuert, und sie wollte es sich nicht mit ihm verderben, aber es kam dann mehr oder weniger deutlich heraus, daß er von ihr gefordert hatte, in eine bestimmte Wohnung einzubrechen und ein Buch mitzunehmen.«

Ich rang nach Luft. »Was? Sie sollte einbrechen?«

Emma hatte jetzt wieder denselben Blick wie Jahre zuvor, wenn wir über die Jungs redeten, die uns gefielen. »Er erklärte Marisol, es sei nur ein Notizbuch ohne jeden materiellen Wert, daher handle es sich auch nicht um einen Diebstahl im eigentlichen Sinn.«

»Hat er wirklich geglaubt, sie würde ihm das abkaufen?«

»Keine Ahnung. Marisol ist noch nicht sehr lange im Land.« Emma hob die Schultern. »Vielleicht dachte er, sie würde ihm glauben, weil er Rechtsanwalt ist.«

»So ein Arschloch!« sagte ich. Dann stand ich auf und begann hin und her zu gehen. Ich mußte jetzt gut überlegen.

»Du sagst es.« Emma stand auch auf und streckte sich. »Also, du hast mich gebeten, möglichst viel über ihn herauszufinden, und ich habe deine Bitte erfüllt. Aus dem zu schließen, was du mir bisher erzählt hast, hatte er schon bisher ziemlich schmutzige Hände, aber eine Ermittlerin zum Einbruch zu verleiten – der Typ muß völlig durchgeknallt sein.«

»Hat er sonst noch was zu Marisol gesagt?«

Emmas Augen funkelten. »Ja – paß auf! Er hat ihr gesagt, der Auftrag sei für ihn persönlich, nicht für irgendeinen Klienten.«

»Das verstehe ich nicht.«

»Also, als Marisol sagte, sie würde in die Wohnung dieses Typen nicht einbrechen, explodierte Elio. Er behauptete, er brauche das Notizbuch unbedingt, weil er von dem Kerl erpreßt werde.«

»Er wird erpreßt? Mit was denn?«

Emma löste die Spangen, die ihre Haare zusammengehalten hatten, und schüttelte den Kopf, so daß ihr Haar wie ein

Heiligenschein aufwallte, ehe es sich auf die Schultern senkte. »Das hat er nicht gesagt. Wahrscheinlich hat er sich wieder gefangen und sich gedacht, daß er ihr am besten überhaupt nichts erzählt, wenn sie den Auftrag nicht annimmt.«

»Ja, klar«, murmelte ich.

Als ich den Blick hob, sah ich, daß Emma mich betrachtete. »Gibt es irgend etwas, das du mir sagen willst?« fragte sie.

Ich schüttelte den Kopf. »Nein, nein, ich bin einfach ein bißchen paranoid. Es ist nichts.« Das war natürlich gelogen, aber jetzt war nicht der richtige Zeitpunkt, um Emma über die Probleme ins Vertrauen zu ziehen, denen ich mich im Augenblick gegenübersah. Ich habe eine Regel, die ich strikt befolge: Kotz dich nie aus, nur damit es dir hinterher bessergeht, am allerwenigsten dann, wenn du dadurch einen Freund oder eine Freundin in Gefahr bringst.

Ich schickte Emma mit einer Papiertüte voller Baisers heim. Nachdem die Rücklichter des Porsche in der Nacht verschwunden waren, blieb ich noch vor dem Haus stehen und dachte über das nach, was sie mir erzählt hatte. Betancourts neueste Probleme würden, das war mir klar, bald auch die meinen sein. Es war nur eine Frage der Zeit.

15

Zwei Tage nachdem ich das Geld der Morenos bei Alberto Cruz abgeliefert hatte, rief mich Nestor an, als ich mir gerade, da an diesem Abend nicht viel zu tun war, in meinem Zimmer ein bißchen Entspannung gönnte. Im Hintergrund war es so laut, daß ich ihn kaum verstand.

»Ich kann nicht lange sprechen, Lupe. Ich rufe von einem öffentlichen Telefon vor dem Männerklo im Dirty Dave's aus an.« Irgendwer schrie irgend etwas. »Dein Freund Alberto ist gerade aus Betancourts Kanzlei rausgekommen.«

»Was?«

»Ja, du hast richtig gehört. Er kam um fünfzehn Uhr fünf dort an und ging um fünfzehn Uhr fünfundzwanzig wieder«, sagte Nestor wie aus der Pistole geschossen. Ich wußte, daß er die Uhrzeiten auswendig parat hatte und nicht erst in seinen Notizen nachsehen mußte. »Ich habe ihn sogar jetzt, während wir miteinander reden, im Blick. Ich will ihm allerdings nicht zu nahe kommen; habe nämlich keine Lust, von dem Kerl entdeckt zu werden. Ich dachte mir nur, es würde dich vielleicht interessieren.«

Nestor hätte jederzeit Collegekurse in Untertreibung geben können. »Da hast du recht, es interessiert mich sehr«, sagte ich. »Hast du Fotos?«

»Mensch, Lupe, wie lange kennst du mich jetzt schon?« fragte Nestor. »Klar habe ich Fotos. Ich habe ihn aufgenommen, wie er in Betancourts Kanzlei reinging und wieder rauskam. Hör mal, ich will nicht noch länger hier bleiben; ich gehe raus. Morgen früh fahre ich nach Schichtende bei dir vorbei.«

Er legte auf. Mein Zimmer wirkte unheimlich still, nachdem ich eben noch den Lärm im Dirty Dave's, einer schäbigen Hafenbar nicht weit entfernt von Cruz' Wohnung, im Ohr gehabt hatte.

Der Anruf war für mich nicht völlig überraschend gekommen. Alberto Cruz konnte nur einen Grund haben, mitten am Tag in Betancourts Kanzlei zu gehen: um ihm von meinem Besuch zu erzählen. Der Anwalt hatte so offenen Kontakt zwischen Cruz und sich garantiert nur deshalb geduldet, weil Cruz ihm gesagt hatte, daß es dringend sei. Bisher war mir dieser Gedanke noch gar nicht gekommen, aber vielleicht galt der Einbruch, den Betancourt von Marisol Velez gefordert hatte, Albertos Wohnung.

Cruz mußte, nachdem ich mich verabschiedet hatte, eine Weile dagesessen und überlegt haben, wie er die Situation zu seinem Vorteil umbiegen könnte. Als ich ihm die erste Teilzahlung gebracht und er gesehen hatte, daß mein Angebot ernst zu nehmen war, schlug er zu. Er war ein berechnender Typ und hatte natürlich erkannt, daß seine Aktivitäten aufgedeckt worden waren und es nur eine Frage der Zeit sein konnte, wann es mit den Aufträgen von Betancourt und mit dem Geld, das für ihn dabei heraussprang, vorbei war. Ich hoffte bloß, daß Cruz nicht allzu raffgierig werden würde.

Die zentrale Klimaanlage des Hauses war zu schwach eingestellt. Ich öffnete das Fenster, atmete die köstliche Nachtluft ein und genoß den leichten Wind, der von der Bucht her wehte. Papa schlief schon, und Fatima und die Zwillinge besuchten eine Freundin auf Key Biscayne; ich hatte das Haus also ganz für mich, wenn man von Osvaldo und Aida absah, die ihren Dienst für heute beendet hatten und in ihrer Einliegerwohnung vor dem Fernseher saßen. In solchen Momenten fiel es mir schwer, an Kneipen wie dem Dirty Dave's oder an Menschen wie Cruz und Betancourt zu denken, doch ich mußte mich konzentrieren. Jetzt konnte es für mich nämlich gefährlich werden.

Soweit ich wußte, bestand zwischen Cruz und Michelles Mutter kein persönlicher Kontakt. Vielleicht hatte er sie einmal angerufen, doch persönlich wird er sie nicht getroffen haben – da war ich mir ganz sicher, weil seine Überwachung bisher lückenlos gewesen war und nichts in dieser Richtung erbracht hatte. Den Berichten der Ermittler zufolge hielt Cruz sich meist in seiner Wohnung auf, ging jeden Abend ins Dirty Dave's, betrank sich und torkelte wieder heim.

Wenn man das Dirty Dave's als Bar bezeichnete, ließ man dieser Absteige im Grunde viel zuviel Ehre widerfahren. Es war ein Holzschuppen direkt am Fluß, der sich, wenn Hochbetrieb herrschte, bedenklich Richtung Wasser neigte. Die Gäste stammten alle aus der Gegend; es waren fast nur Männer, die wahrscheinlich ausnahmslos entweder von der Polizei gesucht wurden oder in irgend etwas verwickelt waren, das sie unweigerlich ins County-Gefängnis bringen würde.

Wie üblich hatte ich Alberto Cruz' Vergangenheit ein bißchen ausgeleuchtet – eine reine Routinemaßnahme. Ich hatte seinen beruflichen Werdegang überprüft und herausbekommen, daß er derzeit keiner geregelten Arbeit nachging. Als ich seinen letzten Arbeitgeber ausfindig machen wollte, kam ein leeres Blatt Papier aus dem Drucker; das bedeutete, daß er, falls er überhaupt jemals gearbeitet hatte, immer bar bezahlt worden war. Vielleicht kam sogar sein gesamtes Einkommen ausschließlich von Betancourt. Seit fünf Jahren war er unter der gleichen Adresse gemeldet, was mich ziemlich erstaunte. Alberto war zwar äußerst penibel, aber ich hatte ihn nicht so seßhaft eingeschätzt, um ihm zuzutrauen, daß er es lange an einem Ort aushielt. Vielleicht begriff ich einfach nicht, wie ein Mensch so lange in dem magentaroten Alptraum leben konnte, aber über Geschmack läßt sich eben nicht streiten.

Wenn sein Geld aus Betancourts Adoptionsgeschäften stammte, war es kein Wunder, daß Cruz zuerst ziemlich besorgt dreingesehen hatte, als ich ihm die Fotos zeigte, und sich erst nach ein paar Sekunden faßte und nachzudenken begann: Keine Babys mehr – kein Geld mehr – keine Aluminiummöbel mehr.

Die einzige Frage war jetzt, was er Betancourt erzählt hatte. Hatte er ihm gesagt, daß ich rumschnüffelte, oder hatte er Geld furs Mundhalten verlangt? Wenn er mir Michelles Mutter anbringen würde, konnte er meinetwegen mit so vielen gefährlichen Spielchen beschäftigt sein, wie er wollte; aber Mist bauen sollte er, bitte schön, erst, nachdem er mir geholfen hatte, den Fall zu lösen.

Ich hatte eigentlich keine Angst, daß Betancourt die Morenos oder mich offen attackierte. Dazu war er zu klug. Er wußte, daß die Morenos niemals an die Öffentlichkeit gehen würden, weil das ihre Mittäterschaft an der illegalen Adoption aufdecken und Michelle noch mehr gefährden konnte. Alberto wiederum waren wahrscheinlich die Privatarrangements, die Betancourt mit den diversen Adoptiveltern traf, gar nicht bekannt. Ihm wird nur bekannt sein, daß sein Wissen jemandem viel Geld wert war, doch warum, wird er nicht gewußt haben.

Doch es gab natürlich noch eine weitere Möglichkeit. Vielleicht wußte Betancourt inzwischen alles über mich und hatte bereits einen seiner früheren Mandanten angerufen – einen Killer der Drogenkartelle, beispielsweise – und gebeten, sich mal mit mir zu beschäftigen. Ich knipste die Lampe

auf dem Nachtkästchen aus und kroch unter die Decke – nachdem ich noch mal nachgesehen hatte, ob meine Ersatzpistole auch wirklich in der Nachttischschublade lag.
Ich schlief schlecht in dieser Nacht.

Als ich am nächsten Morgen ins Büro kam, lag Nestors Bericht auf Leonardos Schreibtisch. Nestor selbst war schon wieder weg.
Ich war spät eingedöst und hatte dann verschlafen; Leonardo scheuchte mich an die Arbeit. Er war für seine Maßstäbe total overdressed, trug ein echtes Venice-Beach-Gold's-Gym-T-Shirt und eine Khakihose.
»Gut siehst du aus, junger Mann«, sagte ich, als ich die Berichte von seinem Schreibtisch nahm. »Wird nicht mehr lang dauern, und wir haben dich endlich in Lederschuhen und einem Zweireiher.«
»Alice mag kein Yuppie-Outfit«, sagte er, den Blick auf einen mit Zahlen vollgeschriebenen Block gesenkt, die er in die Rechenmaschine eintippte und addierte. »Weißt du was? Ich hab' Nestor heute morgen zwei Packungen Vitamine verkauft. Noch eine, dann bin ich über meinem Monatssoll und kriege einen Bonus.«
Er lächelte mich herzerweichend an. »Kommt nicht in Frage«, sagte ich. »Ich kriege alle Vitamine, die ich brauche, auch ohne deine Pferdepillen zu schlucken.«
Als er zu einem weiteren Vortrag über Gesundheit, Fitneß und darüber ansetzte, daß ich mein Leben ruinierte und unweigerlich Krampfadern bekommen würde, machte ich eine wegwerfende Handbewegung und ging in mein Büro. Das letzte, was ich an diesem Morgen brauchen konnte, war die Erörterung der Tatsache, daß meine Verdauungsenzyme höchstwahrscheinlich völlig daneben waren – was immer das auch heißen sollte.

An meinem Schreibtisch angekommen, überlegte ich, ob ich Leonardo von Cruz' Besuch bei Betancourt und meinem Verdacht in bezug auf meine Wohnung erzählen sollte, hielt mich jedoch zurück, als ich gerade von meinem Stuhl aufstehen wollte. Was brachte das denn schon? Sollte ich ihm sagen, er solle Ausschau halten nach bewaffneten Killern mit Gesichtsmasken, die möglicherweise jede Sekunde durch den Eingang stürmen würden? Es ging voran mit dem Fall, und ich durfte meine Zeit nicht mit Verrücktspielen vergeuden.

Andererseits waren drei Tage vergangen, seit ich Alberto Cruz anderer Leute zehntausend Dollar überreicht hatte, und ich hatte immer noch nichts von ihm gehört. Allmählich war es an der Zeit, ins Schwitzen zu geraten. Wenn Alberto wußte, wo die leibliche Mutter war, und wenn er vorhatte, sie mir zu präsentieren, hätte er das inzwischen schon längst tun können. Er war viel zu scharf auf die zweite Teilsumme, als daß er grundlos warten würde.

Ich überflog Nestors überaus sorgfältig verfaßten Bericht und verglich ihn mit den Berichten der anderen von mir beschäftigten Ermittler. Cruz hatte die ganze Woche über den immer gleichen Tagesablauf gehabt: Er war spät aufgestanden, hatte eine Weile auf der *Mamita* gearbeitet, war nach Hause gegangen und dann unweigerlich im Dirty Dave's gelandet. Niemand hatte ihn in seiner Wohnung besucht, und auch in der Bar hatte er sich mit niemandem getroffen. Normalerweise bestand sein Lunch, den er auf dem Boot einnahm, aus mitgebrachten Sandwiches; zu Abend aß er in der Bar. Irgendwie hatte ich den Eindruck, daß er die Zeit totzuschlagen versuchte.

Regina meldete sich nicht, als ich bei ihr anrief, und von José Antonio war die telefonische Mitteilung eingetroffen, daß Michelles Zustand sich wieder leicht gebessert habe. Es sah ganz so aus, als müßte ich tatsächlich das tun, was meiner Natur total zuwiderläuft: abwarten, was passieren würde.

Als ich von meiner kurzen Mittagspause zurückkam, saß Osvaldo auf der Couch im Empfang. Sehr merkwürdig. Normalerweise arbeitete er nur draußen und ging dann, ohne sich von mir oder Leonardo zu verabschieden.
Vielleicht baute Leonardo wieder Marihuana an. Das wäre wirklich das letzte gewesen, was ich jetzt gebraucht hätte. Seit dem ersten Vorfall dieser Art war Osvaldo Leonardo nach Kräften aus dem Weg gegangen und begegnete ihm nur deshalb noch so höflich, weil Leonardo Mamas Neffe war und daher doch irgend etwas Gutes in ihm stecken mußte. Wahrscheinlich glaubte Osvaldo, er habe es bloß noch nicht gefunden.
Der alte Mann saß ruhig da; er trug seine Gartenmontur, hielt einen Strohhut in der Hand und wirkte sehr besorgt. Leonardo saß schweigend an seinem Schreibtisch und betrachtete ein Plakat mit der Ankündigung der Wahl zum »Mister Miami Beach«, das er vor einigen Tagen an die Wand gehängt hatte.
Als Osvaldo mich sah, sprang er auf. »Ich muß mit dir reden, Lupe, jetzt sofort!«
Es sah dem alten Mann überhaupt nicht ähnlich, mich so herumzukommandieren. In neckischem Ton schon – aber das hier klang ernst; irgend etwas mußte los sein. Mit einem Seitenblick auf Leonardo, der mir wiederum einen ängstlichen »Ich kann nichts dafür«-Blick zuwarf, führte ich Osvaldo in mein Büro.
Osvaldo setzte sich zaghaft hin. »Du weißt doch, daß ich draußen vor deinem Fenster Vogelknöterich gepflanzt habe, der mir große Schwierigkeiten macht«, sagte er.

Ich nickte, obwohl ich nicht die geringste Ahnung hatte, von was er sprach. Mir war allerdings klar, daß es um mehr gehen mußte als nur um irgendwelche Pflanzen.
»Schau mal, Lupe!« Er griff in seine Hosentasche, zog fünf Zigarettenstummel hervor und hielt sie mir unter die Nase. Ich fuhr zurück. Es waren Gauloises. Ich kenne den Geruch.
»Wo hast du die gefunden?«
Osvaldo packte mich am Arm und führte mich hinaus. Wir gingen ums ganze Häuschen herum und blieben erst hinten vor meinem Bürofenster stehen. Osvaldo deutete auf einige ziemlich mickrige Pflänzchen zu unseren Füßen. »Da! Da habe ich sie heute nachmittag gefunden. Jemand beobachtet dich, Lupe!«
Er schrie so laut, daß er die Papageienfamilie erschreckte, die in den oberen Ästen eines am Grundstücksrand stehenden Avokadobaums lebte. Die großen königsblauen und grünen Vögel kreischten auf und beschwerten sich eine Weile, bis der Muttervogel sah, daß alles in Ordnung war, das Kommando übernahm und alle Familienmitglieder wieder auf ihren Ästen plazierte.
»Immer mit der Ruhe, Osvaldo«, sagte ich. »Es tut dir nicht gut, wenn du dich so aufregst. Ist doch alles halb so wild. Denk an deinen Blutdruck!«
Ich tätschelte fürsorglich seinen Arm, um das plötzlich aufgetretene Zittern zu mildern. Das Dumme war nur, daß er ganz recht hatte, so erschüttert zu sein. Ich war mittlerweile völlig sicher, daß es sich bei dem Geruch, den ich einige Tage zuvor in meiner Wohnung wahrgenommen hatte, um den Gestank von Gauloises handelte.
Ich nahm Osvaldo die Kippen aus der Hand und sah sie mir genau an. Sie befanden sich in unterschiedlichen Stadien der Zersetzung; zwei waren fast identisch und offenbar erst vor

kurzem geraucht worden, während die restlichen drei im Aussehen voneinander abwichen. Da es in den letzten Tagen nicht geregnet hatte, waren sie allesamt in ziemlich gutem Zustand.
Alberto Cruz hatte dem Detektivbüro Solano mehr als einen Besuch abgestattet, soviel war sicher. Aber warum? Drinnen war er nicht gewesen, sonst wäre die Alarmanlage losgegangen. Ich wußte, daß die Zigaretten zu unterschiedlichen Zeiten geraucht worden waren, aber mehr auch nicht.
Hatte er mit der Beobachtung begonnen, bevor ich ihn in seiner Wohnung besuchte? Wahrscheinlich. Nestor war zu ehrlich, um es mir zu verschweigen, wenn Cruz ihm entwischt sein sollte, und drinnen lagen seine Berichte. Es stellten sich jetzt wirklich wichtige Fragen: Wann hatte Cruz angefangen, mich zu beobachten, und wieviel wußte Betancourt über meine Ermittlungen? Die Schlinge zog sich zu.

Zur Entspannung beschloß ich, mich mit anderen, parallel laufenden Fällen zu beschäftigen, die nicht annähernd so dringend waren wie der Fall Moreno. Zur Auswahl stand unter anderem eine Sache, bei der es um stille Reserven ging: Hugh Bresnan, ein reicher New Yorker Börsenmakler, war nach Florida gezogen, um seinen Gläubigern aus dem Norden zu entfliehen. Er hatte sich für bankrott erklären lassen, mittlerweile jedoch in Miami für fünfzehn Millionen Dollar ein Haus am Meer gekauft und es als seinen Hauptwohnsitz angemeldet. Seine Gläubiger konnten nichts tun, da der Hauptwohnsitz in Florida vor ihrem Zugriff gesetzlich geschützt war.
Kein Wunder, daß man Florida den Himmel der Bankrotteure nennt. Doch ich stöberte noch einige andere Kleinigkeiten auf, die dem Kerl gehörten – eine Eigentumswoh-

nung für seine Geliebte und eine schicke Stadtwohnung für seinen studierenden Sohn. Mein Klient würde vor Glück strahlen, und das Detektivbüro Solano würde Geld einnehmen. Der einzig Unglückliche würde wahrscheinlich Hugh Bresnan sein, aber meinen Namen würde er ja nie erfahren.

Mein allererster Fall war eine innerfamiliäre Angelegenheit gewesen, die mir ausgerechnet Osvaldo vermittelt hatte. Sein achtundsiebzigjähriger Nachbar war überzeugt gewesen, seine fünfundsiebzigjährige Ehefrau betrüge ihn. Auftrag war Auftrag, besonders beim allerersten Mal; also begann ich die alte Dame zu überwachen. In den ersten drei Tagen fand ich nichts heraus. Sie besuchte täglich ihre beiden Töchter, ging in die Kirche, schmückte den Altar mit Blumen und spielte dann mit ihren Freundinnen Canasta. Ich dachte schon, der alte Mann sei gaga, und bekam erste Schuldgefühle beim Gedanken, mich von ihm bezahlen zu lassen.

Als ich mir am vierten Tag überlegte, wie ich es meinem Klienten beibringen sollte, daß ich den Auftrag zurückgeben wolle, fuhr die Frau zu einem schäbigen Stundenmotel in der Eighth Avenue in Little Havana. Als ich sah, wie sie sich in ein Hinterzimmer schlich, war ich gleichzeitig schockiert und fasziniert.

Kurz darauf erschien ein älterer Herr, parkte seinen Wagen und ging seelenruhig in das Zimmer der alten Dame. Ich mußte mich wirklich kneifen, um sicher zu sein, daß ich mir das alles nicht einbildete.

Sie hielten sich fast zwei Stunden dort auf. Sie kam als erste raus, wenige Minuten später gefolgt von dem leicht zerzausten älteren Herrn. Ich machte Fotos und blieb eine Zeitlang in meinem Wagen sitzen, um mich wieder zu fangen; dann gab ich den Film bei der Schnellentwicklung ab. Die Fotos waren perfekt. Die Gesichter der beiden waren so

deutlich zu erkennen, als handelte es sich um Porträtaufnahmen.
Ich rief meinen Klienten daheim an und sagte ihm, ich müsse mich mit ihm treffen. Er erklärte, seine Frau werde noch einige Stunden weg sein, und es gehe ihm nicht gut. Ich wollte es so schnell wie möglich hinter mich bringen und erklärte mich einverstanden, zu ihm zu kommen, anstatt ihn in mein Büro zu bestellen.
Der Klient wohnte in einer netten, bescheidenen Wohnung im Coral Way, gleich bei der Auffahrt zur Key Biscayne Bridge. Als ich in seinem winzigen Wohnzimmer stand, zögerte ich eine Weile, so sehr fürchtete ich mich davor, ihm erzählen zu müssen, was ich entdeckt hatte. Um ein bißchen Zeit zu schinden, nahm ich sein Angebot an, mir ein Glas Eiswasser zu bringen.
Als er in die Küche ging, um es zu holen, blickte ich mich in dem Zimmer um und sah zahlreiche Fotos auf den Tischchen rechts und links von der Couch. Die Frau erkannte ich sofort. Und dann stach mir das Bild dreier Leute in einem mit Verzierungen überladenen Silberrahmen ins Auge: mein Klient, seine Frau und, wie ich zu meinem Entsetzen feststellte, der Mann, den ich aus dem Motelzimmer hatte kommen sehen.
Als mein Klient hinter mir ins Zimmer trat, wäre ich fast durch die niedrige Decke gegangen. Er hatte mitbekommen, daß ich das Foto anstarrte, und erzählte mir, der zweite Mann sei sein Bruder Modesto, der unverheiratet sei und nur zwei Blocks entfernt wohne. Das Foto war am fünfzigsten Hochzeitstag entstanden.
Ich brachte es nicht über mich, dem alten Mann das Herz zu brechen. Ich sagte, seine Frau sei ihm völlig treu, und er bilde sich alles nur ein. Ich erklärte ihm, daß ich ihm nichts berechnen würde, da es ja im Grunde nichts zu berichten

gebe. Noch am selben Tag fand ich Modestos Adresse heraus und schickte ihm anonym die Fotos und einen Zettel: Wenn er die Affäre nicht augenblicklich beende, würde ich seinem Bruder Kopien der Fotos zusenden. Es war reiner Bluff, aber ich war sicher, daß es funktionieren würde.
Ich verlor Geld bei diesem ersten Fall, aber dafür erhielt ich eine unbezahlbare Lektion: Nichts ist je, wie es zu sein scheint. Und wenn jemand den Verdacht hegt, daß irgend etwas faul ist, und mich um Hilfe bittet, ist dieser Verdacht in neunundneunzig Prozent der Fälle berechtigt.
Die Morenos hatten gewußt, was faul war, als sie zu mir kamen. Und ich wußte mittlerweile, daß mit Alberto Cruz etwas faul war. Es stellte sich jetzt nur die Frage, ob ich dahinterkommen würde, ehe mich Probleme ereilten, die ich mir noch nicht mal vorstellen konnte.

16

Wenn ich weiterhin nur an so was dachte – an Einbrüche und Zigarettenkippen –, machte ich mich noch völlig verrückt. Ich mußte eine Ablenkung finden, und wenn auch nur für den Rest des Tages. Ich kramte in den Zetteln mit den telefonischen Mitteilungen, die auf meinem Schreibtisch lagen, und versuchte etwas Interessantes zu finden. In dem Tohuwabohu verbargen sich drei in den letzten beiden Tagen erfolgte Mitteilungen von Ethan Chapman, einem Anwalt, für den ich bereits gearbeitet hatte. Leonardo hatte notiert, Ethan brauche mich in einer rasch zu erledigenden Familiensache. Genau das richtige.

Während ich darauf wartete, daß die Telefonistin mich zu Ethan durchstellte, rief ich mir sein Büro ins Gedächtnis zurück. Es war, genau wie Ethan selbst, eine alte Bastion typischer Ostküstenkultur inmitten des wirbelnden Chaos von Miami. Ethan mit seinem Bostoner Akzent und den Privatschulmanieren war mir von Anfang an sympathisch gewesen. Während des Jurastudiums in Yale hatte er eine hübsche Honduranerin kennengelernt und geheiratet; sie hatte auf dem Umzug nach Miami bestanden, weil sie in der Nähe ihrer Familie leben wollte. Nach fünfzehn Jahren in Florida trug er auch bei 38 Grad Celsius noch immer Hosen aus Wollstoff.

»Ich dachte schon, Sie würden nie zurückrufen, Lupe«, sagte er.

»Hallo, Ethan, wie geht's? Sind Ruth und die Kinder wohlauf?«

»Ja, ja«, antwortete er zerstreut. Ethan tanzte immer auf

mindestens fünf Hochzeiten gleichzeitig. »Hören Sie, ich hätte da etwas für Sie. Die Angelegenheit kommt in zwei Tagen vor Gericht, ich bräuchte Sie also nur für einen Tag. Ein bißchen Zeit beim Prozeß kommt dann vielleicht noch dazu. Ich bezahle Ihnen sogar das unverschämt hohe Honorar, das Sie üblicherweise fordern.«

Das war seine Art von Humor. »Sehr gut«, sagte ich, »denn eigentlich habe ich nur heute Zeit. Ich stecke gerade mitten in einem wichtigen Fall, kann heute in dieser Sache jedoch nichts tun, als abzuwarten.«

»Na, wunderbar«, sagte er, bedeckte die Sprechmuschel mit der Hand und murmelte etwas, das wohl seiner Sekretärin galt. »Sind Sie noch dran, Lupe? Also, es geht nicht gerade um Millionen. Meine Mandantin ist Kellnerin. Ihr Exmann schuldet ihr dreizehntausend Dollar Unterhalt für die drei Kinder. Die Scheidung erfolgte vor ein paar Jahren. Zuerst hat er gezahlt, aber inzwischen bekommt sie überhaupt nichts mehr.«

Er legte eine kurze Verschnaufpause ein. »Scheint die übliche Geschichte zu sein«, sagte ich.

»Genau. Sie versucht schon eine ganze Weile, an ihn ranzukommen, und bei den letzten Gerichtsterminen habe ich sie vertreten. Der Exmann erscheint zwar jedesmal, sieht aber aus wie ein Haufen Unrat.« Ethan benützte fast nie ordinäre Ausdrücke, und ich mußte über sein Feingefühl lächeln. »Seine Kleider sind zerrissen und schmutzig, und er trägt Verbände wegen angeblicher Verletzungen. Manchmal geht er sogar am Stock. Er ist von Beruf Fotograf und behauptet, aufgrund seiner körperlichen Gebrechen nicht mehr arbeiten zu können. Vor Gericht brüllt er herum, fleht den Richter an und hatte bisher Glück, weil der für den Fall zuständige Richter ein wahres Seelchen ist. Der Kerl hat mittlerweile bereits den sechsten Zahlungsaufschub erwirkt.«

»Drecksack!« sagte ich. Ein weiterer Grund, nicht zu heiraten: Exmänner.
»Ja, ein ganz mieser Kerl«, stimmte Ethan mir zu. »Doch jetzt lacht uns das Glück. Der dem Vater zugetane Richter wurde in eine andere Kammer versetzt, und mit dem neuen Richter habe ich bereits gesprochen. Er meinte, wenn ich beweisen kann, daß der Exmann arbeitet, schickt er ihn wegen Nichtzahlung ins Gefängnis.«
»Wenn er im Gefängnis sitzt, kann er aber nicht zahlen«, warf ich ein. »Dauert lange, bis aus dem, was man in einem County-Gefängnis verdient, dreizehntausend Dollar geworden sind.«
»Genau das habe ich meiner Mandantin auch erklärt.« Ethan schwieg einige Sekunden. »Ihr Bedürfnis nach dem Geld siegte schließlich über die Rachegelüste. Wenn wir den Beweis vorlegen, daß der Kerl arbeitet, schnappe ich ihn mir und lasse seine Honorare pfänden.«
»Geben Sie mir Namen und Telefonnummer«, sagte ich. »Heute abend kann ich Ihnen sicherlich einiges berichten.«
Ich legte auf und dachte eine Weile über die Sache nach. Es klang nach einem unkomplizierten Fall, der mir Spaß machen würde – es gibt einfach nichts Übleres als ein verlogenes Arschloch, das sich weigert, für seine Kinder zu zahlen. Ich konzentrierte mich auf die Rolle, die ich gleich spielen würde, und griff zum Telefon.
»Kann ich bitte mit Cesar Menendez sprechen?« fragte ich im schönsten cubanischen Hausfrauenton.
»Am Apparat.« Er hatte eine laute, hochtrabend klingende Stimme, die Stimme eines Mannes, dem es gutging. Im Hintergrund spielte leise Musik.
»Ich heiße Carlotta Suarez. Ich möchte gern einen Termin ausmachen, weil ich mich fotografieren lassen will. Die Bilder sind für meinen Mann.«

»Aber selbstverständlich. Wie sind Sie denn gerade auf mich gekommen?«

»Durch meine Freundin Maria aus Hialeah«, sagte ich schwärmerisch. »Die haben Sie letztes Jahr zu Weihnachten fotografiert, und sie sah wunderschön aus.«

Ich hielt das für sicher genug. Schließlich kannte jeder irgendeine Maria aus Hialeah.

»Ah ja. Ich könnte Ihnen einen Termin für nächste Woche geben.«

»Oh, entschuldigen Sie bitte«, sagte ich mit zittriger Stimme, »aber es muß unbedingt heute sein. Morgen muß ich zu meinem Bruder in Orlando. Er ist sehr krank.«

Cesar drehte die Musik leiser. »Na gut«, sagte er leicht gereizt. »Wird schon irgendwie gehen. Wollen Sie zu mir ins Studio kommen?«

Das war keine so gute Idee; schließlich konnte immer etwas schiefgehen. »Nein«, säuselte ich, »ich will draußen fotografiert werden. Mein Mann mag es, wenn es natürlich aussieht.«

»Wir treffen uns um fünfzehn Uhr heute nachmittag im Kennedy Park in Coconut Grove«, sagte er. »Wissen Sie, wo das ist?«

»Ich glaube schon«, erwiderte ich unsicher. Es war gleich am Ende der Straße, in der mein Büro lag. »Ich finde es bestimmt. Aber ein Problem gibt es noch. Ich muß das Foto morgen haben.«

»Ich dachte, Sie wollten morgen nach Orlando fahren?«

»Ja, schon, aber ich würde das Foto vormittags abholen und für meinen Mann dalassen. Er mag es nicht, wenn ich wegfahre, wissen Sie, und da möchte ich ihm das Foto dalassen, damit er sich freut.«

»Na, wenn Sie meinen. Übernacht-Service kostet allerdings extra.«

Bevor ich mich zum Kennedy Park aufmachte, fuhr ich kurz heim und zog mir eine matronenhafte Bluse und einen dazu passenden, total unschicken langen Rock an, knotete mein Haar am Hinterkopf zu einem Dutt und trug ein bißchen Rouge und Lidstrich auf. Außerdem tauschte ich den Mercedes gegen Aidas und Osvaldos Kombi ein, den ich schon einige Male als Tarnung benutzt hatte.

Cesar wartete bereits im Park. Er war tadellos angezogen, trug eine weiße Leinenhose und ein sehr sauberes weißes Baumwollhemd und hielt eine Hasselblad-Kamera in der Hand. Er stellte mir seinen Assistenten vor, einen jungen, gepflegten Mann, der gerade in einer mit Filmen und Objektiven gefüllten Ledertasche kramte. Cesar sah sehr gut aus, hatte eine schöne Nase und einen Wuschelkopf, doch am allerwichtigsten war, daß er weder Blutergüsse aufwies noch Verbände trug und garantiert keinen Stock brauchte.

Es würde köstlich werden. »Danke, daß Sie sich mit mir treffen, Mr. Menendez«, sagte ich schüchtern. »Ich habe mich noch nie von einem Berufsfotografen fotografieren lassen.«

Cesar und sein Assistent warfen einander einen kurzen Blick zu. Dann nahm Menendez mich am Arm und führte mich zu einer üppig mit Gras bewachsenen Stelle unter einem Baum. »Und ich bin glücklich, ein so schönes Objekt ablichten zu dürfen, wenn Sie mir die Bemerkung erlauben.«

Der Mann war ein wahrer Meister seines Fachs. Er ließ mich verschiedene Posen einnehmen. Die Aufgabe des Assistenten bestand darin, bei der Inszenierung zu helfen, Äste um mich herumzugruppieren oder mir eine Blume ins Haar zu stekken. Auch Cesar war sich nicht zu schade mitzuhelfen, und jedesmal wenn er mich in eine bestimmte Stellung bugsierte, berührte er dabei meinen Arm oder meine Taille. Ein ganz gerissener Hund.

Als sie fertig waren, lächelte ich erfreut und zückte meinen Geldbeutel. »Was kriegen Sie denn?«
»Nein, *señora*, Sie bezahlen erst, wenn Sie die Abzüge bekommen«, sagte Cesar und tupfte sich die Stirn mit einem Seidentaschentuch ab.
»Nein, ich bestehe darauf!« Ich bot ihm gar nicht erst die Chance, das Bündel Geldscheine, das ich ihm in die Hand drückte, zurückzuweisen. »Ist das genug?«
Cesar starrte das Geld an. »Es kostet 120 Dollar. Aber es ist wirklich nicht nötig, daß Sie im voraus bezahlen, *señora.*« Er schielte zu seinem Assistenten hinüber, als hätte er das Gefühl, daß irgendwas nicht stimmte, ohne sagen zu können, was.
»Bitte«, sagte ich kichernd, »ich habe dann einfach ein besseres Gefühl. Wie wär's denn, wenn ich Ihnen jetzt die Hälfte gebe und morgen die andere Hälfte?«
»Also, wenn Sie unbedingt wollen.« Er nahm das Geld. Mir war klargewesen, daß er der Verlockung nicht widerstehen würde.
»Könnte ich bitte Ihre Karte haben?« fragte ich unschuldig. »Die, die Maria mir gegeben hat, habe ich verloren.«
Er suchte in seiner Hemdtasche nach einer Karte. »Und könnten Sie mir bitte auch quittieren, daß ich sechzig Dollar bezahlt habe? Ich habe ein ganz schlechtes Gedächtnis und möchte es nicht vergessen.« Dabei sah ich ihn mit dem hoffnungslosesten, rührendsten Blick an, zu dem ich fähig war, damit er glaubte, ich hätte einen zweistelligen Intelligenzquotienten.
Es war fast schon zu einfach. Cesar, der Versager-Vater, schrieb »$ 60 erhalten« und das Datum auf die Rückseite der Karte. Wir verabschiedeten uns, und er ging vermutlich in seine Dunkelkammer. Oder aber in ein Geschäft, um sich eine neue Hose zu kaufen. Während er seine Geräte in einem

Lieferwagen verstaute, schoß ich ein paar Fotos, darunter sogar eines, das ihn dabei zeigte, wie er einen Reservereifen anhob, um Platz für seine Tasche zu machen.

Als ich wieder im Büro war, rief ich Ethan an. Leonardo, der gerade in die neueste Ausgabe der Zeitschrift *Modern Nutrition* vertieft gewesen war, warf einen kurzen Blick auf meine unmögliche Aufmachung und wandte sich wieder seiner Lektüre zu.

Als ich Ethan erzählte, wie es mit Cesar gelaufen war, begann er zu kichern. »Hervorragend!« Er klang so erfreut, als hätte er gerade ein Hole in One gespielt. »Lassen Sie uns die Quittung und die Fotos heute oder morgen zusammen mit Ihrem Bericht zukommen. Sollten Sie aussagen müssen, rufe ich Sie an.«

»Geht in Ordnung, Ethan«, sagte ich. »Und danke. Vielen Dank.«

»Für was denn?«

»Ich hatte schon fast vergessen, warum ich meinen Beruf so liebe.«

17

Die Frühausgabe des *Miami Herald* bestätigte, was ich bereits seit Stunden wußte: Alberto Cruz war in der vergangenen Nacht im Hinterhof des Dirty Dave's erstochen worden. Es war eine ganz kurze Meldung im Lokalteil. Es gab weder Zeugen noch, allem Augenschein nach, irgend jemanden, der überhaupt etwas über den Vorfall wußte. Die Polizei bat jeden, der irgendwie bei der Aufklärung behilflich sein könne, sich telefonisch unter einer in der Zeitung angegebenen Nummer zu melden.
Kenny Alston, einer der von mir engagierten Ermittler, war im Dirty Dave's gewesen, als es passierte, und hatte mich um drei Uhr morgens angerufen und mir mitgeteilt, Alberto sei auf dem Weg nach Hause in dem Hinterhof überfallen worden. Kenny hatte den Abend in der Bar verbracht und Alberto beim Trinken der üblichen Menge Bier beobachtet. Nachdem Alberto, torkelnd wie immer, gegangen war, hatte Kenny ein paar Minuten gewartet und war ihm dann nach draußen gefolgt.
Kenny berichtete, ihm sei an diesem Abend nichts Ungewöhnliches an Albertos Verhalten aufgefallen. Er nahm an, Alberto werde wie stets direkt von der Bar nach Hause gehen, und gab ihm daher Zeit, sich in Richtung Wohnung aufzumachen und erst mal im Hinterhof zu pissen, was er ebenfalls jede Nacht tat. Kaum drei, vier Minuten konnten seit Albertos Weggang vergangen sein, als Kenny ihm folgte. Als er Alberto nirgends sah, begann er nach ihm zu suchen und entdeckte ihn schließlich auf dem Boden zwischen den Alutonnen neben dem Hintereingang der Bar. Man hatte ihm offenbar aufgelauert.

Kenny ging ins Dirty Dave's zurück und forderte den Barmann auf, einen Notarzt zu verständigen. Dann rief er die Polizei an und meldete, er habe eine Leiche gefunden. Mehr Information rückte er nicht raus, und die Polizei fragte ihn auch kaum etwas. In einer solchen Gegend war ein Erstochener ungefähr so selten wie ein Fichtenzapfen im Wald.
Inzwischen saß ich in meinem Büro, lauschte den Papageien, die draußen einander ankrächzten, und rang mit meinem Gewissen. Alberto hatte seit drei Tagen das Geld und war zwei Tage nach seinem Besuch bei Betancourt ermordet worden. Das konnte kein Zufall sein, und jetzt mußte ich entscheiden, wieviel von meinem Wissen über das Verbrechen ich der Polizei preisgeben sollte. Im Augenblick stufte die Polizei die Sache als versuchten Raub ein, und soweit ich es beurteilen konnte, lag sie damit wohl gar nicht mal daneben.
Für mich bedeutete Albertos Tod: Ich hatte meine einzige Kontaktperson zu Michelles Mutter sowie die zehntausend Dollar verloren, die die Morenos zur Verfügung gestellt hatten. Da Alberto ein Seemann war, nahm ich an, daß er das Geld auf der *Mamita* versteckt hatte. Und wenn er so dumm gewesen war, Betancourt zu erpressen, lagen bei dem Geld wahrscheinlich auch die Fotos, die ich ihm gegeben hatte – und vielleicht auch das Buch, das Betancourt suchte. Wenn das zutraf, war ich nicht die einzige, die danach suchte.
Ich wußte, daß die Polizei von Miami aus völlig unfähigen Ermittlern bestand, die sich für ein so unwichtiges Opfer wie Alberto Cruz erst recht keine Mühe geben würden; ich besaß also einen gewissen Vorsprung. Die *Mamita* hatten sie wahrscheinlich noch nicht gefunden.
Jetzt, nach Albertos Tod, blieb mir nur noch eine einzige, sehr unattraktive Möglichkeit: Ich mußte die dicke Frau finden, die auf den Fotos von Betancourts Anlegesteg zu se-

hen war. Sorgfältig breitete ich die Bilder – ich hatte einen Satz Vergrößerungen machen lassen – vor mir in der Hoffnung aus, daß mir ein Licht aufgehe. Die Frau wußte offenbar gut mit Booten Bescheid; vielleicht würde ich sie in der Nähe des Miami River finden, wo Albertos *Mamita* lag. Wenn ich sie nicht fand, konnte ich mit den Fotos in der Gegend herumstreifen. Vielleicht würde sie irgend jemand identifizieren können.

Auch für diese Expedition lieh ich mir Leonardos Jeep. Ich parkte gegenüber dem Liegeplatz der *Mamita* unter einem Banyanbaum und betrachtete eine Zeitlang das hölzerne Segelboot. Es war, selbst bei geöffneten Fenstern glühend heiß im Wagen. Ich war froh, Shorts und ein T-Shirt zu tragen, obwohl mich die vier, fünf miesen Typen, die vorbeikamen, ziemlich ungeniert anstarrten.

Offenbar hatte ich in der Nacht zuvor die richtigen Gebete zum Himmel geschickt. Nach einer halben Stunde radelte eine dicke Frau in einer ausgebeulten Hose und einem kurzärmeligen T-Shirt mit Aufdruck an meinem Wagen vorbei. Sie passierte die *Mamita*, fuhr unter ziemlicher Anstrengung bis zum Ende des Blocks, wartete ein paar Minuten, drehte um und radelte dann zurück.

Direkt vor mir überquerte sie die Straße und befestigte ihr Fahrrad mit einem Schloß an einer verkümmerten, halb abgestorbenen Palme. Sie trug einen breiten Strohhut und eine Sonnenbrille, aber ich bekam doch einen Eindruck von ihrem Gesicht. Es war die Frau auf den Fotos. Mit – in Anbetracht ihres Körperumfangs – erstaunlicher Wendigkeit lief sie die Planken des Anlegestegs entlang und sprang auf das Segelboot. Jetzt, da ich sie ein bißchen genauer betrachten konnte, wurde mir klar, daß sie nicht einfach übergewichtig war. Ich hatte schon oft Frauen sich so bewegen sehen: Sie war schwanger.

Zehn Minuten ließ ich sie allein an Bord, dann überraschte ich sie. Ich schlich mich zum Anlegesteg, ging in die Hocke und blickte durchs Bullauge. Sie durchsuchte wie eine Verrückte die Hauptkabine. Ich rutschte näher. Sie hatte eine große Schublade mit Albertos Seekarten ausgeleert und verkehrt herum auf den Boden geworfen; sie rauchte eine Zigarre.
Wo sie zu suchen hatte, war ihr offenbar klar. Als sie gerade dazu ansetzte, eine Leiste aus dem Regal zu ziehen, räusperte ich mich in voller Lautstärke. Sie sprang wie von der Tarantel gestochen hoch, packte eine Machete, die neben ihr an der Wand lehnte, und nahm die dicke Zigarre aus dem Mund.
»Wer sind Sie? Was wollen Sie hier?« fauchte sie mich an und schwang drohend die Machete über dem Kopf.
Ich ignorierte die Fragen. »Suchen Sie vielleicht das hier?« Ich hielt einige von Mirandas Fotos hoch, auf denen die Frau, Alberto und Betancourt zu sehen waren. Die Frau stürzte sich auf mich und versuchte sie mir aus der Hand zu reißen. Ich ließ sie ihr – immerhin hatte sie eine Machete. Im Büro lagen haufenweise weitere Abzüge.
Sie starrte mich völlig verwirrt an, voller Haß und voller Angst. Sie war eine Mulattin mit wunderschöner hellbrauner Haut und mandelförmigen, fast asiatisch geformten schwarzen Augen. Das Haar hatte sie sich zu einem lockeren, über den Rücken bis fast zur Taille fallenden Zopf geflochten. Auch wenn sie nicht schwanger war, mußte sie ziemlich dick sein.
»Ich weiß, wer Sie sind«, sagte sie, den Blick fest auf mich gerichtet, und nahm die Machete noch fester in den Griff. »Sie sind die, die Alberto nach der Mutter von dem Baby gefragt hat. Er hat mir gesagt, daß Sie ihm Geld gegeben haben.«
»Ja, ich habe ihm Geld gegeben, aber er hat mir nicht ge-

sagt, wo die Mutter ist. Er wollte es mir sagen, doch er ist gestorben.« Sie legte die Machete auf den Tisch und schloß die Augen. »Aber ich kann die Sache ja auch mit Ihnen fortsetzen. Ich weiß, daß Sie bei den Übergaben dabei waren. Sie sind immer mit Alberto gefahren und haben die Babys geholt.«

Die Frau kniff die Augen zusammen. Sie wußte genau, daß ich nur bluffte. »Alberto ist nicht gestorben, er ist ermordet worden«, sagte sie. »Er ist erstochen worden, weil er Ihnen von den Babys erzählen wollte. Er hat mir gesagt, Sie hätten ihm gedroht und ihn gezwungen, Ihnen von den Fahrten zu erzählen.«

»Hat er Ihnen auch erzählt, daß er zu Betancourt gegangen ist und ihn zu erpressen versuchte?«

Die Frau wollte wieder nach der Machete greifen, überlegte es sich dann aber offenbar anders und nahm statt dessen einen geradezu furchterregenden Zug von ihrer Zigarre. Ich versuchte, nicht an das zu denken, was sie dem Baby in ihrem Bauch damit antat.

Sie setzte sich und musterte mich, als könnte mich dieser Blick dazu bringen, das, was ich gerade gesagt hatte, zurückzunehmen oder mit Antworten nur so herauszuplatzen. Auch ich bewegte mich nicht, übte mich jedoch insgeheim in Arithmetik, indem ich auszurechnen versuchte, wer von uns beiden schneller bei der Machete wäre, wenn es darauf ankäme. Die Beretta lag in meiner Handtasche, aber es war höchst unsicher, ob ich sie herausholen könnte, bevor die Frau zuschlagen würde. Schwanger oder nicht, sie war sehr flink.

»Warum sollte ich Ihnen glauben?« sagte sie und stierte mich weiter an. »Alberto würde nie im Leben einfach so zu diesem Anwalt gehen. Er haßte diesen *hijo de puta*, aber er hatte auch Angst vor ihm. Sie lügen.«

Sie rutschte auf dem Stuhl hin und her, um ihren Bauch in eine bequemere Lage zu bringen. »Ich lüge nicht«, erwiderte ich. »Seit meinem Besuch bei ihm habe ich Alberto überwachen lassen. Ich hatte den Verdacht, daß er irgendwelche krummen Dinger drehen würde.«
Sie blies mir eine riesige Rauchwolke direkt ins Gesicht. Wenn ich nicht Cubanerin gewesen und mit einem ewig rauchenden Vater und ewig rauchenden Onkeln aufgewachsen wäre, hätte ich wahrscheinlich sofort losgekotzt. So schluckte ich nur schwer. Sie gehörte auch nicht zu den Menschen, vor denen zu erbrechen einem nichts ausmacht. Ich durfte nicht damit rechnen, daß sie mir hinterher fürsorglich zurief: »So, und jetzt waschen Sie sich erst mal das Gesicht!«
»Warum soll ich Ihnen glauben?« fragte sie, sichtlich enttäuscht, es nicht geschafft zu haben, daß sich mir der Magen umdrehte. »Ich kannte Alberto schon seit Jahren. Sie dagegen sind doch nur ein knochendürres Gestell, das irgendwas von mir will.«
Ich griff in den Umschlag mit Nestors Fotos, zog die untersten drei heraus, schob sie der Frau hin und wartete auf ihre Reaktion.
»Sie sehen, daß ich die Wahrheit sage«, sagte ich sanft. »Alberto ist in Betancourts Kanzlei gegangen, um ihn zu erpressen. Hat aber nicht geklappt. Jetzt ist er tot, und Sie sind in Schwierigkeiten. Hinter Ihnen ist Betancourt als nächstes her.«
Sie schüttelte den Kopf, als spräche sie mit einem verwirrten Kind. »Warum sollte er denn hinter mir her sein? Alberto ist doch allein zu ihm gegangen, und ich werde den Anwalt nicht erpressen. Von mir hat Betancourt nichts zu fürchten.«
Endlich kam ich ein bißchen voran. Vielleicht hatte sie Al-

berto nie ganz vertraut. Nur gut, daß ich Nestor und seine Fotos hatte.

»Sie stecken ganz tief in der Scheiße«, sagte ich noch einmal. »Sie sind, wie ich sehe, eine kluge Frau, also spielen Sie nicht die Dumme. Betancourt denkt vielleicht, daß Sie da weitermachen, wo Alberto aufgehört hat, und Sie sind die einzige Verbindung zwischen ihm und den Babys. Sie haben ja selbst gesagt, daß Alberto Angst vor ihm hatte.«

Das Boot begann im Kielwasser eines Motorboots zu schwanken, das draußen im Yachthafen vorbeifuhr. Ich hielt mich an der Wand fest, bis die Wogen sich geglättet hatten.

»Betancourt ist ein schlechter Mensch«, sagte die Frau, ohne auf das Schwanken des Bootes zu achten. »Aber er würde mir nur dann etwas tun, wenn er sich sicher ist, daß ich etwas vorhabe.« Zum erstenmal hatte leichter Zweifel in ihrer Stimme mitgeschwungen. Sie paffte weiter ihre Zigarre.

Ich holte tief Luft. Es war an der Zeit, ein bißchen persönlich zu werden. »Wie heißen Sie eigentlich?«

Dieser Frau mußte man alles aus der Nase ziehen. »Barbara. Barbara Perez«, stieß sie widerwillig hervor.

»Hören Sie, Barbara, Sie wissen ganz genau, in was für Schwierigkeiten Sie stecken. Sie kennen Betancourt seit Jahren.« Reine Vermutung, aber sie bestritt es nicht. »Glauben Sie, dieser Mann schert sich darum, was erlaubt oder verboten ist? Der Mann handelt mit Babys!«

Barbara wurde knallrot. »Ihretwegen ist Alberto getötet worden!« schrie sie. »Wenn Sie nicht zu ihm gegangen wären, würde er jetzt noch leben, und ich würde nicht so in der Scheiße stecken!«

»Also, eines möchte ich jetzt mal klären«, sagte ich. »Alberto ist an seinem Tod selbst schuld.« Ich schlug mit der flachen Hand auf den Tisch. »Er hat Betancourt zu erpressen

versucht. Ich denke nicht daran, die Schuld auf mich zu nehmen, nur weil er ein Idiot war.«
Barbara zuckte mit den Achseln, als wolle sie bekräftigen, daß ich die Wahrheit getroffen hatte. »Wenn man sich mit Hunden einläßt, kriegt man Flöhe, so ist das nun mal.«
Sie kicherte leise vor sich hin. »Hast ja mächtig viel Ahnung, kleine Detektivin. Dann sag mir doch mal, was jetzt als nächstes passiert!«
Das überraschte mich. Barbara war tough, doch allmählich akzeptierte sie mich. Wir würden zwar nicht gerade Busenfreundinnen werden, aber wenigstens schielte sie jetzt nicht mehr alle paar Sekunden zu der Machete hin, sondern hörte endlich mal zu.
»Als erstes muß ich wissen, wer die Mutter des Babys ist, das Sie vor zwei Jahren abgeliefert haben. Ich mache mit Ihnen den gleichen Deal wie mit Alberto. Er hat Ihnen doch die Einzelheiten erklärt, oder?«
Sie strich sich fast reflexartig über den Bauch. Meiner Einschätzung nach war sie in ziemlich großen Schwierigkeiten, doch ich bluffte zum Teil, was sie offenbar bemerkte. »Was nützt mir Geld, wenn ich tot bin?« fragte sie. »Denken Sie an Alberto. Dem ist Geld jetzt völlig egal.«
»Aber Alberto wollte Betancourt erpressen. Er wurde gierig. Sie könnten aus Miami weggehen.«
Sie riß die Augen auf; sie war Cubanerin, genau wie ich. Ich merkte, daß ihr der Gedanke, aus Miami wegzuziehen, noch nie gekommen war. »Sie kriegen doch in einigen Monaten ein Baby, oder? Geben Sie mir die Informationen, die ich brauche, und Sie können anderswo ganz von vorn anfangen.«
Sie saß schweigend da und dachte über ihre begrenzten Möglichkeiten nach. Zuerst hatte sie mir angst gemacht mit

ihrer plötzlich ausbrechenden Gewalttätigkeit und dem bedrohlichen Blick, doch jetzt bemerkte ich, daß sie sich mehr vor mir fürchtete als ich mich vor ihr. Ich ließ ihr Zeit. Sie stellte die einzige Hoffnung für Michelle Moreno dar; alle anderen Hoffnungen, die je bestanden hatten, waren von mir, wie es den Anschein hatte, zerstört worden.

Als klar wurde, daß Barbara eine Weile brauchen würde, sah ich mich zum erstenmal auf dem Segelboot um. Barbara machte keine Anstalten, mich daran zu hindern.

Das Boot war das genaue Gegenteil von Albertos violetter Wohnung. Es war das Reich eines Mannes, ganz in dunklen Farben gehalten und mit Holz paneeliert. Es war für ernsthaftes Segeln gebaut worden, ganz ohne Kinkerlitzchen, nur mit dem, was man für ein Leben auf See wirklich braucht. Das einzige, was auf Alberto hinwies, war das wunderschöne, makellos polierte Holz – und der in der Luft hängende Geruch von Gauloises.

»Ich helfe Ihnen«, sagte Barbara hinter mir. Ich war ganz in Gedanken versunken gewesen und hatte ihr den Rücken zugekehrt. »Aber Sie müssen mir garantieren, daß Betancourt mir nichts tut. Ich will nicht aus Miami weg. Ich habe sechs Kinder – bald sind es sieben.«

Sie strich sich über den Bauch. »Garantieren Sie mir, daß der Anwalt mich in Ruhe läßt, dann sage ich Ihnen alles über die Mutter des kleinen Mädchens.«

»Wie soll ich das garantieren können? Ich weiß doch nicht, was der Mann tun wird.« Wut stieg in mir hoch, aber dann dachte ich daran, daß Barbara mich in weniger als einer Minute bewußtlos schlagen konnte, wenn sie wollte. »Passen Sie auf: Ich gebe Ihnen mehr als das Doppelte der ursprünglichen Summe. Ich zahle Ihnen fünfundzwanzigtausend Dollar.«

Sie sah mir in die Augen. »Sie müssen auch die Verantwor-

tung für meine Sicherheit übernehmen. Wie, ist mir egal, aber das sind nun mal meine Bedingungen.«
Mit dieser Komplikation hatte ich nicht gerechnet. Ich hatte Verständnis für sie, aber wie sollte ich jeden Schritt vorhersehen können, den Betancourt unternehmen würde, vor allem jetzt, nachdem er offenkundig entschlossen war, keinerlei Rücksichten mehr zu nehmen? Er hatte Alberto wahrscheinlich nicht selbst getötet – Männer dieser Art ließen die Schmutzarbeit von anderen erledigen –, doch ich war mittlerweile überzeugt davon, daß er dafür verantwortlich war. Mit seiner Klientenkartei hätte er bestimmt eine Jobvermittlungsagentur für Killer und Schläger eröffnen können.
Als ich ging, saß Barbara noch immer auf dem Kapitänsstuhl, die Arme resolut über der üppigen Brust gekreuzt. Ich nahm es ihr wirklich nicht übel, daß sie derartig überzogene Bedingungen stellte. Doch leider lag mein Schicksal jetzt in ihrer Hand und ihres in meiner.

18

Nachdem ich Barbara dem feuchtheißen Nachmittag überlassen hatte, rief ich den Stellvertretenden Staatsanwalt Charles Miliken an. Er war ein alter Freund von mir und konnte mir helfen, die Situation ein bißchen besser einzuschätzen. Außerdem hatten Charlie und ich mal eine ziemlich intensive Beziehung miteinander gehabt. Die Sache hatte zwei Jahre gedauert, war dann aber im Sande verlaufen. Er wollte eine dauerhafte Beziehung mit einer Frau, die nie aufmucken würde, wenn er im Unrecht war. Sie können sich vorstellen, wie gut ich dieses Ideal verkörperte.

Als ich auf das kugelsichere Empfangshäuschen vor der Staatsanwaltschaft im Justizgebäude von Miami zuschritt, erkannte mich die Rezeptionsdame wieder und winkte mich durch die zweiflügelige Tür, die zu Charlies Büro führte. Ich trottete die endlosen öden Gänge entlang und bog viermal ab; dann stand ich vor seiner aus getöntem Glas bestehenden Tür. Das Gebäude war wirklich ein Labyrinth, aber den Staatsanwälten war das wohl ganz recht für den Fall, daß es irgend jemand schaffte, sich unten an den Sicherheitsleuten vorbeizuschleichen.

Charlies Büro unterschied sich in nichts von den anderen, die ich unterwegs passiert hatte – eng, muffig und von oben bis unten mit Aktenschränken vollgestellt. In jedem Zimmer stand ein ziemlich ramponierter Schreibtisch quer im Raum, davor befanden sich zwei altmodische Holzstühle mit Querleisten in der Rückenlehne. Der Kunststoffteppichboden wies in den meisten Büros so viele Kaffeeflecken auf, daß er an Relief-Weltkarten erinnerte.

Ich klopfte an Charlies Tür, zuerst leise, dann lauter. Wahrscheinlich hing er, wie üblich, am Telefon. Da ich keine Lust hatte, die Aufforderung zum Eintreten noch länger abzuwarten, drückte ich die Tür schließlich auf. Charlie war noch nie ein guter Gastgeber gewesen.
Ich hatte es geahnt; er telefonierte. Seinen Stuhl hatte er, mit der Lehne zur Tür, so weit zurückgestellt, daß er fast horizontal zum Boden lag. Er war ins Gespräch vertieft und hörte mich nicht reinkommen. Ich setzte mich auf seinen Schoß und begann ihn zu küssen.
Er legte, seinen Wortschwall praktisch mitten im Satz abbrechend, hastig auf. Einen Augenblick lang war ich versucht, die Geschichte sich wiederholen zu lassen, und es gleich hier und jetzt mit ihm zu treiben, aber ich hatte mir in letzter Zeit genug Schwierigkeiten eingehandelt und mußte nicht noch eine hinzufügen.
»Charlie«, sagte ich und löste mich von ihm.
»O Gott!« Er zog mich wieder zu sich und begann an meinem Ohr zu knabbern. Er wußte, daß das meine Schwachstelle war.
»Ich habe ein Problem, Charlie.«
»Später«, sagte er und stand auf, nachdem ich von seinem Schoß gehüpft war. »Ich sperre erst mal die Tür ab.«
Offenbar entsann er sich früherer nachmittäglicher Vergnügungen, und mir wurde klar, daß ich ihm einen völlig falschen Eindruck vermittelt hatte. »Bitte, Charlie, es ist wirklich ernst.«
Er setzte sich an seinen Schreibtisch, versuchte, wieder zu Atem zu kommen, und strich sich mit den Fingern durch das gerade, ziemlich lange Haar. »Okay. Ich sehe schon, du bist erst dann zu ein bißchen Spaß aufgelegt, wenn du mir erzählt hast, was dich beschäftigt.«
Charles Miliken war der Mann, den ich um ein Haar tat-

sächlich geheiratet hätte. Vor fünf Jahren hatte er mir einen Antrag gemacht – auf einem Knie, mit allen Schikanen. Eine Woche lang zermarterte ich mir das Hirn darüber, ob ich es zulassen sollte, daß er eine solide Frau aus mir machte, gab ihm dann jedoch einen Korb. Ich wies ihn aber nicht gänzlich zurück, sondern sagte, daß ich ihn weiterhin sehen wolle, allerdings ohne daß das Thema Heirat jemals wieder erwähnt werde.

Charlie war einverstanden – wahrscheinlich deshalb, weil er glaubte, er könne mich im Lauf der Zeit doch umstimmen. Wir trafen uns weiterhin, doch irgendwann hielt er die Unsicherheit nicht mehr aus. Wir stritten zwar nicht, aber die Hochzeitsfrage begann alles Vergnügen zu überschatten. Wenn ein Mann einen Heiratsantrag gemacht hat, ist nichts mehr, wie es vorher war.

Ab und zu schliefen wir noch miteinander. Es wäre uns schwergefallen, das aufzugeben – für einen Amerikaner angelsächsischen Geblüts war Charlie ungewöhnlich leidenschaftlich. Ich fand sogar, daß wir in der Zeit nach der Trennung besser miteinander auskamen als zuvor. Spätnachts gestand er mir mal, daß ich alle anderen Frauen für ihn verdorben hatte. Ich gab mir Mühe, nicht stolz darauf zu sein, aber es fiel mir schwer.

Ich nahm gesittet auf einem Besucherstuhl Platz und versuchte mich zusammenzureißen. Charlie sah schon ziemlich mitgenommen aus, und ich hatte an der Sache weit mehr Gefallen gefunden, als ich mir, nachdem wir aufgehört hatten, zunächst eingestand. Ich hätte wissen sollen, daß es nicht guttut, alte Beziehungen aufzuwärmen.

»Bevor ich es dir erzähle, mußt du mir etwas versprechen, Charlie«, sagte ich. »Du mußt alles, was ich sage, strikt vertraulich behandeln, bis ich dir irgendwann die Erlaubnis erteilen kann, damit an die Öffentlichkeit zu gehen.«

Charlies hellblaue Augen fixierten mich plötzlich klar und aufmerksam. Er strich sich mit den riesigen, tintenbekleckten Händen über das vorstehende Kinn.

»Versprochen«, sagte er. Das in allen öffentlichen Gebäuden von Dade County herrschende Rauchverbot mißachtend, öffnete er das Fenster hinter seinem Schreibtisch, zog eine Marlboro aus der Hemdtasche und zündete sie mit einem Plastikfeuerzeug an, auf dem das Emblem der Dolphins, der Footballmannschaft von Miami, zu sehen war. Charlie hatte sich noch nie viel um irgendwelche Regeln gekümmert und war vermutlich genau deshalb noch immer nur Stellvertretender Staatsanwalt und nicht Abteilungsleiter geworden.

»Lupe, Liebling«, sagte er, »du weißt, daß ich alles für dich tue, aber fragen muß ich trotzdem: Kann mich die Sache ins Gefängnis bringen?«

»Glaube ich nicht.«

Er zuckte mit den Achseln und zog an seiner Zigarette. »Also gut.«

Ich erzählte ihm die ganze Geschichte, von meinem ersten Treffen mit den Morenos bis hin zu meiner Begegnung mit Barbara Perez auf der *Mamita*. Dann zeigte ich ihm Mirandas Fotos. Er hörte mir zu, ohne mich zu unterbrechen; für die Fotos interessierte er sich offenbar kaum. Er hatte die Stirn vor lauter Konzentration in Falten gelegt und zündete sich jeweils eine Zigarette an der vorangegangenen an.

»Eine Wahnsinnsgeschichte, Lupe. Danke, daß du mich eingeweiht hast«, sagte er schließlich in einem sarkastischen, ja bitteren Ton, der mir völlig neu war. »Beginnen wir mal damit, daß du wegen Zurückhaltung von Informationen im Zusammenhang mit einem Mordfall vor Gericht gestellt werden könntest, ganz zu schweigen von der Tatsache, daß du möglicherweise dazu beigetragen hast, daß dieser Alberto Cruz von einem Killer getötet wurde ...«

»Das habe ich mir auch schon überlegt.«
Charlie schnippte die Asche seiner Zigarette in eine Cola-Light-Dose und schüttelte fassungslos den Kopf. »Also gut, es bringt ja nichts, über Einzelheiten herumzustreiten. Was soll ich tun?«
»Kannst du Barbara Perez schützen?«
Charlie zwinkerte mit den Augen, aber nur ein einziges Mal. Ich hatte es geschafft, ihn zu überraschen.
»Laß mich mal zusammenfassen, was wir alles haben«, sagte er und richtete sich kerzengerade auf. »Deine Klienten haben bei einer illegalen Adoption mitgemacht, wobei sie mit fast hundertprozentiger Sicherheit wußten, daß sie nicht koscher war. Das Baby ist in Dade County nicht gemeldet, und den bei der Entbindung anwesenden Arzt hast du bisher nicht gefunden und wirst ihn wohl nur finden, wenn sich eine schrullige Alte in letzter Minute doch noch bequemt, dir etwas über ihn zu sagen. Du hast einen kleinen Gauner bestochen, damit er dir Informationen liefert, und deswegen ist er jetzt tot. Du hättest auch gleich den Hinrichtungsbefehl für seine schwangere Partnerin unterschreiben können. Und bei alledem ist nicht mal ansatzweise eine Lösung des Falles in Sicht. Unterbrich mich, wenn du anderer Meinung bist.«
Ich nickte kläglich. »Du hast recht, Charlie. Bist du jetzt zufrieden?« Einen Augenblick lang dachte ich, daß so mein Eheleben aussehen würde, wenn ich seinen Antrag angenommen hätte, was ich, Gott sei's gedankt, nicht getan habe.
Charlie beugte sich vor, und sofort durchfuhren mich wonnige Schauer. Er zog eine untere Schreibtischschublade auf, nahm eine Flasche Jack Daniel's heraus, schenkte uns ordentlich in zwei Pappbecher ein, die er aus dem gleichen Versteck geholt hatte, und reichte mir schweigend einen da-

von. Ich interpretierte es als versöhnliche Geste, und als ich trank, wurde mir bewußt, wie sehr ich das Zeug brauchte. Er offenbar auch, denn er schenkte uns nach, ohne vorher gefragt zu haben.

»Um deine Frage zu beantworten«, sagte er leise. »Nein, ich bin nicht zufrieden. Und auf der Basis dessen, was du mir erzählt hast, kann ich Barbara Perez nicht schützen.«

Er nahm einen großen Schluck und legte den Kopf dabei so weit in den Nacken, wie es ging. »Fangen wir mit der Adoption an. Die Morenos wollen Betancourt nicht anzeigen, weil das einem Schuldgeständnis in bezug auf ein illegales Geschäft gleichkäme. Außerdem würden sie riskieren, daß man ihnen das Kind wegnimmt.«

Ich trank. Der Whiskey brannte in der Kehle. »Ich garantiere dir, daß auch alle anderen betroffenen Eltern keine Anzeige erstatten werden, selbst wenn du sie ausfindig machst«, fuhr Charlie fort. »Und den Morenos zuliebe aussagen werden sie auch nicht. Selbst angenommen, der Bundesstaat Florida lädt sie als Zeugen vor und schleppt sie unter Zwang ins Gericht, so würden sie renommierte Anwälte anheuern, denen es gelingen dürfte, die Angelegenheit über Jahre hinweg aus den Gerichtssälen herauszuhalten.«

Vielleicht war es der Whiskey; jedenfalls spürte ich, daß ich vor Wut rot anlief. »Du redest wie ein beschissener Anwalt, Charlie!«

Er zündete die nächste Zigarette an und wandte den Blick ab. »Du weißt es besser, Lupe«, sagte er. »Ich sage, wie es ist, und das ärgert dich.«

»Ich dachte, du würdest mit dem Alter weniger nervig werden, Charlie, aber da habe ich mich gründlich geirrt.«

Er ignorierte es. »Außerdem hast du nichts Wesentliches in der Hand, das Betancourt mit der Adoptionssache überhaupt in Verbindung bringt«, sagte er und blies einen

Rauchring in die Luft. Mir wurde schwindlig. Nachmittags auf leeren Magen Whiskey zu trinken war eine ganz neue Erfahrung für mich. »Du hast Fotos von reichen Ehepaaren, die in sein Haus gehen, aber das könnten auch Gäste von ihm sein. Du hast Alberto Cruz und Barbara Perez spätnachts an seinem Bootssteg, wo sie angeblich ein Baby abliefern.«

Er schob Mirandas Fotos näher zu sich heran und setzte seine Lesebrille auf. »Aber nicht mal das zeigen diese Aufnahmen klar. Alberto Cruz war Eigentümer des Bootes. Betancourt könnte behaupten, er habe mit Cruz darüber gesprochen, das Boot zu kaufen oder ihn für eine Bootsreparatur zu engagieren – er kann doch alles mögliche erfinden. Zwei Tage nachdem er in Betancourts Kanzlei auftauchte, wird Alberto Cruz umgebracht? Das beweist überhaupt nichts. Niemand hat sich gemeldet und behauptet, die Ermordung hinter dem Dirty Dave's gesehen zu haben, und das wird auch niemand tun. Von dem ausgehend, was du mir erzählt hast, wäre diese Barbara Perez keine besonders gute Zeugin. Wir könnten ihr Schutz vor Strafverfolgung anbieten, wenn sie aussagt, aber wir bräuchten stichhaltige Beweise. Lupe, Schätzchen, du hast nichts weiter als eine Reihe unbegründeter Behauptungen, die sich gegen einen sehr prominenten Anwalt unserer Stadt richten. Das Belastungsmaterial reicht hinten und vorn nicht.«

Er machte mich langsam, aber sicher fertig. »Und wann würde das Belastungsmaterial reichen?« fragte ich. »Was bräuchtest du, um Elio Betancourt dranzukriegen?«

Das Zimmer war vollgequalmt, und von dem Jack Daniel's war mir richtig heiß geworden. Es kostete mich Mühe, noch einigermaßen vernünftig zu denken.

Charlie dagegen wirkte ganz normal. »Ich bräuchte dasselbe, was auch du brauchst: eine der leiblichen Mütter. Damit könnte die Staatsanwaltschaft die strafrechtliche Verfolgung wahrscheinlich einleiten, aber versprechen kann ich dir das auch nicht. Schließlich hat die Mutter mit dem Verkauf des Kindes das Gesetz gebrochen. Ich bin, ehrlich gesagt, nicht mal sicher, ob es sich dabei um ein einzelstaatliches Vergehen handelt. Könnte auch eine Straftat nach Bundesrecht sein.«

»Kurze Pause, bitte, Charlie! Ich kriege Kopfschmerzen.«

Ich stand auf und setzte mich auf die Schreibtischkante. Es war typisch für Charlie, seine Meinung weitschweifig zu umschreiben, aber ich wußte genau, was er sagen wollte: Finde die leibliche Mutter, dann kriegt Barbara ihren Schutz.

Ich ging zur Tür und schloß sie ab. Klar, daß Charlie nicht protestierte. Ich hatte eine Menge Arbeit, aber eine halbe Stunde Pause durfte ich mir wohl noch gönnen, um herauszufinden, wie weit man es in einer aufgewärmten Beziehung treiben kann.

19

Da es unschicklich gewesen wäre, nach Bourbon und Sex riechend ein Kloster zu betreten, fuhr ich von Charlies Büro aus erst mal nach Hause, um vor meinem Besuch bei Lourdes zu duschen, mich umzuziehen und mir die Zähne zu putzen. In bestimmten Situationen habe ich einfach das Bedürfnis, mit ihr zu reden, und sie ist dazu immer bereit, wenn ich komme.

Charlies Einschätzung, wonach man gegen Betancourt Anzeige erstatten könne, sobald Michelles leibliche Mutter gefunden sei, hatte mich sehr optimistisch werden lassen; doch als die Wirkung des Alkohols nachließ, wurde mir wieder bewußt, daß ich genau da war, wo ich angefangen hatte. Ziemlich deprimiert rief ich Lourdes Handy an. Obwohl meine Schwester mit ganzem Herzen Nonne ist, schafft sie es nicht, bestimmte Dinge aufzugeben, und zu diesen Dingen gehört ihr Handy.

Sie freute sich über meinen Anruf, hatte sich jedoch gerade zu Exerzitien zurückgezogen; ich müsse zum Orden vom Heiligen Rosenkranz in Coconut Grove fahren statt zu dem Haus, in dem sie mit den anderen Schwestern wohnte. Während der Exerzitien durfte sie eigentlich nicht reden, aber ich klang wohl sehr verzweifelt, denn sie erklärte sich zu einem Treffen im Pinienwald hinter dem Kloster bereit.

Meinen Wagen stellte ich unauffällig am Waldrand ab. Als ich auf Lourdes zuging, erhob sie sich vom Gras. »Na, *chica*, was gibt's denn?« fragte sie, während sie mich umarmte. Ihre Schultern fühlten sich fest und straff an. Sie machte immer noch Fitneßübungen.

»Ich muß mit dir reden«, sagte ich leise.
Ich war es nicht gewöhnt, sie in ihrem Habit zu sehen, und dunkelblau war nicht gerade die günstigste Farbe für sie. Die Schwestern vom Heiligen Rosenkranz galten als ein moderner, aktiver Orden – sie hatten, beispielsweise, den Sandinisten in Nicaragua Geld geschickt. Lourdes hatte das nicht gutgeheißen. Sie war dem Orden nur unter der Bedingung beigetreten, daß sie sich an nichts beteiligen mußte, das sie nicht vertreten konnte.
Normalerweise hatten Nonnen natürlich nicht das Glück und konnten bei ihrem Eintritt ins Kloster Bedingungen stellen, doch Papas Spende half ein bißchen nach. Lourdes' soziale Aktivitäten beschränkten sich auf das Unterrichten unterprivilegierter Kinder in Little Havana; aus der Politik hielt sie sich völlig raus.
Arm in Arm gingen wir zu der Steinmauer vor der Bucht, die von Floridapinien beschattet war und über die inmitten der feuchten Luft eine frische Brise hinwegstrich. Wir setzten uns auf die Mauer wie Kinder, ließen die Beine über dem Wasser baumeln und unsere Gesichter von der Gischt der anbrandenden Wellen kühlen.
Ich sah die Umrisse von Lourdes' Handy, das sie an der dreifachen Schnur mit den schweren hölzernen Rosenkranzperlen befestigt hatte, die um ihre Taille geschlungen war. Einmal CAP – cubanisch-amerikanische Prinzessin –, immer CAP. Dreißig Sekunden – höchstens – brauchte sie dazu, ihre schweren schwarzen Schuhe auszuziehen und sich die dicken schwarzen Kniestrümpfe von den Beinen zu streifen.
»Verdammt, diese Dinger sind dermaßen unbequem«, sagte sie und warf die Schuhe auf den Boden, wo sie mit einem dumpfen Aufschlag landeten.
»Also, kleine Schwester, jetzt erzähl mal«, sagte sie, den

blauen Horizont betrachtend. »Was ist denn so schlimm, daß du mitten am Tag trinken mußt?«

»Von was redest du?«

»Ich bin zwar Nonne, aber wie Schnaps riecht, weiß ich trotzdem. Ich rieche es an deinem Atem. Da kannst du dir noch so oft die Zähne geputzt haben.«

Ich fühlte mich wieder wie mit zehn Jahren; damals hatte ich sie immer angefleht, bei Mama und Papa ein gutes Wort für mich einzulegen, wenn ich etwas Verbotenes getan hatte. Die wissende Lourdes. Am liebsten wäre mir gewesen, wenn sie mich umarmt und dafür gesorgt hätte, daß alles wieder gut wird, so wie früher.

»Lourdes, ich habe bei einem Fall Mist gebaut«, sagte ich und spürte, wie alle meine Gefühle hinausdrängten. »Ich habe es so vermasselt – das kannst du dir gar nicht vorstellen.«

Lourdes zupfte unruhig an ihrem Habit herum und zwirbelte einen Grashalm zwischen zwei Fingern. »Ich will nicht, daß du mir etwas über den Fall erzählst«, sagte sie. »Ich möchte nur wissen, ob du das Ganze noch irgendwie retten kannst. Betrachte die Situation objektiv: Kannst du, realistisch gesehen, noch irgend etwas tun, um das Problem zu lösen?«

»Lourdes, ich glaube, ich habe wirklich keine Chance mehr. Ich …«

Sie nahm mein Gesicht zwischen ihre Hände und sah mir in die Augen. Einen Moment lang blieb mir das Herz stehen, und plötzlich spürte ich, wie müde und mitgenommen ich war. Sie betrachtete mich noch eine Weile und ließ mich dann los.

»Das mit dem Trinken habe ich ernst gemeint«, sagte sie. »Ich habe selbst nichts gegen ein, zwei Drinks einzuwenden, aber wenn man wichtige Entscheidungen treffen muß, sollte man das Zeug nicht anrühren.«

Die Nähe, die wenige Sekunden zuvor zwischen uns bestanden hatte, war mir peinlich gewesen, und plötzlich wußte ich, warum. Zuerst hatte ich geglaubt, in die vertrauten Augen meiner Schwester zu sehen, doch dann hatte ich hinter diesen Augen etwas bemerkt, das größer war als sie und ich, und dieses Etwas hatte mich prüfend betrachtet. Ich rückte ein bißchen weg von ihr und begann in meiner Handtasche nach einem Papiertaschentuch zu kramen.

»Hast du es wirklich vermasselt, oder übertreibst du nicht ein bißchen?« fragte Lourdes und zog noch einen Grashalm aus der Wiese. »Ich liebe dich von ganzem Herzen, Lupe, aber du weißt ja selbst, wie du manchmal bist.«

»Es wäre super, wenn ich übertreiben würde, aber ich habe wirklich totale Scheiße gebaut.«

»Gut, dann sind wir also wieder am Ausgangspunkt angelangt«, meinte sie geduldig. »Was kannst du jetzt unternehmen, um die Scheiße, die du gebaut hast, wieder aus der Welt zu schaffen?«

»Keine Ahnung.«

»Tja, diese Frage wirst du aber beantworten müssen – nicht ich, sondern du selbst.«

Wir blieben noch eine Zeitlang auf der Mauer sitzen; dann mußte Lourdes wieder hinein. »Wenn ich noch länger hierbleibe«, sagte sie mit kurzem Blick auf ihre Armbanduhr, »werden mir die Exerzitien nicht anerkannt. Wenn wir hier sind, dürfen wir nur mit Gott und den Heiligen sprechen und sonst mit niemandem, am allerwenigsten mit halb betrunkenen Privatdetektivinnen.«

Ich gab ihr einen Abschiedskuß und ging. Sie mußte erst noch ihre Strümpfe und Schuhe anziehen. Ich hoffte, daß die katholische Kirche bald zur Vernunft kommen und Frauen als Priesterinnen zulassen würde. Schwarz stand meiner Schwester wesentlich besser als Blau.

Den Nachmittag über saß ich in meinem Wagen mit Ausblick auf Alberto Cruz' altes Jagdrevier. Die Sonne brannte mit ganz besonderer Wucht vom Himmel, doch ich blieb geduldig sitzen in der Hoffnung, Barbara Perez würde sich auf der *Mamita* zeigen. Ich hatte es nicht geschafft, ihre Adresse herauszufinden, und sie hatte sich bei mir nicht gemeldet.

Mein Körper war von sämtlichen Moskitos in Dade County zerstochen, und ich hatte den Eindruck, daß ihre Cousins aus Broward County sich bald einstellen würden, um sich an dem Festmahl zu beteiligen. Ich war verschwitzt, frustriert und kam mir halb durchgedreht vor, aber ich war entschlossen, tagelang zu warten, wenn es denn sein mußte.

Sechs Stunden später war die Sonne verschwunden, und in der Gegend erwachte das Unterweltleben. Es war wohl nicht besonders schlau, noch länger zu bleiben, doch ich tat es trotzdem. Die Beretta hatte ich unter den Sitz gelegt.

Kurz vor Mitternacht sah ich Barbara auf das Boot zugehen. Sie trug dieselben Sachen wie tags zuvor – das Geld, das sie sich bei Betancourt verdiente, ging wohl eher für die sechs Kinder drauf als für gut geschnittene Umstandsmode.

Ich wartete, bis sie das Boot betreten hatte, und ging dann zu ihr. »Barbara, ich bin's, Lupe«, rief ich vom Anlegesteg aus. »Ich muß mit Ihnen reden.«

»Was, zum Teufel, machen Sie hier, Lupe?« schrie sie.

»Das hier ist meine einzige Möglichkeit, Kontakt mit Ihnen aufzunehmen, falls Sie das vergessen haben. Ich bin müde und hungrig. Ich habe Leute, die Sie ausfindig machen sollen und es nicht schaffen, und ich bin nicht in Stimmung für irgendwelche Spielchen. Das einzige, was mir Hoffnung gemacht hat, war der Gedanke, daß, wenn ich Sie nicht finden kann, auch Betancourt Sie nicht finden wird ...«

»Sie können die hundert besten Leute auf mich ansetzen,

die würden mich nicht aufspüren. Verwenden Sie Ihre Energie lieber dafür, uns aus dieser beschissenen Situation rauszuholen!«

Sie steckte den Kopf aus einer Luke hervor und suchte den Bootssteg mit einem Fernglas ab, um sicherzugehen, daß ich allein war. »Und daß Sie müde und hungrig sind, ist mir völlig egal, Lupe. Ihretwegen stecke ich schließlich in dieser Scheiße!«

Gut, den Sympathiewettbewerb würde ich also nicht gewinnen. Die ansatzweise zu spürende Kameradschaftlichkeit, die sich bei unserem letzten Zusammentreffen entwikkelt hatte, war verschwunden und durch einen feindseligen Unterton in ihrer Stimme ersetzt worden. Aber ich hätte mich, ehrlich gesagt, genauso verhalten, wenn ich schwanger und verängstigt gewesen wäre.

Barbara stieg hastig aufs Deck der *Mamita* und sah sich argwöhnisch nach allen Seiten um. »Sie kennen meine Einstellung. Garantieren Sie meine Sicherheit, und wir können über alles reden.«

»Gehen wir runter und unterhalten uns ein bißchen«, sagte ich fast flehend. »Ich bin den ganzen Tag im Wagen gesessen und habe auf Sie gewartet. Sehen Sie mal, was die Moskitos mit mir gemacht haben.« Ich zeigte ihr die Striemen an meinen Armen.

Sie warf mit der Überheblichkeit der erfahrenen Mutter einen kurzen Blick auf meine Haut. Mückenstiche waren in ihren Augen wohl nichts Besonderes. Dann machte sie sich mißmutig auf den Weg ins Innere des Bootes. »Also gut, kommen Sie!«

Ich sprang an Bord. Vom langen Sitzen im Jeep war ich so steif geworden, daß mein Rücken wie ein rostiges Scharnier knarrte und ich das Gefühl hatte, wie ein Akkordeon zusammengefaltet zu sein.

Ich folgte Barbara in die Hauptkabine, wo sie eine Wandlampe entzündete, im flackernden Schatten stehenblieb und mich böse anstarrte. Ich war so froh, endlich aus dem Wagen gekommen zu sein, daß es mir im Grunde egal war, wie sie zu mir stand. Sie nahm zwei Plastikbecher aus einem Regal, schenkte in beide großzügig Rum ein und füllte sie mit lauwarmem Cola aus einer bereits geöffneten Dose auf. Während sie das Zeug umrührte, zündete sie eine Zigarre von furchterregender Größe an und nahm einen tiefen Zug. Die Drinks sahen schon an sich nicht sehr vielversprechend aus, aber ich hoffte, daß meiner wenigstens nicht auch noch mit Asche garniert sein würde.
»Haben Sie Neuigkeiten für mich?« fragte sie und reichte mir einen Plastikbecher.
»Nichts Definitives. Ich kann Ihnen nichts versprechen. Ich war bei einem Freund, einem Staatsanwalt, und habe ihm von den Schwierigkeiten erzählt, in denen Sie stecken.«
Sie riß die Augen auf. »Sie haben das einem Staatsanwalt erzählt? Sind Sie bescheuert? Jetzt haben wir noch mehr Probleme als vorher!«
»Ich vertraue ihm«, sagte ich und nippte an dem Drink. Das Cola war total abgestanden. »Vergessen Sie nicht, daß auch ich in Schwierigkeiten bin. Er ist ein Freund, und ich habe ihn um Rat gebeten.«
Barbara lachte bitter auf. »Für eine Idiotin habe ich Sie eigentlich nicht gehalten, aber jetzt weiß ich, daß Sie eine sind. Unter Staatsanwälten findet man keine Freunde.«
»Er ist mein Freund und erst an zweiter Stelle Staatsanwalt«, gab ich zurück.
»Ah, ich verstehe!« Sie sah mich mit einem für sie ganz untypischen mädchenhaften Lächeln an. »Dieser Mann und Sie sind also mehr als nur Freunde.«
»Wir hatten mal ...« sagte ich, unterbrach mich aber sofort.

»Das spielt überhaupt keine Rolle. Wichtig ist nur, daß er mir absolute Diskretion versprochen hat.«
»Sie glauben einem Mann, daß er seine Versprechen hält?« fragte Barbara fassungslos und verteilte den Zigarrenrauch fuchtelnd in der Kabine. »Dann haben Sie also gleich zwei Fehler gemacht. Was hatte dieser Staatskerl Ihnen denn zu sagen?«
»Daß Sie von seiten der Vereinigten Staaten mit ernsthaften Schwierigkeiten wegen des Handels mit Babys zu rechnen haben, noch zuvor aber deswegen Probleme kriegen könnten, weil Sie der einzige lebende Mensch sind, der Betancourt mit diesem Verbrechen in Zusammenhang bringen kann. Genau wie ich Ihnen bereits gesagt habe.«
Barbara nahm einen tiefen Schluck aus ihrem Plastikbecher und schüttelte sich, als sie den Schnaps runterschluckte. Ich hielt mich mit meiner Rum-Cola stark zurück, weil ich an Lourdes dachte und an das, was sie mir kurz zuvor gepredigt hatte.
»Er sagte, der Staat würde Ihnen wahrscheinlich Schutz vor Strafverfolgung zusichern, wenn Sie gegen Betancourt aussagen würden, aber um die Sache ganz hieb- und stichfest zu machen, müßten wir eine der leiblichen Mütter präsentieren. Und damit auch meinen Zwecken gedient ist, bräuchten wir die Mutter, die ich mit Hilfe von Alberto finden wollte.«
»Das ist der einzige Weg, wie ich lebend aus der Sache rauskomme?« fragte sie. »Wenn ich dem Staat die Mutter bringe?«
»Ich habe eine Möglichkeit gefunden, Sie zu schützen, Barbara. Sie sollten sich freuen.«
Sie nahm noch einen Schluck und starrte mich gequält an. »Na, dann fangen wir besser mal gleich an zu beten, Lupe. Das ist nämlich völlig unmöglich.«

»Was? Wissen Sie denn nicht, wo sie sind? Sie haben doch jahrelang dieses Ding mit Alberto gedreht!« Es war eine reine Mutmaßung, doch Barbara widersprach mir nicht. Ich betrachtete es als einen Teilsieg; ich spürte, daß ihre fatalistische Einstellung auf etwas sehr Konkretem beruhen mußte, das sie wußte.
»Ich habe nie etwas von diesen Sachen mitbekommen, Lupe. Alberto hat sich um alles gekümmert. Meine Aufgabe bestand darin, mit ihm loszufahren, die Amme zu spielen und ihm mit dem Boot zu helfen. In Cuba gibt es keine Flaschenmilch, wissen Sie, da mußte ich dabeisein und die Babys auf dem Rückweg stillen.«
Ich brauchte ein paar Sekunden, um zu kapieren, was sie gerade gesagt hatte. Als ich es kapiert hatte, versuchte ich nach Kräften, meine Kinnlade am Runterfallen zu hindern, schaffte es jedoch nicht.
Die Babys kamen aus Cuba. Barbara und Alberto waren regelmäßig dorthin gefahren und hatten sie geholt.
»Ach, du große Scheiße«, flüsterte ich. Barbara starrte schweigend auf ihren stinkenden Zigarrenstummel.
Ich wußte nicht, was ich sie fragen sollte. Aus unerfindlichen Gründen versteifte ich mich auf die Logistik der Transportfahrten. »Warum haben Sie keine Flaschenmilch mitgenommen?« sagte ich schließlich. »Wäre das nicht einfacher gewesen? Warum wurden die Babys nicht mit Milch aus Pulver gefüttert?«
Barbara nickte. »Das habe ich mir damals auch überlegt. Aber Alberto hat gesagt, am Anfang hätten sie Milchpulver genommen, aber das dritte Baby, das er gebracht hat, ist unterwegs gestorben. Alberto hat gesagt, daß Betancourt geglaubt hat, daß das Milchpulver schuld dran war.«
»Babys sterben doch nicht an Milchpulver«, sagte ich.
»Ich weiß. Ich glaube, Alberto wollte einfach, daß ich ihm

helfe, und hat Betancourt überzeugt, daß er mich braucht. Er hat gewußt, daß ich ihm viel von der Arbeit an Bord abnehmen konnte, aber er war ein Mann. Er hätte nie zugegeben, daß er eine Frau braucht, die ihm bei Männerarbeit hilft, und da hat er dem Anwalt gesagt, er brauche mich für die Babys. Und das war auch gar nicht so falsch: die cubanischen Patrouillen und die Küstenwache waren manchmal ganz nah an uns dran. Das Wasser trägt Geräusche weit, ich mußte die Babys ruhig halten.«

Ich sah sie wohl mit dem falschen Blick an, denn sie glaubte sich rechtfertigen zu müssen. »Das waren ganz kleine neugeborene Babys«, sagte sie. »Die haben ihre Mütter vermißt. Ich habe sie in den Arm genommen und alles getan, damit sie ruhig blieben. Es ist gefährlich da draußen. Ein Schrei zur falschen Zeit, und wir wären erledigt gewesen.«

Als sie an die Patrouillen auf offener See zurückdachte, strahlte sie große Angst aus. »Wieso kennen Sie sich so gut mit Booten aus?« fragte ich. »Sind Sie am Wasser aufgewachsen?«

Sie wurde plötzlich ganz weich; um ihre Augen bildeten sich kleine Fältchen. »Ich bin in Cojimar aufgewachsen, das ist ein kleines Fischerdorf bei Havanna. Es ist schön da – es war schön, bis Castro es ruiniert hat.« Sie wandte den Blick ab. »Mein erster Mann war Fischer. Ich habe ihn mit fünfzehn geheiratet und mit sechzehn mein erstes Kind bekommen.«

Ich setzte zu einer Erwiderung an, doch sie fiel mir ins Wort. »Irgendwann erzähle ich Ihnen, wie ich aus Cuba rausgekommen bin, aber nicht jetzt. Es ist sehr persönlich.«

Ich beschloß, nicht in sie zu dringen, sondern dachte statt dessen über Betancourt nach. Er hatte sich darauf spezialisiert, reichen cubanischen Eltern cubanische Babys zu besorgen, doch ich war davon ausgegangen, daß es sich dabei um Kinder von Exilcubanerinnen handelte, die in Südflorida lebten. Ein paar Gedankenspielereien hatte ich natürlich schon betrieben – daß die Mütter zur Entbindung auf die Keys, vielleicht sogar auf die Bahamas gebracht und dann per Boot zurückgefahren worden sein könnten. Doch was Barbara mir erzählt hatte, klang völlig plausibel und erklärte den scheinbar endlosen Nachschub. Um an cubanische Babys ranzukommen, gab es nichts Besseres, als nach Cuba zu fahren, vorausgesetzt, man kam rein und wieder raus. Jetzt verstand ich, was Barbara meinte. Wir hatten nicht die geringste Chance, an eine der Mütter heranzukommen, ganz zu schweigen davon, die Mutter von Michelle zu finden. Und es erschien mir fast wie ein Wunder, daß Alberto die gefährliche Passage von Florida nach Cuba so oft geschafft hatte, ohne erwischt zu werden. Ich hatte keine Ahnung, wie ich es auch nur ein einziges Mal zuwege gebracht hätte.

Barbara lehnte sich auf dem Kapitänsstuhl zurück und blickte aus dem Bullauge. »Ich sage Ihnen was: Diese Fahrten waren manchmal die reine Hölle. Die Kinder wußten, daß ich nicht ihre Mama war. Manchmal wollten sie sich nicht stillen lassen und waren die ganze Zeit unruhig. Tittenmilch ist nicht gleich Tittenmilch, wissen Sie.«

»Sie ... waren ständig schwanger?« brachte ich stotternd hervor.

»Alberto mochte es, wenn ich schwanger war. Er wußte, daß dann Milch für die Kinder da war.« Sie blickte verwundert auf ihre riesigen Brüste hinab, die unter dem Hemd hervorquollen. »Ich glaube, so an die zehn Jahre hatte ich ständig Milch.«

»Warum haben Sie das gemacht?« fragte ich; dabei trennte ich mich endgültig von meinem Drink und stellte den Becher auf den Boden. »Sie haben doch eine Familie. Warum sind Sie dieses Risiko eingegangen?«

Sie zuckte mit den Achseln. »Weil Alberto mich darum gebeten hat. Er war mal vor langer Zeit mein Geliebter und hat mich immer gut behandelt. War nicht bei allen so, wissen Sie. Eine Frau wie ich … mit so vielen Kindern, mit einer solchen Vergangenheit. Cubanische Männer mögen das nicht, wissen Sie. Es ist schwer, einen guten Mann zu finden. Alberto hat meine Hilfe gebraucht.«

Ich war versucht, sie zu bemitleiden, aber sie sprach über Gefahr, als wäre es gar nichts. Sie wußte, wie man überlebte, und brauchte mein Mitgefühl nicht.

»Wir haben das nicht immer getan, wissen Sie«, sagte sie wehmütig. »Zuerst haben wir nur gefischt. Viel haben wir damit nicht verdient, aber wir hatten zu essen, konnten Rum und Zigarren kaufen und im Boot auf dem Fluß wohnen. Damals war es nicht die *Mamita*, sondern ein anderes Boot, ein Schlepper. Damals hat Alberto zusätzlich für die reichen Leute Gelegenheitsarbeiten im Yachthafen erledigt.«

»Und dabei Betancourt kennengelernt.«

Barbara biß sich auf die Unterlippe und starrte zu Boden. »Alberto arbeitete gerade auf dem Boot eines reichen Mannes und verletzte sich. Betancourt war der Anwalt der zuständigen Versicherung. Sie kamen miteinander ins Gespräch, und Alberto begann Jobs für Betancourt zu erledigen. Alberto und ich hatten uns schon Jahre zuvor getrennt, aber nachdem einige Zeit vergangen war, rief er mich an wegen der Babys. Ich machte damals nicht viel, bekam nur ein Kind nach dem anderen und zog sie auf. Reich bin ich dabei nicht geworden, aber ich brauchte nur wenig, nur so viel, daß ich meine Kinder ernähren konnte.«

Die Erinnerungen an Alberto machten sie traurig, und mir

fiel es zunehmend schwer, ihr zu folgen. Ich stand noch immer unter Schock. Wie, um alles in der Welt, hatte Betancourt die Sache bewerkstelligt? Es war einfach brillant – wahrscheinlich zahlte er den schwangeren Cubanerinnen einen Hungerlohn. Und er wußte, daß keine der Mütter Jahre später auf ihn zukommen und ihr leibliches Kind zurückfordern konnte, was in Amerika laufend vorkam. Die einzigen, die ein hohes Risiko eingingen, waren Alberto und Barbara gewesen.

»Warum können Sie nicht ohne Alberto nach Cuba fahren?«

»Die Fahrt ist nicht das Problem«, erklärte sie. »Ich würde es schon schaffen. Ich weiß, daß ich es schaffen würde. Ich kannte mich mit Booten besser aus als Alberto. Es ist gefährlich, aber wenn man vorsichtig ist, kann man es schaffen. Man braucht nur genügend Proviant, anständiges Wetter und die Hilfe von Santa Barbara.«

Ich ignorierte die Erwähnung der Santería-Göttin. »Sie glauben also, Sie könnten es schaffen?« fragte ich und hatte fast ein bißchen Angst vor der Antwort.

Sie schwieg eine Weile und sah sich in der Kabine um. »Vielleicht ist es jetzt doch an der Zeit, Ihnen zu erzählen, wie ich vor dreißig Jahren aus Cuba rausgekommen bin.«

Ich sah sie an, ohne etwas zu sagen. Vielleicht war es wirklich an der Zeit.

»Ich habe Ihnen doch erzählt, daß ich mit einem Fischer verheiratet war, ja? Also, Eduardo war mein ganzes Leben lang mein *novio*. Ich weiß nicht, wo er jetzt ist, aber das ist nicht wichtig. Wir waren unser ganzes Leben lang ein Paar, verstehen Sie? Wir haben sogar dasselbe gedacht.«

Jetzt trank ich doch noch einen Schluck. Eigentlich war das Zeug gar nicht so schlecht.

»Nach unserer Hochzeit dachten wir an nichts anderes

mehr als daran, wie wir aus Cuba rauskommen könnten. Es gab dort keine Zukunft für uns. Ständig wurden wir von *chivato*-Spionen bespitzelt, weil Eduardo ein Boot besaß, also fliehen konnte. Am Anfang fuhr er immer mit seinem Bruder zum Fischen hinaus, aber dann wurde sein Bruder krank.«
Sie inhalierte tief. Ich überlegte, ob das passive Rauchen einer Zigarre genauso gefährlich war wie das einer Zigarette. Dann wurde mir klar, daß das völlig unwichtig und wahrscheinlich eines der am wenigsten gefährlichen Dinge war, über die ich mir im Augenblick den Kopf zu zerbrechen hatte.
»Nach der Geburt meines Kindes, meines Sohnes, wußten wir, daß wir weg mußten.« Sie sprach langsam, wie um sicherzugehen, daß ich sie verstand. »Wir wollten dort kein Kind großziehen. Wir dachten uns einen Plan aus. Ich begann Eduardo beim Fischen zu helfen. Frühmorgens fuhren wir raus und kamen erst spätnachts zurück. Die Männer lachten alle, weil Männer sonst nie Frauen mit aufs Meer nahmen, aber nach einiger Zeit sagte keiner mehr was. Den *chivatos* war es egal, weil ich das Baby immer bei meiner Mutter in Cojimar ließ. Die wußten, daß ich ohne meinen Kleinen nicht abhauen würde.«
Plötzlich grinste sie übers ganze Gesicht; jetzt kam offenbar ihre Lieblingsstelle in der Geschichte. Sie war so aufgeregt, daß sie sogar vergaß, mir Rauch ins Gesicht zu blasen.
»Eduardo und ich wußten, daß man uns für zwanzig Jahre ins Gefängnis werfen würde, wenn es nicht klappte. Wir mußten vorsichtig sein. Einen Monat lang behielten wir einen Teil der Fische, die wir gefangen hatten, zurück und legten sie in eine Kühltasche, die hinter dem Haus von Eduardos Bruder stand, bis er bis oben hin voll war. Es war ein Verbrechen, Fisch für sich zu behalten, wissen Sie. Schon damit gingen wir ein großes Risiko ein.«

Draußen fuhr knarrend ein Segelboot vorbei. Barbara stand auf und lugte aus dem Bullauge. »Dann brachten wir Eduardos Bruder dazu, uns zu helfen. Einmal pro Woche mußte er ins Krankenhaus und sich eine Medizin für sein Herz holen. Als der Kühlschrank voll war, sagten wir ihm, er soll sich bei der Krankenschwester beklagen, daß er nicht schlafen kann. Er war ein guter Patient und hat sonst nie um etwas gebeten, und da hat sie ihm einfach so ein paar Schlaftabletten gegeben.«

Das Boot hatte uns passiert und fuhr weiter. Nur eine FBI-Razzia hätte mich jetzt noch dazu gebracht, von meinem Stuhl aufzustehen.

»Ganz früh am Morgen gab ich meinem kleinen José die Tabletten. Er war erst neun Monate alt, und es war Medizin für Erwachsene, deshalb mußte ich gut überlegen, wieviel ich ihm geben konnte. Eduardo hat ihn in eine alte Decke gehüllt und auf den Boden der Fischkiste im Boot gelegt. Darauf schichteten wir die Fische aus dem Kühlschrank hinter dem Haus von Eduardos Bruder.«

»Hatten Sie keine Angst, daß José ersticken könnte?«

Sie lachte auf. »Natürlich hatte ich Angst. Aber was für eine Mutter wäre ich gewesen, wenn ich nicht versucht hätte, ihm ein besseres Leben zu ermöglichen?«

Darauf wußte ich nichts zu erwidern. »So sind wir nach Key West gesegelt«, sagte sie hastig. »Dreimal wurden wir von cubanischen Patrouillenbooten angehalten und zweimal durchsucht. Sogar in der Fischkiste haben sie nachgesehen, aber sie haben sie nicht vollkommen ausgeleert. Sie wollten wissen, warum wir so weit nördlich fischten, und wir haben ihnen gesagt, wir hätten gehört, daß man da gut fischen könne. Sie waren dumm und ließen uns weiterfahren. Als wir in internationalen Gewässern waren, nahm ich José sofort raus und wusch ihn.«

Jetzt, dreißig Jahre später, schien ihre Erinnerung so frisch zu sein, als wäre das alles erst heute passiert. »Ich weiß nicht mehr, wie lange es gedauert hat, bis ich den Fischgestank von dem Jungen runter hatte!« rief sie lachend.
Während ich überlegte, warum sie mir das alles erzählte, zündete sie sich eine neue Zigarre an und musterte mich mit großen Augen, um sich zu vergewissern, ob ich die Geschichte in ihrer vollen Tragweite verstand. Es war nicht schwer, sich in sie einzufühlen. Sie wollte mir sagen, daß sie eine mutige Frau war, eine Frau der Tat. Daß sie noch immer die Frau war, die vor dreißig Jahren ihr eigenes Leben und das ihres Kindes aufs Spiel gesetzt hatte.
Dann wechselte sie das Thema. Mir wäre es lieber gewesen, sie hätte es nicht getan. »Aber das mit den Babys müssen Sie verstehen. Sobald ich in Cuba bin, weiß ich nicht, was zu tun ist. Ich habe Ihnen ja gesagt, Alberto hat sich um das Geschäftliche gekümmert.«
Es tat mir leid, ihr weiter zusetzen zu müssen, aber ich hatte endlich einen Teil der Antwort bekommen, die ich suchte, und jetzt brauchte ich den Rest. »Solange Betancourt alles über Sie weiß, sind Sie in ständiger Gefahr«, sagte ich kühl. »Der Mann ist skrupellos. Er hat, soweit wir wissen, mindestens einen Mord auf seinem Gewissen, und ich glaube nicht, daß er vor einem zweiten zurückschrecken würde.«
Barbara sah mich mit fragendem Blick an. »Sie also auch«, sagte sie nachdenklich. »Hinter Ihnen ist er auch her, was?«
»Wir müssen uns zusammentun, anders geht es nicht.« Ich griff nach ihren Händen und umfaßte sie.
Ihre rauhen Hände drückten meine. Ich betrachtete uns beide von nun an als Partnerinnen und erzählte ihr von den Zigarettenkippen vor meinem Büro und dem Einbruch in meine Wohnung.
»Glauben Sie wirklich, Alberto hätte Sie auf diese Weise

ausspioniert? Das paßt nicht zu dem Alberto, den ich gekannt habe«, sagte sie. Ich spürte, daß ihr Vertrauen in mich noch immer sehr zerbrechlich war und daß sie nicht alles, was ich ihr erzählt hatte, glaubte. Ich beschloß, es auf sich beruhen zu lassen.

»Ich wußte, daß es besser gewesen wäre, heute nacht nicht zur *Mamita* zurückzugehen«, sagte sie resigniert. »Ich hatte so ein Gefühl.«

»Warum sind Sie dann doch gekommen?« Ich war froh, daß sie das Thema zur Sprache brachte. Ich hätte es selbst gern getan, hatte jedoch nicht gewußt, wie sie auf meine Nachfrage reagieren würde.

»Ich suchte das Geld. Die zehntausend Dollar, die Sie Alberto gegeben haben. Ich war sicher, daß er sie hier irgend wo versteckt hat. Nur auf dem Boot hat er sich sicher gefühlt.«

»Haben Sie das Geld gefunden?«

Sie lachte aus voller Kehle auf. »*Querida*, wenn ich es gefunden hätte, würde ich mit Ihnen jetzt bestimmt nicht plaudern, da können Sie sicher sein.«

Es lag noch eine Menge Beziehungsarbeit vor uns. »Vielleicht ist es ganz gut, daß Sie es nicht gefunden haben«, sagte ich halbherzig. »Die Schwierigkeiten würden deshalb auch nicht geringer sein.«

Barbaras Blick verdüsterte sich, ihr wettergegerbtes Gesicht verzog sich zu einer Grimasse. Wehleidig war sie nicht, soviel war sicher. Sie schob die Schuld für ihre Probleme weder auf Alberto noch auf irgend jemand anderen. Trotz der verfahrenen Situation saß sie ruhig da, paffte Zigarre, trank Rum – eine cubanische Madonna.

20

Am nächsten Tag wartete Barbara schon frühmorgens vor meinem Büro auf mich. Sie hatte mich kurz nach Tagesanbruch durch ihren Anruf geweckt und das Treffen angeordnet. Mit coolem, fast starrem Gesichtsausdruck betrachtete sie mich, während ich auf sie zuging.

Sie wirkte in dieser Umgebung dermaßen deplaziert, daß ich vor ihrem Anblick geradezu zurückgewichen wäre, wenn ich sie nicht gekannt hätte. Aus der auf den Stufen herumliegenden Zigarrenasche konnte ich schließen, daß sie schon seit einiger Zeit gewartet hatte. Ich sperrte auf, schaltete die Alarmanlage aus und bat Barbara hinein.

Sie ließ den Blick schweifen, empfand den Empfang jedoch einer genauen Musterung offenbar sofort als unwürdig. »Zwei Männer in Anzügen haben gestern im Yachthafen nach mir gefragt«, sagte sie und setzte sich auf die Kante von Leonardos Schreibtisch. »Dabei kenne ich überhaupt keine Männer, die Anzüge tragen. Die muß Betancourt geschickt haben.«

Ich setzte die Kaffeemaschine in Gang und zog die Jalousien hoch. »Wer hat Ihnen das erzählt?«

»Mein Sohn José hat es mir erzählt, als ich gestern abend heimgekommen bin. Und ihm haben es die Jungs, die im Yachthafen arbeiten, erzählt. Die haben sich nämlich gedacht, daß die Männer gekommen seien, um mir Schwierigkeiten zu machen.«

»Und was haben Ihre Freunde vom Yachthafen den Männern gesagt?«

»Gar nichts!« antwortete Barbara voller Stolz. »Wir halten nämlich zusammen. Wie eine große Familie.«
»Die Männer werden wiederkommen. Das ist nur der Anfang.« Ich sagte es ziemlich laut, um das Rauschen des Wassers zu übertönen, mit dem ich gerade zwei Tassen abwusch. »Gestern sollten Sie vielleicht nur eingeschüchtert werden, aber wer weiß? Von jetzt ab werden Ihre Kinder beobachtet, Ihr Haus überwacht werden. Wenn die jemanden finden wollen, finden sie ihn.«
»Ich weiß. Ich bin ja nicht blöd, Lupe.«
Ich schenkte Kaffee ein, und sie nahm die angebotene Tasse. Ich dachte mir, daß eine schwangere Frau, die rauchte und Rum trank, kaum dem Koffein abgeschworen haben würde, und lag damit völlig richtig.
Michelle blieb nicht mehr viel Zeit, Barbara ebensowenig. Und daß man mir ans Leder wollte, war auch nur noch eine Frage von Tagen. Plötzlich wurde mir klar, daß ich mir den Luxus, abzuwägen, ob ich nach Cuba fahren sollte oder nicht, schlicht und einfach nicht mehr leisten konnte.
Ich blickte Barbara an und sah, daß ihr genau dasselbe durch den Kopf ging. »Ich möchte fahren, Lupe«, sagte sie schlicht. »Ich muß die Sache zu Ende bringen.«
Meine Antwort kannte ich bereits. Ich steckte genauso in der Falle wie Barbara. »Ich habe mir heute morgen beim Anziehen den Wetter-Kanal angesehen. Stürme sind keine zu erwarten.«
Barbara stieß ein höhnisches Lachen aus. »Wetter-Kanal? Seien Sie doch nicht albern. Ich sehe mir nie Wetterberichte im Fernsehen an. Ich brauche bloß das Meer zu riechen, dann weiß ich, ob ein Sturm kommt oder nicht. Mir brauchen keine eingebildeten studierten Leute etwas übers Wetter zu erzählen. Ich habe das hier!« Sie deutete auf ihre Nase.

Ich starrte sie völlig verdutzt an. Mit funkelnden Augen warf sie plötzlich den Kopf zurück und wieherte vor Lachen. »Aber im ersten Moment haben Sie's mir echt abgenommen, oder?«

Wir hatten vor, uns illegal ins kommunistische Cuba zu begeben, und sie versuchte herauszufinden, wie leichtgläubig ich war. Super.

»Wir dürfen nicht länger warten«, sagte ich. Sofort verging ihr die Fröhlichkeit. »Betancourt kann jederzeit einen Killer zu uns schicken. Wir müssen sofort mit den Vorbereitungen beginnen und morgen starten.«

»Ich brauche Geld, um das Boot herzurichten«, sagte sie und streckte mir die Hand entgegen.

Barbara sprach genauso einfach und schnörkellos, wie sie sich verhielt, und mittlerweile wußte ich das durchaus zu schätzen und hatte Respekt davor. Vielleicht waren ja die Society-Leute von Miami, mein Umgang, so oberflächlich, daß mich jede Form von Direktheit gleich ans Herz rührte.

Gleichzeitig hatte Barbara etwas Sprunghaftes, Impulsives an sich, das mir angst machte. Ich öffnete den Bürosafe und holte mehrere hundert Dollar heraus. »Da. Das müßte genügen, um die Ausgaben für das Boot zu bezahlen.«

»Ich brauche auch noch Geld für die Verwandten von Alberto und für die Lebensmittel, die ich ihnen mitbringen muß«, sagte Barbara. Die Scheine, die ich ihr bereits gegeben hatte, wirkten winzig, wie geschrumpft in ihrer Pranke. Ich griff nach dem Geld im Safe und setzte zum Reden an, doch sie unterbrach mich. »Ich erkläre Ihnen, um was es geht. Ich erkläre Ihnen alles, bevor wir losfahren.«

Ein paar weitere Hunderter stellten sie zufrieden. Sie hob die weite weiße Baumwollbluse und stopfte die Scheine in ihren gigantischen BH, wobei ich einen kurzen Blick auf ihren Bauch werfen konnte. Wenn sie nicht zufällig Zwillinge erwartete, war ihre Schwangerschaft schon weiter fortgeschritten, als ich gedacht hatte.

»Übrigens – werden Sie seekrank?« fragte sie, während sie ihre Kleidung wieder in Ordnung brachte. »Es könnte eine stürmische Überfahrt werden.«

»Ich bin noch nie seekrank gewesen«, log ich und bemühte mich, mir die bereits aufkommende Übelkeit nicht anmerken zu lassen. »Nur keine Sorge, ich mache schon nicht schlapp. Jetzt müssen Sie mir allerdings alles über die Fahrten erzählen, die Sie mit Alberto unternommen haben. Und ich meine es ernst, Barbara – wenn Sie aus der Sache lebend rauskommen wollen, muß ich darüber genausoviel wissen wie Sie.«

»Ich verstehe«, sagte Barbara und sah mich merkwürdig an. »Sie haben mehr Angst als ich, aber das ist schon okay. Denken Sie immer daran, daß das Meer Ihr Freund ist, solange Sie es respektvoll behandeln.«

»Das hat mein Vater auch immer gesagt.«

Sie lächelte und umfaßte mütterlich meine Schulter. Ihr Griff war beängstigend kraftvoll. Sie stellte sich vor Leonardos Schreibtisch, hob vorsichtig die daraufliegenden Papiere und legte sie ordentlich auf seinen Stuhl. Dann zog sie ihre Bluse hoch und holte mehrere zu einer Rolle zusammengepackte Papiere hervor, die sie sich in den Rockbund gesteckt hatte. Ich sah noch einmal, wie gewölbt ihr Bauch schon war, und schauderte.

Die Papiere, die sie auf dem Schreibtisch ausbreitete, waren Seekarten. »Ich habe sie schon mal mitgebracht, für den Fall, daß Sie fahren wollen.«

Sie beugte sich über die Karten, blickte auf die langgestreckte Insel Cuba und deutete auf einen kleinen, mit Bleistift umrandeten Ort östlich von Havanna. »Da haben wir im-

mer angelegt«, erklärte sie. »Es ist ein kleines Fischerdorf, Isabela de Sagua, in der Provinz Las Villas.«
Ich sah mir die Karte genauer an. Der Ort befand sich im oberen Teil der Insel, nördlich von Sagua la Grande, einer Stadt, die Papa einige Male erwähnt hatte, und lag fast genau in der Mitte zwischen den Provinzen Havanna und Oriente. Er mußte offenbar einen idealen Landungsplatz besitzen, der durch die eng beieinanderliegenden kleinen Koralleninseln vor der Küste vom offenen Meer geschützt war. Das Vorgebirge, auf dem der Ort lag, erinnerte mich an Cape Cod, obwohl es wesentlich kleiner war.
»Warum ausgerechnet da?«
»Weil Alberto dort Verwandte hat und weil Betancourt ihn aus irgendwelchen Gründen selbst vorgeschlagen hat. Der Ort paßte beiden. Alberto kannte die Gewässer schon als kleiner Junge. Er stammte aus einer Fischerfamilie und hat früher dort gefischt.«
Sie gab mir ein kleines schwarzes Notizbuch. »Alberto hat immer alles aufgeschrieben und war der einzige, der wußte, was auf den Fahrten passierte. Er hatte so ein Gefühl, daß er diese Aufzeichnungen irgendwann einmal brauchen könnte. Allerdings gibt es ein Problem damit. Ich glaube, er hat sich die Notizen in einer Geheimschrift gemacht.«
Es sah harmlos aus wie ein Kindertagebuch, doch für Elio Betancourt war es tödlich, und das hatte Alberto gewußt. Wenn Marisol Velez nicht ein so ehrlicher Mensch gewesen wäre, hätte Betancourt sich ziemlich gut absichern können.
»Was soll das heißen – Sie glauben, daß er die Notizen in einer Geheimschrift verfaßt hat?«
Barbara sah mich feindselig an. »Sie sind doch so schlau, finden Sie's raus!« Ihr rasch aufgeflammter Ärger verschwand jedoch rasch wieder, und sie senkte den Blick auf die Karten. »Ich kann nicht lesen, okay?«

»Aber wie sollen wir dann …?«
»Ich kann das Notizbuch nicht lesen, und ich kann die Namen der Orte auf dieser Karte nicht lesen«, sagte sie und stach mit ihrem fleischigen Finger in den Atlantik. »Und trotzdem erkenne ich auf dieser Karte alles besser als irgendwer sonst. Die Küste, die Strömungen, die Sandbänke. Ich bin bei Seeleuten groß geworden, ich kenne die See.«
Ich schlug Albertos Notizbuch auf und versuchte die Eintragungen zu entziffern. Es war eine Art Hieroglyphenschrift. Ich beschloß sofort, keine Zeit damit zu vergeuden, und legte das Büchlein in den Bürosafe.
»Ich hatte also recht?« fragte sie, mich musternd. »Er hat es in Geheimschrift geschrieben?«
»Ich kann es genausowenig lesen«, gab ich zu.
»Alberto war ein kluger Mann«, sagte Barbara voller Bewunderung. »Sehen Sie? Sie können lesen, und trotzdem erfahren Sie nicht, was genau geschehen ist.«
»Er war ein Genie. Er war so toll, daß er uns genau bei den Informationen ausgetrickst hat, die uns das Leben retten könnten.«
Die Eingangstür hinter uns ging geräuschvoll auf, und wir schossen beide gleichzeitig herum, jede von uns halbtot vor Schreck. Es war Leonardo, der nur zur Arbeit wollte und sich plötzlich einer riesigen schwangeren Frau gegenübersah, die ihn mit erhobenen Fäusten anstarrte. Er warf mir einen fragenden Blick zu und trat ohne Umschweife den Rückzug an.
»Alles in Ordnung, Leonardo«, sagte ich. »Barbara, das ist mein Cousin. Er arbeitet hier bei mir.«
Barbara ließ die Fäuste sinken und streckte ihm die Hand entgegen. Als Leonardo sie ergriff, zuckte er zusammen. »Störe ich?« fragte er.

»Nicht direkt«, antwortete ich. Ich wollte ihn nicht einweihen. Wenn er wüßte, was wir planten und was wir bereits getan hatten, und es nicht der Polizei meldete, bewegte er sich auf der Grenze zum Gesetzesbruch. »Aber vielleicht gehen wir besser in mein Büro.«
Leonardo konnte sich nicht von Barbaras Anblick losreißen und stand da wie angewurzelt. »Nein, nein, nein«, sagte er hastig, »ihr könnt gern meinen Schreibtisch benützen. Ich gehe nach nebenan und mache die Tür zu. Habe gestern sowieso mein Training versäumt.«
Ich dankte ihm, während er schon in seinem Fitneßraum verschwand. »Attraktiver Junge«, meinte Barbara und verpaßte mir einen Rippenstoß.
»Wenn wir das Ganze überleben, vermittle ich Ihnen ein Rendezvous mit ihm. Aber jetzt erzählen Sie erst mal weiter. Woher wußten Sie denn, wann Sie nach Isabela de Sagua fahren sollten?«
»Würden Sie mir wirklich ein Rendezvous mit Ihrem Cousin verschaffen?« lautete ihre Gegenfrage. Als sie merkte, daß ich nicht anbiß, seufzte sie laut auf. »Also gut. Betancourt rief Alberto immer zwei Tage vor der Abfahrt an. Es war immer das gleiche. Alberto fuhr spätnachts zu Betancourts Büro und holte einen Umschlag mit Geld für die Spesen und für unsere Kontaktleute in Cuba. Dann machte Alberto die *Mamita* fahrbereit – füllte die Tanks, kaufte Essen und Eis und so weiter.«
»Sie waren also die einzige Eingeweihte?«
»Nein, José, mein Junge, hat immer den Motor überprüft. Er ist Mechaniker, und zwar ein sehr guter. Sein Vater, Eduardo, hat den Motor an seinem Fischerboot immer selbst repariert.«
»Haben Sie je daran gedacht, José auf die Fahrt nach Cuba mitzunehmen?« fragte ich. »Das wäre doch eine gute Vor-

sichtsmaßnahme gewesen für den Fall, daß mit dem Boot irgend etwas schiefging.«
Barbara schüttelte den Kopf so heftig, daß sich einzelne Strähnen aus ihrem Zopf lösten. »Sie wissen doch, wie ich José und mich aus Cuba weggebracht habe. Damals half mir Santa Barbara, aber um ein zweites Wunder darf man die Götter nie bitten. Die Fahrt ist gefährlich, Lupe, da dürfen Sie sich nichts vormachen. Ich habe das Schicksal schon viel zu oft herausgefordert, und das Glück, das mir zugeteilt worden ist, wird bald aufgebraucht sein – nun, das ist meine Sache. Aber mit meinem Jungen, nach allem, was ich riskiert habe, um ihn nach Amerika zu bringen, noch mal nach Cuba zu fahren ...«
Ich verstand, was sie meinte. »War Alberto derselben Meinung?«
»Nein, darüber haben wir uns sehr gestritten. So sehr, daß er einmal ohne mich losfuhr, aber da hat er seine Lektion verpaßt bekommen!« Sie sprach fast so, als ob Alberto mit uns im Zimmer gewesen wäre. »Er hat gemerkt, daß er es ohne mich nicht schaffte und von da an kein Wort mehr über José gesagt. Außerdem weiß José gar nicht, wohin wir fahren. Er glaubt, ich würde zum Fischen gehen. Ich will nicht, daß er oder meine anderen Kinder irgend etwas von den Babys mitbekommen. Das soll mein großes Geheimnis bleiben.«
Irgendwie fand ich es rührend, daß Barbara, die Abenteurerin mit der großen Klappe, sich Sorgen machte, was ihre Kinder von ihr halten würden. Gleichzeitig mußte ich von jetzt an immer mitbedenken, daß diese Frau Geheimnisse zu wahren wußte.
»Gut, und wie ging es dann weiter?«
»Wenn die *Mamita* fertig war, sagte Alberto mir, um wieviel Uhr ich mich mit ihm an der Pier treffen sollte. Wir fuhren

meist mittags los, so daß wir am späten Nachmittag im Yachthafen von Key West ankamen. Dort warteten wir bis nach Mitternacht und ruhten uns aus. Dann machten wir uns auf den Weg nach Cuba. Wir fuhren sehr schnell, und die *Mamita* verbrauchte höllisch viel Benzin. Alberto hatte einen speziellen Motor eingebaut, und bevor wir Key West verließen, mußten wir die Tanks nochmal auffüllen. In Cuba ist Benzin rationiert, wissen Sie.«
»Wie kamen Sie an den cubanischen und amerikanischen Patrouillen vorbei?« fragte ich. Die Vorstellung, von cubanischen Soldaten geschnappt zu werden, erfüllte mich mit Grauen.
»Wir haben aufgepaßt.«
Da sie dazu nichts weiter sagte, stand ich auf und schenkte Kaffee nach, damit ich nicht laut losschrie. »Mit wem trafen Sie sich in Isabela de Sagua?« fragte ich, als ich mit den vollen Tassen am Schreibtisch zurück war.
»Mit zwei von Albertos Verwandten, zwei Männern, immer denselben.« Sie blies auf ihren Kaffee. »Alberto brachte ihnen Lebensmittel und Bargeld von Betancourt. Die Summen wurden im Lauf der Zeit immer größer. Ich glaube, Alberto mußte sie bestechen, damit sie ihn nicht verpfiffen. Familie ist zwar Familie, aber in Cuba geht es den Leuten sehr schlecht, und man kann niemandem trauen.«
»Betancourt hat also Alberto damit beauftragt, Babys in genau der Provinz abzuholen, in der Alberto aufgewachsen war?« fragte ich.
Barbara nickte. »Alberto hat gesagt, das wäre das größte Glück, das er im Leben je gehabt hätte.«
Da hatte Alberto sich geirrt. »Und was geschah, nachdem Sie sich mit den Verwandten getroffen hatten?«
»Wir gingen in einer kleinen, versteckten Bucht gleich beim Dorf vor Anker. Wir übergaben den beiden Männern die

Lebensmittel, die wir mitgebracht hatten. Dann fuhr Alberto in einem Ruderboot mit ihnen weg; ich blieb an Bord. Ein paar Stunden später kam er mit einem Baby zurück. Wir warteten, bis es wieder dunkel wurde, und fuhren zurück.«

»Sie wissen also nicht, wohin er ging, um diese Babys zu holen?« fragte ich ungeduldig. »Sie sind nie mitgegangen?«

»Nein, nie. Ich bin immer auf dem Segelboot geblieben«, sagte Barbara. In ihrer Stimme schwang Verzweiflung mit.

»Es ging also immer alles glatt über die Bühne. Sie sind bei jedem Aufenthalt nicht mal vierundzwanzig Stunden auf Cuba gewesen.«

»Nein, nie. Vor Tagesanbruch kamen wir immer an, und nach Sonnenuntergang fuhren wir zurück. So und nicht anders lief es immer.«

»Wie oft sind Sie, Ihrer Schätzung nach, insgesamt hingefahren?«

»Ach, keine Ahnung. Im Winter war die See schlimmer, da fuhren wir nicht so oft. Ich bin mit Alberto schon seit ...« – Sie sah mich an, als erwartete sie, daß ich den Satz für sie fortsetzen würde – »drei, vier Jahre nach Cuba gefahren. Wir fuhren nie öfter als einmal im Monat, und ein paar Fahrten habe ich versäumt, weil ich selbst ein Kind bekam; zwei waren es in den letzten drei Jahren. Ich bin also vielleicht ... zwanzigmal gefahren.«

Wie aufs Stichwort hin stöhnte Leonardo im Nebenzimmer laut auf. Obwohl die Tür geschlossen war, klang es, als wäre Baby Nummer einundzwanzig unterwegs.

Barbara fragte mich, ohne die Miene zu verziehen, nach der Toilette und verschwand wortlos. Sie war ein Mensch voller Widersprüche. Ich hatte nicht den Eindruck, wirklich verläßliche Antworten von ihr auf die Fragen bekommen zu haben, wie Austausch und Transport der Babys abliefen, denn Alberto hatte sie absichtlich darüber im dunkeln gelassen. Die Tatsache, daß sie die Fahrt zwanzig Mal unternommen hatten und daß Betancourt demzufolge mindestens ebenso viele Adoptionen vermittelt hatte, erstaunte mich. In ganz Miami gab es also reiche Cubaner, die cubanische Babys kauften. Und ich wußte immer noch nicht genau, woher diese Kinder kamen.

Und noch eine Frage bereitete mir Kopfzerbrechen. Als Barbara von der Toilette zurückkam, stellte ich sie ihr ohne Umschweife.

»Als ich Sie zum erstenmal sah, Barbara, dachte ich, Sie wären ungefähr im sechsten Monat schwanger«, sagte ich so taktvoll wie möglich. »Wie weit sind Sie denn in Wirklichkeit?«

»Im sechsten oder siebten Monat, vielleicht aber auch schon weiter. Genau weiß ich es nicht. Wenn man stillt, bekommt man den Beginn der neuen Schwangerschaft nicht richtig mit.«

Leonardo stöhnte erneut auf. Man hätte dieses Ächzen mit Tonband aufnehmen und in Geburtsvorbereitungskursen verwenden können. Ich hoffte nur, daß Barbaras Baby es nicht hörte und auf dumme Ideen kam.

»Keine Sorge«, meinte Barbara, »ich habe die Fahrten bis in den achten Monat hinein gemacht. Wenn irgendwas passiert, weiß ich, was ich tun muß.«

Die für Familienplanung zuständigen Stellen wären entsetzt gewesen. Barbara Perez war die reinste Gebärmaschine. Was genau sie damit meinte, daß sie wisse, was zu tun sei, wollte ich gar nicht hören.

»Haben Sie Kinder?« fragte sie mich. »Sind Sie verheiratet?«

»Weder noch«, antwortete ich hastig. »Obwohl ich natürlich schon oft mit dem Gedanken gespielt habe.«

Ich dachte nicht im Traum daran, Barbara meine Ansichten über die Ehe darzulegen – erstens wäre es reine Zeitverschwendung gewesen, und zweitens war dies nicht der geeignete Zeitpunkt, sie auf den Gedanken zu bringen, ich sei komplett verrückt. Sie hatte zwar ein sehr unkonventionelles Leben gelebt, aber mir war klar, daß ihre Ansichten über Frauen und Kinder stockkonservativ waren. Sie war durch und durch Cubanerin, und für eine Cubanerin war Mutterschaft das höchste Glück in ihrem Leben und sollte es auch sein. Manchmal frage ich mich, ob es nicht sein könnte, daß Lourdes, um diesem Druck zu entgehen, ins religiöse Leben ausgewichen ist.

Meine armen Eltern – was den Umgang ihrer Töchter mit Heirat und Mutterschaft betraf, waren sie echt beschissen worden. Die eine war Nonne, die andere von einem Ganoven geschieden und die dritte überzeugter Single.

Ich war ja nicht generell gegen die Ehe, sondern nur in bezug auf mich persönlich. Nach Fatimas Fiasko und nachdem ich im Lauf der Jahre Hunderte von Fällen bearbeitet hatte, in denen es um familiäre Streitigkeiten ging, war mir klargeworden, daß die glückliche Ehe meiner Eltern eine Rarität darstellte. Wenn ich mein herrliches Singleleben aufgeben sollte, mußte man mich erst mal davon überzeugen, daß ein Mann mein Dasein in ungeahntem Ausmaß verschönern würde. Charlie war bereits ziemlich überzeugend gewesen und nach ihm auch Tommy, aber umstimmen konnte mich das bisher nicht. Ich sah einfach keine Notwendigkeit zu heiraten. Leonardo meinte, manchmal würde ich mehr wie ein Mann denken als wie eine Frau. Das war ziemlich gut beobachtet, aber natürlich gönnte ich ihm diesen Triumph nicht und gab es nie offen zu.

Barbara schüttelte den Kopf, als empfände sie Mitleid mit mir, und in diesem Augenblick wurde mir etwas über sie bewußt. Sie verließ sich nur auf sich selbst und betrachtete ihre riesige Familie als Quelle der Freude und als Symbol ihrer Unabhängigkeit und der Fähigkeit, sich allein durchs Leben zu schlagen. Ich bewunderte sie dafür, wenn auch widerwillig. Sie nahm an ungesetzlichen, ja unmoralischen Machenschaften teil und profitierte davon, doch jetzt, da es daran ging, den Preis dafür zu zahlen, akzeptierte sie ihn, ohne zu jammern oder in Selbstmitleid zu verfallen. Von diesem Moment an wußte ich, daß ich mich hundertprozentig auf sie verlassen konnte.

»Wie ist das mit der Überfahrt selbst?« fragte ich sie. »Die muß doch ziemlich gefährlich sein.«

»Na ja, zuerst muß man sich eben vor der Küstenwache in acht nehmen und dann vor den cubanischen Patrouillen«, sagte sie lässig. »Aber es sind gar nicht so viele Cubaner draußen auf dem Meer, wie sie einem immer weismachen wollen – meistens können sie nicht rausfahren, weil das Benzin so knapp ist.«

Trotzdem wurde mir schon halb schlecht, wenn ich an die Überfahrt dachte. Das cubanische Militär war dafür bekannt, daß es gegen Amerikaner cubanischer Herkunft rücksichtslos vorging. Außerdem wußte ich, daß die amerikanische Küstenwache häufig Patrouillen durchführte, um Gruppen cubanischer Exilanten daran zu hindern, die Insel von Florida aus anzugreifen – ganz zu schweigen davon, daß sie ständig Ausschau nach Flüchtlingen hielten, die mit dem Floß von Cuba und Haiti aus unterwegs waren. Wir mußten also mit einem starken Aufgebot an Küstenwache rechnen. Darüber hinaus würden überall Leute der Drogenaufsichtsbehörde sein, die versuchten, Rauschgifttransporte von den Bahamas abzufangen. Und dann würde es natürlich nur so wimmeln von ganz normalen Seeleuten auf Kreuzschiffen und Frachtern.

Barbara betrachtete mich eindringlich. Sie sah förmlich, wie es in meinem Kopf arbeitete. »Denken Sie nicht soviel nach, Lupe«, sagte sie. »Je mehr Sorgen Sie sich machen, um so schneller werden Ihre Alpträume wahr.«

Ich wußte zwar nicht, ob das stimmte, aber ich gab ihr dennoch recht – ich mußte diese Gedanken verscheuchen. »Wie hat Alberto denn die Männer in Isabela de Sagua von seiner Ankunft verständigt?«

»Er hat es ihnen über einen cubanischen Radiosender mitgeteilt, über *Radio Ritmo*. Er rief an und bat den Sender, genau um sechs Uhr am Abend vor unserer Abfahrt ›*Aquellos Ojos Verdes*‹ zu spielen. Seine Verwandten in Cuba hörten den Sender regelmäßig und erfuhren auf diesem Weg, wann sie in der kleinen Bucht auf uns warten sollten. Alberto hat immer gesagt, die einfachsten Pläne sind die besten.«

Meiner Meinung nach hatte Alberto zu viele Filme über die Invasion in der Normandie gesehen, aber das sagte ich nicht laut. Je mehr ich über ihn erfuhr, um so mehr hatte ich den Eindruck, daß er ein richtig kreativer Unternehmertyp gewesen war. Daß er auch vorsichtig gewesen war, konnte ich nur hoffen.

»Wir müssen also genau dasselbe tun«, sagte ich. »Wir kaufen Vorräte, bitten den Sender, den Song zu spielen, und fahren zur gleichen Zeit ab wie er früher.«

Ich versuchte, so zuversichtlich zu klingen wie möglich. Wenn die Kontaktleute in Cuba von Albertos Tod erfahren hatten, konnten wir unseren Plan vergessen. Aber in diesem Plan gab es im Grunde so viele Schwachpunkte, daß es sich gar nicht lohnte, sie alle aufzuzählen. Doch wir hatten keinen anderen und mußten mit ihm vorliebnehmen.

Ich konnte nicht mal Lourdes bitten, für uns zu beten, denn ich hatte nicht die Absicht, irgendein Mitglied meiner Familie über mein Vorhaben zu informieren. Wenn Fidel Castro mich nicht umbrachte, würde es mein Vater tun. Und wenn ich ehrlich war, mußte ich zugeben, daß ich mich vor Fidel weniger fürchtete als vor meinem Vater, wenn er wütend war.

»Und wenn wir dann dort sind?« fragte ich hoffnungsfroh.

»Dann improvisieren wir.«

Super.

21

»Tommy?«

»Mmm.«

»Ich möchte dich um einen Gefallen bitten.«

Er kuschelte sich noch tiefer in sein Kissen. »Klar, Schatz. Alles, was du willst.«

»Ich möchte, daß du mein Testament für mich aufsetzt.«

Er wandte mir das Gesicht zu. Im Halbdunkel sah ich, daß er die Augen öffnete. »Ja, gut«, sagte er zögernd. »Komm einfach nächste Woche zu mir ins Büro.«

»Nein, jetzt gleich.«

Er drehte sich auf die Seite und stützte sich auf den Ellbogen. »Jetzt sofort? Das ist nicht dein Ernst!«

Doch dann verstand er offenbar und folgte meinem Wunsch. Er stieg aus dem Bett und ging zur Schiebetür. Tommy war sich seiner sexuellen Leistungsfähigkeit zwar ziemlich sicher, aber so eingebildet war er auch wieder nicht, daß er seine Potenz für den einzigen Grund hielt, weswegen ich ihn kurzfristig gebeten hatte, zu ihm kommen zu dürfen. Er mußte gewußt haben, daß ich ihm irgendwann sagen würde, warum es mir so wichtig gewesen war, daß dieses Treffen in seiner Wohnung stattfand.

In seinem Haus gab es pro Etage nur eine Wohnung, die jeweils nach Osten hin Ausblick auf die Biscayne Bay und nach Westen hin auf Miami bot. Normalerweise ließ Tommy die Türen zu beiden Seiten offen, so daß stets ein erfrischender Luftzug durchs Zimmer strich. Ich folgte ihm nackt nach draußen auf den umlaufenden Balkon. Der Blick vom vierzigsten Stock war atemberaubend.

Er hatte die Raumaufteilung vollständig verändert, nachdem er die Wohnung gekauft hatte, und aus dem Wohnzimmer das Schlafzimmer gemacht. Obwohl noch nie einer der Bewohner eine solche bauliche Maßnahme beantragt hatte, hatte ihm die Eigentümerversammlung die Genehmigung sofort erteilt, denn fast jeder seiner Mitbewohner war irgendwann einer seiner Klienten gewesen. Tommys Überlegungen waren darauf hinausgelaufen, daß er den Großteil seiner Gäste im Schlafzimmer empfangen und nur relativ wenig Zeit im Wohnzimmer verbringen würde.
»Ich habe einfach so ein Gefühl«, sagte ich, die unter uns liegende Stadt betrachtend. »Cubanische Intuition, du weißt schon. Ich möchte meine Angelegenheiten jetzt sofort in Ordnung bringen.«
Tommy lehnte sich ans Geländer und lachte. »Cubanische Intuition! Cubanischer Aberglaube soll das wohl heißen. Warst du wieder bei den Santéros?«
Er sah mich, während er sprach, prüfend an. Daß meine Bitte ihn beunruhigt hatte, war mir klar.
Vor einigen Jahren hatte ich mal einen Fall für die Santéros – die afrikanisch-amerikanischen Priester, die die Santería-Religion in Miami praktizierten – bearbeitet und an ihren Zeremonien teilgenommen, bis mir der Anblick ritueller Tiertötungen in Hialeah schließlich doch zuviel geworden war.
»Nein, damit hat es nichts zu tun«, sagte ich. »Ich finde nur, daß jeder ein Testament haben sollte.«
»Also gut, meinetwegen. Hast du denn ein großes Vermögen? Falls es kompliziert werden sollte, empfehle ich dir besser einen Fachmann für Erbrecht, der sämtliche Steuergesetze kennt und dich bis in alle Einzelheiten hinein beraten kann.« Er schwieg kurz und fügte dann hinzu: »Lupe, warum willst du das denn ausgerechnet jetzt machen?«

»Stell keine Fragen, Tommy, bitte! Hilfst du mir, oder muß ich mir einen Anwalt aus dem Branchenverzeichnis raussuchen?«
Er umfaßte das Geländer mit beiden Händen. Wir hatten eigentlich eine ganz lockere Beziehung ohne gegenseitige Verpflichtungen und stritten uns nur sehr selten. »Ich tu's«, sagte Tommy. »Ich tu's nicht gern, aber wenn du es unbedingt willst, tu' ich's.«
Er ging wieder rein und leerte sein Champagnerglas, das neben dem Bett stand, in einem Zug; dann zog er seine blaugestreiften Boxershorts an. Nachdem ich in seinen Flanellmorgenmantel geschlüpft war, knipste er das Licht an und beugte sich über den Marmortisch im Eßzimmer, auf dem ein solches Durcheinander von Papieren herrschte, daß man hätte glauben können, ein Blizzard sei darüber hinweggefegt. Kopfschüttelnd und leise vor sich hin murmelnd, zog er einen Schreibblock aus dem Chaos und setzte sich auf einen Stuhl.
Dann begann er mir mit müder Stimme Fragen zu stellen, und schrieb die Antworten nieder, noch während ich sprach. Die Sache war ziemlich unkompliziert. Fatimas Töchter sollten zusätzlich zu meinem Schmuck die Hälfte meines Barvermögens bekommen. Die andere Hälfte sollte zu gleichen Teilen die Krebsforschung zu Ehren meiner Mutter und *Hermanos as Rescate* – Rettende Brüder – erhalten, eine Gruppe ehrenamtlich tätiger Exilpiloten, die die cubanischen Gewässer nach Floßflüchtlingen absuchten. Sämtliche Fitneßgeräte, die das Detektivbüro Solano bezahlt hatte, hinterließ ich Leonardo. Ich konnte sicher sein, daß er guten Gebrauch von ihnen machen würde.
»Scheint soweit alles klar zu sein«, sagte Tommy, während er die Aufzeichnungen noch einmal durchlas, ehe er den Text in seinen Computer tippte. »Komm morgen zu mir ins

Büro, dann kannst du es unterschreiben. Meine Sekretärin ist bevollmächtigt, als Zeugin zu fungieren.«
Ich war erleichtert, meine finanziellen Angelegenheiten in Ordnung gebracht zu haben. Für den Fall, daß mir auf der Expedition nach Cuba tags darauf etwas zustoßen sollte, wollte ich meinen Vater nicht zusätzlich zu dem Schmerz auch noch mit einem anfechtbaren Testament belasten. Ich bedauerte, keine Lebensversicherung zu haben, doch jetzt war es zu spät. Dann ging mir folgende Frage durch den Kopf: Wenn ich Benzin für die *Mamita* mit meiner American Express Card kaufte, würde das dann als Versicherung gelten? Würde das Unternehmen meinen Erben im Fall meines Todes oder meiner Verstümmelung Geld geben müssen, so wie es hinten auf den Flugtickets stand? Ich bezweifelte es.
Diese Gedanken wiederum führten dazu, daß ich mir überlegte, was Barbara wohl gerade tat. War sie bei ihren Kindern und genoß jede Sekunde des Beisammenseins mit ihnen, weil sie wußte, daß es möglicherweise ihre letzte Nacht im Kreis der Familie war? Oder war sie auf der *Mamita*, rauchte Zigarren und trank Rum und dachte still über das Leben nach, das sie geführt und über die gefährlichen Wendungen, die es genommen hatte?
Es dauerte gerade mal fünfzehn Minuten, bis Tommy das Testament eingetippt und ausgedruckt hatte. Er nahm das Dokument und legte es mit feierlicher Geste in seinen Aktenkoffer aus Leder. Ich wußte, daß es ihn große Überwindung kostete, keine Fragen zu stellen. Seine Zurückhaltung kam fast einer Liebeserklärung gleich.
Daß Tommy mir für seine Dienste nichts berechnen würde, war klar; daher brachte ich meine Dankbarkeit auf eine Weise zum Ausdruck, die er, wie ich wußte, noch weit mehr schätzte als Geld, und machte innerhalb kürzester Zeit die

Erfahrung, daß nichts die Leidenschaft mehr entflammt als Todesangst.

Wir aßen erst spät an diesem Abend und sprachen dabei nicht viel. Dann ging Papa schlafen, und Fatima brachte die Zwillinge ins Bett. Wenig später kam Lourdes, ziemlich sauer dreinblickend, in mein Zimmer.

»Was ist los, kleine Schwester?« fragte sie, die Arme vor der Brust gekreuzt. Manchmal war es schon eine Belastung, eine Schwester zu haben, die praktisch Gedanken lesen konnte.

»Was meinst du denn?« fragte ich im Unschuldston.

Lourdes konnte über diese schwache Vorstellung nur leise kichern. »Du weißt genau, daß du vor mir nichts verbergen kannst. Irgend etwas sehr Wichtiges macht dir zu schaffen. Ich kann dich zwar nicht zum Reden zwingen, aber du weißt, daß ich jederzeit für ein Gespräch zur Verfügung stehe.« Mit diesen Worten legte sie sich neben mich aufs Bett, so wie sie es immer getan hatte, als wir noch Kinder waren.

Ich starrte die Decke an. »Also, ich mache mir ein bißchen Sorgen wegen eines bestimmten Falls«, sagte ich. »Aber diese Probleme dürften in allernächster Zeit gelöst sein.«

Keine Chance. »Versuch bloß nicht, mich für dumm zu verkaufen, Guadalupe! Daß ich eine Nonne bin, heißt noch lange nicht, daß ich nicht merke, wenn etwas faul ist, ganz besonders bei dir!«

Es hatte keinen Sinn, sich mit ihr zu streiten. »Du hast recht, ich bin nicht ganz ehrlich gewesen. In Wirklichkeit macht mich der Fall total fertig.«

Lourdes sprang aus dem Bett und öffnete die Schranktür, nahm die zusätzlichen Kissen heraus, die Aida darin verstaut hatte, schüttelte sie auf, plazierte sie ans Kopfbrett, legte sich wieder aufs Bett und sah mich erwartungsvoll an. »So, jetzt hab' ich's bequem. Leg los!«

Wenn Lourdes etwas wollte, ließ sie sich nicht davon abbringen. Dann war sie wie ein Pitbull. Ich bereute, mit meinen Andeutungen so weit gegangen zu sein, aber mir war klar, daß sie so lange in meinem Zimmer bleiben würde, bis ich mit der Wahrheit rausrückte.

»Lourdes, wenn ich es dir sage, mußt du mir schwören, daß du es keinem Menschen weitererzählst. Versprich mir das!«

»Ich verspreche es.«

»Tut mir leid, aber das reicht nicht.«

Sie hob verwundert den Blick. Schließlich war sie Nonne und nicht daran gewöhnt, daß man ihr Wort anzweifelte. Ich ergriff das Foto von Mama, das auf meinem Nachttisch stand.

»Gib mir deinen Rosenkranz«, sagte ich. Sie gab ihn mir, und ich legte ihn auf Mamas Foto. »Jetzt schwör!«

Ihre Reaktion als »geschockt« zu bezeichnen, käme einer glatten Lüge gleich. Ihre Augäpfel traten so weit hervor, daß sie fast aus dem Kopf fielen. Wie würde sich ihr Aussehen erst verändern, wenn ich ihr sagte, was ich vorhatte?

»Ich schwöre«, sagte sie. »Ich verspreche es. Okay?«

»Gut. Ich fahre nach Cuba.«

Sie bekreuzigte sich mit zitternder Hand. »Ich habe wohl nicht recht gehört. Oder aber ich habe recht gehört und hoffe einfach nur, nicht recht gehört zu haben. Du kannst unmöglich gesagt haben, was ich glaube, das du gerade gesagt hast.« Sie redete wie ein Wasserfall. Nur gut, daß ich sie auf den Rosenkranz und auf Mamas Foto hatte schwören lassen.

»Es geht um diesen Fall, der mich so durcheinander bringt«, unterbrach ich sie. »Deswegen muß ich nach Cuba.«

»Aber wie willst du denn ein Visum kriegen?« fragte sie mich atemlos. »Soweit ich weiß, ist es für Amerikaner cubanischer Herkunft so gut wie ausgeschlossen, eines zu bekommen.«

»Ich brauche kein Visum, Lourdes. Ich fahre mit dem Boot.«
»Wie … mit einem Kreuzfahrtschiff?« fragte sie hoffnungsvoll.
»Nicht direkt. Mit einem Segelboot.« Während ich beobachtete, wie sie mit dieser Mitteilung kämpfte, wurde mir plötzlich eines klar. Ich hatte geradezu gehofft, sie würde mich zwingen, ihr von meinem Plan zu erzählen, denn wenn mir etwas zustieß, würde wenigstens ein Mensch wissen, wo man nach mir suchen mußte.
Lourdes ging wortlos aus dem Zimmer. Einige Sekunden später hörte ich, daß die Tür zum Zimmer im darüberliegenden Stockwerk geöffnet wurde. Dann kam sie mit einer Flasche Champagner und zwei Sektflöten zurück. Sie entkorkte die Flasche mit einer gekonnt flüssigen Bewegung, füllte die Gläser und reichte mir eines.
»*Salúd.* Ich glaube, wir können das jetzt beide gebrauchen.« Sie trank ihr Glas in einem Zug aus und wartete, daß ich dasselbe tat. »Okay. Jetzt bin ich bereit.«
Ich erzählte ihr die Geschichte von Anfang bis Ende. Am Zucken ihrer Mundwinkel erkannte ich jeweils, wie entsetzt sie war. Als ich zum Mord an Alberto Cruz kam, leerte sie schaudernd ein weiteres Glas.
Als ich fertig war, wußte Lourdes ausnahmsweise mal nicht, was sie sagen sollte. Sie kletterte aus dem Bett und ging ein paarmal im Zimmer auf und ab. Ich wartete.
»Lupe«, setzte sie sehr laut an, sprach dann jedoch leiser weiter. »Ich verstehe ja, warum du glaubst, nach Cuba fahren zu müssen, aber ich muß schon sagen, damit übertreibst du dein Verantwortungsgefühl nun wirklich. Bitte doch einfach Papa, er soll mit Stanley Zimmerman reden, damit er dich aus diesem Schlamassel rausholt.«
Ich merkte, wie sie sich in diese völlig abwegige Idee rein-

steigerte. »Denk wenigstens mal darüber nach!« sagte sie. »Du könntest für eine Weile in irgendein Erholungscenter fahren – ins Golden Door in Kalifornien, beispielsweise, oder auf die Canyon Ranch. Da hat es Mama doch immer so gut gefallen. Wenn du wiederkommst, sind alle Probleme beseitigt. Papa kann dieser Barbara Geld geben, damit sie mit ihren Kindern wegzieht. Dann wäre alles wieder in Ordnung.«

»Lourdes«, sagte ich, »Stanley Zimmerman kann nicht das geringste gegen Elio Betancourt ausrichten. Betancourt steht mit dem Rücken zur Wand. Er wird nicht einfach klein beigeben und abwarten, bis er verhaftet ist.«

»Aber ...«

»Und was ist mit dem kleinen Mädchen?« fragte ich sie. »Wenn sie nicht sofort diese Transplantation erhält, stirbt sie.«

»Lupe, die Morenos können doch unmöglich von dir erwarten, daß du dein Leben aufs Spiel setzt und diese Schnapsidee mit Cuba durchführst. Du hast für sie getan, was du konntest, und das ist mehr als genug.«

»Wenn ich nicht fahre, verzeihe ich mir das nie«, erwiderte ich.

»Lupe, es ist illegal, nach Cuba einzureisen. Wenn die Amerikaner dich erwischen, beschuldigen sie dich möglicherweise, einen feindlichen Überfall geplant zu haben, und machen dich nach allen Regeln der Kunst fertig. Diese Alpha-66-Typen verhaften sie ja auch ständig.«

»Ich weiß.«

»Und dann erst die Cubaner! Wenn die dich erwischen, werfen sie dich in den Knast – wenn sie dich nicht vorher schon zu Tode foltern. Und wenn sie rauskriegen, daß unsere Familie Geld hat, nehmen sie dich vielleicht als Geisel.«

Daran hatte ich noch gar nicht gedacht. Lourdes spürte, daß

sie auf eine Schwachstelle gestoßen war, und sprach unentwegt weiter.

»Es wäre nicht das erste Mal, weißt du«, sagte sie und setzte sich neben mich. »Erinnerst du dich noch an Mamas Freundin, mit der sie immer Bridge gespielt hat?«

»Sie haben ihre Schwester und ihren Schwager als Geiseln gehalten, bis die Familie zahlte. Ich erinnere mich.«

»Genau!« sagte sie triumphierend. »Cuba braucht dringend Devisen. Die würden dich gnadenlos so lange festhalten, bis Papa ein paar Millionen auf ein Schweizer Konto überwiesen hat. Willst du uns das wirklich antun?«

Lourdes schreckte wahrlich vor nichts zurück. »Dieses Risiko muß ich leider eingehen«, sagte ich. »Barbara ist in Gefahr, und ich selbst bin es auch.«

»Das könnte man doch alles …«

Und dann tat ich es. Ich erzählte ihr, daß Alberto in meine Wohnung eingebrochen war und mich im Büro ausspioniert hatte. Ich erzählte ihr von den Männern in Anzügen, die nach Barbara gesucht hatten. Und um ihr den Rest zu geben, erzählte ich ihr auch noch von meinem Besuch bei Michelle Moreno. Da ich wußte, wie sehr Lourdes logische Gedankenführungen schätzte, bemühte ich mich, alles möglichst stimmig darzulegen. Sie hörte mir schweigend zu.

Ich spürte, daß sie noch immer skeptisch war, doch es erleichterte mich, vor ihr das alles ausbreiten zu können. Ich hatte solche Angst vor der Fahrt nach Cuba gehabt, daß meine Beichte mir wie ein emotionaler Dammbruch erschien. Und außerdem erkannte ich, daß ich psychisch nicht gerade in bester Verfassung war, obwohl ich meine Entscheidung für die einzig vernünftige hielt.

»Es ist nur eine Frage der Zeit, bis Betancourt sich an mich ranmacht«, erklärte ich. »Ich habe nur eine einzige Chance, und die besteht darin, die leibliche Mutter herbeizuschaffen. Es geht nicht nur um das Leben von Michelle oder das von Barbara, sondern auch um mein eigenes. Betancourt kann sich Zeit lassen, bis er sich mit mir beschäftigt, und das halte ich nicht aus. Und was, wenn er sich Barbara schnappt? Dann ist es auch um die einzige Zeugin geschehen, die alle Zusammenhänge kennt, und die Möglichkeit, Michelles Mutter ausfindig zu machen, ist endgültig vertan.«

Ich merkte, daß auch ich mich total in meine Geschichte reingesteigert hatte, und hörte auf. Lourdes sah mich mit funkelnden Augen an. »Gibt es denn wirklich keinen besseren Plan, Schwester?« fragte sie mich leise. »Oder glaubst du nur, daß du keine andere Wahl hast?«

Lourdes war nicht dumm. Doch ich wußte, was sie überzeugen würde. »Und dann die Morenos«, sagte ich. »Wir wissen, was sie durchmachen. Überleg mal, wie es uns gegangen wäre, wenn jemand Mamas Leben hätte retten können, aber den Mut dazu nicht aufgebracht hätte.«

Lourdes sah aus, als hätte sie gerade eine Offenbarung gehabt. »Ich weiß, daß du vorsichtig sein wirst«, flüsterte sie. »Aber wenn dir etwas zustößt, verzeihe ich dir das nie. Niemals.«

»Lourdes, ich ...«

»Halt den Mund. Und jetzt sag mir, wie du es machen willst.«

22

Die Polizei hatte die *Mamita* noch nicht durchsucht. Das bedeutete, sie trieb die Ermittlungen nicht gerade voran. Früh am nächsten Morgen fragte ich einen befreundeten Polizeibeamten, wie es um den Fall stehe, und erfuhr, daß nichts getan wurde. Der Mord an Alberto Cruz stand noch auf der Warteliste. Mein Freund erklärte mir, daß es keine Verwandten gebe, die die Polizei drängten, den Killer zu finden, und dementsprechend wenig Motivation zur Aufklärung des Falls vorhanden sei. Das war eine gute Nachricht. Das letzte, was wir jetzt brauchen konnten, war irgendein übereifriger Detective, der das Boot genau am Tag unserer Abfahrt beschlagnahmte.

Barbara hatte die *Mamita* in der Nacht zuvor aus dem Flußhafen, in dem Alberto sie angelegt hatte, zu einer privaten Anlegestelle in Coconut Grove gebracht, nur für alle Fälle. Die Liegegebühren waren zwar exorbitant, doch falls die Bullen es sich in letzter Minute anders überlegten, sollte das Boot nicht so leicht zu finden sein. Jetzt saßen wir in der heißen Kabine, aber wenigstens nicht in der Morgensonne, die erbarmungslos vom wolkenlosen Himmel brannte.

»Müssen wir noch irgend etwas erledigen, bevor wir losfahren?« fragte ich Barbara mit dem Gefühl, als wäre ein Abschnitt meines Lebens zu Ende gegangen und ein neuer hätte begonnen.

»Nein. Und das Geld habe ich bis auf den letzten Cent ausgegeben, falls Sie es wissen wollen«, sagte sie. »Auf Key West brauchen wir noch ein paar Dollar. Das Benzin ist teuer dort, und wir müssen den Tank auffüllen.«

»In Ordnung, ich sorge für Nachschub. Sonst noch was?«
»Nein, wir können losfahren.« Sie warf einen Blick aus der Luke und fächelte sich mit einer vergilbten Zeitung Luft zu. »Meiner Familie habe ich gesagt, ich würde eine fünftägige Charterfahrt unternehmen, für den Fall, daß diese Männer in mein Haus kommen und nach mir fragen. So werden sie wenigstens meine Kinder in Ruhe lassen.«
»Gute Idee. Meine Schwester sagt meiner Familie, ich wäre nach Naples gefahren, um die Familie eines Freundes von mir zu besuchen.«
Plötzlich fiel mir etwas ein. »Barbara«, sagte ich zögerlich, »haben Sie Vorkehrungen für Ihre Kinder getroffen, falls uns etwas zustoßen sollte?«
Sie zuckte nicht mit der Wimper. »Mein Sohn José kriegt jede Menge Arbeit auf Booten. Er kann seine Brüder und Schwestern versorgen.«
»Es ist nur, weil ... Also, ich könnte da etwas arrangieren, bevor wir losfahren. Es wäre zwar nicht viel, aber doch genug, um ...«
»Schsch!« Barbara schüttelte den Kopf. »Hören Sie auf, so zu reden. Wenn man so redet, geht es schief.«
Ich wußte, was sie meinte. »Na gut.« Ich stand auf. »Wenn es hier nichts mehr zu tun gibt, gehe ich jetzt. Ich habe vor der Abfahrt noch eine Menge zu erledigen.«
»Wird schon alles gutgehen, Lupe. Angst hat noch nie ein Problem gelöst.«
Zu meinem großen Erstaunen watschelte sie daraufhin zu mir herüber und umarmte mich. Sie hielt mich ganz fest; ich roch Tabak und Parfüm. Sie wollte mich wahrscheinlich beruhigen, erschreckte mich aber fast zu Tode, und das Ganze war mir unglaublich peinlich. Es ist mir schon immer schwergefallen, Frauen gegenüber körperliche Zuneigung zu zeigen, vor allem wenn sie einen gigantischen Bauch haben.

Tommys Sekretärin hatte ich schon angerufen und ihr gesagt, daß ich gegen halb zehn vorbeikommen und das Testament unterschreiben würde. Sie faxte es mir nach Hause, damit ich es noch mal durchlesen konnte, bevor sie es unterschriftsfertig machte. Tommy hatte hervorragende Arbeit geleistet. Es stand genau das darin, was ich wollte.

Als ich in seiner Kanzlei eintraf, war er gerade bei Gericht, was aber nichts ausmachte. Ich unterzeichnete das Testament und gab seiner Sekretärin, einer kessen kleinen Blondine Anfang zwanzig, eine Kilopackung Godiva-Pralinen, um mich für die rasche Fertigstellung des Dokuments zu bedanken.

Ich hatte das Gefühl, daß Barbara mich erwürgen würde, wenn sie erführe, daß ich am Vorabend unserer Abfahrt mein Testament gemacht hatte. Ich bin nicht abergläubisch – die Tatsache, daß ich meinen Letzten Willen abfasse, heißt noch lange nicht, daß ich am nächsten Tag prompt von einem Bus überfahren oder von cubanischen Soldaten getötet werde. Barbara aber war die klassische abergläubische Cubanerin – genau wie Fatima.

Meine Schwester Fatima übertreibt die üblichen abergläubischen Sicherheitsvorkehrungen – nicht unter Leitern durchgehen, keine dreizehn Leute an einen Tisch setzen, keine drei Zigaretten mit demselben Streichholz anzünden – geradezu maßlos. Hin und wieder geht sie sogar zu Wahrsagerinnen, um sich für ihre Zukunft beraten zu lassen. Und sie macht dabei überhaupt keine Unterschiede. Sie befolgt jeden Hinweis, egal wie lächerlich er ist, damit die bösen Geister gebannt sind. Einmal, ich kam gerade heim, hatte Aida einen unglaublichen Wutanfall. Sie war den ganzen Morgen damit beschäftigt, mit dem Staubsauger pulverisierte Gürteltierhoden zu beseitigen, die Fatima gleichmäßig im Haus verteilt hatte. Lourdes darf ich bei diesem Thema allerdings

auch nicht aussparen, obwohl sie ihren Aberglauben ein bißchen unauffälliger praktiziert und, beispielsweise, immer noch überall kleine Fläschchen mit Weihwasser aufstellt.
In Miami stößt man ständig auf so was, aber ich habe das nie gebraucht. Einmal sah ich folgende Anzeige im *Herald*: »Medium gesucht; kann angelernt werden.« Das reichte mir schon.
Plötzlich merkte ich, daß ich vor Tommys Haus in meinem Wagen saß und beim Gedanken an meine Schwestern zu weinen begonnen hatte. Es blieben noch zweieinhalb Stunden, bis Barbara und ich losfahren würden, und ich mußte irgend etwas tun, um mich abzulenken.
Regina fiel mir wieder ein, und ich rief sie vom Autotelefon aus an, nachdem ich mich geschneuzt und mein Augen-Make-up in Ordnung gebracht hatte. Sie nahm jedoch nicht ab, was ich merkwürdig fand, da sie sonst bei jedem meiner Anrufe daheim gewesen und immer schon nach dem ersten Klingelzeichen an den Apparat gegangen war.
Daß sie keinen Anrufbeantworter hatte, überraschte mich nicht. Die wenigsten cubanischen Damen ihrer Generation besaßen einen. Aber vielleicht war sie ja gerade auf dem Heimweg. Ihre Beteuerungen, sie könne Dr. Samuels' Adresse einfach nicht finden und sich auch nicht an weitere Einzelheiten über ihn erinnern, waren ohnehin unglaubwürdig. Ich konnte noch rasch bei ihr in Sweetwater vorbeifahren. Der Umweg würde nicht lange dauern, und wenn sie nicht daheim wäre, würde es auch nichts machen.
»Sei mal ehrlich, Lupe«, sagte ich mir, während ich den ersten Gang einlegte, »du brauchst Beschäftigung, weil du sonst noch verrückt wirst.«
Ich parkte wie beim letzten Mal auch vor ihrem Haus und stellte erleichtert fest, daß die Tür unversehrt war. Ich weiß nicht genau, was ich erwartet hatte, aber plötzlich war ich

richtig dankbar, daß offenbar alles in Ordnung war. Ich ging durchs Gartentor und klingelte mehrmals, doch niemand machte auf. Nach einer halben Ewigkeit erschien eine ältere Frau, die ich nicht kannte, und lugte durchs Türfensterchen.

»Was wollen Sie«, rief sie mir zu. Ihre Stimme wurde von der Glasscheibe zwischen uns gedämpft.

»Ich möchte zu Regina Larrea«, schrie ich. »Sie geht nicht ans Telefon. Wissen Sie, wo sie ist?«

»Sie ist nicht da«, erklärte die Frau und betrachtete mich mißtrauisch. »Sie ist verreist.«

»Wann kommt sie wieder? Ich muß mit ihr reden.«

»In ein paar Tagen, hat sie gesagt. Mehr weiß ich auch nicht.« Sie öffnete das Türfenster einen Spaltbreit und drückte den Mund ans Fliegengitter. »Ich bin ihre Nachbarin und bin nur kurz da. Ich hole die Post und staube ein bißchen ab, solange sie weg ist.«

»Wissen Sie, wohin sie gefahren ist?« Versuchen konnte man es ja mal. Die alte Dame kam deutlich in Tratschlaune.

»Das hat sie nicht gesagt, aber ich glaube, daß sie irgendwo im Norden ist.«

»Können Sie ihr, wenn sie zurückkommt, sagen, daß ich da war und daß sie mich, bitte, anrufen soll? Ich heiße Lupe Solano.« Mit einer Bewegung, die möglichst höflich wirken sollte, schob ich eine Visitenkarte durch den Briefschlitz und machte mich mit schmerzenden Stimmbändern davon.

Na, wenigstens war Regina am Leben. Ich wäre vermutlich nicht erstaunt gewesen, wenn ich sie bereits halb tot auf dem Boden liegend vorgefunden hätte. Wahrscheinlich hatte ich einfach zu viele gruselige Werbespots von Versicherungen über alte Leute gesehen, die gestürzt waren und nicht mehr auf die Beine kamen.

Während ich wegfuhr, überlegte ich, wohin sie verreist sein

könnte. »Im Norden«, das konnte alles heißen, wenn der Ausgangspunkt Miami war. Sie konnte ebensogut nach Orlando wie nach Kanada gefahren sein. Aber daß sie abgereist war, ohne mich vorher anzurufen, obwohl sie wußte, daß ich auf ihre Informationen wartete, kam mir komisch vor. So spontan waren Frauen wie Regina normalerweise nicht. Doch ich konnte nicht länger darüber grübeln. Ich hatte eigene Probleme.

23

»Nicht schlecht, was?« Barbara grinste mich triumphierend über die Schulter hinweg an und ließ den Motor der *Mamita* aufheulen. »Mit diesen Pferden sind wir so schnell wie jede Cigaret.«
»Sehr schön.« Meine Stimme konnte den heißen Wind, der mir ins Gesicht schlug, kaum übertönen. Als sie richtig Gas gab, mußte ich mich gut an der Reling festhalten, um nicht hinzufallen.
»Alberto hat mich nie fahren lassen. Das wollte er immer selbst machen.« Sie warf einen Blick zum Himmel und rief: »Alberto! Alberto Cruz! Ich bezweifle zwar, daß du da oben bist, aber falls doch, schau mal her! Ich steuere das Boot, du Scheißkerl!«
Sie warf den Kopf in den Nacken und lachte wie eine Irre. Ich hoffte, daß mein Kapitän sich vor der Abfahrt nicht über den Rum hergemacht hatte. Eine Verrückte als Kapitän, die schwanger war und dazu noch betrunken, hätte mir auf dieser Fahrt gerade noch gefehlt.
Die *Mamita* fuhr so schnell, daß die Küste bald nur noch verschwommen auszumachen war. Als ich mich an das Tempo gewöhnt hatte, lag Miami längst hinter uns, und wir fuhren über das funkelnde Blau auf die Keys zu.
»Schlau, was?« brüllte Barbara mir zu und sah dabei mich an statt auf das vor uns liegende Wasser. »War eine gute Idee von Alberto, diesen Motor in ein Segelboot einzubauen. Er hat sich überlegt, daß uns dann niemand stören würde. Drogenschmuggler benutzen Donzis oder Cigarets, aber keine Segelboote aus Holz. Er hat mir mal erzählt, daß ein

guter Bekannter von ihm eine ganze Woche brauchte, bis er herausgefunden hatte, wie er die *Mamita* umbauen mußte, damit sie so schnell fährt.«
»Ja, sehr schlau«, brüllte ich zurück. »Er hat wohl geglaubt, daß er noch lange in dieser Branche tätig sein würde, was? Deshalb hat er soviel Geld in das Boot gesteckt!«
Barbara ignorierte meine Frage, drosselte den Motor, und die *Mamita* fuhr ein bißchen langsamer. »Wir liegen gut in der Zeit. Ich möchte den Motor erst dann auf Hochtouren laufen lassen, wenn es sein muß.«
Sie plazierte ihren massigen Körper auf den Kissen hinter dem Rad und steuerte lässig mit dem Fuß. Ich überlegte ernsthaft, ob ich nicht ein paar Valium einwerfen sollte, aber ich wußte, daß ich sie nicht bei mir behalten würde.
»Darf ich mal ein bißchen steuern?« fragte ich. Ich mußte mich irgendwie ablenken.
»Klar. Es kann nichts schaden, wenn Sie ein Gefühl für das Boot kriegen«, sagte Barbara und erhob sich ächzend von ihrem Sitz. »Könnte uns später nützen, wenn Sie sich ein bißchen mit ihm auskennen.«
Etwas tun zu können beruhigte mich etwas. Schon nach kurzer Zeit war Barbara eingeschlafen. Ich beneidete sie.
Die See war ziemlich ruhig, so daß die *Mamita* nicht allzu heftig gegen die Wellen schlug. Die Fahrrinnen waren deutlich markiert, und jetzt, mitten unter der Woche, waren nicht viele andere Boote zu sehen. Die Fahrt hinunter zu den Keys hätte ich richtig genießen können, wenn es das Ziel unserer Reise gewesen wäre.
Auf Key West war ich drei Jahre zuvor das letzte Mal gewesen, und zwar als ich mit dem Fall einer vermißten Person zu tun hatte; ein Ehemann war eines Vormittags aus seinem Büro in South Miami verschwunden. Dabei handelte es sich in Wahrheit gar nicht um den Fall eines Vermißten. Die

Frau konnte es nicht glauben, als die Polizei ihr erklärte, daß ihr Mann nach zwanzig Ehejahren sie und die vier Kinder wegen einer auf Key West lebenden Restaurantbesitzerin verlassen hatte.

Ich hatte die undankbare Aufgabe, nicht nur bestätigen zu müssen, daß er sie verlassen hatte, sondern auch, daß die Restaurantbesitzerin ein Mann war. Obwohl diese Nachricht sehr hart und schockierend für die Frau gewesen sein mußte, vertiefte sie sich, wie ich fand, geradezu obsessiv in die Fotos der beiden Männer, die gerade gemeinsam – mit nur einem Löffel – eine *crème brûlée* verzehrten.

Normalerweise hätte ich einen solchen Fall gar nicht angenommen, aber ich liebe Key West. Außerdem lebte ein alter Freund von mir dort, den ich immer gern besuchte. Bevor er den Job aufgab, war Sam Lamont einer der besten, wenn nicht *der* Experte im Umgang mit Lügendetektoren in Dade County gewesen. Seine Fähigkeiten waren legendär; die Geständnisrate betrug bei ihm annähernd hundert Prozent. Sobald die Testpersonen an seinen Apparat angeschlossen waren, brachen sie zusammen und sagten die Wahrheit. Er wußte genau, welche Fragen er stellen mußte, und wurde von ausnahmslos jedem Mitarbeiter des Justizsystems respektiert und gefürchtet.

Vor fünf Jahren ließ er die gerade an den Lügendetektor angeschlossene Person einfach sitzen, ging aus seinem Büro, stieg in seinen Wagen und verschwand. Sechs Monate später tauchte er auf Key West auf. Er kaufte sich ein altes viktorianisches Haus mit Türmchen und Erkerchen in der Caroline Street und begann es zu renovieren. Er hatte gut verdient als Spezialist für Lügendetektoren, war ein berüchtigter Sparer gewesen und konnte sich jetzt zur Ruhe setzen und das Leben genießen.

Als ich wegen des vermißten Ehemanns auf Key West war,

besuchte ich ihn, ohne zu wissen, was mich erwarten würde. Ich kannte damals niemanden außer ihm, der einfach ausgestiegen war, und nahm an, daß er den Arbeitsdruck nicht mehr ausgehalten hatte. Ich traf einen durch und durch glücklichen Menschen an, und er sah umwerfend aus – so umwerfend, daß ich aus meinem Hotelzimmer auszog und während der Arbeit an dem Fall bei ihm wohnte.
Wir blieben in Kontakt, und so wußte ich, daß er immer noch dort wohnte und noch immer an seinem geliebten Haus herumbastelt. Als ich meinen Mercedes kurz vor zwölf Uhr mittags im Yachthafen von Coconut Grove geparkt hatte, rief ich ihn vom Wagen aus an und teilte ihm mit, daß ich für ein, zwei Stunden bei ihm vorbeischauen würde. Ich wollte noch soviel wie möglich rausholen aus meinem Leben, bevor wir auf dem Weg nach Cuba in internationale Gewässer gerieten.
Wir näherten uns dem Key. Als ich mich umdrehte, um Barbara zu wecken, war ihr Gesicht nur wenige Zentimeter von meinem entfernt. »Da ist es, da, rechts!« schrie sie.
»Ich seh's, ich seh's«, brüllte ich, um doppelte Lautstärke bemüht. »Scheiße! Ich dachte, Sie würden noch schlafen!« Die gute Frau hatte mich fast zu Tode erschreckt.
»Passen Sie auf die Bojen auf! Sie sind zu nah dran! Vorsichtig, vorsichtig, Sie bringen uns ja noch um!« Sie fuchtelte wütend mit den Armen durch die Luft und griff unsanft ins Steuerrad.
Ihre Hysterie war geradezu ansteckend. Ich ließ das Steuerrad los, froh, ihr das Kommando übergeben zu können. »Steuern Sie sie in den Hafen. Ich schaffe das nicht.«
Ich zitterte vor Angst und Wut. Mein ganzes Leben lang hatte ich mich auf Booten bewegt, aber bei Barbara fühlte ich mich wie eine blutige Anfängerin aus irgendeinem Land ohne Zugang zum Meer.

Sie schlug mir auf den Rücken und lachte. War wohl wieder so eine Art Prüfung, der sie mich unterzog. »Nein, Sie machen das, Lupe. Sie schaffen das schon. Bringen Sie sie in die Marina!«

Der Wind hatte aufgefrischt und uns zu weit nach Westen getrieben. Da wir keine Aufmerksamkeit auf uns lenken wollten, drosselte ich den Motor. Nachdem sich das Dröhnen der Maschine in ein leises Tuckern verwandelt hatte, nahm ich zum erstenmal bewußt wahr, was sich um uns herum abspielte: den kühlen, beständigen Wind vom Wasser her, das sanfte Rollen der Wellen, das Krächzen der über uns kreisenden Möwen.

Die Einfahrt der Truman Annex Marina kam immer näher; mehr, als die *Mamita* auf Kurs zu halten, konnte ich nicht tun. Deutlich sah ich die Hafenmeisterei, wo wir gleich unsere Anlegeerlaubnis abholen würden. Bei der bloßen Vorstellung, das Manöver zu vermasseln, lief es mir eiskalt den Rücken hinunter. Barbara hatte mich nicht schlecht ausgetrickst.

Barbara zufolge war Albertos Wahl aus mehreren Gründen auf die Truman Annex Marina gefallen. Der wichtigste: Es war der südlichste Hafen auf Key West, und Cuba lag direkt südlich davon. Außerdem handelte es sich bei dieser Marina um einen privaten Hafen, der allerdings auch für die Öffentlichkeit zugänglich war, das heißt für Boote auf der Durchreise. Ein Schiff, das dort nur ein, zwei Nächte lag, würde kein Aufsehen erregen. Daran war man hier gewöhnt.

Als ich in die Marina einfuhr, wartete der Hafenmeister bereits auf uns. Er hatte uns schon von weitem gesehen und wies uns einen Liegeplatz an, zu dem ich fahren sollte. Ich schaltete den Motor aus. Als das Boot zum Stillstand gekommen war, winkte Barbara dem Hafenmeister lächelnd zu; die beiden wirkten sehr vertraut miteinander.

Auf dem Namensschild des Mannes stand »Henry Abbot«. Er war ein Bär von einem Mann, groß, blond, sonnengebräunt, sehr freundlich und abgeklärt.
»Willkommen!« sagte er, kam an Bord und betrachtete zufrieden das blitzblank geputzte Deck. »Schön, dich wieder mal zu sehen, Barbara.«
»Hi, Henry.« Barbara zündete sich eine Zigarre an und lehnte sich in die Kissen zurück. »Wie geht's?«
»Ausgezeichnet, ganz hervorragend«, sagte er mit seiner tiefen Stimme, die nach Meer klang und nach vielen Tagen, die er draußen in der Sonne verbracht hatte. Dann sah er mich lächelnd an und fragte Barbara: »Wo ist denn Alberto?«
»Er ist in Miami geblieben. Ist diesmal eine reine Weiberfahrt.« Barbara stand auf und legte mir den Arm um die Schultern, wobei ihre Zigarre meinem Gesicht gefährlich nahe kam. »Das ist meine Freundin Marta.«
»Schön, Sie kennenzulernen, Marta.« Henry streckte mir seine Pranke entgegen. Doch sein Händedruck war ganz sanft, und die lederartige Innenfläche strich weich über meine Hand.
An einem anderen Ort und zu einem anderen Zeitpunkt hätte ich mich für den Kerl durchaus erwärmen können. Er war wie ein Feuerwehrmann oder ein Förster, ruppig und gleichzeitig sehr fürsorglich. Und für große, massige Männer mit blauen Augen hatte ich schon immer eine Schwäche. An dem Blick, den er mir zuwarf, erkannte ich, daß ich ihm auch nicht unsympathisch war.
Henrys Piepser ging plötzlich los, und er warf einen Blick auf das Display. »Na, bis bald mal wieder«, sagte er. »Wenn ihr irgendwas braucht – bin sofort zur Stelle.«
Er musterte mich mit diesen blauen Augen, und ich mußte den Blick abwenden, um mich nicht auf etwas einzulassen,

für das ich im Moment nicht die geringste Zeit hatte. Ich will mich nicht rechtfertigen – wenn ich einem Erschießungskommando gegenüberstünde, würde ich mir die Soldaten nackt vorstellen. So bin ich nun mal.

Barbara überprüfte gewissenhaft unsere Lebensmittelbestände. Als ich ihr meine Hilfe anbot, bedachte sie mich mit einer wegwerfenden Handbewegung.

»Sie machen mich nervös«, sagte sie. »Das beste wäre, Sie würden jetzt Ihren Freund besuchen, von dem Sie erzählt haben. Wir fahren erst in ein paar Stunden weiter.«

»Sind Sie sicher, daß Sie mich hier nicht brauchen?«

Sie biß in ihre Zigarre wie ein Drill-Sergeant der Marines und schüttelte den Kopf. Ich war ihr offenbar lästig, oder aber sie wollte einfach ein bißchen allein sein, ehe wir losfuhren.

Als ich von der *Mamita* auf den Anlegesteg sprang, rief Barbara mir nach: »Lassen Sie ein bißchen Geld da! Ich muß ein paar Sachen kaufen.«

Ich gab ihr tausend Dollar, die ich beiseite gelegt hatte, falls sie mich um mehr bitten sollte. Hoffentlich würde ich das Geld von den Morenos wiederkriegen.

Am Hafeneingang rief ich Sam an und bat ihn, mich abzuholen. Während ich unter einem Baum wartete, entdeckte Henry mich und kam in seinem Golfwagen angefahren. Er blieb neben mir stehen und sah mich, die Augen hinter einer Ray-Ban-Sonnenbrille versteckt, grinsend an.

»Sie sind Cubanerin, oder?« fragte er.

Ich nickte. »Ich wohne in Miami.«

»Sind Sie zum erstenmal hier in der Marina?«

Wieder nickte ich und wischte mir die Schweißperlen von der Stirn. Henrys Alter war schwer zu bestimmen; die Jahre in der Sonne hatten Stirn und Wangen mit Falten durchzogen, die seine tiefliegenden Augen noch betonten und ihn

irgendwie harmlos und offen wirken ließen wie ein Surfer, der sich ins geruhsame Leben zurückgezogen hatte.
»Springen Sie rein!« sagte er und klopfte auf den leeren Beifahrersitz. »Ich zeige Ihnen was, das Sie interessieren dürfte.«
Ich setzte mich neben ihn. Seine braungebrannten Arme waren dicht mit goldenen Härchen bedeckt. Da er aus der Nähe noch attraktiver war, versuchte ich den Blick gesenkt zu halten – Füße dämpfen in den meisten Fällen selbst die stärkste Leidenschaft. Zu meinem Leidwesen mußte ich jedoch feststellen, daß dies für Henry nicht galt. Er trug keine Socken, und über seinen ausgelatschten Sportslippers waren seine braunen, muskulösen Waden zu sehen.
Er fuhr zum Ende der Pier, wo der Wind übers offene Wasser wehte, und hielt an. »Hier kamen die Boote der Mariel-Flüchtlinge rein«, sagte er. »Kommen Sie, ich zeige es Ihnen.«
Plötzlich wurde mir klar, an welch bedeutendem Ort ich mich befand. Hier waren die sogenannten Mariel-Flüchtlinge gelandet, 1980, als innerhalb von zwei Wochen ein Massenexodus von 125000 Cubanern stattfand. Fidel Castro hatte verkündet, daß alle Cubaner, die dies wollten, ihre Heimat verlassen dürften, wenn sie von dem an der Nordküste gelegenen Fischerhafen Mariel ausliefen. Jimmy Carter reagierte darauf mit der Ankündigung, alle Cubaner seien in den Vereinigten Staaten willkommen. In Amerika lebende Exilcubaner stellten sofort eine Flotille zusammen und fuhren nach Cuba, um ihre Verwandten abzuholen. Auf Key West betraten die Flüchtlinge dann erstmals den Boden ihrer neuen Heimat.
»Ich war damals noch nicht hier, aber der Hafenmeister vor mir hat es miterlebt und mir davon erzählt«, sagte Henry. Wir stiegen aus dem Golfwagen und gingen zum Ende der

Pier. »Es ist jetzt über zehn Jahre her, und immer noch kommen sie. Hundertfünfzig Kilometer direkt nach Norden; keine Strömungen, Stürme, Haie, cubanischen Patrouillenboote können sie abhalten. Sie würden nicht glauben, in was die alles lossegeln – in allem möglichen, Hauptsache, es schwimmt.«

Er erwartete offenbar eine mitfühlende Regung von mir und zog, als sie nicht kam, ungläubig die Mundwinkel nach unten. Ich schluckte schwer. Ach, Henry, wenn du wüßtest ...

»Die Leute tun eben, was sie tun müssen«, sagte ich. Es war ein blöder, nichtssagender Kommentar, doch Henry nickte höflich.

»So, jetzt bringe ich Sie zum Hafentor zurück.«

Als Henry und ich wieder am Hafeneingang waren, kam Sam gerade in seinem alten grünen Jeep angefahren. Er trug eine Brille mit dunklen Gläsern und eine Baseballmütze der Florida Marlins. Er winkte mir zu und rief meinen Namen.

»Entschuldigung – hoffentlich sind Sie jetzt nicht zu spät zu Ihrem Rendezvous gekommen«, sagte Henry, bremste drei Meter vor dem Jeep ab, nickte Sam zu und winkte.

»Aber überhaupt nicht, Henry«, sagte ich und küßte ihn auf die Wange. »Es war so lieb von Ihnen, mir das alles zu zeigen. Ich werde es nie vergessen.«

Er errötete vor Freude und fuhr, nachdem ich ausgestiegen war, rasch davon. Sam nahm mich fest in die Arme.

Er hatte sich überhaupt nicht verändert. Er war gut und gern fünfundvierzig Zentimeter größer als ich und wirkte immer so lässig und entspannt, daß man glauben konnte, der Dampfkessel Miami liege in einem zweitausend Kilometer entfernten Land. Die Baseballmütze machte mir allerdings ein bißchen Sorgen. Sam war eitel, und eitle Männer, denen die Haare ausgehen, werden zu Experten in Sachen Kopfbedeckung.

Wir stiegen in den Jeep. Sam legte einen Start hin, daß der Kies hinter uns aufspritzte. »Hast du Lust auf Margaritas, wenn wir bei mir sind? So wie früher?« fragte er mich, während er sich in den schwachen Verkehr einfädelte.
Ich zögerte. Es war wohl besser, wenn ich für das mir Bevorstehende einen klaren Kopf behielt. Doch dann sagte ich: »Aber sicher!« Warum auch nicht? Wenn ich schon blindlings auf meinen Tod zustürzte, sollten mir wenigstens noch ein paar letzte kleine Freuden gegönnt sein.

Ich saß in einem kühlen, schattigen Garten mit untergeschlagenen Beinen auf einem Korbsofa, dessen bunte Kissen ich um mich herum gruppiert hatte, schloß die Augen und trank einen großen Schluck von der Margarita, die Sam für mich zubereitet hatte.
»*Salúd*, Sam.«
»*Salúd*, Lupe.« Er hob das Glas. »Mögen deine Feinde stets verwirrt sein!« Endlich mal ein Toast, den ich nachvollziehen konnte.
»Also, am Telefon hast du mir ja nicht besonders viel erzählt. Warum bist du eigentlich hier?«
Es war eine sehr verständliche Frage, doch mir graute davor, sie zu beantworten. Als Sam noch in Miami arbeitete, redeten alle ständig davon, wie unangenehm es ihnen manchmal war, sich mit ihm zu unterhalten, da sie stets den Eindruck hatten, daß er selbst die harmloseste Lüge entdeckte. Er hatte einen solchen Nimbus, daß die Leute ihm automatisch den Spürsinn seines Lügendetektors andichteten.
»Ach, wegen nichts Besonderem, nur im Zusammenhang mit einem Fall, an dem ich gerade arbeite. Das Ganze wird nicht länger als zwei, drei Tage dauern – höchstens.«
Er schob die Unterlippe vor und nickte. Wie immer hatte

ich keine Ahnung, ob ich den Test bestanden hatte oder nicht. »Kann ich dir dabei irgendwie helfen?«
»Nein, nein«, sagte ich hastig. »Aber vielen Dank für das Angebot.«
Wir machten es uns bequem und schwiegen eine Weile – etwas, das ich kaum je mit einem anderen Menschen erlebe. Mein Blick fiel auf die offene hölzerne Duschkabine in der Ecke, die groß genug für zwei war; Orchideen hingen daran herab. Ich wußte noch, wie es in dieser Duschkabine roch, konnte mich genau an den schweren Duft des nassen Holzes, der Blumen und der frischen Meeresluft erinnern.
Sam sah, wohin ich blickte, und lächelte. »Sie funktioniert noch, falls du dich das gefragt haben solltest. Hast du Lust, sie noch mal auszuprobieren?«
»Um der guten alten Zeiten willen, ja«, sagte ich und nahm ihn bei der Hand.

Eine Stunde später lagen Sam und ich auf seinem Bett und betrachteten die sich unablässig drehenden Ventilatorblätter. Einen Augenblick lang überkam mich ein typisch katholisches Schuldgefühl, und ich dachte über Tommy und Charlie und Sam nach und darüber, was die Nonnen in meiner Grundschule davon wohl gehalten hätten. Aber dann sagte ich mir: Jetzt ist auch schon alles egal.
Ich streckte mich. »Warum bist du damals eigentlich so klammheimlich aus Miami abgehauen, Sam?« Diese Frage hatte ich ihm noch nie gestellt, obwohl ich auf die Antwort schon lange neugierig gewesen war.
»Ich ertrug die Lügerei nicht mehr«, antwortete er verträumt. »Ich hielt es einfach nicht mehr aus, andere Menschen dabei zu beobachten, wie sie versuchten, das System zu überlisten. Ich hatte das schon fünfzehn Jahre lang gemacht, und eines Tages überlegte ich, wie es eigentlich wäre,

wenn ich es noch mal fünfzehn Jahre machen würde. Ich habe viel Geld verdient, weißt du – zum Schluß berechnete ich über tausend Dollar pro Sitzung und schaffte drei bis vier am Tag. Aber plötzlich dämmerte es mir, daß ich mir diese Scheiße nicht länger anzutun brauchte.«

»Vermißt du Miami?« fragte ich, drehte mich um und legte den Kopf auf seine Brust. »Hier ist es doch völlig anders.«

Er strich mir sanft übers Haar. »Ich bin zufrieden hier. Meine Ersparnisse reichen für den Rest meines Lebens, obwohl das Haus in finanzieller Hinsicht ein Faß ohne Boden ist.«

»Es waren ziemlich viele Gerüchte über dich in Umlauf, weißt du.«

Ich spürte, daß er mit den Achseln zuckte. »Das glaube ich gern. Gerüchte werden von Leuten in die Welt gesetzt, die nichts Besseres zu tun haben.«

Ich schloß die Augen und versuchte, alles in mich aufzusaugen: Sams Hand auf meinem Haar, das leise Surren des Ventilators, den Duft der Blumen draußen im Garten. Wenn ich für immer in diesem Moment hätte verharren können, ich hätte es getan.

»Weißt du noch, wie wir uns kennengelernt haben?« fragte ich ihn.

»Klar.« Er kicherte leise, und ich lauschte seinen Atemzügen. »Damals war ich zum erstenmal im Leben froh, in eine Knastschließung geraten zu sein.«

Vor sechs Jahren war Sam an einem bestimmten Tag im Metro West gewesen, einem Gefängnis außerhalb von Miami, um seinen Lügendetektor an einem wegen Kokainschmuggels angeklagten Klienten anzuschließen. Ich war zur selben Zeit dort, um einen Cubaner zu befragen, der beschuldigt wurde, seinen Nachbarn umgebracht und dann gegrillt zu haben. Als wir das Gefängnis verlassen wollten, erklärte uns der Leiter der Anstalt, sämtliche im Gebäude befindlichen Personen müßten wegen einer »Gefängnisschließung« vorläufig festgehalten werden. Das Wort bezeichnet die Sache perfekt: Alle Gefangenen werden in ihre Zellen geschickt und müssen dort so lange bleiben, bis geklärt ist, ob auch wirklich alle da sind; der Grund dafür ist meist irgendeine Störung der Anstaltsordnung. In unserem Fall hatte ein Insasse seine Matratze angezündet und sämtliche Alarmanlagen in Gang gesetzt.

Ich gehörte zu den zehn Besuchern, die fast vier Stunden lang in einem kleinen Verhörzimmer eingeschlossen wurden. Sam und ich kamen nebeneinander auf einem zerkratzten braunen Holztisch zu sitzen. Zuerst schlugen wir die Zeit tot, indem wir an Berichten arbeiteten, doch als es immer länger dauerte und uns klarwurde, daß wir noch einige Zeit würden ausharren müssen, begannen wir uns zu unterhalten und gaben jeweils unsere aufregendsten Erlebnisse zum besten. Ich kannte Sam bereits aus Erzählungen anderer, doch keiner hatte mir je gesagt, daß er so gut aussah, so strahlend grüne Augen und einen so vollen, sinnlichen Mund hatte. Nach unserer Entlassung aus dem Metro West genehmigten wir uns einen Drink, den wir wahrlich verdient hatten – auch wenn es erst früher Nachmittag war.

»Es ist wirklich komisch«, sagte ich, »jedesmal wenn ich ins Metro West fahre, fallen mir zwei Dinge ein: daß ich dich dort kennengelernt habe und das Rezept für die Barbecue-Sauce, in der mein damaliger Klient seinen Nachbarn mariniert hatte. Zu Huhn schmeckte die sogar ziemlich gut.«

Ich lachte, Sam jedoch nicht. Ich drehte mich zur Seite, so daß unsere Gesichter ganz dicht beieinander waren. »Lupe, ich habe fünfzehn Jahre lang mein Geld damit verdient herauszufinden, ob Leute lügen oder nicht«, sagte er. »Du verheimlichst mir etwas. Ich glaube, daß du in Schwierigkeiten steckst. Ich weiß zwar nicht, welche Schwierigkeiten das sind, aber darüber kannst du mich ja aufklären.«

Ich spürte die Versuchung, doch es war besser, wenn er nichts über die Sache wußte. Sam war ein gutherziger und fürsorglicher Mann; er hätte garantiert versucht, mich von diesem Unternehmen abzuhalten. Da ihm das nicht gelungen wäre, hätte er die nächsten Tage in größter Angst um mich verbracht, bis er endlich erfahren hätte, ob es mir gutginge oder nicht.

»Du bist ein ganz Süßer«, sagte ich so heiter wie möglich. »Aber ich glaube, du sitzt zuviel vor dem Fernseher. Glaub mir, ich erledige hier nur reine Routinesachen. Nette alte Damen mit Hündchen.«

»In meiner Phantasie geht es offenbar wilder zu als im wirklichen Leben«, erwiderte er wehmütig lächelnd. Er glaubte mir nicht, war aber zu klug, um deswegen einen Streit vom Zaun zu brechen. Er wäre ein super Ehemann gewesen.

24

Ich hatte auf Leonardos Schreibtisch einen Zettel mit der Mitteilung hinterlassen, ich würde vier, vielleicht auch fünf Tage weg sein, und die Andeutung eingebaut, daß es sich um einen neuen Freund handle, einen verheirateten Mann, und ich daher zu Diskretion gezwungen sei. Die Vorstellung, daß Leonardo das möglicherweise wirklich glaubte, hätte mich allerdings enttäuscht.

Als der Himmel über Key West dunkler wurde, brachte Sam mich zur Marina zurück. Am Hafentor fiel mir ein, daß ich noch die im Büro eingegangenen Anrufe abfragen könnte. Zu meiner Überraschung hob Leonardo ab. Normalerweise war er um diese Zeit nicht mehr in der Detektei.

»Lupe! Mann, bin ich froh, daß du anrufst!« So ernst und verängstigt hatte ich ihn noch nie gehört. Regelrecht kleinlaut war er geworden.

»Warum, was ist denn?«

»Vor ungefähr einer Stunde waren zwei Detectives von der Mordkommission hier und haben nach dir gefragt. Sie wollten wegen Regina Larrea mit dir sprechen.«

Der Yachthafen lag still, fast menschenleer vor mir. Die Angst verknüpfte meine Gedärme zu einem festen Knoten.

»Ach, du Scheiße! Was ist denn passiert? Haben sie dir was gesagt?«

Die Spätnachmittagssonne durchbrach die dünne Wolkendecke und lenkte ihren schwächer werdenden Strahl genau in meine Augen; jedenfalls kam es mir so vor. Unter meinem T-Shirt liefen mir langsam Schweißtropfen den Rücken hinunter. Die behagliche Stimmung von den zwei Margaritas, die ich bei Sam getrunken hatte, war verflogen und hatte einem Gefühl Platz gemacht, als wäre mein Gehirn in Kleister getaucht worden.

»Sie ist von ihrer Nichte in ihrem Haus in Sweetwater erwürgt aufgefunden worden«, sagte Leonardo mit heiserer Stimme. »Dem zufolge, was die Nichte den Bullen erzählt hat, war ihre Tante gerade von einer Reise zurückgekommen und hatte sie auf eine Limonade zu sich eingeladen. Die Nichte war ein bißchen spät dran und rief Regina an. Als niemand ans Telefon ging, ist sie schnell rübergefahren, hat mit ihrem Schlüssel aufgesperrt und Regina tot auf dem Küchenboden gefunden.«

»Warum wollten die Bullen mit mir reden?«

»Sie haben in der Gegend rumgefragt, ob irgendwer was gehört oder gesehen hat. Hatte zwar niemand, aber die Nachbarin von nebenan hat ihnen deine Visitenkarte gezeigt und ausgesagt, daß du gestern dagewesen wärst und dich verdächtig benommen hättest.«

»Verdammt!« Ich versuchte mir vorzustellen, was passiert war, aber es gelang mir nicht. War Regina an Samuels oder an Betancourt herangekommen, ohne mir davon zu erzählen? War sie aus den gleichen Gründen getötet worden wie Alberto – um sie zum Schweigen zu bringen –, oder war sie selbst auch in den Babyhandel verstrickt gewesen? Was ich wußte, paßte einfach nicht zusammen.

»Du mußt die Typen anrufen, Lupe«, sagte Leonardo. »Wo bist du überhaupt?«

»Das brauchst du nicht unbedingt zu wissen, Leonardo«, antwortete ich. »Je weniger du im Augenblick weißt, um so besser. Haben die Bullen sonst noch was gesagt? Haben Sie schon irgendwelche Hinweise?«

»Ansonsten haben sie nicht viel gesagt. Sie wollten eigentlich nur so schnell wie möglich mit dir reden. Überleg doch mal,

Lupe! Erst geht diese kleine alte cubanische Dame auf eine geheimnisvolle Reise, dann sucht eine Privatdetektivin nach ihr, während sie weg ist, und dann wird die Alte tot aufgefunden. Findest du nicht selbst, daß die Bullen nach dir suchen *müssen*?«

»Wenn sie noch mal kommen, sagst du ihnen, du hättest mich benachrichtigt, und ich hätte gesagt, ich würde mich bei ihnen melden. Und sag ihnen, daß ich dir meinen Aufenthaltsort nicht nennen wollte.«

Das letzte, was ich jetzt brauchen konnte, war, daß Leonardo die Polizei anlog, um mich zu schützen. Es würde ihn nur in Schwierigkeiten bringen; er war nämlich ein erbärmlich schlechter Lügner.

»Ich weiß nicht, Lupe«, sagte er. »Es ist wirklich ernst.«

»Tu genau das, was ich dir gesagt habe, Leonardo. Vertrau mir. Sonst noch irgendwelche Mitteilungen?«

»Nur das übliche. Anrufe von Freunden und von ein paar Klienten, die ihre Berichte haben wollen. Da war allerdings noch ein Anruf auf dem Anrufbeantworter, der war wirklich komisch. Ich glaube, der Typ hatte sich verwählt.«

»Lies es mir vor!«

»Also, der Mann hatte eine ganz tiefe Stimme, und es klang, als hätte er sich den Mund bedeckt.« Ich hörte Leonardo in Papieren wühlen. »Da ist es. Also, er sagte: ›Ich bin Ihr Freund. Die Antwort auf Ihre Frage ist eine Sünde wider Gott und seine Kinder.‹«

In der Ferne summte eine Äolsharfe im Wind. »Was, zum Teufel, soll das denn heißen?

»Das darfst du mich nicht fragen. War wahrscheinlich irgendein Verrückter.«

»Ich muß jetzt Schluß machen, Leonardo. Laß dich nicht unterkriegen!«

Nachdem Leonardo aufgelegt hatte, blieb ich noch mehrere Minuten lang stehen, die Hand auf dem Hörer. Regina war tot. Es war mit fast hundertprozentiger Sicherheit kein ordinärer schiefgegangener Einbruch, denn in ihrem Haus gab es so gut wie nichts Wertvolles, das man hätte stehlen können, und das war in der Gegend dort sicherlich bekannt gewesen. Es mußte etwas passiert sein, vielleicht sogar schon vor Reginas Abreise. Oder war sie weggefahren, um demjenigen zu entkommen, der sie dann tötete, und in der irrigen Annahme zurückgekehrt, sie sei in Sicherheit?

Die Nachbarin hatte gesagt, Regina sei »irgendwo im Norden«. Damit konnte North Carolina gemeint sein, und das wiederum bedeutete, daß sie versucht hatte, auf eigene Faust Dr. Samuels zu finden. Aber wer hatte sie getötet? Samuels? Betancourt? Sie war jedenfalls in etwas hineingeraten, das im Zusammenhang mit dem Fall stand, und irgendwer war der Meinung gewesen, sie müsse getötet werden. Ich durfte mir nichts vormachen – ich war dafür verantwortlich. Zuerst Alberto Cruz, jetzt Regina Larrea. Alberto hatte ein gefährliches Leben geführt, sein Ende hätte ihn jederzeit ereilen können. Doch wie ließ es sich rechtfertigen, eine alte Frau aus Sweetwater in Lebensgefahr gebracht zu haben?

Was die zweite Nachricht betraf, so wußte ich überhaupt nicht, was ich davon halten sollte. Der Anrufer hatte behauptet, ein Freund zu sein, und von Sünde gesprochen. Leonardo hatte wahrscheinlich recht: irgendein Verrückter war an meine Büronummer geraten.

Ich rief noch schnell in meiner Wohnung an und gab den Code für die unter meiner Privatnummer eingegangenen Anrufe ein. Ausnahmsweise funktionierte es. Ich legte mir die freie Hand aufs Ohr und hörte die erste Nachricht ab.

»Lupe? Hier Tommy. Ruf mich bitte noch heute an. Ich mache mir Sorgen, und ...«

Ich gab den Code für die nächste Mitteilung ein.
»Lupe? Hier spricht Stanley Zimmerman.« Ich schloß die Augen und konzentrierte mich. Was wollte denn unser Familienanwalt von mir? »Ich rufe an, weil heute beim wöchentlichen Treffen des Verwaltungsrates des Jackson Memorial Hospital Ihr Name fiel. Eine Frau namens Larrea hatte telefonisch eine Beschwerde über einen Arzt namens Samuels vorgebracht. Er arbeitet schon seit Jahren nicht mehr im Krankenhaus, sie kündigte jedoch an, sie werde persönlich erscheinen und Anzeige erstatten, sobald sie von der Reise, auf der sie sich gerade befinde, zurück sei. Wie auch immer, Lupe, sie hat Ihren Namen in diesem Zusammenhang genannt. Sind Sie in irgend etwas verstrickt und brauchen womöglich Hilfe? Rufen Sie mich an, sobald Sie können, ich bin im Büro bis circa ...«
Das Band war zu Ende. Es überraschte mich nicht, daß Stanley im Verwaltungsrat des Jackson Memorial saß – er war Mitglied so vieler Verwaltungsräte, daß ich mich immer wieder wunderte, wie er überhaupt noch Zeit für seine Anwaltskanzlei fand. Interessant war aber, was er von Regina erzählte. Ich hatte schon geglaubt, ich würde nicht so rasch etwas über sie rauskriegen, doch jetzt stand fest, daß sie auf etwas gestoßen war, das sie besser nicht entdeckt hätte. Etwas, das ihr den Tod brachte. Jetzt war ich noch mehr davon überzeugt, schuld an ihrem Tod zu sein.
Während die orangerote Sonne allmählich hinterm Horizont verschwand, ging ich langsam auf die *Mamita* zu. Von Henry war nichts zu sehen. Um diese Uhrzeit eilten nur noch ein paar Leute zu ihren im Hafen liegenden Booten, die meisten, um abzusperren und ihre Sachen zu verstauen. Als ich bei der *Mamita* ankam, war Barbara nicht an Deck. Einen Moment lang befürchtete ich, daß ihr etwas zugestoßen war, vielleicht daß uns jemand nach Key West gefolgt

war, doch dann fand ich sie dösend in der Kabine. Ich betrachtete sie. Trotz allem, was sie durchgemacht hatte, schlief sie den seligen Schlaf dessen, der ein gutes Gewissen hatte. Sie warf und drehte sich nicht herum und gab auch keine Laute von sich. Ihre gleichmäßigen, ruhigen Atemzüge faszinierten mich.

Plötzlich, ohne jede Vorwarnung, setzte sie sich auf; ihre Augen waren klar, und sie wirkte hellwach. »Haben Sie den Radiosender angerufen und um den Song gebeten?« fragte sie mich.

»*Sí*. Ich habe vom Hafeneingang aus telefoniert, für den Fall, daß der Anruf zurückverfolgt würde«, sagte ich. »Sie spielen es um sechs, haben sie gesagt. Haben Sie alles, was wir für die Überfahrt brauchen, besorgt?«

Barbara brummte. Ich interpretierte das als ein Ja, schlenderte zur Vorderkabine und zog meine Schuhe aus. »Wenn Sie mich jetzt nicht brauchen«, sagte ich, »mache ich ein Nickerchen.«

Das hätte ich besser bleiben lassen sollen. Meine Träume waren grauenhaft: Regina und Alberto tanzten ständig den Merengue. Ich wachte mehrmals in Schweiß gebadet auf und sah eine Stunde später ein, daß Schlafen keinen Sinn hatte.

Da es schon fast sechs war, schaltete ich das Radio an. Die Nachrichten gingen gerade zu Ende, und das abendliche Musikprogramm fing an.

Sie spielten »*Aquellos Ojos Verdes*«, dessen Melodie mir von früher her vertraut war. Unsere Reise hatte jetzt richtig begonnen.

Zwei Stunden nach unserer Abfahrt von Key West wurde Barbara plötzlich nervös und deutete auf mehrere schwache Lichtpunkte, die weit vor uns in der grobkörnigen Dunkelheit lagen.

»Da drüben, rechts. Sieht aus wie ein Frachter oder ein cubanisches Patrouillenboot. Normalerweise fahren die nicht so weit raus.«
Mein Herz machte einen Satz, und in meinem Mund war plötzlich ein bitterer Geschmack. Was hatte ich hier eigentlich verloren? In den vergangenen Tagen war ich wie eine Schlafwandlerin herumgeirrt, hatte mich von einem Schlamassel in den nächsten manövriert, ohne zu verstehen, was das alles zu bedeuten hatte. Ich hatte geglaubt, während Mamas langsamen Verfalls genug über die menschliche Sterblichkeit nachgedacht zu haben, doch auf das hier war ich nicht vorbereitet.
»Gegrüßet seist du, Maria, voll der Gnaden, der Herr sei mit dir ... Herr, bitte sei du auch mit uns.« Wer immer behauptet hatte, »einmal Katholik, immer Katholik«, hatte gewußt, was er sagte. Plötzlich betete ich zu irgendwelchen unbedeutenden Heiligen, an die ich schon seit der Grundschule kaum noch gedacht hatte.
Barbara hob das Fernglas, das sie sich um den Hals gehängt hatte, an die Augen und blickte in die Ferne. »Also, egal, was es ist, es bewegt sich weg von uns«, sagte sie befriedigt. Dann sah sie mich streng an. Ihre Augen funkelten. »Hören Sie, Lupe, Sie müssen sich zusammenreißen. Sie können nicht jedesmal, wenn es mulmig wird, Panik kriegen. Sie haben gewußt, daß die Sache gefährlich ist, und können nicht ständig den Himmel, Gott, die heilige Jungfrau und sämtliche Heiligen anrufen, damit sie Sie retten. Das macht mich total nervös.«
»Tut mir wirklich leid«, sagte ich. Stimmte zwar nicht, aber da ich zwischen der Angst vor einem weit entfernten Boot und der wütenden, nur einen Meter von mir entfernten Barbara wählen mußte, entschied ich mich, meine Begleiterin zu besänftigen. »Kommt nicht wieder vor.«

Der Bootsmotor vibrierte unter meinen Füßen wie eine schnurrende Katze. Barbara nahm eine Hand vom Steuerrad und tätschelte meine Schulter; ihre plötzlichen Anwandlungen von Zärtlichkeit erschreckten mich genauso wie ihre Wutanfälle.

»Nehmen Sie's nicht so schwer«, sagte sie liebevoll. »Als ich die Fahrt zum erstenmal gemacht habe und ein cubanisches Patrouillenboot so nah an uns vorbeifuhr, daß wir ihre Zigarren riechen konnten, hatte ich solche Angst, daß ich kotzen mußte, und ich stand in Windrichtung zu Alberto, so daß er alles abbekam.«

Sie lachte leise vor sich hin, den Blick auf das dunkle Meer vor uns geheftet. Ich war ihr dankbar dafür, daß sie mir die Angst nehmen wollte, aber bis jetzt funktionierte es überhaupt nicht. Mein Magen fühlte sich an, als wolle er sich nach außen stülpen, und ich bekam kaum Luft. Da mir klar war, daß ich diese riesige Angst nicht vierundzwanzig Stunden aushalten würde, begann ich mit den Yoga-Atemübungen, die ich in der High-School gelernt hatte. Sie hatten mir bisher noch nie geholfen, doch jetzt taten sie ihre Wirkung. Vielleicht hatte ich ja bis jetzt auch noch nie wirklich Angst gehabt. Nach einiger Zeit konnte ich wieder normal atmen und nahm die mich umgebenden Dinge langsam wieder wahr.

Zu meinem Glück blieb die See ruhig, und eine kühle, salzige Brise strich übers Wasser. Der Mond war eine schmale silbrige Sichel, und auf dem dunkelblauen Wasser tanzten winzige Lichtpunkte.

»Da ist irgendwas«, sagte Barbara, nach achtern deutend.

Ich geriet sofort wieder in Panik und griff nach der Reling, um, wenn es nötig sein sollte, sofort von Bord zu springen. Ich weiß nicht, was ich mir dabei dachte.

»Hierher zurück!« befahl Barbara in einem Tonfall, den sie

sich wohl durch ihre vielen Kinder angewöhnt hatte. Ich erstarrte und wartete darauf, daß sie mir auf die Hand schlug.
»Schauen Sie!« sagte sie, noch einmal nach achtern deutend.
Es war eine Delphinschule. Die Tiere bewegten sich geschmeidig neben uns durchs Wasser und folgten dem Boot, als wollten sie mit uns spielen.
»Sehen Sie, wenn Sie sich entspannen, können Sie die Fahrt sogar genießen«, sagte Barbara. »Der Himmel, die Delphine, die Nachtluft. Sie müssen sich nicht ums Boot kümmern, und wenn wir erwischt werden, werden wir eben erwischt. Ich habe das hier zwanzigmal gemacht und weiß, daß wir es schaffen werden. Stellen Sie sich doch einfach vor, Sie wären auf einer Kreuzfahrt.«
Unter Barbaras Führung an einer Kreuzfahrt teilzunehmen, wollte ich mir, bei Gott, nicht vorstellen. Außerdem kamen wir dank des starken Motors der *Mamita* schnell voran, und es war an der Zeit, Barbara auch das zu sagen, was ich ihr bisher verschwiegen hatte, und dabei herauszufinden, ob sie mir noch immer etwas verheimlichte.
»Barbara, ich habe Ihnen nie erzählt, warum ich damals eigentlich zu Alberto gegangen bin«, sagte ich.
Sie sah mich fragend an. »Er hat gesagt, Sie würden die Mutter eines kleinen Mädchens suchen, das wir vor vier Jahren rübergebracht haben.«
»Er kannte nicht die ganze Geschichte. Es gibt da noch was.«
Sie schwieg eine Weile und überlegte. »Was soll das heißen, noch was? Er hat Ihnen doch gesagt, wer die Mutter ist, oder? Sie wissen doch wohl, wen Sie suchen?«
»Nicht genau.«
»Ich verstehe Sie nicht. Wir holen doch diese Mutter, die Alberto Ihnen genannt hat, oder? Wo liegt das Problem?«

Sie wußte es nicht. Ich hatte bisher nicht versucht herauszukriegen, ob Alberto ihr den Namen der Mutter genannt hatte, weil ich fand, daß sie und ich noch nicht offen genug miteinander umgingen. Jetzt, hier draußen auf dem Meer, gab es jedoch keinen Grund mehr, etwas vor ihr zu verbergen. Und was ich rausfand, war genauso schlimm, wie ich es geahnt hatte.

»Ich kenne den Namen der Mutter nicht. Ich habe ihn nie erfahren. Alberto wurde getötet, bevor er mir gesagt hat, wer sie war«, erklärte ich. »Mir war schon beim ersten Treffen mit ihm, als ich ihm das Foto des kleinen Mädchens zeigte, klar, daß er den Namen der Frau kannte, aber er versuchte, Zeit und Geld zu schinden. Ich hatte, ehrlich gesagt, gehofft, daß er Sie eingeweiht hatte, bevor Betancourt ihn erledigte.«

Barbara hob den Blick zum Himmel, als könnte sie Alberto dort sehen. »Scheißkerl«, sagte sie. »Kein Sterbenswörtchen hat er mir verraten. Wir fahren nach Cuba, um dieses Mädchen zu finden, und Sie wissen überhaupt nicht, wer sie ist. Wir wissen ja nicht mal, ob sie überhaupt noch lebt, oder?«

Ich ging auf ihre Frage nicht ein. »Ich dachte, Alberto brauche Zeit, um herauszufinden, wo sie wohnt.« Barbara wußte nicht, daß ich erst von ihr erfahren hatte, daß die Babys aus Cuba kamen. »Ob wir sie finden können, wird sich wahrscheinlich erst herausstellen, wenn wir dort sind.«

Barbara hielt schweigend das Steuerrad und starrte ins Dunkle. Die *Mamita* glitt mit der Strömung übers Wasser, als schwebte sie.

»Sie halten mich jetzt wahrscheinlich für ziemlich dumm«, sagte sie, den Blick nach vorn gerichtet. »Aber normalerweise habe ich keinen Umgang mit Leuten wie Ihnen. Als wir im Hafen mit Henry gesprochen haben, dachte ich, er würde merken, daß irgendwas faul ist, weil eine solche

Klassefrau wie Sie normalerweise nie mit jemandem wie mir mitfahren würde.«
Sie war nicht etwa wütend, sondern beleidigt; ich hatte sie gekränkt. »Ich wollte Sie nicht austricksen, damit Sie mich nach Cuba bringen«, sagte ich. »Aber es geht um das Leben eines kleinen Mädchens. Wir tun sehr viel mehr, als nur uns selbst zu schützen und dafür zu sorgen, daß Betancourt in den Knast wandert.«
»Es dauert noch ein paar Stunden, bis wir in Isabela de Sagua sind«, sagte Barbara. »Also los, erzählen Sie!«
Wenigstens warf sie mich nicht über Bord. Ich hatte mir eingeredet, daß es besser sei, ihr nichts von Michelles Mutter zu erzählen und auch zu verschweigen, daß ich keinen blassen Schimmer hatte, ob wir sie in Isabela de Sagua finden würden. Nach den Einzelheiten hatte sie ja schließlich nicht gefragt. Doch jetzt hatte ich die Spielregeln geändert und spürte, daß Barbara sich hintergangen fühlte. Deshalb erzählte ich ihr alles, wobei ich auf ihre Muttergefühle setzte und Michelles Krankheit besonders deutlich herausstellte.
»Deshalb wollen Sie also so unbedingt nach Cuba«, sagte sie, als sie die ganze Geschichte kannte. »Sie glauben, Sie wären die einzige, die das Leben dieses kleinen Mädchens retten kann. *Mi Madre!* Ich bin hier auf hoher See mit einer Weltverbesserin, die Tomaten auf den Augen hat und die Menschheit retten will!«
Sie lehnte sich auf dem Lotsensitz zurück, rieb sich den Bauch und brach in ein tiefes, kehliges Lachen aus. »Und ich habe geglaubt, Sie würden das alles nur machen, weil Sie Ihren Arsch retten und 'ne Stange Geld verdienen wollen!«
Sie wiegte sich vor und zurück und wieherte wie ein an Verstopfung leidender Seehund.
Mir wurde klar, daß ich recht daran getan hatte, ihr das bis-

her alles verschwiegen zu haben. Ein so hohes Risiko wäre sie nie eingegangen – denn ich würde die Insel nicht ohne Michelles Mutter verlassen, es sei denn, sie sei tot –, wenn sie gewußt hätte, daß ich rein altruistische Motive hatte. Sie war ebenso sanft wie brutal, doch ich kapierte, daß sie schon viel zu oft in ihrem Leben ins Hintertreffen geraten war – durch ihre Kinder, durch Alberto, durch Betancourt –, um noch von etwas anderem getrieben zu sein als der Gier und dem Selbsterhaltungstrieb. Sie mußte mich für leichtsinnig halten, für ein verwöhntes, reiches junges Ding, das sich den Luxus leisten konnte, die Welt perfekt machen zu wollen.

Doch dann überraschte sie mich. Als sie mit Lachen fertig war, das sie mit einem Raucherhusten abschloß, der auch mich durchrüttelte, wandte sie sich sehr ernst an mich. »Also gut. Sagen Sie mir, was Sie über diese Mutter wissen.«

Ich interpretierte das als eine Selbstverpflichtung, die Fahrt bis zum Ende mitzumachen. »Es war vor zwei Jahren. Das kleine Mädchen sah ein bißchen anders aus als die anderen Babys – es hatte ein auffälliges Muttermal seitlich am Hals.«

Barbara nickte hastig. »Klar kann ich mich an die erinnern, und wie! Ich wollte sie nämlich nicht mitnehmen. Muttermale bedeuten Unglück, wissen Sie. Alberto und ich hatten einen grauenhaften Streit, weil ich sie nicht mit an Bord nehmen wollte.«

Ich brauchte ein paar Sekunden, bis ich verstanden hatte, was sie da sagte. »Sie können sich an diese Überfahrt tatsächlich erinnern?«

»Es war das einzige Mal, daß ich Alberto wirklich widersprochen habe«, sagte sie. »Ich war mir sicher, daß mit diesem Baby irgendwas passieren würde. Muttermale und Boote sind eine schlechte Kombination. Wir hatten Glück, auf der Überfahrt ging alles glatt. Aber jetzt wird mir einiges klar. Das Unglück brauchte einfach eine Weile, bis es zu wirken begann.«

Ihre dunkle Stirn glänzte im Licht des Instrumentenbords. Sie trank einen Schluck aus der Wasserflasche.

»Danach habe ich Alberto gezwungen, immer vorher zu fragen, ob die Babys Muttermale haben«, sagte sie. »Ich wollte nicht mit einem Kind fahren, das so etwas Übles hat. Die Sache ist schon an sich gefährlich genug.«

»An was können Sie sich noch erinnern? Haben Sie die Mutter gesehen?«

Barbara warf mir einen mißtrauischen Blick zu, den ich nicht verstand. »Ich bin immer an Bord geblieben«, sagte sie. »Aber Alberto hat mir erzählt, daß er die Mutter gesehen hat. Als ich zu streiten begann, weil das Baby ein Muttermal hatte, sagte er, daran wäre nicht das Baby schuld, weil nämlich die Mutter auch eines hätte, an der gleichen Halsseite und so weiter. Als ob die Sache dadurch besser geworden wäre! Den kleinen Wurm habe ich jedenfalls nicht gestillt!«

»Hören wir auf mit dem Muttermal«, sagte ich, mäßigte meinen Ton jedoch sofort, als sie mich wütend anstarrte. »Was hat Ihnen Alberto sonst noch von der Mutter erzählt? Er muß doch noch irgend etwas erwähnt haben.«

»Normalerweise hat er die Mütter nie zu Gesicht bekommen. Diese eine hat er gesehen, weil sie fast gestorben wäre. Ich weiß noch, daß er weiß wie die Wand war, als er an Bord kam. Ich war halb tot vor Angst, weil er so lange weg war, aber er sagte nur, ich solle den Mund halten. Erst auf der Rückfahrt hat er mir erzählt, was er gesehen hat. *Ay, coño!* Dieses Muttermal wird mich bis zu meinem Tod verfolgen!«

Barbara war so aufgeregt, daß mich ein feiner Spuckeregen aus ihrem Mund mitten ins Gesicht traf. Ich wischte das Zeug weg. »Was soll das heißen, sie wäre fast gestorben?«

»Danach, was Alberto mir erzählt hat, müßte sie tot sein.« Ich brauchte eine Menge Selbstbeherrschung, um sie nicht sofort anzuspringen und die Informationen aus ihr herauszuprügeln. Vielleicht war alles, was wir hier taten, völliger Unsinn. Michelle würde sterben, Betancourt ungestraft davonkommen, und Barbara und ich hätten nicht das geringste erreicht. Ich spürte meine Unterlippe zittern.
»Also bitte, Lupe! Ich habe doch nicht gesagt, daß sie tot ist. Ich habe nur gesagt, daß Alberto gesagt hat, daß sie halb tot gewesen sei.«
»Sie machen mich echt fertig, Barbara«, sagte ich ächzend.
»Passen Sie auf, ich erzähle Ihnen am besten alles, woran ich mich erinnern kann. Die Leute in Sagua la Grande haben Betancourt gesagt, daß das Baby geboren wäre und abgeholt werden könnte, aber sie haben gelogen. Sie brauchten Geld und Lebensmittel und haben angerufen, bevor das Baby auf der Welt war.«
»Ich dachte, diese Leute seien halbwegs vertrauenswürdig«, sagte ich verzweifelt.
»Das habe ich nie behauptet.« Barbara schüttelte den Kopf. »Also, Alberto hat einen Wutanfall gekriegt und gedroht, wieder wegzufahren. Er hat gesagt, daß sie Lügner seien und ihn nur ausbeuten wollten. Darauf haben sie ihn zu der Mutter mitgenommen, um zu beweisen, daß sie das Baby bald kriegen würde. Als sie dort waren, hatte sie es auch tatsächlich gerade zur Welt gebracht. Davor hatte er noch nie eine der Mütter gesehen, und er hat mir gesagt, er würde es nie vergessen. Er hat gesagt, von dem Blutgeruch wäre ihm fast schlecht geworden.«
»Aber die Mutter lebte noch?«
»Da war noch ein anderes Mädchen, das hat die Nachgeburt weggebracht. Und irgendwer, der die Mutter genäht hat. Aber er war nicht ganz sicher, ob sie es überlebt hat, weil

überall Blut war. Aber Sie wissen ja, wie Männer sind – Feiglinge sind sie, wenn's um Blut geht. Er hat mir von dem Muttermal der Mutter erzählt, diesem braunen Ding am Hals. Er hat gesagt, er hätte immer hinstarren müssen.«

Ich wußte, daß Michelle diese Art Muttermal geerbt hatte, und war daher nicht erstaunt, daß auch ihre Mutter eines besaß. Das war eine gute Nachricht; es würde mir die Arbeit erleichtern. Trotzdem ... »Sie war damals also auf jeden Fall noch am Leben?«

Ich sah Barbaras Profil vor dem mondbeschienenen Himmel. Ihr Gesicht war wie aus Holz geschnitzt, glatt und weich. Sie steuerte die *Mamita* und ließ sich mit der Antwort Zeit.

»Wissen Sie, Lupe, ich hätte mich auf die Sache schon viel früher eingelassen, wenn Sie mir die Wahrheit anvertraut hätten. Sie erzählen mir jetzt zum erstenmal, daß wir die Mutter dieses kranken Mädchens rausholen wollen. Irgendeine Mutter rauszuholen ist vielleicht nicht so schwer, aber Sie wollen eine ganz bestimmte. Eine, die wahrscheinlich schon längst tot ist. Sie sehen doch selbst, daß das ziemlich idiotisch ist, oder?«

»Ich ...« Sie hatte recht. »Ich kann Ihnen nicht verdenken, daß Sie wütend sind, Barbara. Ich hatte unrecht. Wir können auf der Stelle umkehren, wenn Sie wollen.«

Barbara überlegte, zuckte mit den Achseln, doch wir blieben auf Kurs. Ich wußte, daß wir mittlerweile schon die halbe Wegstrecke zurückgelegt hatten. Einerseits hoffte ich, daß sie uns zurückbringen würde, damit wir unser Glück mit Betancourt versuchen könnten, andererseits wollte ich unbedingt weiterfahren, unser Leben auf einer fast sinnlosen Jagd aufs Spiel setzen. Letztendlich saßen wir so oder so in der Scheiße.

Das Meer glitt ruhig an uns vorbei; die nächsten fünf Minuten vergingen in Schweigen. Plötzlich übergab Barbara mir das Steuerrad und stieg nach unten. Kurz darauf kam sie mit einer Flasche Rum wieder hoch. Ich hoffte, daß es nicht dieselbe Flasche war, die ich schon tags zuvor auf der *Mamita* gesehen hatte und in der nur mehr ein kleiner Rest gewesen war. Sie genehmigte sich einen kräftigen Schluck und reichte mir die Flasche.

»Das heißt wohl, daß wir weiterfahren, oder?« sagte ich.

»Ja, das heißt es wohl«, erwiderte sie und übernahm wieder das Steuerrad. »Noch was. Das letzte, was Alberto von der Mutter sah, war, daß ihr ein Priester die Letzte Ölung gab.« Mehr sagte sie nicht, aber ich hatte bereits genug gehört. Letztlich war es eine rein geschäftliche Angelegenheit gewesen: Rück das Geld raus, nimm das Baby und hau ab. Mir blieb die Hoffnung, daß Michelles Mutter lebte und irgendwo in der Nähe von Isabela de Sagua wohnte oder daß sich Albertos Kontaktleute wenigstens an sie erinnerten. Allerdings empfand ich diese Hoffnung nicht gerade als übermäßig beruhigend.

Der Himmel war jetzt stärker bewölkt; nur die hell leuchtenden Sterne durchdrangen als winzige Lichtflecken die Wolkendecke. Barbara zündete sich eine Zigarre an, und ich sah nur mehr die glühende Fackel in ihrem Mund. So muß es sein am Vorabend der Schlacht, dachte ich, und als ich einen Blick auf meine Armbanduhr warf, durchschoß mich das Adrenalin: weniger als eine Stunde bis zur Küste.

»Isabela de Sagua ist ein Rattennest, wenn Sie mich fragen«, sagte Barbara, ohne daß ich sie angesprochen hatte. Ihre Stimme klang fremd, jetzt, da ich ihr Gesicht nicht sehen konnte. »Es war ein völlig unwichtiges kleines Fischerdorf, bis die Leute wie verrückt wegwollten. Von dort sind es nur achtzig Kilometer bis nach Cayo Sal.«

»Auf den Bahamas.«

Barbara nickte. »Das Kaff ist so klein, daß jeder jeden kennt. Alberto hat immer gesagt, das wäre gut für uns – wenn irgendeiner uns verpfeifen würde, wüßten alle, wer es war. Die Leute dort waren abhängig von den Sachen, die wir ihnen aus Miami mitgebracht haben. Die hätten jeden getötet, der ihnen das versaut hätte.«
Ich fragte mich, wie ich mit den Leuten dort umgehen sollte, ob ich sie dazu bringen könnte, mir bei der Suche nach Michelles Mutter zu helfen, nur weil es das einzig Richtige war.
»Jetzt müssen wir anfangen, nach Schiffen der cubanischen Marine Ausschau zu halten«, verkündete Barbara und warf ihre Zigarre über Bord.
»Sie haben doch gesagt, die würden nicht oft patrouillieren, weil das Benzin auf Cuba knapp ist.«
»Stimmt. Aber denken Sie an das, was ich Ihnen über die Bahamas gesagt habe. Hier läßt Castro mehr Boote als anderswo patrouillieren. Er hat keine Lust, sich wegen irgendwelcher Leute zu blamieren, die ohne seine Erlaubnis abhauen.«
Sie hob das Nachtfernglas, das ich mitgenommen hatte, an die Augen und blickte in die Ferne. Ich hatte das Gefühl, als stünde ich unter Strom; es war eine widerliche Anspannung, von der ich glaubte, sie würde nie wieder vergehen. Eine Zeitlang fuhren wir schweigend dahin; dann drosselte Barbara das Tempo.
»Wissen Sie, ich habe mich echt bemüht, nicht an die Patrouillenboote zu denken«, sagte ich. »Hätten Sie nur nie damit angefangen! Aber Sie hatten völlig recht – man sollte erst dann Angst kriegen, wenn wirklich was passiert.«
»Jetzt dürfen Sie Angst kriegen!« zischte sie mir zu und drosselte den Motor noch weiter. »Es passiert nämlich gerade was.«

25

Barbara schaltete den Motor aus, und das Boot glitt nur noch von allein durchs Wasser. Instinktiv duckten wir uns. Ich nahm ihr das Fernglas ab und sah in die Nacht hinaus.
Es war näher, als ich gedacht hatte, und größer – ein Stahlschiff, das von der Seite auf uns zufuhr. An Deck war ein Gewehr montiert, das direkt auf uns zeigte.
»Ruhig bleiben!« sagte Barbara. »Unser Motor ist nicht nur schnell, sondern auch leise. Wenn sie uns nicht suchen, sehen sie uns nicht. Wir sind noch zu weit weg.«
»Aber sie fahren auf uns zu.«
Barbara versuchte ihren massigen Körper hinter dem Steuerrad zu verstecken und hielt einen Kurs, der zwar vom Patrouillenboot weg, aber weiterhin nach Süden führte. Einen Augenblick lang tauchte der Mond zwischen den Wolken auf, und ich sah, daß Barbaras Augen vor Angst hervorquollen und ihr Mund verzerrt war.
Das reichte mir. Wenn sogar Barbara Angst hatte, mußte die Gefahr wirklich groß sein, und ich war in höchster Panik.
Ich ließ mich aufs Deck fallen und lehnte mich an die Reling der *Mamita*. Durch die grün gefärbten Gläser sah ich das Boot näher kommen. Es war innen erleuchtet, und obwohl wir zu weit weg waren, als daß ich es überhaupt hätte sehen können, kam es mir so vor, als gingen innen auf der Brücke Gestalten umher. Ein Suchscheinwerfer leuchtete das umliegende Meer mit einem langsamen, bedrohlich hin und her schwenkenden Lichtbogen ab.
»Kommt es näher?« flüsterte Barbara.

»Es hält weiter auf uns zu«, sagte ich, ebenfalls leise, obwohl das Boot noch gut hundert Meter entfernt war.
Barbara schaltete jetzt auch das Instrumentenbord aus; wir fuhren in völliger Dunkelheit weiter. Es war, als glitten wir nicht mehr auf der stabilen *Mamita*, sondern auf einem Floß oder auf dem Rücken eines riesigen Fisches übers Meer. Jetzt, da der Motor uns nicht mehr vorantrieb, ruk-kelte das Boot über jede noch so kleine Welle im Ozean und geriet ins Schlingern. Wenn ich nicht so in Panik gewesen wäre, hätte ich bestimmt über die Reling gekotzt.
Sie kamen immer näher. Plötzlich erkannte ich, daß wir einen Vorteil hatten: Ihr Suchscheinwerfer war zwar stark und leuchtete eine große Fläche auf dem Wasser aus, erschwerte ihnen aber offenbar die Weitsicht – als würde man im Dunkeln vor einem Haus stehen, das innen erhellt ist und in das man hineinsehen, aber von innen nicht gesehen werden kann. Wenn wir nicht direkt in ihren Suchstrahl gerieten, war es durchaus möglich, daß wir einfach an ihnen vorbeitrieben.
Während ich wie gebannt hinübersah, betete ich im stillen unaufhörlich das immer gleiche Gebet – eine Fähigkeit, die nur durch den jahrelangen Besuch einer katholischen Schule erworben werden kann. Als ich den Eindruck hatte, Maria genug angefleht zu haben, ging ich zu den Jüngern über. Und für den Fall, daß es noch schlimmer kam, fielen mir bestimmt einige abgelegene Heilige ein, die gerade deshalb besonders hilfreich sein würden, weil sie nur selten angerufen wurden.
»Sie haben uns gesehen!« sagte Barbara und drehte das Rad wild herum, um uns von dem Patrouillenboot wegzusteuern. »Ich lasse den Motor wieder an.«
»Nein!« zischte ich.
»Es ist dieses verdammte Muttermal! Beim Baby und der

Mutter – ich hätte wissen sollen, daß uns das doppeltes Unglück bringt. Ich drehe um und versuche ihnen davonzufahren.«
»Warten Sie!« Durchs Fernglas sah ich, daß das Boot jetzt parallel an uns vorbeifuhr. Ich konnte das breite Kielwasser sehen. Das Boot hatte an der Seite aufgemalte Kennzeichen. Es war ein cubanisches Schiff, und es fuhr einfach weiter, ohne das Tempo zu drosseln.
»Sie haben uns nicht entdeckt«, sagte ich. »Sie fahren weiter.«
Barbara nahm ihr eigenes Fernglas zur Hand und blickte über das Meer hinter uns. Ich hatte recht gehabt: Das Patrouillenboot war dicht an uns vorbeigefahren, aber nicht dicht genug, um uns zu bemerken. Ich sah zu, wie der Lichtstrahl sich nach Norden fortbewegte und das Wasser absuchte, das wir gerade durchfahren hatten.
Ich stand auf und klopfte mir die Kleider ab. Obwohl immer noch ein kühler Wind wehte, war ich schweißgebadet. In meinen Ohren pulsierte das Blut.
Nach einiger Zeit ließ Barbara den Motor wieder an, fuhr eine Weile, stellte den Gashebel fest und betrachtete das Instrumentenbord. Kurz darauf fuhren wir wieder mit derselben Geschwindigkeit wie zuvor. Keine von uns machte eine Bemerkung über den Zwischenfall – als würde jedes Wort darüber die Cubaner wieder auf unseren Kurs locken.
Am Horizont lichtete sich der Himmel. Barbara, die starr hinter dem Steuerrad stand, beobachtete ohne Unterlaß das vor ihr liegende Wasser. Plötzlich fiel mir auf, daß sie die Karten nicht ein einziges Mal aufgeschlagen hatte.
»Ich glaube, ich sehe den Leuchtturm«, sagte sie nach einiger Zeit. »Da drüben, backbord. Sehen Sie das Licht? Zählen Sie bis zehn, dann müßte es wiederkommen.«
Wenn man Barbara so hörte, konnte man glauben, die Kü-

ste Cubas sei mit einem Mal vor ihr aufgetaucht. Ich sah überhaupt nichts. Doch dann konzentrierte ich mich und starrte mit zusammengekniffenen Augen durchs Fernglas, bis kleine Punkte vor meinen Augen erschienen.

»Barbara«, sagte ich, »bevor wir unser Ziel erreichen, möchte ich Sie etwas fragen. Hat Alberto Ihnen je erzählt, ob dort irgend jemand das Kommando hatte? Ich meine, es muß doch eine Art Chef gegeben haben, der alles organisierte und dafür sorgte, daß die cubanischen Behörden nicht dazwischenfunkten.«

»Sie tun sich wirklich schwer, mir zu glauben, Lupe«, antwortete sie, weiterhin mit einer Hand steuernd und mit der anderen das Fernglas an die Augen haltend. »Um das Geschäftliche hat sich Alberto gekümmert. Schauen Sie, da ist der Leuchtturm wieder.«

Es stimmte. Direkt vor uns machte ich verschwommene Umrisse aus. Ungläubig sah ich, wie der Strahl des Leuchtturms auf uns zukam und wieder verschwand. Während wir uns der Küste näherten, sah ich trübe Lichter und etwas Undeutliches, Dunkles, das, wie mir bald klar wurde, Land war. Ich bin in den Vereinigten Staaten zur Welt gekommen, doch Cuba hat von Geburt an mein ganzes bisheriges Leben bestimmt. Papas Familie hatte schon in der sechsten Generation auf Cuba gelebt, und Mamas Vorfahren waren Anfang des achtzehnten Jahrhunderts aus Spanien gekommen. Ich bin mit dem Wissen groß geworden, daß meine eigentliche Heimat zwar nah, doch für mich unerreichbar ist, und war immer durch die Politik und eine lächerlich kleine Distanz von meiner Geschichte dort getrennt gewesen. Ich bin weiß Gott nicht die einzige – Dade County lebt Cuba, atmet Cuba und träumt von Cuba. Wir sind zwar Exilanten, doch wir wissen und glauben, daß wir eines Tages nach Hause zurückkehren werden.

Ich spürte, daß meine Wangen naß wurden.
»Wir haben es schnell geschafft«, sagte Barbara. Wenn sie meine Tränen bemerkt hatte, so sagte sie nichts darüber. »Noch vor Tagesanbruch sind wir in der Bucht, wo sie auf uns warten. Nur keine Sorge – wenn wir Cuba sehen können, können unsere Kontaktleute auch uns sehen.«
Auf der Fahrt zur Küste war die See so ruhig und klar, daß man hätte glauben können, wir kämen von einem nächtlichen Segelausflug zurück, den wir zum Vergnügen unternommen hätten. Barbara drosselte nach und nach den starken Motor, bis das Schiff nur noch ganz langsam dahinglitt. Wir fuhren in einen Kanal, der im Westen von Sandbänken und einem sumpfigen Küstenstrich ohne jede Vegetation begrenzt war, während das Landesinnere in sattem Grün leuchtete.
Dieses Land erfüllte mich mit Ehrfurcht. Es dauerte ein bißchen, bis ich die Umgebung aufgenommen hatte – die Luft, das Wasser, jede Einzelheit wollte ich für später im Gedächtnis festhalten. Ich mußte die Ehrfurcht und meine Sehnsucht vergessen, denn ich stand kurz davor, Menschen zu begegnen, die mich möglicherweise töten würden, um sich selbst vor dem Entdecktwerden zu schützen. Diese Leute würden kein Verständnis dafür aufbringen, daß mein lebenslanger Traum heute wahr wurde.
Vorsichtig fuhren wir den Kanal hinauf, bis wir in die kleine Bucht gelangten. Ich verstand, warum Alberto sie als Treffpunkt ausgewählt hatte. Das Wasser war seicht, man konnte leicht vor Anker gehen, und es gab nur diese eine Einfahrt, die kilometerweite Sicht gewährte.
Ich ließ den Anker fallen. Barbara stellte den Motor ab. Dann setzten wir uns aufs Deck und warteten. Bald darauf brach der Tag an.

26

Schockartig wurde mir klar, daß ich mich noch nie in größerer Lebensgefahr befunden hatte als jetzt. Trotzdem konnte ich immer noch nicht recht fassen, daß Guadalupe Solano es tatsächlich nach Cuba geschafft haben sollte. War doch egal, daß ich in einem Segelboot festsaß, von Moskitos aufgefressen wurde und eine monströse schwangere Frau als Begleiterin hatte, die ich fast überhaupt nicht kannte. Zum erstenmal war ich daheim.

Ich blickte mich um und konnte gar nicht genug kriegen. In der Ferne sah ich Königspalmen, das Wahrzeichen von Cuba, so hoch und majestätisch, wie ich sie mir immer vorgestellt hatte. Ich glaube, jede cubanische Exilantenfamilie hat zu Hause irgend etwas – ein Gemälde, ein Foto – mit diesem Wahrzeichen drauf, das sie immer an ihre Herkunft und ihre Ursprünge erinnert.

Vom Bug der *Mamita* aus konnte ich in großer Distanz die Berge sehen. Ich hätte mich ohrfeigen können, weil ich so wenig über die Geographie Cubas wußte und keine Ahnung hatte, wo genau ich mich befand. Meine Träume von der Heimkehr nach Cuba hatten immer in Havanna gespielt, wo ich, mein Louis-Vuitton-Bordcase in der Hand, aus einer 747 ausstieg. Nie war mir in den Sinn gekommen, was wäre, wenn ich auf einem Segelboot in irgendeinem gottverlassenen Fischerdorf an der felsigen Nordküste ankäme.

Ich nahm mein Fernglas und sah mich weiter um; die Farben und jedes wahrnehmbare Leben brannten sich in mein Gedächtnis ein. Ich betrachtete die Schmetterlinge, die über der Küste kreisten, und das wilde Durcheinander der Pflanzen. Zum erstenmal überhaupt faszinierte mich die Vielfalt der Natur. Osvaldo wäre stolz auf mich gewesen. Allerdings konnte ich mir dieses ungemein intensive Staunen nicht allzulange leisten. Die Wirklichkeit schuf sich immer mehr Raum in meinen Gedanken.

Zwei Stunden vergingen. Die Morgensonne war heißer als in Florida; die Sonnenstrahlen wurden vom Wasser zurückgeworfen und brannten auf meiner Haut. Absolut nichts war bisher passiert; niemand war erschienen, auch die cubanische Marine nicht, um uns zu verhaften. Ich hatte begonnen, mir Nagelhaut abzuzupfen – ein äußerst mieses Zeichen –, und Barbara rauchte eine ganze Montecristo Nummer Eins. Keine schlechte Leistung.

Die in der schwülen Luft hängende Stille dröhnte in meinen Ohren; nur das Summen der Insekten durchbrach sie. Die Moskitos kamen mittlerweile im Sturzflug über uns, wobei sie exotische, militärisch aussehende Formationen bildeten. Ich sagte mir, daß wir uns, wenn sich im Verlauf der nächsten Stunde nichts tat, einen anderen Plan ausdenken müßten. Noch nie hatte das Wort »Miami« so gut geklungen wie jetzt.

»Irgend jemand ist in den Büschen dort, links von der Palme«, flüsterte Barbara, kaum die Lippen bewegend. »Zwei Männer, können auch drei sein. Sie sind schon ein paar Minuten da und beobachten uns.«

Mein Herz begann so rasend zu schlagen, daß ich überzeugt war, die Männer könnten es hören. Ich versuchte, beiläufig zu den Bäumen und dem hohen Gras hinzusehen, doch ich entdeckte rein gar nichts. Einerseits wollte ich, daß irgend etwas geschah, andererseits betete ich darum, daß alles so bliebe. Wenn ich meine Augen nur lange und fest genug schloß, würde ich, wenn ich sie wieder öffnete, in meinem Schlafzimmerpalast aus Chintz in Cocoplum aufwachen.

»Es sind drei, und sie kommen näher.« Barbara hob abwehrend die Hand, damit ich ruhig blieb. »Zwei kenne ich, es sind Cousins von Alberto, aber da ist noch ein älterer, den kenne ich nicht.«

Mir war alles egal. Ich wandte den Kopf und blickte direkt auf die drei Männer, die sich der *Mamita* näherten. Sie sahen ziemlich harmlos aus, wenn man die Gewehre, die sie bei sich trugen, außer acht ließ. Sie stiegen in ein kleines Holzboot, das in den Sümpfen versteckt gewesen war, und ruderten zu uns.

»Herzlich willkommen, Barbara«, rief der Mann ganz vorn im Boot. Sein Gesicht und die Gesichter seiner Begleiter wurden von breitkrempigen, für die cubanischen Bauern typischen Strohhüten beschattet, und alle drei trugen schäbige Arbeitshosen aus grobem Segeltuch und kurzärmelige, am Kragen offene Hemden. Sie wirkten arm.

Als das Boot schon ziemlich nahe war, starrte der Vordermann mich an und rief: »Ich sehe Alberto nicht? Wo ist er?«

»Er ist nicht mitgekommen, Pedro, er hatte diesmal gerade etwas anderes zu tun.« Barbara deutete lächelnd auf mich. »Dafür ist diesmal Marta dabei.«

»*Hola*«, sagte er. Ich lächelte, so selbstsicher ich konnte, und plazierte meine Hände an einer Stelle, wo sie nicht zu sehen waren.

Als ich den Blick zu Barbara wandte, sah ich, daß ihre Nasenlöcher vor Wut zitterten. Sie versuchte zwar, sich davon abzubringen, doch sie starrte die ganze Zeit den älteren Mann an. Er gehörte offenbar nicht zum sonst üblichen Begrüßungskomitee, und mir dämmerte, daß uns die Situation bereits fast aus der Hand geglitten sein könnte. Ich selbst hätte mir gar keine größeren Sorgen gemacht, doch Barbara hatte ich noch nie so ernst gesehen. Ich fragte mich, ob wir nicht besser mit ein paar Männermuskeln auf große Fahrt gegangen wären. Es erschien mir vor der Abfahrt nicht notwendig, da die Cubaner Not litten und auf uns angewiesen waren. Das, glaubte ich, sei unser Schutz. Jetzt war ich mir dessen nicht mehr so sicher.

Aber irgend etwas stimmte nicht, darüber ließ sich nicht hinwegsehen. Die Männer musterten mich ausgiebig und nahmen meine Anwesenheit dann offenbar hin. Während sie vorsichtig an Bord der *Mamita* kletterten, schob sich Barbara verstohlen die Machete in den Bund ihres langen Rocks.

»Tut mir wirklich leid«, sagte sie, als die Männer an Bord waren. »Marta, das sind die Cousins von Alberto, Pedro und Tomas. Ihren Freund da habe ich bis jetzt leider noch nicht kennengelernt.«

Als Barbara auf ihn zu sprechen kam, verdüsterte sich die Miene des älteren Mannes. Er stand hinter Pedro und Tomas und besah sich das Instrumentenbord. Er hatte gleichzeitig etwas sehr Fremdes und etwas sehr Vertrautes an sich. Offensichtlich war er etwas älter als Tomas; die Jahre und die Sonne hatten seine spanischen Gesichtszüge mit weit mehr Falten durchzogen, doch er schien nicht mit ihnen verwandt zu sein. Sein Haar war weiß, lang und schütter, und ein dünner, weißer Bart bedeckte einen Teil seiner kantigen Züge.

»Ich heiße Alvaro«, sagte er und verbeugte sich höflich vor Barbara und mir. Ich hörte einen leichten Akzent heraus, den ich jedoch nicht bestimmen konnte.

Pedro stand mit vor der Brust verschränkten Armen da und blinzelte in die Morgensonne. »Also, wenn Alberto nicht mitkommen konnte, fangen wir am besten gleich an. Was habt ihr uns aus Miami mitgebracht?« Seine Stimme nahm einen fordernden Ton an. »Hoffentlich seid ihr großzügig gewesen. In letzter Zeit ist es hier noch schlimmer geworden.«

Aus gebotener Vorsicht sahen wir mißtrauisch zu, wie die drei Männer in der Kabine verschwanden und sie zu durchsuchen begannen. Sie öffneten die Schränke und fanden den mit Bargeld gefüllten Packpapierumschlag, den Barbara dort deponiert hatte.

In der Kabine breitete sich der Geruch von Männerschweiß aus. Sie öffneten sämtliche Laderäume, als würde alles ihnen gehören, und nahmen innerhalb einer Viertelstunde alles an sich, was Barbara für sie gekauft hatte, sowie unsere Kleider und den größten Teil unserer wenigen persönlichen Habseligkeiten. Mir war wirklich egal, was sie mitgehen ließen, solange sie nicht mit dem Benzin verschwanden, das wir für die Rückfahrt nach Miami brauchten. Doch dankenswerterweise ließen sie die großen Benzinfässer genau dort stehen, wo sie standen.

Pedro reichte die Sachen an Tomas weiter und schickte ihn und Alvaro zur Küste, wo sie alles auf einen Metallkarren luden.

»Gut gemacht«, sagte Pedro anerkennend zu Barbara. »Das müßte eine Weile reichen.«

Pedro hatte recht. Ich war wirklich erstaunt, was sie mit meinem Geld alles gekauft hatte – man hätte sie glatt zur »Einkäuferin des Jahres« küren können: alle möglichen Toilettenartikel – literweise Shampoo, Seife, Zahnpasta, Deodorant, Handlotion, alle möglichen kleinen Elektrogeräte, Batterien, Ventilatoren, Taschenlampen sowie Lebensmitteldosen, Reis, Mehl und Bier – genug, um eine ganze Speisekammer zu füllen. Es war wirklich beeindruckend, was sie alles auf dem Schiff gehortet hatte, und die Cubaner erkannten Barbaras Leistung auch an.

Tomas kam, um die nächste Ladung abzuholen, während

Alvaro an Land geblieben war und uns, eine Zigarette rauchend, von dort aus beobachtete. Barbara und ich standen mit Pedro in der stickigen Kabine und sahen uns an wie verlegene Gäste auf einer Party mit lauter Unbekannten, die nicht wußten, wie sie miteinander ins Gespräch kommen sollten.

Schließlich verfrachtete Pedro die letzte Ladung in den Karren und kam mit dem Boot zurück. Alvaro rief von der Küste aus: »Barbara und Marta, kommt mit uns zum Haus, dann besprechen wir alles weitere.«

Es klang nicht so, als könnte über diesen Vorschlag diskutiert werden. Bis dahin hatte ich Pedro für den eigentlichen Anführer der Gruppe gehalten, doch jetzt sah es ganz danach aus, als würde Alvaro die Entscheidungen treffen, wie weiter vorgegangen würde. Das gefiel mir gar nicht, denn ich wurde nicht schlau aus ihm, und außerdem war er der einzige in der Gruppe, den Barbara noch nie zuvor gesehen hatte.

Sie und ich verließen nur widerwillig die schützende *Mamita*, aber wir hatten nun mal keine Wahl. Wir schlossen die Kabine ab und fuhren im Boot der Männer an Land.

Dann gingen wir mit ihnen ungefähr zwei Kilometer durch das Gestrüpp, das die Küste entlang wucherte. Tomas schob den schweren Karren auch später, als ein Pfad durch das unwegsame Gebiet führte. Die Gegend hatte etwas Trostloses; als ich Pedros Blick auf mir spürte, sah ich weg. Alvaro ging voran, leise vor sich hinpfeifend, ansonsten schwieg er.

Wir kamen durch eine Lichtung in einem kleinen Palmenwäldchen und befanden uns plötzlich am Rand eines winzigen Dorfs. Meeresgeruch durchdrang die Luft. Überall waren halb zerrissene Fischernetze zum Trocknen ausgebreitet, und auf Holzgestellen lagen verfallene Boote, die

dringend einer Reparatur bedurften. Dann sah ich ein paar kreisförmig angeordnete Hütten, die allesamt nach Farbe schrien.
Nirgends waren Menschen zu sehen; das Ganze wirkte völlig verlassen. Wir befanden uns zwar noch immer vor dem eigentlichen Ort, trotzdem erschien es mir merkwürdig, daß niemand zu sehen war. Mit jedem Schritt wuchs meine Gewißheit, daß die Situation außer Kontrolle geraten war und ich mich verrechnet hatte. Die Männer hielten ihre Gewehre mit dem Lauf zu Boden gesenkt, aber ich spürte, daß sie bereit waren und jederzeit schießen würden.
Barbara und ich gingen nebeneinander her, und plötzlich bemerkte ich, daß die Männer uns in die Mitte genommen hatten. Ich fühlte mich eher wie eine Gefangene denn wie ein in Ehren aufgenommener Gast. Als wir das Tor eines neueren, nur um Nuancen besser gepflegten Hauses erreichten, drehte Alvaro sich abrupt zu uns um.
»Hier bleiben wir«, sagte er. Sein Gesicht wurde von seinem Strohhut fast völlig beschattet.
Er öffnete das Tor, das zu einem mit weißen Steinchen bedeckten Weg führte; der Kies knirschte unter unseren Füßen. Kleine Staubwolken wirbelten um uns auf, als wir zur Haustür gingen.
Alvaro deutete auf die Tür. »Bitte tretet ein.«
Außer uns schien es immer noch niemanden in Isabela de Sagua zu geben, wenn das wirklich der Ort war, in den sie uns gebracht hatten. Der Eindruck von Verfall und Verlassenheit, den das Ganze machte, ließ mich nämlich befürchten, daß Albertos Cousins und ihr Freund uns ganz woandershin geführt hatten.
Wir hatten keine Wahl. Alvaro bugsierte uns in ein relativ großes, spärlich möbliertes Wohnzimmer und deutete auf eine Tür links von uns.

Bevor ich seine Befehle wie ein Schaf befolgte, das zur Schlachtbank geführt wird – denn genauso fühlte ich mich –, sah ich mich gut um. Ich wollte mir soviel wie möglich merken für den Fall, daß ich dieses Wissen später brauchte. Insgeheim dankte ich Papa dafür, daß er mir von klein auf beigebracht hatte, Blaupausen zu lesen und auf architektonische Gegebenheiten zu achten – ich war eben die Tochter eines Bauunternehmers.
Die Haustür führte direkt in den mit Fliesen ausgelegten Wohn/Eßraum. Ich versuchte, mich von den Revolutionsplakaten an der Wand nicht ablenken zu lassen, obwohl es mir schwerfiel, die jeden meiner Schritte beobachtenden Helden der »ruhmreichen cubanischen Revolution« – Fidel, Che und Camilo – zu ignorieren. Die Decke war hoch, mindestens vier Meter fünfzig. Ich zählte fünf Türen, die von diesem Hauptraum ausgingen, zwei an jeder Seite und eine direkt gegenüber der Haustür. Diese Tür stand leicht offen, und ich sah, daß sich hinter ihr eine schmutzige Küche verbarg. Die anderen Türen waren zu. Ich befürchtete, daß es nur einen einzigen Eingang gab, nämlich die Vordertür.
Das Haus befand sich in schlechtem Zustand – abblätternde Farbe, absackende Wände. Das Holz war verschimmelt. Die Couch und die zwei Sessel, die um ein niedriges Tischchen mit Glasplatte standen, wirkten billig, waren schmutzig und ließen das Zimmer so öde wirken, als hätte noch nie jemand darin gewohnt und sich um dessen Aussehen gekümmert. Fatima hätte gesagt, der Raum habe eine schlechte Ausstrahlung. Ich fand, daß er wie ein Raum aussah, in dem sich nichts, rein gar nichts ereignen konnte.
Alvaro war offenbar der Ansicht, daß wir uns mit der Befolgung seiner Befehle zu lange geziert hatten. Er räusperte sich mit typischem Raucherrasseln, was überaus charmant

klang, und hielt uns die Tür auf. Es war deutlich mehr als eine bloße Einladung.
»Wenn ihr euch frisch machen wollt, habt ihr hier alles, was ihr braucht«, sagte er höflich.
Ich wußte, was gleich passieren würde. Wir traten langsam in das Zimmer, zuerst Barbara, dann ich. Als wir drinnen waren, ging die Tür hinter uns zu. Wir hörten, wie sich der Schlüssel im Schloß drehte; dann wurde die Haustür zugemacht. Und dann herrschte nur noch Stille.

27

Barbara starrte die Tür an. »Ich glaube, jetzt müssen wir mit dem Improvisieren beginnen.«

»Und ich glaube, daß sie Alberto ein bißchen anders behandelt haben, wenn er herkam«, erwiderte ich.

Das Zimmer erfüllte seinen momentanen Zweck, nämlich Gefangene in sich zu bergen, geradezu perfekt. Mit Ausnahme von zwei Einzelbetten, die an gegenüberliegenden Wänden standen und am Boden festgeschraubt waren, gab es keine Möbel darin. Die einzige Lichtquelle bestand aus einer von der Mitte der Decke herabhängenden erbärmlichen Glühbirne. Ein kleines, offenstehendes Fenster ging auf die schmale Gasse hinter dem Haus hinaus, war jedoch viel zu hoch, als daß es uns von Nutzen sein konnte. Eine winzige Kammer mit einer schmutzigen Toilette und einem Waschbecken lag rechts von der Tür. Auch dieser Raum hatte ein kleines, hohes Fenster. Ich konnte nur hoffen, daß das Kabuff nicht allzulange unser Zuhause weit weg von daheim sein würde.

Wir ließen uns auf die Betten fallen. Es war wie am ersten Tag eines ganz besonders miesen Sommercamps.

»Wie konnte uns das nur passieren?« fragte ich. »Es ging so schnell, daß ich gar nicht richtig zum Überlegen kam. Ich hätte etwas unternehmen müssen, als sie anfingen, unsere Sachen zu durchwühlen.«

Barbara legte grinsend den Finger auf den Mund, um mich zum Schweigen zu bringen. Dann zog sie langsam und mit der Miene eines Menschen, der ein wertvolles Geschenk auspackt, am Bund ihres Rocks und zeigte mir die dort versteckte Machete. Als ich lautlos applaudierte, verbeugte sie sich wie eine große Schauspielerin nach einer grandiosen Vorstellung.

Sie wußte offenbar nicht, daß ich gesehen hatte, wie sie sich die Machete an Bord der *Mamita* in den Rock steckte, und ich wollte ihr die Show nicht verderben. Mit schwante, daß ihre Nummer hier für eine ganze Weile der größte Spaß gewesen sein würde.

Während sie ihren Rock wieder in Ordnung brachte, sah ich zu meinem Entsetzen, daß ihr Bauch in den letzten Tagen noch dicker geworden war, was in medizinischer Hinsicht eigentlich nicht sein konnte. Am allerschlimmsten aber war, daß er obendrein ziemlich runterhing. Ich erinnerte mich an Fatimas graphische Darstellung des Geburtsvorgangs und daran, daß das Baby sich nach unten, Richtung Geburtskanal bewegt, wenn die Entbindung unmittelbar bevorsteht.

Barbara bemerkte meinen Blick und starrte erwartungsvoll zurück, als wollte sie prüfen, ob ich es an Raffiniertheit mit ihr aufnehmen könne. Ich vertraute ihr – schließlich hatte ich die Straße von Florida mit ihr durchfahren –, aber sie war von einer Sprunghaftigkeit, die mich nervte. Sie war völlig unberechenbar, und doch mußte ich mich notgedrungen auf sie verlassen. Aber ich wußte auch, wie gut ihre Intuition funktionierte. Wenn ich ihr irgend etwas verschwiege, würde sie es sofort merken und mir wahrscheinlich nie verzeihen. Sie war enttäuscht gewesen, als sie die Sache mit Michelles Mutter erfuhr, und sie war nicht der Typ Frau, mit der man so was ein zweites Mal machen durfte.

Jetzt war also ich an der Reihe. Ich stand auf und öffnete den Reißverschluß meiner Shorts. Als Barbara die an der Innenseite des Oberschenkels befestigte Beretta sah, stöhnte sie vor Freude auf. Dieses Spezialhalfter hatte Esteban vor Jahren für mich angefertigt. Es war unbequem, so ähnlich wie ein Keuschheitsgürtel, der ständig rutschte, aber es erfüllte bestens seinen Zweck. Barbara heftete den Blick auf die Pistole und schnurrte zufrieden.

Das eben in mir aufgekommene Glücksgefühl verflog jedoch rasch wieder. Pistolen und Macheten waren nicht schlecht, wenn man Menschen umbringen und dabei mit großer Wahrscheinlichkeit selbst getötet werden wollte. Barbara fühlte sich mit ihrer Machete offenbar sehr wohl, aber ich hatte noch nie jemanden erschossen und wollte damit erst gar nicht anfangen. Zu Michelles Mutter würden wir uns nicht schlagender- und schießenderweise vorarbeiten können.

Ein weiteres Problem bestand darin, daß keiner der Männer, die sich mit uns in der kleinen Bucht getroffen hatten, irgend etwas von einem Baby gesagt hatte. Eigentlich hatten sie überhaupt kaum etwas gesagt. Es war zwar reines Wunschdenken, aber ich überlegte, ob es nicht vielleicht mit Alberto auch jedesmal so vor sich gegangen war. Vielleicht mußte die Ware, die wir aus Miami mitgebracht hatten, vor dem Austausch erst weiter untersucht und verteilt werden, und vielleicht hatte man uns nur deshalb eingesperrt, um sicherzugehen, daß wir nicht in Schwierigkeiten gerieten. Ich hatte nicht die leiseste Ahnung, was wir tun sollten, wenn man uns tatsächlich einen lebenden Säugling überreichen würde.

Ich versuchte ruhig zu bleiben, indem ich mir sagte, daß bisher noch nichts wirklich Bedrohliches passiert sei. Niemand hatte Anstalten gemacht, uns körperlichen Schaden zuzufügen, und bis jetzt gab es keinen Grund zu der Annahme, daß dies noch geschehen werde. Es wäre mir zwar wohler zumute gewesen, wenn ich mich frei im ganzen Dorf hätte bewegen und nach Michelles Mutter Ausschau

halten können, aber ich durfte nun mal keine Forderungen stellen.
Die Aussicht, daß ich uns in die Freiheit schießen würde, sobald uns irgendwer zu nahe käme, schien Barbara sehr zu beruhigen; sie legte sich auf eines der schmalen Betten und begann zu dösen. Ich war zwar nicht vom Fach, aber für mich sprach alles dafür, daß sie das Baby in allernächster Zeit bekommen würde. Während Fatimas Schwangerschaft war ich an allen damit zusammenhängenden Vorgängen sehr interessiert gewesen, und nach der Form ihres Bauchs zu urteilen, hatte sich das Baby ganz eindeutig in Startposition begeben.
Ich beschloß, nicht weiter darüber nachzudenken. Eine Frau, die im achten Monat die tückische Straße von Florida durchfahren hatte und unter ihrem Rock eine Machete versteckt hielt, würde sich schon zu helfen wissen.
Mir wurde bald klar, daß in nächster Zeit erst einmal gar nichts passieren würde. Der Tag verging dann auch entsetzlich langsam. Ich war es nicht gewohnt, herumzuliegen und nichts zu tun; deshalb spielte ich Erinnerungsspiele mit mir selbst. Zuerst versuchte ich mich an geometrische Beweise und Lehrsätze aus High-School-Zeiten zu erinnern, aber das war hoffnungslos. Dann entdeckte ich ein weit fruchtbareres Gebiet: Ich zählte die Männer, mit denen ich seit dem ersten Mal, mit achtzehn, geschlafen hatte. Als sich die Zahl in erschreckendem Tempo erhöhte, teilte ich meine Liste in zwei Kategorien: die Latinos und die Amerikaner. Dann schuf ich, der Genauigkeit halber, noch eine dritte, nämlich die der Europäer.
Als ich damit fertig war, versuchte ich im Geist die Landkarte Afrikas zu rekonstruieren, verzettelte mich dann aber bei den vielen Staaten im Inneren des Kontinents. Ich hatte gerade mit den Bundesstaaten des amerikanischen Nordwe-

stens begonnen, als die Tür geöffnet wurde. Zeit fürs Abendessen.
Tomas, unser Kellner des Abends, trat mit zwei Tellern ein, auf denen weißer Reis und schwarze Bohnen lagen. Die Teller und Löffel bestanden aus billigem, verbeultem Blech. Zum Essen bekamen wir Wasser in zwei schmutzigen Plastikbechern. Ein Nobellokal war es nicht gerade.
»Hey, Tomas, alles in Ordnung? Kriegen wir die Ware bald?« fragte ich, während er die Becher vorsichtig auf den Boden stellte. Er war jünger, als ich angenommen hatte; jetzt, ohne Hut, sah ich, daß er ein Babyface hatte, das durch die Sonne vorzeitig gealtert war. Er hielt den Blick abgewandt und antwortete nicht, sondern ging rückwärts raus und verschloß die Tür.
Barbara machte sich über ihr Essen her. Mir ging auf, daß sie ein kleines Lebewesen in ihrem Bauch mitfüttern mußte, und obwohl es mir sehr schwerfiel, bot ich ihr meine Portion an. Sie aß dankbar die Hälfte davon. Eine halbe Stunde später trat Tomas erneut ein und nahm das Geschirr mit. Wieder weigerte er sich, mit mir zu sprechen.
Das Ganze war oberfaul. »Wie lange sind Sie normalerweise hier gewesen?« flüsterte ich Barbara zu.
Sie saß auf ihrem Bett und hatte die Hände in den Schoß gelegt. »Ein paar Stunden. Wir sind immer noch am selben Tag wieder zurückgefahren.«
»Leise reden!« sagte ich. »Vielleicht hören sie uns ab, um rauszufinden, was wir vorhaben.« Es handelte sich um die typische B-Movie-Vorsichtsmaßnahme, aber Abhörgeräte waren nun mal ziemlich billig, und ich hatte solche Dinger schon an den unwahrscheinlichsten Orten versteckt gesehen.
Meine Warnung weckte in Barbara offenbar eine Angst, die sie bisher verborgen hatte. »Sieht ganz so aus, als müßten

wir über Nacht hierbleiben«, sagte sie, zu dem Fenster weit oben schielend. Die Sonne war gewandert. »Was meinen Sie, Lupe?«

Sie sah müde aus. Zum erstenmal dachte ich daran, welche körperliche Anstrengung es bedeuten mußte, einen solchen Bauch mit sich herumzuschleppen. »Ich weiß nicht«, sagte ich. »Sie versuchen offenbar, uns Angst einzujagen oder uns einzuschüchtern, aber ich habe keine Ahnung, warum. Vielleicht passiert ja heute nacht irgendwas.«

Barbara legte sich wieder auf ihre Pritsche und atmete schon wenig später tief und regelmäßig. Ich versuchte es auch, konnte aber nicht einschlafen. In der Erinnerung ging ich noch mal alles durch, was seit unserer Ankunft passiert war, und irgend etwas ließ mir dabei keine Ruhe.

Dann fiel ich in einen Halbschlaf, eine Art Wachtraum, und warf mich stundenlang – jedenfalls kam es mir so vor – herum. Zweimal stand ich auf und ging zur Toilette, sah, daß es draußen dunkel war, und als ich beim zweitenmal zum Bett zurückkehrte, hatte sich das lästige Gefühl konkretisiert. Es ging um Alvaro, den bärtigen alten Mann. Er gehörte nicht zu den anderen, und er schien Macht über sie zu haben. Ich stellte mir sein Gesicht vor, als würde ich es auf einem Foto sehen, und dann traf mich die Erkenntnis wie ein Blitz. Ich schrie fast auf, weil plötzlich alles klar war.

»Wachen Sie auf, Barbara!« Ich schüttelte sie und flüsterte ihr ins Ohr: »Ich muß Ihnen etwas sagen.«

Noch während sie erwachte, griff sie zu ihrer Machete, erkannte mich dann aber und starrte verständnislos zu mir hoch. Wahrscheinlich war es ziemlich albern, doch ich bugsierte sie in die Toilettenkammer, ließ sie auf der Kloschüssel Platz nehmen und drehte den Wasserhahn am Becken auf. Wenn man mich jetzt reden hörte, stellte ich mir in dem Moment vor, würde man uns umbringen.

»Was ist denn los?« fragte Barbara und rieb sich die Augen. »Soll ich Ihnen beim Händewaschen zuschauen, oder was?«
Ich führte meinen Mund ganz dicht an ihr Ohr. »Der Alte, dieser Alvaro«, flüsterte ich, »das ist Samuels, der Arzt, den Betancourt auf den gefälschten Geburtsurkunden als Geburtshelfer angegeben hat. Ich erkenne ihn wieder von einem Foto, das bei seinem Ausstand aufgenommen wurde und das ich mal gesehen habe.«
»Sind Sie sicher?« fragte Barbara mit einem Blick, als glaubte sie, ich wäre in der Gefangenschaft verrückt geworden.
»Ja, ganz sicher. Ich habe ihn mir auf der *Mamita* genau ansehen können. Er ist jetzt ein paar Jahre älter als auf dem Foto und hat sich die Haare und den Bart wachsen lassen – deshalb habe ich ihn auch nicht sofort erkannt.« Ich lehnte mich an die Wand. »Wir sitzen ganz tief in der Scheiße, Barbara.«
»Wo haben Sie das Foto gesehen?«
Ich erzählte ihr von Regina, von deren Verbindung zu Samuels und ihrem Häuschen in Sweetwater. Und dann brachte ich ihr so schonend wie möglich die Sache mit Reginas Reise nach Norden und dem daraufhin erfolgten Mord bei.
Ich hatte mich vor dieser Erzählung sehr gefürchtet, da ich annahm, Barbara würde mich erneut als Verräterin betrachten, doch sie war inzwischen viel zu müde und verängstigt, um sich noch aufzuregen; irgendwie sah sie wesentlich älter aus als noch vor wenigen Stunden. Die Barbara, die ich kannte, hätte mich zur Schnecke gemacht oder mich geschlagen, weil ich ihr bisher nichts von Regina gesagt hatte, und dieses Verhalten hätte mich weniger beunruhigt als die Reaktion, die sie nun zeigte – sie stierte mich erschreckend widerstandslos an, während ich sprach. Das konnte ich jetzt überhaupt nicht brauchen. Ich brauchte Barbara, die Überlebenskünstlerin.

»Sie ist umgebracht worden?« fragte sie leise. »Das heißt, daß Betancourt mit dem Doktor hier unten zusammenarbeitet und daß sie die alte Dame, genau wie Alberto, haben töten lassen, weil sie zuviel gewußt hat. Dann sind wir jetzt auch so gut wie tot.«
Ihre Stimme brach, und ihre Lippen zitterten; gleich würde sie in krampfartiges Schluchzen ausbrechen. Ich nahm ihren Kopf zwischen meine Hände und drückte mein Gesicht ganz fest auf ihres. »Dreh jetzt nicht durch, Barbara«, sagte ich. »Wir müssen gut nachdenken. Zuerst müssen wir überlegen, wie wir hier rauskommen. Die leibliche Mutter mit dem Muttermal müssen wir vergessen – *alle* leiblichen Mütter müssen wir vergessen – und uns zur *Mamita* durchschlagen, damit wir nach Miami zurückfahren können.«
Mein Tonfall schien sie zu beruhigen. Sie blieb auf der Kloschüssel sitzen, während ich neben ihr an der Wand stand. Mir fiel etwas ein. »Ich wiege hundert Pfund, Barbara. Kannst du mich tragen, wenn ich mich auf deine Schultern stelle?«
»Hundert Pfund – ist das alles?« Sie stand auf und tat so, als ließe sie die Muskeln ihrer dicken Arme spielen. »Zwei-, dreihundert schaffe ich leicht.«
»Welches Fenster hältst du für größer?« flüsterte ich ihr ins Ohr. »Das im Zimmer oder das hier in der Toilettenkammer?«
Sie deutete auf das Fenster in der Toilette. Sie hatte recht. Es war ein bißchen breiter und höher als das im anderen Raum, wenn auch nicht viel. Aber bei dem, was ich vorhatte, ging es um Zentimeter.
»Stell dich hierhin. Ich steige auf deine Schultern, richte mich dann auf und werfe einen Blick aus dem Fenster.«
So leise ich konnte, stellte ich mich zuerst auf das Waschbecken und hievte mich dann vorsichtig auf Barbaras Schul-

tern. Sie schwankte ein bißchen, und ich wäre fast gestürzt, weil die glatte Wand mir nichts zum Festhalten bot. Vorsichtig balancierend, richtete ich mich schließlich auf.
»*Mierda!*« fluchte ich. »Ich kann nur die Baumwipfel sehen.«
»Ich zähle bis drei, dann stellst du dich auf die Zehen und ich auch.« Barbara faßte sich an den Bauch und atmete laut aus. »Eins, zwei, drei!«
Ich streckte mich, ergriff die Ecken der Fensteröffnung und zog mich, auf die Ellbogen gestützt, so weit hoch, daß ich den Kopf rausstrecken konnte. Die warme Nachtluft schlug mir entgegen. Es dauerte ein paar Sekunden, bis ich mich orientiert hatte. Es war fast völlig dunkel dort draußen. Im revolutionären Cuba hielt man offenbar nichts davon, für einen so dekadenten Luxus wie Straßenbeleuchtung Geld auszugeben.
»Was siehst du? Was ist da draußen?« flüsterte Barbara.
»Gleich vor dem Fenster steht ein Baum. Wenn ich aus dem Fenster käme, könnte ich auf den Baum springen und runterklettern. Etwas weiter die Gasse runter sehe ich mehrere Docks. Es ist kein Mensch da, und nirgends brennt Licht. Ich glaube, der ganze Ort ist verlassen.«
Viel länger würde ich mich nicht da oben halten können. Meine Ellbogen rieben sich am rauhen Verputz so wund, daß ich auf dem Sims Blut sah, als ich meine Arme von der Stelle rückte.
»Ich komme runter.« So sanft wie möglich stellte ich mich wieder auf Barbaras Schultern. Die Landung war dennoch derart hart, daß es sie kaum auf den Füßen hielt.
Wir setzten uns auf unsere angestammten Plätze – Barbara auf die Kloschüssel, ich auf den Boden. Ich klopfte mir kleine Teilchen vom Verputz ab, die von der Fensteröffnung auf mein T-Shirt geflogen waren.

»Paßt du durch das Fenster? Du bist doch so zierlich.« Barbara wischte sich den Schweiß von der Stirn.
»Es ist zu schmal. Ich käme mit den Schultern nicht durch.«
Barbara stand von der Kloschüssel auf und verschwand im anderen Zimmer. Ich starrte den schmutzigen Boden an, bis sie mit der Machete zurückkam.
»Wie wäre es damit?« fragte sie. »Du bist über und über voll mit Verputz, er ist also sehr weich. Du könntest doch so viel weghauen, daß du genug Platz zum Durchschlängeln hast.«
»Und was wird aus dir? Ich lasse dich hier nicht zurück, und daß du durch das Fenster paßt, ist völlig ausgeschlossen, es sei denn, wir reißen die Wand mit einem Vorschlaghammer ein.«
Barbara tätschelte nachdenklich ihren Bauch. »Ich erwarte auch nicht, daß du mich hier zurückläßt. Du mußt durchs Haus zurückkommen und mich rauslassen. Wie spät ist es?«
Ich konnte kaum fassen, daß die Zeit so schnell vergangen war. »Zwei Uhr morgens«, sagte ich nach einem Blick auf meine Uhr. »Wir wissen, daß Tomas da ist, weil wir nicht gehört haben, daß er wegging, nachdem er das Geschirr mitgenommen hatte. Und Pedro ist möglicherweise auch da.«
»Sie schlafen wahrscheinlich«, sagte Barbara. »Wenn sie wach wären, würden sie uns fragen, warum wir die ganze Zeit das Wasser laufen lassen.«
Sie hatte recht. Ich hatte mich an das laufende Wasser so gewöhnt, daß mir der Gedanke, wie merkwürdig es im vorderen Teil des Hauses klingen mußte, gar nicht gekommen war.
»Also, los«, sagte Barbara, holte tief Luft und nahm wieder ihre Position unter dem Fenster ein.
Ich versuchte, möglichst rasch und zielstrebig vorzugehen,

aber die Machete war so schwer und unhandlich, daß ich sie kaum halten konnte. Außerdem merkte ich deutlich, daß es Barbara sehr anstrengte, mein Gewicht zu tragen, denn sie hatte unter mir zu keuchen begonnen.
»Ich muß eine Pause einlegen«, sagte ich nach einer Weile, und Barbara ließ mich fast fallen. Wir plumpsten beide zu Boden. »Wie geht's da oben voran?«
»Es tut brutal weh, aber es wird schon. Wie lange hältst du es noch aus?«
Barbara streckte den Rücken und bohrte dabei ihren Bauch in mich. Ihr Gesicht und ihr Haar waren mit Verputz übersät. »Allzulang darf es nicht mehr dauern«, sagte sie. »Sonst mußt du nicht nur eine, sondern zwei retten.«
Kurz vor vier hatte ich endlich ein Loch geschlagen, das so groß war, daß ich durchkriechen konnte. Ich reichte die Machete nach unten, drückte Barbara zum Abschied die Schulter und hievte mich so weit wie möglich hoch. Meine Unterarme brannten vor Schmerz, als ich mich hochzog, durch die Öffnung zwängte und mit den Beinen voran auf den Baum zusprang.
Leider hatte ich mich zu stark abgestoßen und verfehlte den dicken Ast, den ich mir ausgesucht hatte – er war näher, als von mir geschätzt, nämlich fast direkt unter mir. Ich flog kopfüber Richtung Straße, landete jedoch nicht auf Kies, sondern auf etwas Weichem.
Die junge Frau, auf die ich fiel, stöhnte vor Schmerz auf, faßte sich aber rasch wieder und begann sich den Staub abzuklopfen.
»Lupe?« fragte sie mit der Stimme eines kleinen Mädchens. »Lourdes hat uns schon vorgewarnt, daß Sie zu uns unterwegs sind.«

28

Nachdem ich mich von Lourdes' Begrüßungskomitee runtergerollt hatte, blieb ich verblüfft am Boden liegen. Beim Blick zurück auf das Fenster, aus dem ich gerade gesprungen war, wunderte ich mich, überlebt zu haben. Ich hatte so gut wie alles falsch kalkuliert: das Fenster lag zwei ganze Stockwerke über dem Boden, und der Ast, an dem ich mich festhalten wollte, hätte mein Gewicht nie und nimmer getragen. Ich schloß die Augen und öffnete sie ganz langsam wieder. Offenbar funktionierte noch alles an mir.

»Können Sie sich bewegen?« fragte die junge Frau, die jetzt über mir stand. Selbst im Halbdunkel sah ich, daß sie mit ihrem schulterlangen lockigen Haar und den großen Augen auf unspektakuläre Art hübsch war. Ich nickte matt und versuchte aufzustehen. Es tat mehr weh als erwartet.

Sie ergriff meinen Arm und zog mich quer über die schmale Gasse zu mehreren Palmen, die ein paar Meter vom Haus entfernt standen. Als wir außer Sicht waren, drückte und knuffte sie mich, um herauszufinden, ob etwas gebrochen war.

»Wenn Sie sich so weit erholt haben, daß Sie gehen können, bringe ich Sie weg von hier«, sagte sie. »Man wird bald nach Ihnen suchen.«

»Barbara, meine Begleiterin, ist noch drinnen«, erwiderte ich und blickte auf das dunkle Haus. »Ich kann nicht ohne sie weg.«

In diesem Augenblick flog die Machete aus dem Toilettenfenster und landete genau an der Stelle, wo meine neue

Freundin und ich nach dem Sturz gelegen hatten. Wenn wir uns nicht versteckt hätten, wären wir von dem Ding getötet worden. Ich lief schnell hin, hob sie auf und kehrte in unser Versteck zurück. Dann legte ich mich erst mal kurz auf den Boden, drückte die Machete an mich und wartete, daß der plötzliche Schwindelanfall verging.

»Wer sind Sie eigentlich?« fragte ich nach einer Weile und richtete mich auf.

»Ich heiße Maria Rosario«, sagte sie, kurz nickend. »Ich bin Novizin im Orden vom Heiligen Rosenkranz, dem auch Lourdes angehört. Gestern erhielten wir von ihr eine Mitteilung über Ihre Fahrt nach Isabela de Sagua.«

Hatte der Sturz mein Gehirn in Mitleidenschaft gezogen? Ich schüttelte den Kopf und sah das Mädchen ungläubig an. »Sie stehen in Kontakt mit Lourdes?«

»Unser Kloster ist in der nächsten Stadt, in Sagua la Grande. Lourdes hat mit unserer Mutter Oberin gesprochen, die wußte, daß ich aus Isabela stamme. Sie bat mich, mit dem Rad hinüberzufahren und soviel wie möglich zu beobachten und ihr dann alles zu berichten. Wenn ich Ihnen ohne Risiko irgendwie helfen kann, soll ich es tun, hat sie gesagt.«

»Sie haben mir wahrlich geholfen«, sagte ich. »Wenn Sie meinen Fall nicht gedämpft hätte, wäre ich jetzt tot.«

»Ich habe gesehen, wie die Männer Sie vom Boot aus in dieses Haus brachten«, erklärte sie. »Ich wollte gerade heimfahren, da hörte ich aus diesem Fenster dort Geräusche. Ich hätte nie geglaubt, daß Sie so verrückt sind, von dort oben aus zu fliehen.«

»Da haben Sie recht. Ich verstehe, warum die Männer sich nicht die Mühe gemacht haben, die Fenster zu vergittern. Nur ein Idiot würde da rausspringen.«

Maria Rosario lächelte schüchtern, widersprach jedoch nicht. »Es freut mich, daß ich Ihnen helfen konnte.«

»Sie sind seit gestern nachmittag hier?« fragte ich. »Wie viele Männer halten sich denn jetzt im Haus auf?«

»Zwei. Ich kenne sie – Tomas und Pedro. Sie sind sehr gefährlich. Man sagt, daß sie sogar Gefangene getötet und gefoltert haben, als sie für den Staat arbeiteten. Wohin der alte Mann gegangen ist, weiß ich nicht, und ich kenne ihn auch nicht. Er ist am frühen Abend weggegangen und nicht wiedergekommen.«

»Sie haben sich großer Gefahr ausgesetzt«, sagte ich. Dann öffnete ich den Reißverschluß meiner Shorts, holte die Beretta hervor, sah nach, ob sie korrekt geladen und entsichert war, und bereitete mich schon mal seelisch darauf vor, sie zu benützen. Maria Rosario beobachtete alles schweigend. Sie bekreuzigte sich und begann lautlos, nur mit den Lippen, zu beten.

Ich schob die Machete hinten in den Bund meiner Shorts und hoffte, mich auf diese Weise nicht selbst zu erstechen. Ich nahm an, daß Barbara sie rausgeworfen hatte, damit ich sie benützte, aber sie war viel zu schwer, als daß ich sie gegen irgend jemanden schwingen konnte – falls ich meine Zimperlichkeit überwinden und es tatsächlich versuchen würde. Daß Barbara nun unbewaffnet war, machte mir Sorgen.

»Ich muß jetzt rein und meine Freundin holen«, sagte ich. »Wir gehen dann zu dem Boot, das in der Bucht vor Anker liegt, und machen uns auf den Weg nach Miami. Wollen Sie mitkommen?«

Sie merkte, daß ich es ernst meinte, und schüttelte traurig den Kopf. »Nein, meine Arbeit ist hier. Es gibt nur noch sehr wenige religiöse Menschen in Cuba, dafür hat die Revolution gesorgt. Wenn ich mein Volk verließe, wäre das eine Sünde.«

»Sagen Sie's mir, wenn Sie es sich doch noch anders überle-

gen sollten«, schlug ich vor. Das Haus wartete auf mich, und ich merkte, daß ich vor Angst allmählich fast verrückt wurde. Ich versuchte, noch ein bißchen Zeit zu schinden. »Wie hat Lourdes Ihnen die Nachricht, daß ich hierher unterwegs bin, eigentlich zukommen lassen?«
»Wir stehen in regelmäßigem Funkkontakt mit Miami«, erklärte sie, auf meine Pistole starrend. »Wir haben einen so raffinierten Code, daß die staatlichen Behörden uns bis jetzt nicht auf die Spur gekommen sind.«
»Hat sie Ihnen sonst noch etwas übermittelt?«
»Ihre Schwester sagte, Sie würden hierherkommen und nach einer jungen Frau in unserer Stadt suchen, was nicht besonders ungewöhnlich ist. Manchmal fahren Leute mit dem Schnellboot von Miami her, um Verwandte zu holen. Wir teilen den Angehörigen dann über Funk mit, wann sie sich zum Abholen bereitmachen sollen. Wir haben im Lauf der Jahre Tausenden von Menschen geholfen, weil wir nicht wollen, daß die Leute auf Flößen übers Meer treiben müssen.«
»Mehr hat Lourdes nicht gesagt? Nur, daß ich kommen und jemanden rausholen würde? Sonst nichts?«
Maria Rosario begann sich wieder zu bekreuzigen. Das Gespräch machte sie sichtlich nervös. »Nein, unsere Mitteilungen müssen immer sehr kurz sein. Wenn wir zu lange senden, können die Regierungsagenten, die *chivatos*, den Sender orten und die Funkerin verhaften. Zwei haben wir auf diese Weise schon verloren.«
»Ich verstehe.« Maria Rosario sah mich merkwürdig an. »Was ist denn?«
»Ich dachte, Sie wollten ins Haus und Ihre Freundin holen?«
Sie hatte recht. Barbara war inzwischen wahrscheinlich schon völlig verzweifelt. Ich holte tief Luft, überprüfte, ob

die Machete nicht tiefer in meine Shorts gerutscht war, und verstärkte den Griff um die Beretta.

»Ich warte hier draußen auf Sie«, sagte Maria Rosario und trat hinter einen Baum.

»Was, Sie wollen mir nicht helfen?« fragte ich. Sie riß die Augen auf. »Kleiner Scherz. Aber wenn mir etwas zustößt, müssen Sie dafür sorgen, daß Lourdes in Miami benachrichtigt wird. Sagen Sie ihr, ich verzeihe ihr, daß sie ihr Versprechen gebrochen hat.«

Ich schlich mich zum Haus. Niemals wieder würde ich mich über den bis zu den Zähnen bewaffneten Sylvester Stallone in diesen super-brutalen Filmen lustig machen. Eine seiner Macho-Megawaffen hätte mir jetzt enorme Sicherheit gegeben.

Ich gelangte zur Veranda und ging vor dem Fenster neben der Haustür in die Hocke. Als ich einen Blick zurückwarf, sah ich, daß Maria Rosario im Schatten kniete, die Hände zum Gebet gefaltet. Als sie bemerkte, daß ich sie beobachtete, lächelte sie besorgt und hielt kurz beide Daumen hoch. Ich lugte durchs Fenster und sah Pedro und Tomas tief schlafend in den beiden Sesseln sitzen. Ich hatte solche Angst, daß ich zu hyperventilieren begann. Während meiner Ausbildung zur Privatdetektivin hatte man mir nie beigebracht, wie ein Angriff auf ein mit bewaffneten Männern besetztes Haus zu bewerkstelligen ist.

Am besten würde ich die Sache durchstehen, wenn ich so tat, als ob das alles Jahre früher geschähe. Als Teenager hatte ich mich oft in unser Haus in Cocoplum geschlichen, wenn ich später kam, als mit meinen Eltern vereinbart. Ich zog also die Schuhe aus und ließ sie lautlos ins Gras unter dem Fenster fallen.

Als ich die Haustür öffnete, quietschten die Angeln, und einen Augenblick lang glaubte ich, auf der Stelle sterben zu müssen. Doch nichts geschah, und als ich die Tür ein Stück weiter öffnete und den Kopf reinsteckte, sah ich eine leere Flasche Rum zwischen den schlafenden Männern liegen. Ich richtete die Pistole auf die beiden, doch sie bewegten sich nicht.

Barbara wartete in dem Hinterzimmer auf mich; das Licht hatte sie ausgeschaltet. Ich gab ihr die Machete und ließ sie raus. »Was hat denn so lange gedauert?« fragte sie flüsternd.

»Still, sonst wachen sie auf!« sagte ich, als wir den vorderen Raum betraten. Das schwache Mondlicht erhellte das Zimmer kaum, doch meine Augen hatten sich so an die Dunkelheit gewöhnt, daß ich genau sah, wie Pedro sich bewegte, die Augen rieb und nach seiner Pistole griff, die er neben einen überquellenden Aschenbecher gelegt hatte.

Er hätte besser weiterschlafen sollen. Ohne zu zögern, stürzte Barbara zu ihm und schlitzte ihm mit der Machete den Hals auf, bevor er Tomas wecken konnte. Er starb schnell; das Blut schoß in rhythmischen Stößen aus ihm hervor, während er seine Wunde vergeblich zu bedecken versuchte.

Barbara sah mich mit glasigem, in die Ferne gerichteten Blick an. Dann drehte sie sich zu Tomas um, war mit zwei raschen Schritten bei ihm und schnitt ihm im Schlaf die Kehle durch. Er gab einen grauenhaften Gurgellaut von sich, als er starb, und in seinem Gesicht stand fassungsloses Staunen.

»Hauen wir ab«, sagte Barbara, packte mich am Arm und führte mich aus dem Haus. Allein hätte ich es nicht geschafft.

Als Maria Rosario uns aus dem Haus kommen sah, trat sie aus ihrem Versteck hervor und umarmte mich herzlich. Ausnahmsweise einmal störte mich die körperliche Zärtlichkeit einer anderen Frau nicht im geringsten. Ich fragte mich, ob die junge Novizin mich auch dann so lieb begrüßt hätte, wenn ihr das Gemetzel im Haus nicht verborgen geblieben wäre.

Auf Barbaras Bluse waren zwar Blutflecken, doch wenigstens hatte sie die Machete gesäubert, bevor wir das Haus verließen. Irgendwie machte sie mir angst.

»Barbara, das ist Schwester Maria Rosario«, sagte ich erschöpft. »Sie ist von hier. Meine Schwester bat ihre Mutter Oberin um Hilfe. Sie hat mir das Leben gerettet, als ich aus dem Fenster sprang. Schwester, das ist Barbara.« Es sprudelte ziemlich zusammenhanglos aus mir heraus, aber wenigstens hatte ich meine guten Manieren noch nicht vergessen.

Als Barbara auf Maria Rosario zuging, befürchtete ich einen Moment lang, daß ihre plötzlich aufgeflammte Blutrünstigkeit außer Kontrolle geraten war. Die junge Nonne sah die Flecken auf Barbaras Kleidung und wich zurück.

»Ich bin ja so froh, daß Sie beide es geschafft haben«, sagte Maria Rosario und trat näher zu mir. »Ich hatte schon Angst, diese Männer würden Sie töten.«

»Keine Sorge«, meinte Barbara und wirkte schon wieder sehr viel mehr wie sie selbst. »Die belästigen niemanden mehr.«

»Sie müssen sich beeilen«, sagte Maria Rosario zu mir. »Der alte Mann könnte zurückkommen.«

Ich küßte sie auf die Wange. »Danke«, sagte ich. »Sie können immer noch mitkommen. Es ist Ihre letzte Chance.«

Sie lächelte lieb und schüttelte den Kopf. Plötzlich wurde mir bewußt, daß das Angebot, eine Bootsfahrt mit einer schwangeren Totschlägerin zu unternehmen, vielleicht gar nicht so besonders attraktiv war.

»Nein, danke«, sagte Maria Rosario. Dann drehte sie sich

um und ging. Sie rief uns noch über die Schulter zu: »Machen Sie, daß Sie wegkommen!«

Obwohl es stockfinster war, fanden wir auf dem Küstenpfad, den wir tags zuvor entlanggegangen waren, zur *Mamita* zurück. Unterwegs sprachen Barbara und ich kein Wort, aber ich glaubte sie gut genug zu kennen, um zu wissen, was sie über das Blutbad in dem Haus gesagt hätte: Wir haben dem Dorf einen Gefallen getan, indem wir Pedro und Tomas um die Ecke gebracht haben. Wenn nur mein eigenes Gewissen genauso leicht zu beruhigen gewesen wäre!

29

Ich hatte erwartet, daß der zwei Kilometer lange Rückweg zur *Mamita* für Barbara sehr anstrengend sein würde, doch unser einziges Problem bestand darin, daß ich kaum mit ihrem Tempo mithalten konnte. Immer wieder drehte ich mich um, doch niemand folgte uns. Samuels hatte Pedro und Tomas offenbar noch nicht entdeckt, und die in der Bucht ankernde *Mamita* wirkte unberührt.

Wir standen im seichten, modrigen Wasser zu beiden Seiten des kleinen Boots; der Mond war schon ganz tief am Himmel. »Willst du gleich losfahren?« fragte ich Barbara. »Wir können uns noch eine Stunde ausruhen, bevor wir aufbrechen.«

In Wahrheit konnte ich es kaum erwarten, Cuba hinter mir zu lassen; doch ich machte mir Sorgen wegen Barbaras Zustand. Sie belastete ihren schwangeren Körper viel zu sehr, und ihr Gesicht wirkte verhärmt und war schweißbedeckt.

»Nein, nein, wir fahren gleich los«, antwortete sie, warf einen Blick auf ihren blutbesudelten Rock und sah schamerfüllt zu mir auf. »Lupe, ich möchte dir sagen, daß ich so etwas noch nie im Leben getan habe. Diese beiden Männer – ich hatte einfach Angst, Angst um mein Baby.«

»Kann ich verstehen«, erwiderte ich, während wir das Boot ins Wasser schoben und einstiegen. Ich konnte es zwar eigentlich nicht verstehen, aber ich war ja auch noch nie schwanger gewesen. Vielleicht hatten Pedro und Tomas einfach das Pech gehabt, zwischen ein Muttertier und ihr ungeborenes Junges zu geraten – ich wußte es nicht. Wie man es fertigbringt, einen Menschen zu töten, habe ich noch nie verstanden.

Wir ruderten langsam zur *Mamita*, und meine innere Anspannung verwandelte sich in Abgestumpftheit. Dann kam die Enttäuschung: Ich fuhr weg, ohne Michelles leibliche Mutter gefunden zu haben. Ich wußte nicht mehr über die ganze Adoptionsgeschichte als zuvor, außer daß Samuels in Cuba lebte, und hatte keine Ahnung, wie man je irgendeine der Mütter ausfindig machen könnte. Bei unserer Rückkehr nach Miami würde sich nichts verändert haben – außer daß Betancourt vielleicht schon auf uns wartete; die kleine Michelle jedenfalls war noch immer krank.

»Ich weiß, was du jetzt denkst«, sagte Barbara, während sie das Ruderblatt durchs seichte Wasser zog. »Vergiß es. Wir haben unser Glück genug strapaziert, und ich bleibe unter keinen Umständen hier, um diese Frau zu finden. Ich habe zwei Menschen getötet. Ich will heim, zusammenpacken und aus Miami verschwinden.«

Was sollte ich antworten? Kurz darauf machte ich an der *Mamita* fest und half Barbara, als erste an Bord zu gehen. Sie bewegte sich langsam und schwerfällig.

Im Hochsteigen sah ich sie mit geschlossenen Augen am Steuerrad lehnen. »Geh runter und leg dich hin«, sagte ich. »Ich bereite alles für die Abfahrt vor. Ich kann die *Mamita* auch steuern, wenn es sein muß.«

Sie widersprach nicht – was mir erst so richtig bewußt machte, wie erschöpft sie sein mußte. Allein an Deck, ließ ich den Motor an und überprüfte die Druckmesser und legte die Karten zurecht. Niemand hatte sich an dem Boot zu schaffen gemacht. Jetzt bräuchte nur noch der Anker gelichtet werden, und schon wären wir auf dem Heimweg.

Ich ging runter, um zu fragen, ob Barbara mir wenigstens

beim Navigieren helfen könne. Da die Hauptkabine leer war, öffnete ich die Tür zur Vorderkabine. Es dauerte eine Weile, bis ich mich an das Halbdunkel in dem kaum erleuchteten Raum gewöhnt hatte. Barbara saß schweigend und mit angsterfülltem Gesicht auf der Koje.

Ich ging auf sie zu. Es mußte das Baby sein. »Was ist los, Barbara? Ist dir schlecht?«

Sie riß die Augen auf, als ich mich ihr näherte. Dann schüttelte sie den Kopf und formte mit den Lippen das Wort »nein«. Zuerst verstand ich nicht, was sie damit sagen wollte. Doch dann wurde es mir klar.

»Ihre Freundin will Ihnen sagen, daß Sie nicht näher kommen sollen, Miss Solano. Doch dafür ist es nun zu spät.«

Ich spürte den unverwechselbaren Druck einer Schußwaffe, deren Lauf mir in den Rücken gedrückt wurde. In dem Spiegel vor mir sah ich das lächelnde Gesicht von Dr. Allen Samuels, der dicht hinter mir stand. Ich dachte mir seinen Bart und das lange, ungewaschene Haar weg und erkannte den grinsenden Arzt, von Schwestern umringt, bei seinem wehmütigen Abschiedsfest.

»Ich habe mich gerade bei Barbara dafür bedankt, daß sie mir die Arbeit abgenommen hat, Pedro und Tomas loszuwerden«, teilte er meinem Spiegelbild mit. Seine Stimme war tief und sonor, die Stimme eines guten Arztes. »Sie waren zu gierig und zu egoistisch geworden, deswegen wurden sie unvorsichtiger. Außerdem waren sie *chivatos*, und das Bestechungsgeld minderte meinen eigenen Gewinn.«

»Er hat uns reingelegt«, sagte Barbara verwundert.

»Ich habe ihnen etwas in den Rum getan«, erklärte Samuels mit einem gewissen Stolz. »Ich hatte allerdings nicht angenommen, daß Sie sich mit Ihrer Flucht solche Mühe geben würden, da Sie ja auch einfach zur Haustür hätten hinausgehen können. Als wir Sie abholten, sah ich, wie Barbara sich diese Machete unter den Rock schob, und ging davon aus, daß sie sie zu benutzen wußte.«

»Warum haben Sie die beiden nicht selbst umgebracht?« fragte ich ihn.

Samuels sah mich an, als hätte ich ihn gebeten, ein Tablett mit Urinproben zu tragen. »Das waren gefährliche Männer, Miss Solano, selbst in berauschtem Zustand. Wenn man mal so alt geworden ist wie ich, geht man ein solches Risiko nicht mehr ein.«

Es war nicht das erste Mal, daß jemand eine Waffe auf mich richtete, und das machte die Sache leichter. Ich geriet nicht in Panik. Er hatte mich nicht gleich bei meinem Eintreten in die Kabine erschossen, was bedeutete, daß er mich im Grunde nicht töten wollte. Vielleicht würde er es später tun, doch eigentlich widersprach das seiner Natur. Meine Beretta steckte im Holster; ich hätte ein paar Sekunden gebraucht, um sie hervorzuholen. Bis auf weiteres mußte ich das Gespräch am Laufen halten. Wer hätte geglaubt, daß die jahrelange Party- und Dinnererfahrung mir dereinst in einer solchen Situation nützen würde!

»Ich weiß einiges über Sie, Dr. Samuels«, sagte ich. »Sie waren jahrelang als Geburtshelfer im Jackson Memorial tätig. Wie, um alles in der Welt, sind Sie in Isabela de Sagua gelandet?«

Die wichtigste Regel im Umgang mit einem Mann, von dem man etwas will, lautet: Laß ihn über sich selbst reden. Es funktionierte. Samuels gab mir durch eine Handbewegung zu verstehen, daß ich mich umdrehen solle, trat etwa einen Meter von mir weg, hielt die Waffe jedoch weiterhin direkt auf mich gerichtet. Er konnte uns auch jetzt noch beide erschießen, bevor wir irgend etwas dagegen tun konnten.

»Meine Personalakte im Jackson war makellos«, sagte er. Der feindselige Unterton war verschwunden. »Doch vor ungefähr fünf Jahren wurde ich bei einem kleinen Vergehen ertappt, und die Krankenhausverwaltung reagierte völlig übertrieben. Sie rechneten damit, mehr Steuergelder für ihr Krankenhaus zu erhalten, und hatten eine Heidenangst vor einem möglichen Skandal. Deshalb boten sie mir den vorzeitigen Ruhestand statt einer öffentlichen Untersuchung an.

In der Vorderkabine war es heiß und stickig, und wir begannen alle drei zu schwitzen. An Samuels Hals bildete sich ein dünnes Rinnsal Schweiß; die Tropfen versickerten in seinem Bauernhemd. Ich ging um den Tisch herum und ließ mich, während Samuels sprach, am unteren Ende von Barbaras Koje nieder. Er hatte nichts dagegen einzuwenden.

»In Anbetracht des politischen Drucks, den man in Amerika auf Ärzte ausübt, bin ich sogar froh, nicht mehr dort zu sein.« Er hielt die Waffe immer noch auf uns gerichtet, doch seine Gedanken waren woanders. Ich fragte mich, wie lange er seinen alten Groll wohl schon nicht mehr hatte äußern können. »Der Verwaltungsrat des Jackson zwang mich sogar, aus der amerikanischen Ärztevereinigung auszutreten – und das, nachdem ich jahrelang mitten in der Nacht Frauen entbunden und auch an den Wochenenden gearbeitet hatte. Im Grunde hat das Krankenhaus diese Situation herbeigeführt, weil es mir unmöglich gemacht wurde, mein Geld auf legalem Wege zu verdienen.«

Er fuchtelte mit seiner Waffe herum, um seinen Worten Nachdruck zu verleihen. Er wirkte und verhielt sich wie ein Mensch, der seit Jahren auf einer einsamen Insel lebte und niemanden zum Reden hatte. Ich ließ es darauf ankommen und stupste Barbara leicht an, während ich betont auf meinen rechten Oberschenkel starrte. Ich sah, daß sie kapierte.

»Und was ist mit Elio Betancourt?« fragte ich höflich wie eine Schülerin im Unterricht. »Wie konnte sich ein seriöser Arzt wie Sie mit so jemandem einlassen?«

»Ich weiß, was Sie meinen«, sagte er, lehnte sich an den Tisch und ließ die Waffe ein wenig sinken. »Ein grauenhafter Mensch.«

»Kann man wohl sagen.«

»Wissen Sie, ich war Geburtshelfer bei der Geburt seiner Tochter. Seine Frau war seit fünfzehn Jahren meine Patientin, seit ich eine eigene Praxis hatte. Es dauerte lange, bis sie schwanger wurde, und ich empfahl ihr mehrere Spezialisten. Elio und ich sprachen damals viel miteinander. Es war für seine Frau und ihn eine sehr schwierige Zeit.«

Er lächelte und kicherte kopfschüttelnd vor sich hin. »Einmal waren sie soweit, daß sie über Adoption nachdachten. Elio alberte mit mir herum, sagte, wie toll es wäre, wenn jemand einfach Babys verkaufen würde, so daß man die juristischen Formalitäten umgehen könnte. Er sagte, er könne das sogar bewerkstelligen, wenn er wollte. Als ich das Jackson ein paar Jahre später verließ, fiel mir das alles wieder ein, und ich rief ihn an.«

»Sie haben also einen Pakt mit dem Teufel geschlossen«, sagte ich, um einen verständnisvollen Ton bemüht. »Sie wurden in die Enge getrieben.«

»Ich weiß nicht genau, was ich erwartet habe«, gestand Samuels. Plötzlich fiel ihm offenbar wieder die Waffe in seiner Hand ein, und er hob sie ein wenig. »Ich wußte, daß Elio Kontakt zu vielen Kriminellen hatte. Darüber hat er ständig Witze gemacht.«

»Und er wußte, daß reiche cubanische Ehepaare die perfekten Kunden für cubanische Babys wären.« Es war eine reine Vermutung, doch ich hoffte, daß Samuels trotz allem ein normaler Mensch war und kein Soziopath; wenn wir nur lang genug miteinander sprächen, würde er mich als ein menschliches Wesen ansehen und Hemmungen haben, mich zu erschießen.

»Zuerst war der Plan weit weniger kompliziert«, fuhr Samuels fort. »Ich dachte, wir könnten einfach Frauen in Dade County entbinden und ihnen die Babys abkaufen. Doch Elio war ein Jahr zuvor auf einem Juristenkongreß in Havanna gewesen und hatte eine Affäre mit einer Prostituierten aus Sagua la Grande gehabt. Sie hatte ihm von den vielen jungen Mädchen in ihrer Stadt erzählt, die unweigerlich in Havanna landeten, sich für ausländische Touristen prostituierten und schwanger wurden.«

Ich warf Barbara einen verstohlenen Blick zu. Sie sah starr zu Samuels hin.

Seine Aufmerksamkeit war ganz auf mich gerichtet: Er schwadronierte weiter, als spreche er über eine medizinische Fallstudie. »Wissen Sie, es ist wirklich schrecklich. Viele sterben an verpfuschten Abtreibungen.« Er runzelte angewidert die Stirn. »Und wenn sie sich dazu entschließen, die Babys auf die Welt zu bringen, schämen sich ihre Familien, und sie haben kein Geld, um sich selbst zu ernähren, geschweige denn noch einen Menschen.«

Barbaras Hand näherte sich millimeterweise meinem Bein.

»Diese Mädchen haben also keinen Ausweg«, sagte ich, als würde ich über seine Worte nachdenken. Dann sah ich kurz zu Barbara hinüber; sie nickte kaum merklich.

Ich rief: »Barbara, was ist denn? Ist alles in Ordnung? Ist es das Baby?« Eine Sekunde lang wirkte sie verwirrt, doch dann fing sie sich, faßte sich an den Bauch und verzog das Gesicht, als hätte sie entsetzliche Schmerzen.

Samuels ärztlicher Instinkt gewann die Oberhand in ihm. Sofort verzog er besorgt das Gesicht, vergaß einen Augenblick lang seine Waffe, trat an Barbara heran und streckte die Hand nach ihr aus.

Sie trat ihm mit solcher Kraft zwischen die Beine, daß er sich vor Schreck und Schmerz krümmte und mit weit aufgerissenen, tränengefüllten Augen die Waffe fallen ließ. Ich griff in meine Shorts, zog die Beretta raus und hielt sie ihm an den Kopf. Ich staunte, wie ruhig meine Hand war. Bis heute glaube ich, daß ich in diesem Moment, ohne zu zögern, hätte abdrücken können.

»Wenn Sie mich erschießen, kriegen Sie das Mädchen nie«, sagte er, auf dem Boden kniend, die Hände schützend zwischen den Beinen. »Sie wissen, von wem ich spreche, von dieser Hure mit dem Muttermal. Von der, die Sie brauchen, um dem kleinen Mädchen das Leben zu retten.«

»Woher wissen Sie das?« fragte ich. Ich versuchte mich mit aller Kraft zu konzentrieren und die Härte in mir aufrechtzuerhalten, die entstanden war, als ich die Beretta auf seinen Kopf richtete.

»Alberto Cruz hat Betancourt erzählt, daß Sie auf der Suche nach der Mutter des kleinen Mädchens mit dem Muttermal seien«, sagte Samuels. Er wirkte jetzt hinfällig und alt, hielt das plötzlich aschgraue Gesicht zu Boden gerichtet. »Betancourt schreibt alles auf. Es war nicht schwer sich alles genau zusammenzureimen.«

Barbara rückte auf der Koje vor und beugte sich über Samuels. »Wer hat Alberto umgebracht?«

Samuels schwieg.

Barbaras breiter Mund begann zu zittern. »Wer hat ihn umgebracht?« fragte sie noch einmal.

Samuels sah verzweifelt zu ihr hoch. Er wußte offenbar nicht, wie er sich vor ihrem wachsenden Zorn schützen sollte. Ihm war klar, zu was sie fähig war, und als sie sich resolut von der Koje erhob, seine auf dem Boden liegende Waffe an sich nahm und in die Hauptkabine ging, begann er zu stottern. Wenige Sekunden später kehrte sie, ein langes Fischermesser schwingend, zurück. Samuels und ich starrten entgeistert auf die lange, gezackte Klinge.

»Warten Sie, warten Sie«, sagte Samuels, doch Barbara ging mit eisiger Entschlossenheit auf ihn zu, zog ihn zum Tisch, packte seine Hand, drückte sie gegen die lackierte Platte und schnitt mit einer schnellen Bewegung quer über seine Knöchel.

Alle drei sahen wir fasziniert zu, wie sich am unteren Ende der fast durchtrennten Finger eine dünne rote Linie bildete. Dann begann das Blut aus der Wunde zu tröpfeln, breitete sich auf dem Tisch aus und floß zu Boden. Samuels sah so gebannt zu, als widerfahre das alles einem anderen.

Ich trat einen Schritt zurück und verstärkte meinen Griff um die Beretta.

»Wer hat Alberto umgebracht?« fragte Barbara noch einmal.

Diesmal zögerte er nicht. »Betancourt. Elio hat es selbst getan. Er sagte, es würden schon viel zu viele Leute mit drinstecken.«

Er wirkte wie weit weg; sein Blick ging in die Ferne. »Und was war mit Regina Larrea?« fragte ich ihn.

Als er sich zu mir wandte, zeigte er plötzlich Anzeichen von Schmerz. »Betancourt. Elio hat auch sie getötet. Sie war nach North Carolina gefahren, um mich zu suchen. Nachdem Sie sie nach mir gefragt hatten, war sie neugierig geworden und wollte den wahren Grund für meinen Weggang vom Jackson herausfinden. Ich weiß nicht, was sie entdeckt hat, aber sie rief Elio aus Raleigh an, weil sein Name in Verbindung mit mir aufgetaucht war. Eigentlich war sie völlig harmlos. Doch Elio bekam Angst.«

Er schwankte auf den Knien, und sein Blut floß in der stikkigen Kabine zu Boden. Er unternahm nicht den geringsten Versuch, die Blutung zu stillen.

Barbara ließ sich, schwer seufzend, wieder auf die Koje nieder und legte das blutige Messer quer über den Schoß. Dann

sah sie Samuels mit einer merkwürdigen Mischung aus Haß und Traurigkeit an.
»Wo ist das Mädchen, Dr. Samuels?« fragte ich. »Die Mutter mit dem Muttermal – wissen Sie, wo ich sie finden kann?«
Er antwortete ohne Umschweife. »In Sagua la Grande. Sie kommen alle aus der Gegend. Aber sie würde niemals mit Ihnen nach Miami fahren. Sie verschwenden Ihre Zeit.«
»Woher wissen Sie das? Warum sind Sie sich dessen so sicher?« fragte ich ihn. Er lehnte sich an die Wand und schwieg. Barbara umfaßte wieder das Messer. Als sie ihm den zweiten Schnitt zufügte, diesmal quer übers Handgelenk, versuchte er nicht mal, die Hand wegzuziehen. Jetzt floß noch mehr Blut.
Mir war klar, was Barbara da symbolisch tat: Sie rächte Alberto. Dort, woher sie stammte, war ein Mann, der seine Hände nicht mehr gebrauchen konnte, kein Mann mehr. Samuels ließ sich resigniert gegen die Wand fallen, als drückte ihn das Gewicht dessen, was er getan hatte, jetzt zum letztenmal. Ich hoffte, daß Barbara aufhören würde, war aber vor lauter Angst außerstande, sie am Weitermachen zu hindern.
Samuels verzog das Gesicht und blickte mich fast bewundernd an. »Sie sind wirklich zäh, viel zäher, als Sie aussehen. Ein Mädchen aus einer netten Cocoplum-Familie! Wer hätte das gedacht?«
»Was soll das heißen?« Ich spürte, wie die Panik näher rückte. Mir war, als legte sich all diese Gewalt wie ein Leichentuch über mich.
»Betancourt hat versucht, Sie von der Sache abzubringen. Aber Sie sind nicht darauf reingefallen, was?«
Überall war Blut. Samuels starrte seine Wunden an, versuchte jedoch nicht, die Blutung zu stillen. Er war Arzt, er wußte, was mit ihm passieren würde, doch er tat nichts.

»Wie hat er versucht, mich davon abzubringen?« Obwohl mir fast schlecht war bei dem Gedanken, ihm beim Sterben zusehen zu müssen, brauchte ich jetzt Antworten.
»Mit den Zigaretten, Sie Idiotin!« sagte er kichernd.
»Ich ... ich verstehe nicht.« Ich hatte das Gefühl, als würde sich mein Gehirn selbst abschalten. Die Hitze, der Gestank und der Schlafmangel bildeten eine grauenhafte Kombination und machten mich träge und unfähig zum Denken.
»Alberto Cruz erzählte Elio, daß Sie bei Ihrem ersten Besuch dort in seiner verqualmten Wohnung rumgeschnüffelt hätten«, sagte Samuels in leisem Singsang. »Sie waren zu höflich, um eine Bemerkung darüber zu machen, aber Alberto hatte gesehen, daß es Ihnen aufgefallen war. Nicht daß ich nicht Ihrer Meinung wäre! Die Wohnung des Mannes war ja wie eine Räucherkammer!«
Ich hörte schockiert zu. Es stimmte, ich hatte mich gedanklich kurz mit den Gauloises in Albertos Wohnung beschäftigt, war aber überzeugt gewesen, daß er mir diese Gedanken nicht hatte ansehen können. Doch darin hatte ich mich offenbar gründlich geirrt.
»Alberto hat beobachtet, wie Sie zu Ihrem Wagen zurückgingen. Sie haben die ganze Zeit an Ihren Haaren und Kleidern geschnuppert.« Samuels seufzte tief und mühsam auf.
»Deshalb haben Sie und Betancourt ihn beauftragt, in meiner Wohnung einzubrechen?« sagte ich. »Damit ich den Geruch wiedererkannte und wußte, daß Alberto dort gewesen war? Und die Kippen vor meinem Büro – die sollten mir einfach nur Angst einjagen?«
»Klar«, sagte Samuels. »Nicht einmal Elio ist durch und durch Barbar. Er dachte, Sie würden aufgeben, sobald Sie Angst bekämen.«
Ich schüttelte, verwundert über mich selbst, den Kopf. Ich

hätte nie geglaubt, die Energie zu solcher Wut aufzubringen. »Tja, das haben Sie ziemlich verbockt«, sagte ich. »Sie haben mich damit nämlich erst recht davon überzeugt, daß ich den Fall lösen muß.«

Samuels erwiderte nichts. Hinter mir hatte Barbara sich auf eine der Kojen gelegt und hörte mit schweißglänzendem Gesicht schweigend zu. Die Temperatur in der Kabine muß an die vierzig Grad Celsius betragen haben, und es gab keine Belüftung. Drei Erwachsene – eine Schwangere, ein Schwerverletzter und eine, der es soweit noch recht gut ging – atmeten das Kohlenmonoxid der jeweils anderen ein. Samuels sah schrecklich aus, doch er war der einzige, der mir die Wahrheit sagen konnte.

»Wenn Sie wußten, warum wir nach Cuba fahren wollten, warum haben Sie dann nicht versucht, uns daran zu hindern?« fragte ich.

»Ich war derselben Meinung wie Elio«, erklärte Samuels lallend. »Das Spiel war ziemlich schnell aus, nachdem Sie so viele Fragen gestellt hatten, doch zuerst mußten wir Sie loswerden. Als wir erfuhren, daß Sie hierherkommen wollten, war alles perfekt. Es würde keinerlei offizielle Vermerke über Ihre Einreise geben, und die cubanischen Behörden würden nie im Leben mit der amerikanischen Kriminalpolizei kooperieren. Als ich sah, daß Sie bewaffnet waren, wußte ich, daß das meine Chance war, auch die *chivatos* loszuwerden.«

Barbara hatte eine große Arterie durchtrennt, das war offensichtlich; Samuels war weiß wie die Wand. Mit grausiger Klarheit erkannte ich an seinen leeren Augen und dem zusammengefallenen Körper, daß der Mann sterben wollte.

»Woher wußten Sie, daß wir beide kommen würden? Und wo in Sagua la Grande wohnt die leibliche Mutter? Wie heißt sie?«

»Er wird uns überhaupt nichts sagen, Lupe«, schaltete Barbara sich ein, während sie kühl den reglos daliegenden Körper betrachtete.

»Ich hole ein Hemd, dann können wir die Hand abbinden«, sagte ich. »Wir stoppen die Blutung und bringen ihn zur Polizei in Miami.«

Samuels stöhnte leise auf. »Nein.« Dann sank er ganz zu Boden, starrte an die Decke, atmete noch einmal lange aus und starb.

»Er macht den Boden schmutzig«, sagte Barbara und legte das Messer aus der Hand. »Ich hole Müllsäcke, in die können wir ihn verpacken. Ich will nicht, daß das ganze Schiff nach ihm stinkt.«

Während sie den Schrank zielstrebig nach großen Plastiksäcken durchstöberte, rührte ich mich nicht vom Fleck. Ich stand unter Schock. Innerhalb einer Minute hatte Barbara die Leiche in die Säcke gestopft und das Ganze mit Klebeband verschlossen. Sie hatte recht. Man konnte es schon riechen.

»Und was machen wir jetzt mit ihm?« fragte sie. »Bei dieser Hitze können wir ihn nicht hier lassen.«

Ich starrte auf die verpackte Leiche. Sein letztes Wort war »nein« gewesen. Er hatte nicht ins Gefängnis wollen. Ich hoffte, Gott werde mir vergeben, daß ich die Erfüllung seines Wunsches zugelassen hatte.

»In die Fischkiste«, sagte ich. »Von den Lebensmitteln, die du darin gelagert hattest, ist bestimmt noch Eis übrig.«

Zehn Minuten später begann Dr. Allen Samuels, dessen Lebensreise ihn von Florida nach North Carolina und von dort in ein winziges Fischernest auf Cuba geführt hatte, für seine Fahrt durch die Straße von Florida langsam abzukühlen. Es war nun nicht mehr meine Aufgabe, über sein Leben und seine Verbrechen zu richten.

30

Ich stand, eine Hand auf dem Steuerrad, an Deck der *Mamita*. Unter meinen Füßen brummte leise der Motor. Ich hätte nur die Ankerwinde betätigen müssen, schon hätte es losgehen können.
»Steh nicht so herum, Lupe, fahren wir endlich!« Barbara tauchte von unten auf; sie trug jetzt eine saubere Umstandsbluse mit Blümchenmuster und einen sauberen Rock.
Sie flehte mich fast an, mit mir zurückzufahren. Ich glaubte nicht, daß sie nur vor der Fahrt durch die Straße von Florida Angst hatte – ihre Stimme klang so sanft, als wäre alles, was geschehen war, viel zuviel gewesen für ein schwächliches kleines Wesen wie mich.
Schwerfällig setzte sie sich auf den Kapitänssitz, blickte zu mir hoch und berührte plötzlich mit überraschender Zärtlichkeit mein Gesicht. »Fahren wir los, Lupe«, sagte sie. »Wir haben soviel durchgemacht. Du bist doch so schlau, du kannst dir irgendeine Geschichte ausdenken oder einen Anwalt anheuern, der uns in Miami aus dem Schlamassel rausholt.«
»Ja, aber …«
»Überleg doch mal, Lupe«, unterbrach sie mich. »Jetzt haben wir wenigstens die Möglichkeit, lebend von hier wegzukommen. Wenn wir bleiben, haben wir nicht die geringste Chance. Sei doch nicht so stur! Diese Leute, deine Klienten, erwarten bestimmt nicht, daß du dein Leben noch länger aufs Spiel setzt. Du hast getan, was du tun konntest.«
Plötzlich spürte ich, daß Barbara meine Freundin geworden war. Gleichzeitig wußte ich, daß ich ihr niemals verständ-

lich machen könnte, was es für mich bedeutete, Michelles Leben zu retten. Michelle Moreno war zu einer Art Symbol für die Kinder geworden, die ich damals in der Onkologie-Station des Jackson Memorial verlassen hatte. Und ich dachte auch an meine Mutter, deren Wunsch es gewesen wäre, weiterzumachen – obwohl sie es mir bestimmt nicht erlaubt hätte.

»Ich kann nicht mitkommen«, sagte ich. Es sprudelte nur so aus mir heraus. »Ich kann einfach nicht weg von hier, ohne wenigstens versucht zu haben, Michelles Mutter zu finden. Jetzt bin ich ganz nah dran.«

Barbara schloß die Augen; ihre dunklen Wangen röteten sich. »Ich habe gerade drei Menschen getötet, Lupe. Du glaubst vielleicht, das wäre mir leichtgefallen, weil du mich für eine Wilde oder so was hältst, aber es ist mir nicht leichtgefallen. Ich muß von hier weg!«

»Wenn man Alberto und Regina dazuzählt, sind es fünf Tote«, sagte ich. Sie starrte mich an. »Ein Grund mehr, aus der Situation herauszuholen, was geht.«

»Was, glaubst du, werden die Cubaner mit uns machen, wenn sie Tomas und Pedro tot auffinden – gar nicht zu reden von Samuels im Fischkasten?« fragte sie mich ruhig, aber mit leicht gereiztem Unterton, so als spräche sie mit einem Kind. »Also, los jetzt. Den Anker lichten und heimfahren!«

»Ich habe schon zuviel in die Sache investiert und viel zuviel gesehen«, erwiderte ich. Die Sonne war seit unserer Rückkehr an Bord aufgegangen; ich betrachtete sie, wie sie sich im ruhigen Wasser spiegelte. »Du kannst ja ohne mich fahren, wenn du willst.«

»Tu das nicht, Lupe! Hör auf mit den Dummheiten. Bitte!«

»Du schaffst es auch allein zurück nach Miami«, sagte ich, um sie zu ermutigen. »Es wird schwierig werden, aber ich weiß, daß du es schaffst. Bei der Herfahrt hast du ja auch die meiste Arbeit getan.«

Nachdem ich ihr vorgeschlagen hatte, allein zurückzufahren, fühlte ich mich total mies und wollte gar nicht erst darüber nachdenken, wie ich denn heimkommen sollte, wenn sie wirklich fuhr. Aber in mir war einfach etwas stärker als ich. Ich hatte den ganzen Fall geradezu systematisch verbockt, und die einzige Möglichkeit wiedergutzumachen, was noch wiedergutgemacht werden konnte, bestand darin, Michelles Mutter zu finden. Um Barbara von der Vergangenheit und von dem zu erzählen, was mich trieb, fehlte die Zeit.

Barbara, die plötzlich munter und gestärkt wirkte, drehte sich um und begann auf Deck hin und her zu gehen. Ich war ehrlich erstaunt. Mit aggressiven Bewegungen band sie sämtliche Segelhüllen los und löste hier und dort ein Seil. Routiniert schob sie ihren Bauch auf eine Seite, um auf Knien an eine störrische Seilrolle heranzukommen, die sich in einer Klampe an Deck verfangen hatte.

Dann arbeitete sie sich allmählich wieder zu mir vor; sie schien immer noch ganz auf ihre Arbeit konzentriert zu sein. Eine Weile befürchtete ich, meine Freundin sei zu meiner Feindin geworden und werde mich möglicherweise sogar mit ihrer Machete aus dem Weg räumen. Doch dann wandte sie sich mir zu und schlug mit der flachen Hand auf die Reling. »Woher willst du eigentlich wissen, ob sie überhaupt noch lebt? Sag jetzt bloß nicht, daß du Samuels glaubst und überzeugt bist, daß sie in Sagua la Grande wohnt!«

»Es ist der einzige Hinweis, den ich habe. Ich muß einfach glauben, daß er die Wahrheit gesagt hat. Außerdem habe ich ein bißchen nachgedacht und bin dabei möglicherweise auf etwas gestoßen.«

»Ich lasse dich hier!« rief Barbara und wandte sich wieder von mir ab. »Du glaubst, ich würde alles tun, was du sagst, aber das stimmt nicht. Ich fahre nach Hause und kümmere mich nur noch um mich, und du kannst sehen, wo du bleibst!«

»Ich ... ich helfe dir noch, das Boot fertig zu machen«, sagte ich.

Sie drehte sich um und fuchtelte direkt unter meiner Nase mit dem Finger herum. »Und selbst angenommen, du findest sie durch irgendein Wunder, was willst du denn dann tun? Samuels hat gesagt, daß sie nie mitkommen würde.«

»Ich dachte, du glaubst das, was Samuels gesagt hat, nicht.«

Barbara sah mich an, als ob ich ihr eine Ohrfeige verpaßt hätte. Dann zog sie unendlich müde und behäbig ihre Schuhe aus, ging nach unten und legte sich, das blutbefleckte Messer in der Hand, aufs Bett. Ich folgte ihr.

»Wir haben noch ein paar Kleidungsstücke, die du anziehen kannst, damit du nicht ganz so auffällst«, sagte sie, die Augen schließend. »Aber bitte beeil dich. Ich will nicht, daß mein Baby in Cuba zur Welt kommt.«

Als ich mein Fernglas scharfstellte, fiel ich fast vom Mangobaum. Nach einer Drei-Kilometer-Wanderung durch dichtes Gestrüpp – auf der ich mich zweimal vor vorbeifahrenden Fuhrwerken mit Fischergerät und grölenden, rauchenden Fischern verstecken mußte – hatte ich ein kleines Mädchen nach dem Weg zum Kloster des Ordens vom Heiligen Rosenkranz gefragt. Das Kloster lag an der mir zugewandten Seite des Orts. Gott sei Dank war gerade Mangozeit – die ziemlich großen, dicht beieinander wachsenden Früchte verbargen mich vor den wenigen vorbeigehenden Leuten. Außerdem kam ich endlich mal zum Essen.

Ich hatte schon seit Jahren keinen Baum mehr bestiegen

und war stolz darauf, es mit nur einigen wenigen Kratzern geschafft zu haben. Nachdem ich festgestellt hatte, daß die Abschürfungen halb so wild waren und obendrein gut zu den am Vortag davongetragenen Verletzungen paßten, entspannte ich mich ein bißchen.

Das nördlich von mir liegende Kloster konnte ich deutlich ohne jedes Hindernis dazwischen sehen. Ich wußte zwar längst nicht so viel über die Geographie dieser Gegend, wie ich mir gewünscht hätte, doch über Sagua la Grande selbst war mir einiges bekannt, und zwar aus den Gutenachtgeschichten, die Papa uns früher erzählt hatte. Es war eine der ältesten Städte Cubas, ehemals das Zentrum der Tabak- und Kaffeeindustrie mit Zugang zum Meer. Seit der Revolution war es zu einem verschlafenen, rückständigen Kaff verkommen.

Papa hatte uns oft von den Krabben und Austern dieses Landesteils erzählt und von der Rinderzucht. Er imitierte sogar die Kühe für uns, aber ich kapierte es trotzdem. Außerdem wußte ich, daß es in der Gegend Zuckermühlen gab, die der Staat von den Eigentümern konfisziert hatte.

Dann fiel mir noch *La Libertad* ein, der große, wunderschöne Platz in der Stadtmitte, den Papa ebenfalls erwähnt hatte. Er beschrieb die Königspalmen und die Steinbänke neben den üppigen Blumenbeeten. In unverbesserlicher Touristenmanier erhob ich mich ein bißchen auf meinem Ast in der Hoffnung, den Platz sehen zu können. Doch dann wurde der Baum von einer Bö durchgerüttelt, und ich setzte mich schnell wieder hin. Ich flüsterte ein kurzes Gebet, hoffend, es möge auf direktem Weg erhört werden – schließlich befand ich mich in unmittelbarer Nähe eines Klosters.

Von meinem Hochsitz aus konnte ich alle vier Ecken des

Gebäudes sehen. Das Fernglas war so stark, daß die Sicht keinerlei Probleme darstellte. Solange ich nicht runterfiel und mich selbst ausschaltete, war alles in Ordnung.
Ich folgte einem Gefühl. Es gab einfach zu viele Details, die zu dem, was ich bisher erfahren hatte, nicht paßten. Maria Rosario war während unseres kurzen Gesprächs etwas herausgerutscht, das mich stutzig machte. Ich hatte Lourdes nämlich nie erzählt, daß Michelles Mutter aus Sagua stammte, aus dem einfachen Grund, weil ich es damals selbst nicht wußte; Maria Rosario hatte jedoch angedeutet, die leibliche Mutter wohne dort.
Maria Rosario wußte also sehr viel mehr, als sie aus einem kurzen, heimlichen Funkspruch hatte erfahren können. Es fiel mir schwer, den Verdacht aufrechtzuerhalten, daß mich eine Nonne belogen hatte, doch über diese Unstimmigkeit kam ich nicht hinweg. Je länger ich nachdachte, um so sicherer wurde ich, daß Maria Rosario der Schlüssel zu dem Geheimnis war, wo Michelles Mutter sich aufhielt.
Auf dem Rückweg zur *Mamita* hatte ich in der Eile über das, was sie gesagt hatte, gar nicht nachgedacht, sondern erst, als Samuels das gleiche behauptete. Und Samuels hatte gesagt, daß Betancourt während eines Aufenthalts in Havanna eine Prostituierte aus Sagua la Grande kennengelernt habe, mit der das ganze Babyprojekt überhaupt erst ins Rollen gekommen sei. Langsam fügten sich die Einzelheiten zu einem Gesamtbild, und die Antworten auf meine Fragen waren hinter der harmlosen Fassade dieses Klosters zu suchen.
Es war ein schönes, zweigeschossiges altes Steingebäude im spanischen Stil, das hinter einem ummauerten Hof lag. Der langgestreckte Bau selbst bildete die vierte Wand der Anlage. Davor standen die lebensgroße Statue der Heiligen Jungfrau und ein riesiges Holzkreuz. Von meinem Baum aus roch ich den Duft der blühenden Rosen im Klostergarten.

Etwa ein Dutzend Frauen verschiedenen Alters in kurzärmeligen Blusen und langen Röcken betraten, ihren täglichen Pflichten nachgehend, das Gebäude oder kamen heraus. Die fest um ihre Köpfe geschlungenen Tücher waren das einzige äußere Zeichen ihrer Berufung. Hin und wieder kam oder ging eine durch das stattliche Eisentor vor dem Gebäude.
Die Zeit verging, und ich begann mich um die auf der *Mamita* zurückgebliebene Barbara zu sorgen. Ich glaubte zwar nicht, daß sie ohne mich tatsächlich wegfahren würde – was blieb mir auch anderes übrig, als daran zu glauben –, doch ich befürchtete, daß man Pedro und Tomas in der Zwischenzeit gefunden hatte. Das Haus, aus dem wir geflohen waren, hatte zwar einen verlassenen und abgelegenen Eindruck gemacht, aber ganz sicher konnte ich mir dessen nicht sein.
Was passieren würde, wenn Barbara in Gefangenschaft geriet, wagte ich mir erst recht nicht auszumalen. Ich hatte sie allein auf dem Boot zurückgelassen, um einem Gefühl, mehr war es nicht, zu folgen. Ich war für sie verantwortlich und für ihr Baby – wenn ich es mir genau überlegte, war ich für einen ganzen Haufen Leute verantwortlich, und das, obwohl ich kaum auf mich selbst aufpassen konnte.
Auch nach zwei Stunden Wartens und endlosen Muskelkrämpfen hatte ich Maria Rosario immer noch nicht entdeckt. Es war fast drei Uhr nachmittags, und ich war fix und fertig. Mit wenig Schlaf komme ich nur sehr schlecht zurecht, und nun hatte ich schon seit Tagen keine anständige Ruhepause mehr gehabt. Allmählich fragte ich mich, was ich mir von der stundenlangen Warterei auf dem Mangobaum, den Gebeten und dem Sorgenmachen eigentlich erhoffte.
Doch dann sah ich sie mit einer anderen Nonne im Hof herumgehen und wäre fast in Triumphgeheul ausgebrochen.

Sie sprachen offenbar über den Garten, denn sie deuteten auf leere Stellen im buckligen Rasen. Ich hoffte, sie würde die Enklave verlassen, doch statt dessen verschwand sie hinter einer offenstehenden Tür im Ostteil des Klosters. Wenigstens wußte ich jetzt, wo sie war, und das tröstete mich ungemein, während ich mich auf eine weitere lange, durchwachte Nacht vorbereitete.

Zwischen den Ästen eingezwängt, mit dem Rücken am Stamm lehnend, muß ich dann kurz eingenickt sein. Das Scheppern des schweren Eisentors weckte mich. Als mir wieder einfiel, wo ich mich befand, sah ich, daß die Urheberin des Lärms Maria Rosario war, die allein Richtung Stadt entschwand. Ich versuchte den prickelnden Schmerz in meinen Beinen zu vergessen, rutschte den Baum runter und folgte ihr. Sie war so auf ihren Botengang konzentriert, daß sie mich erst bemerkte, als ich ihr von hinten auf die Schulter klopfte. Sie drehte sich um und fuhr entsetzt vor mir zurück.

»Was machen Sie hier?« fragte sie mich und hielt blitzschnell nach allen Seiten Ausschau. »Ich dachte, Sie wären zurückgefahren!«

»Wir fahren bald«, sagte ich. »Aber zuerst muß ich die Mutter des kleinen Mädchens finden.«

Sie betrachtete meine Kleider, die mir Barbara aus ihrem Spind gegeben hatte – ein Männerhemd und eine Männerhose, die mir viel zu groß waren. Maria Rosario war jung und naiv und konnte sich nicht gut genug verstellen, um mir weiszumachen, sie wolle mir nichts verheimlichen.

»Sie müssen weg!« sagte sie und führte mich unter einen Baum am Straßenrand. »Hier in Cuba ist es viel zu gefährlich für Sie und Ihre Freundin. Wo ist sie überhaupt? Ist sie mit Ihnen mitgekommen?«

»Sie wartet im Boot auf mich.«

Im Augenblick waren wir allein auf der Schotterstraße, aber jeder, der vorbeikam, konnte uns sehen. Es gab zwar wegen der Armut und der Benzinknappheit keinen Autoverkehr, doch Fußgänger waren viele unterwegs. Irgendwer hatte mir mal gesagt, daß die Cubaner Ausländer sofort erkennen, selbst wenn sie sich so hervorragend verkleidet hätten wie ich. Ich packte Maria Rosario am Arm und führte sie über einen Nebenweg in den Schatten eines offenbar leerstehenden Lagerhauses.

»Ich weiß, daß Sie Schwierigkeiten kriegen, wenn man Sie mit mir sieht«, sagte ich, als wir von der Straße aus nicht mehr zu sehen waren. »Aber wissen Sie, wo ich die Frau, nach der ich suche, finden kann?«

Sie senkte den Blick und schwieg. Mir war klar, daß sie diese Frage nicht einfach beantworten konnte. Doch ich hatte die Zeit auf dem Mangobaum gut genutzt und mir meine Gedanken gemacht.

»Sie ist im Kloster, oder?« fragte ich hastig, ohne ihr Zeit für eine Lüge zu lassen.

Die junge Nonne litt Höllenqualen, war derart hin und her gerissen, daß sie mir direkt leid tat. Schließlich holte sie tief Luft und sagte: »Ja.«

Ich versuchte, so lässig zu tun, als hätte ich keine andere Antwort erwartet. Im Augenblick hatte ich wirklich eine Glückssträhne. Die leibliche Mutter war nicht nur am Leben, sondern befand sich sogar nur wenige Gehminuten von mir entfernt. Aus diesen Minuten konnten allerdings Lichtjahre werden, überlegte ich, als ich an die Mauern und Eisengitter des Klosters dachte.

Auf der Schotterstraße gingen die Leute, die ich gesehen hatte, an uns vorbei, ohne uns zu bemerken. »Und als Sie sagten, die Mutter Oberin habe Sie geschickt, damit Sie beobachten, was mit mir geschieht, haben Sie mir nur einen

Teil Ihres Auftrags offengelegt. Sie sollten noch etwas tun, nicht wahr?«
Sie nickte schweigend. Große Tränen kullerten ihre Wangen hinab. Doch trotz ihrer Qual glaubte ich ihr auch eine gewisse Erleichterung anzumerken.
»Was genau sollten Sie tun?« hakte ich nach, obwohl ich mir ziemlich sicher war, die Antwort bereits zu kennen.
»Ich sollte Ihnen helfen, wenn ich könnte«, sagte sie aufrichtig freundlich. »Und dann sollte ich noch dafür sorgen, daß Sie Isabela de Sagua so schnell wie möglich verlassen.«
»Das haben Sie gut gemacht«, versicherte ich ihr. »Wir wären fast gefahren und werden es auch bald tatsächlich tun. Jetzt habe ich noch eine Frage. Wie viele Mütter leben bei Ihnen im Kloster?«
»Acht sind wir. Oh!« Sie bedeckte erschrocken den Mund mit der Hand. »Woher wissen Sie das?«
»Dr. Samuels hat es mir gesagt. Das heißt, er hat es angedeutet. Das meiste habe ich mir selbst zusammengereimt.«
Ich wollte ihr nicht mehr als unbedingt notwendig sagen und erwähnte nicht, daß Samuels tot war. Ich wußte nicht, ob sie irgend jemandem von Tomas' und Pedros Tod erzählt hatte – wohl eher nicht, denn die Leichen selbst hatte sie nicht gesehen, und sie hatte mir gestanden, wie sehr sie sich vor ihnen fürchtete.
Ihr unabsichtliches Geständnis erklärte aber auch nicht alles. Als Samuels den gemeinsam mit Betancourt ausgeheckten Plan erläuterte, hatte alles einen Sinn ergeben – aber nur bis zu einem gewissen Grad. Ich wußte von Mädchen aus der cubanischen Provinz, die es auf der Suche nach Verdienstmöglichkeiten nach Havanna trieb und die keine andere Wahl hatten, als sich zu verkaufen. Maria Rosarios Auftauchen war zwar eine große Hilfe, auch nach ihrem Eingeständnis und nachdem ich bemerkt hatte, daß sie, was

den angeblichen Funkspruch von Lourdes anlangte, gelogen hatte.
Die Haltung der katholischen Kirche in bezug auf Abtreibung ist bekannt. Doch die Kirche denkt auch pragmatisch. Als Maria Rosario mir zu verstehen gab, daß sie mehr wußte, als sie sagte, wurde mir klar, daß dieser winzige cubanische Orden mit Betancourt und Samuels zusammenarbeitete. Die Kirche durfte armen jungen Mädchen durch die Schwangerschaft helfen, mußte dafür aber nach der Geburt der Babys bestimmte Dienste leisten. Vielleicht gab Betancourt der Kirche Geld für die Kinder, vielleicht auch nicht. Einige Bürger der Stadt erhielten Waren und Geld, die Kirche verhinderte Abtreibungen und bekam dankbare junge Mädchen als Novizinnen, und Betancourt und Samuels wurden reich.
»Ich dachte, Sie hätten mir geglaubt«, sagte Maria Rosario niedergeschlagen. Doch sie erschien mir zu ruhig. Ich argwöhnte, daß sie noch etwas wußte, etwas, auf das ich noch nicht gekommen war.
Schließlich begann ich sie sogar zu trösten. »Es war nicht Ihre Schuld«, sagte ich. »Und gestern unter dem Fenster haben Sie mir wahrscheinlich das Leben gerettet. Das vergesse ich Ihnen nie.«
Sie errötete und wandte den Blick ab. »Das alles tut mir sehr leid.«
»Dann sagen Sie mir, was Sie noch wissen! Lourdes hatte mit der ganzen Sache nichts zu tun, oder?«
»Nein. Zumindest glaube ich das nicht. Ich hatte noch nie von ihr gehört. Die Mutter Oberin hat mir einfach ihren Namen genannt, als sie mich bat, Ihnen zu folgen. Wir haben eigentlich nur sehr wenig Kontakt zu anderen Orden in Amerika.«
Das hatte ich mir schon gedacht. Lourdes hatte auf Mamas

Foto und auf ihren Rosenkranz geschworen. Sie war zwar ein sehr fürsorglicher Mensch, aber es hatte mir doch zugesetzt, daß sie einen so schwerwiegenden Eid gebrochen haben sollte. Ich versuchte mir ein Bild von den Vorgängen zu machen: Dem Orden war daran gelegen, mich so schnell wie möglich aus Cuba verschwinden zu lassen, weil er mit Samuels zusammenarbeitete und nicht aufgedeckt werden wollte. Vielleicht hatten mich die Nonnen auch vor Samuels retten wollen – sie wußten ja, wozu er fähig war –, die Hauptsache aber war wohl, daß ich ohne einen Beweis für ihre Mitarbeit beim Babyschmuggel wieder verschwand.
Maria Rosario kam über ihre Gewissensbisse nicht hinweg. »Es war meine Schuld, daß Sie geblieben sind. Ich habe versagt.« Sie würde eine gute Nonne werden.
Ich mußte ihr noch etwas sagen. »Auf dem Weg hierher habe ich eine mir bisher unverständliche Mitteilung erhalten, und als wir hier ankamen, hatte ich nicht genug Zeit, um darüber nachzudenken.«
Doch im Mangobaum hatte ich darüber nachgedacht. Der »Freund« – das mußte Regina gewesen sein, die von ihrer Reise nach North Carolina zurückgekommen war und mich kurz vor ihrer Ermordung angerufen hatte. Mit der »Sünde wider Gott und seine Kinder« hatte sie auf die Menschen angespielt, die in den Augen der Kirche von Gott besonders geliebt werden, nämlich die Kinder – in diesem Fall die ungeborenen.
Als ich das mit ihrer nie erstatteten Anzeige zusammendachte, war mir klargeworden, was sie entdeckt hatte. Samuels war entlassen worden, weil er Schwangerschaften noch in den letzten drei Monaten abgebrochen hatte. Entweder hatte man ihn wegen illegaler Abtreibungen gefeuert oder weil er die Akten dieser Patientinnen hinterher gefälscht hatte. Die Feststellung, daß ein Mann, von dem sie

viel gehalten hatte, für Verbrechen wider ihre religiöse Moral verantwortlich war, mußte Regina unglaublich erschüttert haben. Hätte sie doch nie etwas darüber herausgefunden!

Ich erzählte Maria Rosario von Samuels Vergangenheit. Sie war fassungslos. »Der Mutter Oberin hat er gesagt, er würde uns helfen, weil er gegen Abtreibung sei!«

Wenn alle diese Mädchen so naiv waren wie sie, brauchten Betancourt und Samuels sich über den cubanischen Teil ihres Unternehmens nie Sorgen zu machen. Samuels hatte behauptet, Betancourt habe Regina getötet, was durchaus stimmen konnte, doch an diesem Mord war dem Arzt im Ruhestand ebenso gelegen gewesen wie dem Anwalt.

Ich setzte mich auf den Boden. Ich war völlig erschöpft und wußte nicht, was ich jetzt tun sollte. Maria Rosario nahm neben mir Platz. »Wie heißt die Mutter?« fragte ich sie.

Sie zögerte ein wenig, gab dann aber nach. Sie hatte mir schon so viel erzählt, daß jeder Widerstand sinnlos war. »Maribel Montero.«

»Ich muß mit Maribel sprechen und ihr erklären, warum sie mit mir nach Amerika kommen soll«, sagte ich. »Sie kann sich dann frei entscheiden, aber ich muß ihr sagen, daß sie in den Vereinigten Staaten gebraucht wird.«

»Maribel ist noch sehr jung, jünger als ich«, sagte Maria Rosario. »Sie hat bei uns im Kloster eine wirkliche Heimat gefunden. Bevor Sie mit ihr sprechen können, müssen Sie die Mutter Oberin fragen.«

Genau das wollte ich nicht. »Kann Maribel denn nicht kommen und gehen, wie sie will?«

Maria Rosario wandte den Blick zur Schotterstraße. »Normalerweise trifft solche Entscheidungen die Mutter Oberin für uns.«

»Ich verstehe. Also, auf zur Mutter Oberin!«

Wir verließen unser Versteck und gingen auf der Schotterstraße zum Kloster zurück. Meine Beine waren steif, ich fror, war müde und hungrig. Wenn dieser Alptraum vorüber war, wollte ich mich in einem heißen Bad mit ganz viel Schaum entspannen. Und dann würde ich mir eine Maniküre gönnen. Ich wollte heim.

31

Diesmal betrat ich das Kloster durch den Haupteingang, anstatt mich vor der Mauer in einem Mangobaum zu verstecken wie eine Irre. Auf meinem Weg durch den Hof erntete ich merkwürdige Blicke. Ich fragte mich, wie viele dieser Nonnen wohl auf dem Umweg über die Straßen Havannas hierhergekommen waren.
Maria Rosario hatte mir unterwegs halb flüsternd einiges über die Vergangenheit der Mutter Oberin erzählt.
»Die Mutter Oberin stammt aus einer adligen cubanischen Familie, die ins Exil ging, als Castro an die Macht kam. Sie war das einzige Familienmitglied, das hier blieb, und sie führt hier die guten Werke fort, die sie schon unter Batista getan hat. Der Staat hat sie in Ruhe gelassen, weil wir hier so abgelegen sind, aber es ist trotzdem sehr schwierig. Ihre Zusammenarbeit mit Dr. Samuels hat uns das Geld eingebracht, das wir brauchten, um weiter als Kloster existieren zu können.«
»Klar«, sagte ich, während wir auf das Gebäude zugingen. Es klang wie eine einzige große Rechtfertigung von Dingen, die nur zu Elend und Tod geführt hatten. »Alles geschah für einen guten Zweck. Ich werd's mir merken.«
Wir hatten eine kleine Seitentür erreicht; Maria Rosario packte mich mit erstaunlicher Kraft am Arm und brachte ihr Gesicht ganz nahe an meines heran. »Reden Sie nicht so leichtfertig! Ich sage Ihnen das alles, damit Sie verstehen, was vorgegangen ist. Die Mutter Oberin hat in ihrem Leben sehr viel für Gott und die ihr anvertrauten Mädchen geopfert. Sie haben kein Recht, so über sie zu urteilen.«

Mit diesen Worten trat sie vor mich, wobei sie meinem Blick auswich, ging durch die Tür und deutete drinnen auf einen Stuhl. Ich befand mich in einem kleinen Empfangszimmer und mußte dort bleiben, bis Maria Rosario der Mutter Oberin von mir erzählt hatte. Es gab offenbar eine Menge zu besprechen, denn sie ließen mich über eine halbe Stunde warten. Die Stille und die wunderschön singenden Vögel draußen auf den Bäumen machten mich so schläfrig, daß ich eindöste.

Als ich aufwachte, stand Maria Rosario über mich gebeugt vor mir. »Kommen Sie!« sagte sie leise. »Die Mutter Oberin empfängt Sie jetzt.«

Sie führte mich in ein Arbeitszimmer. Kaum war ich drin, passierte etwas Komisches: Ich kam mir plötzlich wie eine Idiotin vor. Ich begann zu schwitzen, meine Knie zitterten, und ich atmete in hastigen Stößen – alles, weil ich gleich vor einer Mutter Oberin stehen würde. Ich regredierte zum Kind. Meine Schwester war Nonne. Meine Mutter war, allen Berichten zufolge, fast eine Heilige gewesen. Man hatte mich nach einer Marienerscheinung benannt. Ich mußte mich wirklich zusammenreißen.

Die Mutter Oberin erschien. Sie war etwa Anfang sechzig, hatte porzellanglatte Haut, und aus ihrer Haube lugten rechts und links graumelierte Haarsträhnen hervor. Sie war groß und schlank, eine majestätische Erscheinung. Als sie auf mich zuging, holte ich tief Luft.

»Lupe«, sagte sie und küßte mich auf beide Wangen. »Lupe, Kind, ich hatte so gehofft, Sie kennenlernen zu dürfen, und jetzt sind Sie da!«

Ich war völlig weg. Ich hatte eine Gegnerin erwartet und traf statt dessen auf diese charmante Frau mit einer unglaublich warmherzigen Ausstrahlung. Es fiel mir schwer, im Gedächtnis zu behalten, daß sie ihre Finger in den

Scheußlichkeiten hatte, die Barbara und mir in Cuba widerfahren waren.

Wir setzten uns auf zwei Stühle vor dem Fenster, und ich sah mich kurz um. Trotz der schlechten wirtschaftlichen Situation der Insel wollte die Mutter Oberin auf die schönen Dinge des Lebens offenbar nicht verzichten. Da stand, beispielsweise, ein massiver Mahagonischreibtisch mit detailgenauen eingeschnitzten Szenen aus dem Leben Christi. Die Stühle, auf denen wir saßen, waren aus Leder, und hinter dem Schreibtisch hing ein Wandteppich, der vom Boden bis zur Decke reichte und mich an den Aubussonteppich erinnerte, der bei uns daheim im Eßzimmer hing.

»Ich kenne Ihre Familie«, sagte sie und sah mir offen in die Augen. »Ihre Mutter und ich lernten uns bei den Ursulinerinnen kennen, wo wir beide zur Schule gingen. Sie war eine sehr gute Katholikin. Als ich von ihrem Tod hörte, habe ich für sie gebetet.«

»Wie ...«

»So abgeschieden lebe ich nun auch wieder nicht, daß ich keine Nachrichten über Menschen erführe, die mir begegnet sind und mir etwas bedeutet haben.« Sie schenkte mir ein reizendes Lächeln. »Sie sehen Ihrer Mutter, als sie noch jung war, sehr ähnlich, aber das wissen Sie ja sicherlich. Ihre Mutter war wunderschön, sowohl in körperlicher als auch in geistiger Hinsicht.«

Sie wußte genau, wie sie mir kommen mußte. Und obwohl mir bewußt war, daß sie das alles um ihrer eigenen Zwecke willen sagte, war ich tief berührt – und in die Defensive gedrängt.

»Maria Rosario hat mir von den vielen Schwierigkeiten erzählt, die Sie in Cuba hatten«, sagte sie in neutralem Ton. Ihr Blick blieb auf meine Augen gerichtet. »Ich möchte Ihnen und Ihrer Begleiterin mein Mitgefühl darüber aus-

drücken und hoffe, daß wir in keiner Weise zu diesen Mißlichkeiten beigetragen haben. Wir wollten Ihnen nur helfen.«
Der Bann war gebrochen. Sie war ein edler Mensch, sie hatte meine Mutter gekannt, alles gut und schön, aber sie war in etwas Todbringendes und Illegales verstrickt. Offenbar hatte sie beschlossen, unser Gespräch in herzlichem Ton zu absolvieren. Die Frau hätte, ganz ohne Frage, jedes Jahr einen Oscar gewinnen können. Sie war eine starke Frau, und sie war meine Gegnerin. Ich tat das einzige, was mir übrigblieb – ich lächelte sie lieb an.
»Kaffee!« fragte jemand. Ich wäre fast vom Stuhl gefallen. Maria Rosario kam mit einem Silbertablett herein, auf dem zwei schöne Porzellantassen mit köstlich duftendem cubanischem Kaffee standen. Ich nahm die zarte Tasse und Untertasse und versuchte, das Zittern meiner Hände zu unterdrücken.
Als wir wieder allein waren, lächelte die Mutter Oberin mich schmallippig an. Ich fühlte mich, als wäre ich beim Rauchen im Mädchenklo erwischt worden.
»Sie wollen also mit Maribel sprechen, meine Liebe«, sagte sie. »Ist das richtig?«
»Ich muß mit ihr über ihre Tochter reden. Es ist von größter Wichtigkeit.«
»Dann dürfen Sie das selbstverständlich.« Sie stand auf und ging zur Tür. »Maria Rosario, bitte Maribel, zu uns zu kommen!«
Ich konnte kaum glauben, daß es so einfach sein sollte. Und meine Skepsis war berechtigt.
Die Frau, die jetzt das Allerheiligste betrat, war sehr jung und sehr schön. Sie hatte ein makelloses Gesicht und einen makellosen Hals. Nirgends war ein Muttermal zu sehen. Ich beschloß, zunächst einfach mitzuspielen.

»Maribel?« sagte ich. »Ich heiße Lupe Solano. Ich bin Privatdetektivin in Miami und wollte Sie bitten, mit mir nach Florida zu kommen, um das Leben Ihrer Tochter zu retten.«

Die junge Frau warf der Mutter Oberin einen fragenden Blick zu; die Mutter Oberin nickte. »Lupe sagt die Wahrheit, mein Kind.«

»Ihre Tochter wurde von einem Ehepaar aus Miami adoptiert. Diese Leute haben sie sehr gut behandelt, aber jetzt ist Ihr Kind krank.«

Maria Rosario trat auf das Mädchen zu und nahm seine Hand. Ich stand fassungslos der Tatsache gegenüber, daß alle drei Frauen gewillt waren, mir diese Farce vorzuspielen.

»Ohne eine medizinische Behandlung, für die Sie unverzichtbar sind, ist Ihre Tochter zum Tod verurteilt.«

»Maribel« ließ den Blick zwischen mir und der Mutter Oberin wandern, als ringe sie, allerdings wie eine schlechte Schauspielerin, um den Sinn des Lebens. Dann kniete sie sich vor die Mutter Oberin auf den Boden, küßte ihr ungeschickt die Hand, erhob sich und wandte sich an mich.

»Ich komme mit.«

Sie verließ den Raum, und ich wurde wieder in das Empfangszimmer geführt, wo ich vor Langeweile eingeschlafen war, während sie diesen lächerlichen Plan ausgeheckt hatten. Wenige Minuten später erschien das Mädchen wieder, eine kleine Tasche mit ihren Habseligkeiten in der Hand.

Die Mutter Oberin brachte uns zur Tür. »Gott sei mit Ihnen, Kind«, sagte sie zu mir und drückte mir einen Kuß auf die Wange.

»Maribel« – oder wie immer sie hieß – war schon am Eingangstor angelangt und öffnete das quietschende Ding.

32

Der Nachmittag war in die Nirgendwozeit zwischen Tag und Abend übergegangen, die Zeit, in der man die Scheinwerfer einschaltet, ohne genau zu wissen, ob es schon notwendig ist. Doch auf der vom Kloster wegführenden Schotterstraße gab es weder Scheinwerfer noch Autos. Ich war ganz allein mit der jungen Nonne. Ich wartete ab, bis wir hinter einer engen Kurve außer Sicht waren; dann stieß ich Maribel die Beretta in den Rücken. Eine Nonne zu bedrohen fiel mir erstaunlich leicht.

Die Frage, ob ich in die Hölle käme oder nicht, war mir längst egal – außerdem wußte ich nicht mal, ob sie wirklich eine Nonne war. Nonnen haben ja schließlich keine körperlichen Merkmale, anhand derer man das überprüfen kann. Plötzlich fiel mir ein, wie lange Barbara nun schon auf mich wartete, und mir wurde ganz elend zumute. Vielleicht hatte sie aber auch schon längst den Anker gelichtet und war nach Hause gefahren. Ich hätte es ihr nicht verdenken können. Ich wünschte mir nichts sehnlicher, als zur *Mamita* zurückzukehren, die Straße von Florida zu durchqueren, zu Papas Haus zu fahren und mich aufs Bett fallen zu lassen – und das Ganze sollte möglichst in den nächsten zehn bis fünfzehn Minuten geschehen.

Das junge Mädchen blieb stehen und warf langsam einen Blick über die Schulter, so als hätte sie mit ihrer Enttarnung schon fast gerechnet. Auf ihre Stirn traten Schweißperlen. Echte Nonnen, überlegte ich, schwitzen nicht, egal wie heiß es ist. Das weiß jeder Katholik ganz intuitiv.

Ich trat einen Schritt zurück, hielt meine Waffe weiter auf sie gerichtet und fragte: »Wo ist sie?«
Sie versuchte mir wieder etwas vorzumachen – kein geschickter Schachzug. Sie würde jahrelangen Schauspielunterricht bei der Mutter Oberin brauchen. »Wer?« fragte sie.
»Die echte Maribel oder wie immer sie heißt. Das Mädchen, das ich suche, das Mädchen mit dem Muttermal.«
Ich trat ein bißchen näher an sie heran und richtete die Beretta auf ihr Gesicht, weil ich wußte, daß sie es dann bestimmt kapieren würde. Jede Frau hat instinktiv Angst davor, daß ihr Gesicht verletzt wird. Außerdem dachte ich mir, daß es nicht schaden könnte, ihr meine Frustration und Verzweiflung zu zeigen – bald würde es dunkel sein, und Barbara und ich mußten weg. Wenn Barbara nicht ohnehin schon auf halbem Weg nach Florida war. Doch dann verbot ich mir, weiter daran zu denken. Wenn Barbara wirklich abgehauen war, konnte ich sowieso einpacken.
Das Mädchen blickte mir in die Augen und erkannte mit Sicherheit meine abgrundtiefe Verzweiflung. Sie brauchte nicht die beste Menschenkennerin der Welt zu sein, um zu spüren, daß ich mir ihre Lügen keinesfalls noch länger anhören würde. Ich wußte nicht, ob sie in die Trickserei der Mutter Oberin eingeweiht oder selbst ein Opfer war. Es war auch egal. Sie stand mir so oder so im Weg.
Ich merkte, daß sie ihre Möglichkeiten überdachte: weglaufen und riskieren, daß ich sie von hinten erschoß, mit mir kämpfen oder einfach nachgeben. Ich weiß nicht, was ich getan hätte, wenn sie beschlossen hätte, mich anzugreifen. Ich war viel zu müde, viel zu schwach.
Das Mädchen warf verdrießlich den Koffer auf den Boden, offenbar wütend darüber, daß der Plan so rasch aufgeflogen war. »Sie ist die letzten drei Tage in einem Zimmer im Kloster eingesperrt gewesen«, sagte sie verärgert. »Seit sie ge-

hört hatte, daß Sie in Cuba sind, wollte sie mit Ihnen zurückfahren, aber die Mutter Oberin hat es nicht erlaubt.« Sie konnte den Blick nicht vom Pistolenlauf wenden. »Wir gehen zurück und holen sie«, sagte ich. »Kommen wir irgendwie rein, ohne gesehen zu werden?«

Ich entsicherte die Beretta in der Hoffnung, daß das Mädchen schon genug Filme gesehen hatte, um zu wissen, was das bedeutete. Es funktionierte. Mit schreckgeweiteten Augen hob das junge Ding die Arme.

»Ja, es geht, es geht«, sagte sie. »Durch den hinteren Teil des Klosters, dort ist eine Tür. Sie wird fast nur dazu benützt, den Müll auf die andere Seite der hinteren Mauer zu bringen, und niemand bleibt lang dort.«

Ich richtete die Pistole auf den Boden – es bestand schließlich kein Grund, unnötige Härte walten zu lassen – und fragte: »Maribels Zimmer ist also dort in der Nähe?«

Sie versetzte ihrem Koffer einen halbherzigen Fußtritt. »Ja. Zwei Türen weiter.«

»Komm her«, sagte ich. Sie erstarrte. »Keine Angst, ich tu' dir nichts. Meine Schwester ist auch Nonne.«

Ich schubste sie zu mehreren Ficusbäumen hinüber, die hinter hohem Gras am Straßenrand standen. Dann fesselte ich ihr mit meinem Gürtel die Hände vor dem Körper, zog meine Socken aus und band sie ihr als Knebel um den Mund. Zuletzt – und das fiel mir wirklich schwer, weil ich wußte, daß es sehr unbequem für sie sein würde – zog ich meinen BH aus und fesselte sie damit an einen etwas kräftigeren Baum. Ich glaube zwar nicht, daß die Firma Wacoal ihre Produkte für diesen Zweck entwickelt hatte, aber da es sich um eine Schweizer Marke handelte, konnte ich mich auf das Ding verlassen. Ich hoffte nur, daß Gott mir das Fesseln einer Nonne, selbst einer falschen, vergeben würde. Ohne Gürtel rutschte die viel zu weite Hose von Barbara an mir runter. Ich hatte die Beine bereits etwa fünfzehn Zentimeter hochgerollt und mußte jetzt auch noch den Bund verknoten, damit mir das Ding nicht auf die Fußknöchel fiel. Dann ging ich rasch zum Kloster zurück. Unterwegs schwor ich mir, wenn ich je Gelegenheit hätte, irgend jemandem das alles zu erzählen, die Garderobe, die ich während meines Abenteuers tragen mußte, niemals zu beschreiben.

Es war inzwischen schon fast dunkel. Die Sonne war hinter dem Horizont versunken und hatte einen dämmrigen Schimmer zurückgelassen. Ich sah nur einen einzigen Fußgänger, einen alten Mann mit Strohhut; während wir aneinander vorbeigingen, schob ich die Pistole in die Hosentasche und hielt den Kopf gesenkt. Ich merkte, daß er mich anstarrte, doch er schlenderte weiter; ich hörte ihn leise vor sich hin summen.

Ich gelangte zu meinem alten Freund, dem Mangobaum, und erklomm ihn ein zweites Mal – diesmal so hoch es ging, damit ich einen besseren Blick über die Klostermauern hatte. Als ich fast ganz oben war, hörte ich unter mir knarzenden Protest von den mich tragenden Ästen. Ich glaube, wenn sie abgebrochen wären, wäre ich einfach am Boden liegengeblieben und hätte gewartet, daß mich jemand verhaftet.

Doch der Baum trug mich, und ich konnte bis zum hinteren Teil des Klosterkarrees sehen. Alles wirkte ruhig, was sehr gut für mich war. Wenn die Mutter Oberin erfahren hätte, daß sich die *Mamita* noch immer in cubanischen Gewässern aufhielt, hätte sie gemutmaßt, daß ich auf die Täuschung mit Maribels Geschichte nicht reingefallen war.

Bevor ich runterkletterte, sah ich mich noch einmal gut um. Der Blick war besser als Stunden zuvor, als ich mich viel weiter unten versteckt hatte. Ich reckte den Hals und sah in der Ferne die Stadt Sagua la Grande, deren Lichter über das dunkle Land versprengt waren. Gerade als ich mich auf den Weg nach unten machen wollte, stach mir etwas ins Auge, und ich richtete das Fernglas darauf. Es war ein von schummrigen Lampen umgebener Platz. Ich war mir nicht sicher, aber es konnte *La Libertad* sein, der Platz, von dem Papa mir erzählt hatte. Ich beschloß einfach, es zu glauben. Ich brauchte ein gutes Omen.

Ich verließ den Baum, als es soweit war, nur ungern, doch es würde vielleicht nicht mehr allzulange ruhig bleiben im Kloster. Ich mußte darauf hoffen, daß meine neue, von mir an einen Baum gebundene Freundin die Wahrheit gesagt hatte und daß mein BH noch eine Weile halten würde. Ich holte tief Luft, um mir Mut zu machen, und stieg runter.

Im Kloster brannte zwar Licht, doch draußen im Innenhof war keine einzige Nonne zu sehen. Um diese Tageszeit beteten sie wohl entweder oder aßen im Speisesaal. Nachdem ich von meinem Mangobaum gehüpft war, kroch ich an der Seitenmauer entlang zum Kloster und lauschte auf jedes Geräusch.

Hinter der Anlage befand sich eine langgestreckte leere Fläche, die in die kaum bewachsene freie Landschaft überging. Vorsichtig setzte ich einen Fuß vor den anderen, wobei ich versuchte, nicht auf zu viele Äste zu treten, und tastete mich an der hinteren Klostermauer entlang. Plötzlich begann es zu stinken, und ich blickte nach unten.

Ich stand bis zu den Knöcheln im Müll. Ich blinzelte in die Dunkelheit, um meine Augen an das wenige Licht zu gewöhnen, und sah, daß ich mich inmitten einer Müllhalde befand: Essensreste, Kaffeesatz, dreckige Lumpen. Die Deponie war offenbar schon seit längerem nicht mehr von der Mutter Oberin inspiziert worden, denn die Nonnen hatten ihren Abfall gleich hinter die Klostermauer geworfen. Als

ich den Blick hob, sah ich, daß sich die einzigen nach hinten hinausgehenden Fenster im ersten Stock befanden und von dem Gestank somit einigermaßen geschützt waren.
Ich bahnte mir einen Weg durch den Unrat, gelangte zu einer nur mit Erde bedeckten Freifläche und kurz darauf an eine Tür. Plötzlich wurde mir bewußt, daß ich, falls sie verschlossen war, nicht wußte, was ich dann tun sollte. Aber ich durfte es unmöglich so weit geschafft haben und jetzt vor einer verschlossenen Tür stehen.
Sie war aber verschlossen. Ich drückte dagegen; sie bestand aus grauenhaft dickem Holz, das an angelaufenen Messingangeln hing. Man hätte einen Rammbock gebraucht, um sie zu überwinden.
Ich setzte mich auf die Erde und hätte am liebsten losgeheult. Nach allem, was passiert war, hockte ich jetzt hier im Müll wie eine Bettlerin, getrennt von Michelles Mutter, die wahrscheinlich nur wenige Meter von mir entfernt war. Was sollte ich tun – nach Miami zurückfahren und den Morenos sagen, daß ich ihre Tochter zwar um ein Haar hätte retten können, die Sicherheitsvorkehrungen im Orden vom Heiligen Rosenkranz jedoch unüberwindlich gewesen seien?
Da fiel mir ein, daß Esteban mir mal gesagt hatte: »Wenn du nicht aus noch ein weißt, mußt du das Naheliegendste tun.«
Im Müll, wie eine Bettlerin. Ich zerzauste mir die Haare und ließ sie ins Gesicht hängen, schmierte mir, um des Effekts willen, ein bißchen Schmutz ins Gesicht, packte die Beretta unter meinem Bauernhemd, klopfte laut an die Tür und hörte, daß von drinnen jemand näher kam.
Die Tür wurde geöffnet, und eine Frau, etwa in meinem Alter, schaute mißtrauisch heraus; hinter ihr im Gang brannte eine einzige Lampe, so daß ich von ihrem Körper nur die Umrisse sah. »Ja?« sagte sie.
»Habt ihr ein Stückchen Brot für eine bescheiden von Ort

zu Ort Ziehende?« fragte ich mit rauher Stimme, nuschelte, so gut ich konnte, und stieß die Fußspitzen in den Boden.
»Entschuldigen Sie, aber ich habe Sie nicht verstanden«, sagte die Nonne und kam einen Schritt näher.
Ich hatte offenbar zu lange gezögert, bevor ich antwortete, denn sie trat in den Gang zurück und griff in ihre Rocktasche. Nachdem sie kurz darin herumgewühlt hatte, zog sie einen langen, dunklen, zylindrisch geformten Gegenstand hervor. An der Tür war es so dunkel, daß ich nicht sah, worum es sich handelte, doch ich durfte getrost annehmen, daß sie nichts Gutes für mich bereithielt.
Sie umschloß den Gegenstand besitzergreifend mit der Faust und trat wieder einen halben Schritt zu mir vor. Ich wollte mich nicht durch erneutes Reden verraten und versuchte daher, so harmlos wie möglich zu wirken. Im besten Fall würde sie mich reinbitten und mir ein Drei-Gänge-Menü servieren, aber ich befürchtete, daß es solche Gastfreundschaft eher in der Bibel als im kommunistischen Cuba gab.
Ich behielt den dunklen Gegenstand im Auge. Die Nonne kam schweigend noch einen Schritt näher; als sich unsere Blicke trafen, wurde mir klar, daß diese Braut Christi eine unwahrscheinlich mutige Frau war. Sie fand nichts dabei, ganz allein einer stinkenden, zerlumpten Fremden gegenüberzutreten. Andererseits hatte sie vielleicht gute Gründe, sich derart sicher zu fühlen. Ich war fast überzeugt davon, daß das Ding in ihrer Hand eine Schußwaffe war, vielleicht auch ein Knüppel. Und als sie noch näher trat, sah ich, daß die gute Frau dreißig Zentimeter größer und ungefähr einen Zentner schwerer war als ich.
Ohne ein Wort zu sagen, ging sie auf mich zu und richtete ihren Arm und den Gegenstand auf meinen Kopf. Bevor ich reagieren konnte, hörte ich ein Klickgeräusch – und wurde

vom Strahl einer direkt auf mich gerichteten Taschenlampe geblendet. Ich reagierte reflexartig.

Ich zog die Pistole unter dem Hemd hervor und schlug sie der Nonne auf den Schädel. Sie sackte zusammen wie eine Marionette, die von ihren Fäden abgeschnitten wurde, und ich beugte mich über sie, um sicherzugehen, daß sie wenigstens nicht ernsthaft verletzt war. Ich würde zwar das ganze nächste Jahr ununterbrochen Buße tun müssen, aber ich war wieder einen Schritt weiter.

Der Nonne ging es, den Umständen entsprechend, gut. Ich schleifte sie in einen kleinen Schrank mit Putzutensilien. Sie würde mit einem Bluterguß und einer Gruselgeschichte aufwachen, die sie den anderen Schwestern später erzählen konnte. In dem langen Gang war es völlig still. Ich beeilte mich und fand sofort die zweite Tür. Auch sie war verschlossen.

Da ertönten am anderen Ende des Ganges Stimmen, und ich ging mit gezogener Waffe in die Hocke. Doch dann überlegte ich, daß das wirklich lächerlich war. Was wollte ich denn tun – das gesamte Kloster mit meiner Pistole bedrohen? Ich hatte in den letzten Tagen genug Sünden auf mich gehäuft, die für ein ganzes Leben reichten, und hatte keine Lust auf noch mehr. Also lehnte ich mich an die Wand und wartete, daß die anderen Nonnen kämen und mich entdeckten. Ich würde mich ergeben und mich der Mutter Oberin gegenüber für meine Sache einsetzen. Wenn sie nicht erlaubte, daß Maribel mitfuhr, war ohnehin alles vorbei.

Die Stimmen kamen nicht näher. Sie klangen gleichmäßig und rhythmisch. Da kapierte ich: das Abendgebet! Die Mutter Oberin führte ihre Schützlinge durch das allabendliche Ritual. Sie hatten nicht die geringste Ahnung, daß ich da war.

Und ich hatte schon aufgeben wollen! Ich drehte mich zur

Tür und sah, daß im Schloß ein Schlüssel steckte. In der nächsten Sekunde hatte ich die Tür geöffnet, schloß sie hinter mir und stand einem verängstigten jungen, wunderschönen Mädchen gegenüber, das allein in dem dunklen Raum saß und weinte. Als sie mich sah, huschte eine Art Wiedererkennen und ein jähes, herzzerreißendes Lächeln über ihr Gesicht.

Gleich unter dem Kieferknochen beginnend, zog sich ein Muttermal ihren Hals hinab.

Maribel und ich umarmten und küßten uns – mehr aus Verzweiflung als aus irgendeinem anderen Grund. Wir hatten uns noch nie gesehen, doch beide wußten wir, daß unsere Gegenwart und unsere nächste Zukunft miteinander verbunden waren.

»Alles, was du wissen willst, erzähle ich dir später«, flüsterte ich. »Jetzt mußt du mir erst mal helfen. Wie kommt man hier am besten raus?«

Maribel öffnete den Mund, um zu antworten, doch bevor sie ein Wort herausbrachte, hörten wir näher kommende Schritte. Ich hechtete in den kleinen Zwischenraum zwischen dem Bett und der Steinwand. Ausnahmsweise freute ich mich mal darüber, so winzig zu sein. Ein weniger zierlicher Mensch hätte da nicht reingepaßt.

Ich hörte, wie die Tür geöffnet wurde, und fühlte förmlich, wie Maribel, die schweigend auf dem Bett saß, sich anspannte. Dann wurde die Tür wieder geschlossen und von außen abgesperrt. Irgendwer hatte nur schnell zur Kontrolle bei ihr hereingeschaut und sich sofort wieder zurückgezogen, weil alles in Ordnung zu sein schien. Das bedeutete, daß sie bisher weder die *Mamita* noch das an den Baum gefesselte Mädchen, noch die arme, zwischen Besen und Eimern schlafende Nonne entdeckt hatten. Keine schlechte Spur, die ich da zurückließ!

Ich wagte mich aus meinem Versteck und gab Maribel mit einer Handbewegung zu verstehen, sie solle still sein, bis die Schritte draußen nicht mehr zu hören seien. »Wie kommt man hier am besten raus?« fragte ich sie dann noch einmal.
»Den Gang hinunter und in den Duschraum. Da ist eine Hintertür, durch die wir gehen können«, sagte sie hastig. Ich wirkte wohl ziemlich erstaunt ob ihrer raschen Antwort. »Ich hatte viel Zeit zum Nachdenken, als ich hier eingesperrt war. Ich habe darum gebetet, daß Sie kommen, und ich weiß genau, was wir tun müssen.«
Sie sah sich noch einmal in dem leeren Raum, ihrem Gefängnis, um. Ich hörte ihr kaum zu. Zuerst mußten wir mal aus diesem Zimmer rauskommen. »Wir sind eingesperrt«, sagte ich. »Hast du darüber auch schon nachgedacht?«
»Das Schloß ist so alt, daß man den Schlüssel von innen drehen kann«, sagte sie lächelnd. »Ich habe es mal mit dem Fingernagel gemacht, da ist der Schlüssel rausgefallen. Maria Rosario hat ihn gefunden und wieder hineingesteckt, weil sie nicht wollte, daß ich Schwierigkeiten kriege.«
Sie lächelte noch immer. Ich weiß nicht, warum sie das alles so lustig fand, aber nur zu! dachte ich. Wenigstens half sie mit.
Sie setzte sich vor die Tür auf den Betonboden. »Dieses Gebäude ist mehrere hundert Jahre alt. Nichts funktioniert mehr.«
Sie spuckte sich auf die Hände, segnete sich selbst und steckte den kleinen Finger so weit wie möglich ins Schloß. Ich unterdrückte ein Lachen – vielleicht war ich selbst auch ein bißchen überdreht. Als sie den Schlüssel zu bewegen versuchte, verzog sie vor Schmerz das Gesicht. Offenbar war es doch nicht ganz so einfach, wie sie gesagt hatte. Nach einer – für meinen Geschmack – viel zu langen Zeit hörte ich ein leises Klicken.

Maribel stand auf und schob sich den Finger in den Mund. »Okay«, sagte sie aus einem Mundwinkel heraus, »wir können gehen.«
Sie wischte sich die Hand am Rock ab, und ich sah, daß an ihrem kleinen Finger ein Tropfen Blut herabrann. Ich öffnete die Tür, steckte den Kopf in den Gang hinaus und blickte nach links und rechts. Da niemand zu sehen war, packte ich Maribel an der Schulter und zog sie aus dem schrecklichen Zimmer. Sie ging voran, passierte drei geschlossene Türen an der linken Seite und öffnete die vierte.
Ich folgte ihr. Als ich den Raum betreten hatte, wich ich fast zurück, so stark roch es dort nach Schimmel. Es war der Duschraum. Der Schimmel wucherte wild an den unteren Rändern der Plastikvorhänge und bildete dort seltsame Muster – chaotische Rorschachtestbilder, bei denen wahrscheinlich jeder Psychotherapeut an seine Grenzen gestoßen wäre. Wir blieben kurz stehen; beide hatten wir Angst, es könnte uns jemand gefolgt sein. Hinten sah ich die Tür, von der Maribel mir erzählt hatte.
»Sie wurde extra für die Handwerker gemacht, die die sanitären Anlagen im Kloster eingebaut haben«, flüsterte Maribel mir zu. »Die Mutter Oberin sagte, es würde stören, wenn Männer durch den Haupteingang ein und aus gingen. Als sie fertig waren, sollten sie die Wand wieder zumauern, aber sie hatten keine Zeit mehr dazu.«
»Unser Glück.«
Ich ergriff den Türknauf und zog ihn kraftvoll zu mir. Nichts. Die Tränen schossen mir in die Augen, und Maribel sah mich entsetzt an. Da fiel mir ein, daß sich Türen in den Tropen, besonders wenn sie jahrelang nicht benutzt worden waren, verziehen und nicht mehr öffnen lassen.
Maribel schob mich weg und zog wie eine Verrückte am Knauf. Dann schubste ich sie weg und versuchte dasselbe.

Als Maribel es zum zweitenmal versuchte, bewegte sich die Tür ein bißchen. Dann zogen wir beide gleichzeitig, und endlich ging sie auf.
Mindestens eineinhalb Kilometer liefen wir, ohne ein einziges Mal stehenzubleiben, in der Hitze durch dichtes Gestrüpp. Maribel hatte mich überhaupt nicht gefragt, was wir als nächstes tun würden.

Barbara wartete an Deck der *Mamita*. Der Motor tuckerte leise, und der Anker war gelichtet. Sie wirkte nicht im geringsten überrascht, uns zu sehen.
Sie half Maribel und mir aus dem kleinen Boot und zog mich mühelos an Deck. Die Ruhepause hatte ihr offenbar gutgetan. »Ich habe tief geschlafen und geträumt, ich hätte dich auf die *Mamita* zulaufen sehen«, sagte sie, Maribel anstarrend. »Dann bin ich rauf an Deck, und da wart ihr!«
Sie schluchzte leise auf und nahm mich lange in die Arme. Über meine Schulter hinweg sah ich, daß sie Maribel noch immer anstarrte, und mir fiel das Muttermal ein. »Sag nichts!« flüsterte ich ihr zu. »Sie kommt mit.«
Fast lautlos fuhren wir durch cubanische Gewässer. Barbara steuerte, während ich mit dem Fernglas an Deck stand und nach Patrouillenbooten Ausschau hielt. Die See war ruhig, die Nachtluft frisch. Es roch nach Meersalz. Maribel lag unter Deck in einer Koje; ich hatte sie gebeten, eine Weile dort zu bleiben. Barbara und ich mußten noch etwas hinter uns bringen, bevor wir es uns leisten konnten, Maribel näher kennenzulernen.
Ich begann, Essensreste seitlich über die Reling der *Mamita* zu werfen, und wartete auf die Haie, die mit Sicherheit kommen würden. Schon nach wenigen Minuten folgte uns eine kleine Gruppe; die Tiere schnappten gierig nach dem Zeug und bettelten um mehr.

Mit Barbaras Hilfe zog ich Dr. Samuels' Leiche aus dem Fischkasten und warf sie über Bord. Barbara ging zurück ans Ruder und ließ den Motor aufheulen. Wir wollten so schnell wie möglich aus den cubanischen Hoheitsgewässern.
»Was ist los mit dir?« fragte sie mich, als sie sah, daß ich das Meer hinter uns betrachtete. »Er ist jetzt bei den Haien, bei seinesgleichen.«
Ich bekreuzigte mich und sprach ein stilles Gebet für Regina, für Alberto, für Tomas und Pedro und für die Seele von Dr. Allen Samuels. Ich weiß nicht, welche Strafen diejenigen erwarten, die auf der Welt Böses getan haben, und auf welche Belohnung die Guten hoffen dürfen, doch ich betete trotzdem. Und ich sah zu, wie meine Heimat, das Zuhause meiner Vorfahren, aus dem Blick verschwand, und fragte mich, ob ich sie jemals wiedersehen würde.

33

Nachdem wir zwei Stunden mit voller Kraft voraus gefahren waren – Barbara am Steuerrad in ihre Kissen zurückgelehnt, ich nervös das Meer betrachtend, ohne irgend etwas zu sehen, außer ein paar Frachtern in weiter Ferne –, beschloß ich, mit Maribel zu sprechen. Seit ich ihr befohlen hatte, unter Deck zu bleiben, damit Barbara und ich ungestört Samuels' Leiche entsorgen konnten, hatte sie sich nicht wieder blicken lassen.
Sie lag mit geschlossenen Augen in der Koje und atmete tief. Zum erstenmal seit unserer Flucht aus dem Kloster konnte ich sie näher betrachten. Abgesehen von dem Muttermal am Hals fand ich nur wenig Ähnlichkeit zwischen ihr und ihrer Tochter, außer vielleicht die hohe, glatte Stirn und den spitzen Haaransatz, den auch Michelle möglicherweise einmal bekommen würde.
»Hallo!« sagte sie zu meinem Erstaunen und schlug die Augen auf. »Ich schlafe in letzter Zeit schlecht, weil ich immer an meine Tochter denke.«
Ich setzte mich auf die Koje gegenüber. »Wie geht es dir?«
»Gut – dafür haben Sie gesorgt. Ich hatte noch gar keine Gelegenheit, Ihnen zu danken. Ich weiß, daß Sie Ihr Leben riskiert haben, um nach Cuba zu fahren und meine Tochter zu retten. Das war sehr mutig.«
Ich wußte nicht recht, ob »mutig« das richtige Wort war. »Verrückt« vielleicht. »Tollkühn« wahrscheinlich. »Welche Gründe hat man dir für meine Reise genannt?« fragte ich.
Sie setzte sich auf und ließ die Beine seitlich an der Koje herabhängen. Sie war von stiller Schönheit, hatte etwas Schlichtes, Ursprüngliches an sich, das durch die einfache

Klosterkleidung und das ungeschminkte Gesicht noch betont wurde. Ihre braunen Augen lagen weit auseinander, ihr schwarzes Haar war kurzgeschnitten und ihre Haut, abgesehen von dem Muttermal, gleichmäßig getönt. Darüber hinaus hatte sie eine Ausstrahlung, eine Gelassenheit und Reife, wie sie Mädchen in ihrem Alter normalerweise nicht besaßen.

»Vor drei Tagen hörte ich die Mutter Oberin abends in ihrem Büro telefonieren«, sagte sie, verlegen den Blick abwendend. »Ich konnte alles verstehen. Die Telefonverbindungen in Cuba sind so schlecht, daß man schreien muß. Ich hätte nicht lauschen dürfen, aber ich fegte gerade den Gang. Das war in diesem Monat meine Aufgabe.«

»Was hast du gehört?«

»Die Mutter Oberin sagte: ›Dieses Mädchen darf nicht hierher kommen.‹ Ich glaube, sie sprach mit Dr. Samuels.«

»Warum glaubst du das?«

Maribel zögerte kurz. »Ich habe sie schon mal beim Telefonieren mit ihm gehört, kurz bevor er im Kloster bei einer Geburt helfen sollte. Sie war immer gereizt, wenn sie mit ihm sprach. Ich glaube, sie mochte ihn nicht besonders.«

Der Motor wurde lauter; Barbara hatte einen Zahn zugelegt. Die See war so ruhig, daß ich die Bewegung des Boots kaum spürte. »Woher wußtest du, daß sie über dich sprachen?«

»Na ja, weil sie mein Muttermal erwähnte.« Sie griff sich unbewußt an den Hals. »Ich hatte keine Ahnung, warum irgendwer aus Miami mit mir sprechen wollte, aber dann überlegte ich mir, daß es etwas mit meinem Baby zu tun haben mußte.«

»Da hast du richtig überlegt«, sagte ich sanft. »Und dann?«

»Dann rief mich die Mutter Oberin in ihr Büro und sagte, sie fände, daß meine Frömmigkeit nicht tief genug sei, und

ich solle in meinem Zimmer bleiben und um den Beistand der Heiligen Jungfrau beten, bis sie mich wieder rauslassen würde.« Maribel biß sich auf die Unterlippe. »Ich wußte genau, daß meine Frömmigkeit nichts damit zu tun hatte. Es war wegen des Telefongesprächs.«
Ich merkte, daß sie ziemlich intelligent war. Wenn Michelle nach ihr geriet, konnten sich die Morenos freuen. »Hast du sonst noch was herausgefunden?«
»Meine Freundin, Schwester Maria Rosario, hat mir immer etwas erzählt, wenn sie mir das Essen brachte. Daß Sie in Cuba angekommen seien und wie sie Ihnen half, als Sie aus dem Fenster fielen.«
Jetzt sah sie mich zum erstenmal direkt an. »Maria Rosario dachte anders als die Mutter Oberin. Sie fand es nicht gut, daß sie Sie täuschen sollte. Sie ist ein sehr guter, ehrlicher Mensch.«
Ich stimmte ihr zu. »Wer war das Mädchen, das sie für dich ausgaben?«
»Sie heißt Mercedes und ist die jüngere Schwester von einem der Mädchen im Kloster.« Plötzlich erzitterte die Kabine; wir waren gegen eine große Welle gefahren. »Sie wollte schon lange aus Cuba weg, und als Sie auftauchten, sah sie darin ihre große Chance.«
»Sie war also eine Nonne, die weg wollte?«
Maribel starrte mich verwundert an. »Aber nein. Die Mutter Oberin will zwar, daß alle Mädchen, die aus Havanna zu uns kommen, Nonnen werden, aber einige bleiben nur kurze Zeit und arbeiten, bis sich eine Gelegenheit zum Abhauen findet.«
Ich war erleichtert. Schließlich wollte ich nicht, daß dereinst in meinem Sündenregister stünde, ich hätte eine Nonne mit einem Spitzen-BH an einen Baum gefesselt. Wenn man als Katholik vor seinen Schöpfer tritt, zählt jede Kleinigkeit.

Maribel zog die Knie ans Kinn und sah mich besorgt an. »Jetzt erzählen Sie mir, bitte, was mit meiner Tochter los ist! Wird sie sterben?«
»Sie ist sehr krank. Ich wollte dich holen, weil du der einzige Mensch bist, der sie retten kann. Sie braucht Knochenmark von dir.«
»Was ist das?« fragte sie verwirrt.
»Das ist weiches Zeug in deinen Knochen. Viel weiß ich selbst nicht darüber, aber es muß auf jeden Fall von dir sein. Daß du jetzt mit uns nach Miami fährst, kann ihre Rettung bedeuten.«
»Erzählen Sie mir von ihr!« bat Maribel mich lächelnd. Plötzlich sah sie so jung aus, wie sie war, und strahlte vor Freude und Neugier. »Wie ist sie denn so? Welchen Namen haben sie ihr gegeben?«
Ich durchstöberte die wenigen Besitztümer, die Pedro und Tomas mir gelassen hatten. Darunter befand sich auch ein kleiner Umschlag mit einem Foto von Maribels Tochter. »Das ist Michelle«, sagte ich und gab ihr das Bild.
Sie nahm es und betrachtete es lange, zuerst mit ernster Miene, dann mit zurückhaltender Freude. »Sie ist wunderschön«, flüsterte sie und gab mir das Foto zurück.
»Genau wir ihre Mutter.«
Maribel wurde rot, wandte den Blick ab und wiegte sich auf der Koje vor und zurück wie ein kleines Mädchen. »Erzählen Sie mir von den Leuten, die sie adoptiert haben. Ich will alles über sie und über ihr Leben wissen. Diese Menschen müssen sie ja sehr lieben, wenn sie soviel für Michelle auf sich nehmen. Sie sind wohl sehr reich und sehr klug.«
Ich erzählte Maribel alles über die Morenos. Obwohl sie sofort nach der Entbindung von ihrer Tochter getrennt worden war, spürte ich deutlich, daß sie das Kind nie vergessen hatte, und fragte mich, wie sie es schaffen würde, Michelle

nach der medizinischen Behandlung wieder den Adoptiveltern zu überlassen.

»Ach, das ist schön!« rief sie. »Die haben bestimmt ganz viele Autos und ein Haus mit ganz vielen Zimmern!«

»Ich … ich war noch nie in ihrem Haus, aber ich habe es von außen gesehen. Es ist bestimmt sehr angenehm, darin zu wohnen.«

»Und Michelle wird ganz viele nette Freundinnen haben. Sie kann auf amerikanische Schulen gehen und darf an ihren Geburtstagen Partys feiern.« Plötzlich schwieg sie, und über ihren Mund huschte ein wehmütiges Lächeln. »Gott war gut zu ihr. Sie wird alles haben, was ich nie hatte. Und diese lieben Menschen werden ihr Dinge geben, die ich ihr nie hätte geben können.«

Ihre schlichten Worte trieben mir Tränen in die Augen. Ich mußte schleunigst das Thema wechseln, bevor ich die Selbstbeherrschung verlor und meiner Anspannung und dem Schmerz freien Lauf ließ. »Wie bist du eigentlich mit den Nonnen in Kontakt gekommen?« fragte ich.

Auch sie schien froh zu sein, über etwas anderes reden zu können. »Ich wurde in Isabela de Sagua geboren«, sagte sie. Das Kabinenlicht fiel auf ihre kurzen dunklen Locken. »Es war ein Fischerdorf, aber als es im Land immer schlimmer wurde, flohen die Einwohner in Fischerbooten auf die Bahamas. Deshalb wirkt der Ort so verlassen – es sind wirklich fast alle weg.«

Ich dachte an die verfallenen kleinen Fischerboote, an die zerrissenen Netze und an die wenigen Menschen, die langsam die Schotterstraße entlanggegangen waren.

»Am allerwenigsten gibt es dort für junge Mädchen etwas zu tun«, fuhr Maribel fort. »Die meisten von uns gehen nach Havanna und versuchen dort Arbeit zu finden. Aber für ein Mädchen aus der Provinz gibt es dort auch nicht

viel, und so verdienen wir uns das Geld auf die einzige Weise, die uns übrigbleibt.«
Bei der Erinnerung daran senkte sie den Kopf. Ich ging zu ihr hinüber und setzte mich neben sie. Sie nahm meine Hand, starrte aber immer noch auf den Boden.
»Wir gehen mit den Touristen mit, wissen Sie«, sagte sie schlicht. »Die zahlen am besten und machen uns Geschenke. Isabela und die anderen Dörfer sind klein, und ich wußte immer, wohin ich gehen mußte, wenn ich mal in Schwierigkeiten geraten würde. Solange wir das Kloster spätnachts und mit bedecktem Kopf betreten, erfährt niemand etwas, bis das Baby geboren ist und wir wieder raus können. Die Mutter Oberin sagte, es wäre das Beste, wenn unsere Babys nach Miami kommen, denn dort hätten sie eine Zukunft.«
Tränen kullerten über ihre Wangen und näßten ihre dunkle Haut. »In Cuba gibt es nichts für die Kinder«, erklärte sie flüsternd. »Wir geben unsere Babys weg, damit sie die Möglichkeit haben, ein gutes Leben zu führen.«
»Und einige von euch bleiben auch nach der Entbindung im Kloster?«
»Wir können nur raus, wenn niemand von den Babys weiß, wenn unsere Familien nichts von unserer Schande wissen«, antwortete sie. »Im Kloster gibt es viel zu essen, und der Staat hat uns immer in Ruhe gelassen. Manche Mädchen, ich zum Beispiel, bleiben und werden Novizinnen und weihen ihr Leben Gott, um ihre Sünden abzubüßen.«
Betancourts und Samuels' Plan hatte, ironischerweise, für alle das Beste zur Folge gehabt. Kein Wunder, daß sie es nicht gut gefunden hatten, daß ich herumschnüffelte und ihren wunderbaren Deal zunichte machen könnte. In meinen Augen waren die wahren Schuldigen der Anwalt und der Arzt gewesen, die ja auch das weitaus meiste Geld daran verdient hatten. Wenn ich es je schaffte, Albertos Notiz-

block zu entziffern, würde ich bestimmt erfahren, wieviel Profit sie im Lauf der Jahre eingestrichen hatten.

Ich ließ Maribel unter Deck und ging zu Barbara hinauf, die sich hinter dem Steuerrad auf ihre Kissen gelegt hatte. »Was ist los?« fragte ich sie.

»Müde«, flüsterte sie. Ihr Blick war glasig, und ihr schweißnasses Haar klebte an der Stirn.

Ich hatte in den vergangenen zwei Tagen mehr durchgemacht, als ich ertragen konnte, und dabei um ein Haar Barbara vergessen. Ich bat sie um Entschuldigung, half ihr auf und schickte sie zu Maribel hinunter. Als sie sich ohne jeden Protest damit einverstanden erklärte, in einer Kabine mit einem Mädchen zu schlafen, das ein Muttermal hatte, war mir klar, daß etwas nicht stimmte. Ich bat sie, mich zu rufen, wenn das Baby kommen sollte, doch sie erwiderte nichts, sondern verschwand nur.

Ich stellte mich hinters Steuerrad, gab ein bißchen mehr Gas und brachte die letzte halbe Stunde Fahrt durch die Straße von Florida hinter uns. Für kurze Zeit schloß ich die Augen und lauschte dem Wind; dann öffnete ich sie wieder und sah den schwachen rosigen Schimmer, der den Horizont zu erhellen begann.

Als ich das häßliche Eisenmonument erblickte, das den südlichsten Punkt der Vereinigten Staaten kennzeichnet, erlaubte ich es mir endlich zu weinen. Nach einiger Zeit sah ich die ausgebleichte amerikanische Flagge, die daneben wehte, und navigierte durch die schwierigen Gewässer bis zur Truman Annex Marina.

Ich drosselte den Motor und steuerte zu unserem alten Liegeplatz, der noch immer frei war, so als hätte er die ganze Zeit über gewußt, daß wir es zu ihm zurück schaffen würden. Ich vertäute die *Mamita*, setzte mich aufs Deck und sah ganz allein zu, wie die Sonne aufging.

Barbara und Maribel schliefen noch. Ich weckte sie nicht. Für das, was vor uns lag, brauchten wir alle drei eine Menge Kraft. Doch ich konnte nicht einschlafen, ging hinunter und fand eine Flasche von Albertos Rum. Ich mischte ihn mit dem Orangensaft, der noch in der Kühltasche war, und ging mit dem Glas hinaus auf die Pier. Es war noch früh, kein Mensch war zu sehen, und ich wußte genau, wohin ich wollte. Ich wollte ganz ans Ende des Anlegestegs, um Cuba selbst hier auf dem Festland so nahe wie möglich zu sein.
Ich setzte mich ans Ende der Pier, ließ die Beine baumeln, nippte an meinem Drink und sah übers Wasser hinweg. Der kurze Aufenthalt in Cuba kam mir jetzt wie ein Traum vor, wie etwas, das einem anderen widerfahren war. Nur meine Blutergüsse bestätigten mir, daß alles wirklich geschehen, daß es weder ein Traum noch ein Alptraum gewesen war. Ich merkte, wie mir die Tränen die Wangen hinabrannen, als ich endlich, endlich losließ.
Mein flüssiges Frühstück hatte ich fast beendet, da hörte ich hinter mir etwas. Ich mußte den Blick nicht erst heben, um zu wissen, wer neben mir stand. Die goldenen Härchen an seinen Beinen waren ein untrügliches Erkennungszeichen.
»Marta? Heißt du wirklich Marta?« fragte Henry.
Ich blickte aufs Wasser hinaus. »Nein. Ich heiße Guadalupe Solano. Meine Freunde nennen mich Lupe.«
»Ich fand gleich, daß Marta irgendwie nicht zu dir paßt.« Er setzte sich neben mich. So von den ersten Sonnenstrahlen beschienen, sah er aus wie ein blonder Adonis. »Lupe klingt genau richtig. Na, und wie ist es so gelaufen?«
»Gut. Keine Probleme. Reine Routine.« Ich zuckte mit den Achseln, wandte den Blick ab und stürzte den Rest meines Drinks runter.
Henry nahm mir das Glas ab und roch daran. »Lupe,

Schätzchen, du wirkst auf mich nicht wie eine von denen, die morgens Alkohol brauchen, um auf die Beine zu kommen. Willst du über irgendwas reden? Wir kennen uns zwar nicht, aber ich kann gut zuhören.«

Es war unglaublich verlockend, ihm alles zu erzählen. Wenn ich noch einen Rum-Orangensaft intus gehabt hätte, hätte ich ihm sogar gesagt, welche Farbe meine Unterhose hatte.

»Es gibt nichts zu erzählen, Henry«, sagte ich lächelnd. »Wir sind nur ein bißchen rumgesegelt, und damit will ich dich nicht langweilen.«

Henry nickte, blieb eine Weile sitzen und starrte mit mir aufs Meer hinaus. Er hatte mich beim Wort genommen. Er war ein guter Mensch.

34

»Mr. Betancourt, hier spricht Lupe Solano. Danke, daß Sie meinen Anruf entgegennehmen.« Dieser Scheißkerl. »Ich möchte Sie bitten, sich so bald wie möglich mit mir zu treffen.«

Er wirkte nicht im geringsten überrascht. »Aber sicher«, sagte er mit tiefer, vornehm klingender Stimme. »Wann und wo wäre es Ihnen denn recht?«

»Heute mittag, hier in meinem Büro. Sie wissen ja, wo es ist.« Ich legte auf, ohne ihm Gelegenheit zum Widerspruch zu geben.

Ich stürzte den Rest meines Kaffees runter. Seit ich die Küste Floridas vom Deck der *Mamita* aus gesehen hatte, waren anstrengende, bewegte vierundzwanzig Stunden vergangen, und richtig ausruhen würde ich mich erst können, nachdem ich Betancourt endlich von Angesicht zu Angesicht gegenübergestanden hatte.

Die Morenos hatte ich natürlich gleich angerufen, und sie hatten sich sofort auf den Weg nach Key West gemacht, um Maribel kennenzulernen. José Antonio und Lucia trafen mit ihrem blauen Jaguar an der Truman Annex Marina ein, rannten zur *Mamita* und bestürmten Maribel mit Küssen und Umarmungen. Sie hatten doppeltes Glück, denn Maribel hatte mir erklärt, sie wolle, daß die Transplantation ohne jeden Kontakt mit ihrem leiblichen Kind durchgeführt werde. Sie hatte nicht vor, Anspruch auf das Sorgerecht zu erheben, und wollte sich den Schmerz ersparen, Michelle zu sehen. Die Morenos besaßen Feingefühl genug, ihre Erleichterung nicht offen zu zeigen.

Bevor sie wieder in ihren Wagen stiegen, warfen sie einen langen Blick auf Barbara, die vorsichtig neben dem Boot auf der Pier auf und ab ging. »Ich erkläre alles später«, sagte ich und scheuchte das Ehepaar weg.

Auf der Rückfahrt von Cuba war Barbara deshalb so still gewesen, weil ihre Fruchtblase geplatzt war, als sie unter Deck lag, und sie alles vermeiden wollte, was zum Einsetzen der Wehen führen konnte. Abergläubisch, wie sie war, weigerte sie sich, das Baby in der Kabine zur Welt zu bringen, in der Dr. Samuels zwei Tage zuvor verblutet war – ganz abgesehen davon, daß sie wußte, wie wenig Hilfe sie bei der Entbindung von mir erwarten konnte.

Ich bezahlte Henry die Liegegebühr für mehrere Wochen, versprach, ihn mal anzurufen, und mietete ein Auto. Ich fuhr wie ein geölter Blitz und lieferte Barbara innerhalb kürzester Zeit in der Notaufnahme des Jackson Memorial ab. Dann rief ich ihren Sohn José an, sagte ihm, wo seine Mutter war, und ließ ihn schwören, daß er mich sofort nach der Geburt des Kindes anrufen werde.

Ehe ich endgültig zusammenbrach, brachte ich Albertos Notizbuch zu einem Fachmann für Geheimschriften, der mir versprach, schon früh am nächsten Morgen alles entschlüsselt zu haben. Vierhundert Dollar sollte der Spaß kosten.

Danach fuhr ich in meine Wohnung, schloß die Schlafzimmertür hinter mir und schlief zwölf Stunden durch. Aber es reichte nicht. Ich gönnte mir ein Schaumbad, desinfizierte die zahlreichen Wunden, die mir in Cuba zugefügt worden waren, und verschlang eine Riesenportion gekochtes Hühnchen mit Reis, von Aida zubereitet. Während ich schlief, kam Lourdes, schloß mit ihrem Schlüssel auf und fuhr, als sie sah, daß ich im Koma lag, zurück nach Little Havana. Sie hinterließ einen Zettel auf meinem Couchtischchen. Dafür, daß sie mich nicht geweckt und aufgefordert hatte, ihr auf der Stelle die ganze Geschichte zu erzählen, hatte sie die Heiligsprechung verdient. Nachdem ich geschlafen, gegessen, gebadet und noch mehr gegessen hatte, mußte ich einen Anruf tätigen.

»Tommy? Hi, ich bin wieder da.« Ich versuchte, so lieb und harmlos zu klingen wie irgend möglich. Es fiel mir nicht schwer. Mir lag daran, Tommy aus allen Schwierigkeiten rauszuhalten. Außerdem vermißte ich ihn.

»Wo warst du denn, verdammt noch mal?« brüllte er mich an. Kein gutes Zeichen. Wenn er sich über mich ärgerte, bemühte er sich normalerweise, es zu verbergen.

»Alles in Ordnung, Tommy. Aber ich möchte, daß du mir einen Gefallen tust.« Ich mußte die Sache unbedingt bereinigen. »Ich möchte, daß du mich in einer bestimmten Angelegenheit vertrittst.«

Er seufzte. »Du hast wirklich Nerven, Lupe! Verschwindest tagelang ohne jede Erklärung, zwingst mich auch noch, dein Testament aufzusetzen, bevor du abhaust, und dann lauten die ersten Worte aus deinem Mund, daß ich dir einen Gefallen tun soll! Du bist einfach unmöglich!«

Es lief nicht so, wie ich es mir vorgestellt hatte. Ich holte tief Luft und begann noch mal von vorn.

»Tommy, *querido*, bitte, ich brauche dich!« Er kicherte leise vor sich hin. »Ich meine es ernst, Tommy. Es tut mir leid, daß ich einfach verschwunden bin, aber es war, um in einem Fall weiterzukommen, und es war sehr wichtig. Verzeih mir! Wenn ich dir alles erzähle, wirst du es verstehen.«

»Ja, klar.«

»Bitte, sei nicht sauer auf mich«, flehte ich ihn an. »Ich hasse das. Bitte!« Es war mir zuwider, ihn anbetteln zu müssen, aber es ging nicht anders. Und es würde bestimmt funktionieren.

»Na, vielleicht. Aber nur, wenn du wirklich nett zu mir bist«, sagte er. Allmählich taute er auf. »In welchen Schwierigkeiten steckst du denn jetzt schon wieder?«
»Die Bullen suchen mich. Sie wollten mit mir über den Mord an einer Krankenschwester sprechen, die in Sweetwater wohnte.«
»Aha. Fang ganz am Anfang an – und langsam, wenn ich bitten darf!«
Genau das gefiel mir an Tommy. In bezug auf seine Klienten – und ich hoffte ja, jetzt seine Klientin zu sein – war er so unvoreingenommen wie Joe Friday in der Serie *Polizeibericht*: Nur die Fakten zählten, und er reagierte weder erstaunt noch vorwurfsvoll. In wenigen Minuten erzählte ich ihm soviel wie möglich über den Fall Moreno. Er hörte zu, ohne mich zu unterbrechen.
Als ich fertig war, schwieg er eine Zeitlang; ich wußte, was das bedeutete: Er überlegte sich eine Strategie. »Wir mauern«, sagte er. »Wenn die Bullen kommen, sagst du ihnen, sie sollen sich an deinen Anwalt wenden, also an mich. Mach dir keine Sorgen. Aber bitte schieß nicht noch mehr Böcke, ja?«
»Danke, Tommy, ich ...«
»Hast du mich verstanden?«
»Schon gut. Keine Böcke mehr.«
Es war besser gelaufen, als ich gedacht hatte. Jetzt konnte ich frei schalten und walten, ohne daß die Bullen mir in die Quere kamen. Wenn sie erfuhren, daß Tommy MacDonald mein Anwalt war, würde ihnen das garantiert den Tag verderben. Sie wußten, daß er ein zäher Kerl war, der für seine Klienten alles tat. Was immer die Polizei sich einfallen ließ, es mußte hieb- und stichfest sein, gut durchdacht und ohne einen einzigen Schwachpunkt. Ich hatte die Hände frei.
»Irgendwie glaube ich dir nicht, Lupe«, sagte er. »Du

sprichst hier mit deinem Anwalt. Laß die Finger von dem Fall. Die Sache ist vorbei.«

»Vielen, vielen Dank, Tommy. Ich verspreche es. Es ist vorbei.«

Ich legte auf und überkreuzte Zeige- und Mittelfinger.

Es war elf Uhr. Der Bericht des Geheimschriftexperten war, wie bestellt, um acht eingetroffen, und ich wartete auf Betancourt. Ich ging hinaus in den Empfangsraum und teilte Leonardo mit, daß Elio in einer Stunde auftauchen würde.

»Elio Betancourt?« fragte er. Er hatte sich aus Anlaß meiner Rückkehr fein gemacht und trug eine schwarze Jogginghose und ein South-Beach-T-Shirt, dessen Ärmel über seinen Bizepsen spannten. »Hierher?«

Ich schenkte mir noch eine Tasse Kaffee ein. »Um zwölf. Und du brauchst nicht besonders nett zu ihm zu sein.«

Leonardo sah, daß ich zur hinteren Veranda unseres Büros ging und sprang hastig von seinem Schreibtisch auf. »Wohin willst du?«

»Nach draußen. Warum?« Ich schloß die mit einem Vorhang behängte Tür auf. »Ich muß ein bißchen Luft schnappen und mich sammeln, bevor Betancourt kommt.«

»Okay, in Ordnung, aber …« Er drängte sich unbeholfen vor mich und öffnete mir die Tür. »Ich komme besser mit.«

Während meiner Abwesenheit hatte er das Chaos auf der hinteren Veranda beseitigt und alles für Serenitys Meditations- und Yogakurs hergerichtet. Überall klebten Poster mit Felsenformationen in Arizona, die ins Licht der untergehenden Sonne getaucht waren. Das störte mich nicht weiter – auf der Veranda mußte sowieso schon lange einmal aufgeräumt werden –, aber gegen die idiotische New-Age-Musik, die mit einer nagelneuen Stereoanlage abgespielt wurde, hatte ich einiges einzuwenden.

Leonardo legte mir die Hand auf die Schulter. »Paß auf, Lupe, ich weiß, was du jetzt denkst, aber das ist eine Anfangsinvestition, die sich echt auszahlen wird.« Er entrollte einen knallroten Meditationsteppich. »Ich habe gute Ware in einem Diskountladen gekauft, und fünf Leute haben sich schon angemeldet. Serenity habe ich sogar dazu gebracht, den Gewinn mit mir zu teilen. Hoffentlich bist du jetzt nicht sauer.«

Ich sagte ihm, er solle von dem Meditationsteppich aufstehen, und kniff ihn in die Wange. Das reichte immer, um ihn zum Erröten zu bringen. »Leonardo, nach allem, was ich in dieser Woche durchgemacht habe, mußt du ganz andere Sachen bringen, wenn du willst, daß ich hochgehe.«

»Echt?« fragte er. »Danke, Lupe!« Er öffnete das breite Fenster. Frische Luft strömte herein, und draußen plapperten die Papageien. »Ach, da wäre noch was, was ich dir sagen wollte«, verkündete er.

»Treib's nicht zu weit, Leonardo!«

»Entschuldigung.«

»Übrigens kommt ein paar Minuten nach Betancourt noch eine Besucherin. Laß sie draußen warten, bis ich sie reinbitte.«

Punkt zwölf summte meine Sprechanlage. »Elio Betancourt ist da, Lupe«, sagte Leonardo. Er klang sehr sicher und sehr höflich – genau die richtige Mischung, um die Atmosphäre zu schaffen, die ich haben wollte.

Ich warf noch einmal einen Blick auf das vorbereitete Material, stand auf und begrüßte ihn an der Tür. Ich hatte wohl versucht, mir nicht vorzustellen, wie dieser Augenblick für mich sein würde – der Augenblick, in dem ich meinem Gegner, den ich bisher nie gesehen hatte, endlich gegenüberstand. Mein erstes Gefühl war Angst, die wie eine Welle

über mich hereinbrach, doch ich schob sie einfach weg. Ich hatte zuviel durchgemacht, um mich vor diesem Mann zu fürchten, sagte ich mir. Und dann spürte ich sofort seine immense Ausstrahlung.
Er war wie aus dem Ei gepellt, trug einen dunkelblauen Anzug und ein perfekt gebügeltes weißes Seidenhemd mit feinen roten Streifen. Ich erkannte, daß die Krawatte von Hermès war – ein erstklassiges Stück. Seine Fingernägel waren kurz geschnitten und poliert, und als er mir die Hand entgegenstreckte, kam eine geschmackvolle schmale Patek-Philippe-Armbanduhr zum Vorschein.
Doch ich kannte die Spielregeln auch und ließ mich von seiner Aufmachung nicht beeindrucken. Ich hatte mein Armani-Kostüm angezogen und trug Wildlederpumps von Walter Steiger und meine Cartier-Tank-Uhr.
»Bitte, nehmen Sie Platz«, sagte ich, auf einen der Besucherstühle deutend. Sein kurzes, lockiges Haar duftete nach irgendeinem Blütenöl, und seine Haut glänzte förmlich vor Reichtum. Doch kaum hatte ich mich ihm gegenüber an meinen Schreibtisch gesetzt, war der Lack bei ihm ab. Unter der Lampe über seinem Stuhl, die ich angeknipst hatte, um die Situation einem Polizeiverhör möglichst ähnlich zu machen, sah ich die Flecken auf seiner Haut, die Ringe unter seinen Augen – Elio war ein alternder Partylöwe, und seinem Aussehen nach zu schließen, forderte das ausschweifende Leben seinen Tribut.
»Ein hübsches Büro haben Sie da«, sagte er und stellte seinen Aktenkoffer neben seinen Füßen auf den Boden. Dann bedachte er mich mit einem leutseligen Lächeln.
»Kommen wir gleich zur Sache, Mr. Betancourt.«
»Wie Sie möchten«, sagte er ein bißchen enttäuscht und hielt meinem Blick eine Nuance zu lang stand. »Was kann ich für Sie tun, Miss Solano?«

Ich beschloß reinzuspringen, ohne die Wassertemperatur vorher zu prüfen. »Sie sind sich ja wohl darüber im klaren, daß ich alles über Ihre gemeinsam mit Dr. Allen Samuels in Cuba getätigten Unternehmungen weiß.«
»Was für Unternehmungen sollen das denn sein, Miss Solano?« fragte er mit Pokerface.
»Muß ich jetzt wirklich alles erzählen, was ich weiß, Mr. Betancourt?«
»Nennen Sie mich Elio. Ich habe meine sämtlichen Termine für heute nachmittag gestrichen.« Er streckte sich und lehnte sich zurück. »Ich habe jede Menge Zeit.«
Ich drückte auf den Knopf der Sprechanlage. »Leonardo, würdest du uns bitte Kaffee bringen? Die Besprechung wird eine Weile dauern.«
Betancourt runzelte leicht die Stirn und zog an seiner Manschette. »Haben Sie vielleicht auch was Stärkeres da?« fragte er grinsend.
»Ich denke, wir sollten bei diesem Gespräch beide einen klaren Kopf behalten«, erwiderte ich und sah ihn an. »Wir werden wahrscheinlich beide aufpassen müssen, was wir sagen.«
Schweigend warteten wir auf Leonardo, der nach einigen Minuten mit dem Kaffee reinkam und nur einen kurzen Blick auf Betancourt warf, so als wäre der ein störender Eindringling. Betancourt wirkte nervös und sank angesichts von Leonardos beeindruckendem Körperbau ein wenig in sich zusammen. Ich mußte daran denken, Leonardo in Zukunft systematisch einzusetzen, wenn es darum ging, mir Geltung zu verschaffen – brauchte ja keiner zu wissen, daß er schon mal wegen ein paar kranker Kätzchen geheult und sich noch nie im Leben mit jemandem geprügelt hatte.
Nachdem Leonardo gegangen war, servierte ich Betancourt den Kaffee so graziös, daß ich jeden Benimmkurs auf An-

hieb bestanden hätte. Während er die Tasse mit dem dampfenden Kaffee in der Hand hielt, reichte ich ihm eine Kopie von Albertos Notizbucheintragungen in der Transkription des Geheimschriftexperten.

»Könnten Sie vielleicht, während Sie Ihren Kaffee trinken, das hier durchsehen?« fragte ich ihn und nahm einen Schluck aus meiner Tasse.

Auf meinem Schreibtisch lag eine Anmerkung des Schriftexperten. Albertos Code war ziemlich einfach und problemlos zu knacken gewesen. Und er war überaus sorgfältig vorgegangen: Das Buch enthielt Aufzeichnungen über das gesamte Bargeld, das in Cuba den Besitzer gewechselt hatte – über das Geld, mit dem die *chivatos* bezahlt worden waren, sowie über alle Zahlungen an Samuels für die Geburtshilfe. Außerdem standen Betancourts Name und Adresse darin.

»Woher haben Sie das?« fragte Betancourt. Er sprach leise, und ich merkte, daß er die plötzlich aufwallende Wut kaum mehr zügeln konnte.

»Von Alberto Cruz. Sie haben ihm wahrscheinlich gesagt, er solle keine Notizen machen, aber er hat eben alles sehr genau genommen. Wie Sie hier sehen, ist er im Zeitraum von eineinhalb Jahren einundzwanzig Mal nach Cuba gefahren. Wenn alle Ihre Klienten die Summe gezahlt haben, die Sie von José Antonio und Lucia Moreno erhielten, haben Sie nicht schlecht verdient. Kein Wunder, daß Sie jemanden anheuerten, um das Buch aus Cruz' Wohnung zu stehlen.«

Er schüttelte den Kopf, doch seine Hände zitterten. »Fünfzigtausend pro Baby mal einundzwanzig Überfahrten macht mehr als eine Million Dollar. Ich weiß zwar nicht, welche Ausgaben Sie hatten, aber es ist in jedem Fall eine Stange Geld für Sie übriggeblieben. Was haben Sie denn da in Ihre Steuererklärung reingeschrieben? Ich kann mich

nicht erinnern, in den normalen Einkommensteuerformularen jemals eine Rubrik ›Gewinne aus Babyverkauf‹ gesehen zu haben.«
Ich lächelte ihn lieb an. Er stand auf und stellte Tasse und Untertasse vorsichtig auf den Tisch. »Das ist ja lächerlich. Sie können nichts beweisen, und das wissen Sie auch. Sie vergeuden meine Zeit.«
»Mit diesem einen Punkt beweise ich vielleicht nichts, aber zusammen mit einigen anderen Faktoren könnte es mir durchaus gelingen, so viel Schlamm aufzuwühlen, daß eine Untersuchung Ihrer persönlichen Verhältnisse eingeleitet wird. Apropos Verhältnisse – ich finde, Sie sollten sich auch das hier noch ansehen. Bevor Sie gehen, meine ich.«
Ich glaube, er wußte, was jetzt kommen würde, denn nachdem er sich wieder gesetzt hatte, begann er nervös an seinem Ehering rumzufingern. Als er bequem saß, gab ich ihm einen großen Umschlag mit Fotos von mindestens drei verschiedenen Freundinnen, die meine Ermittler während der Beobachtung aufgenommen hatten. Einen Menschen zu überwachen, ist fast immer todlangweilig, und wenn doch mal was passiert, legen sich die meisten Ermittler mächtig ins Zeug und sammeln Beweismaterial. Mit anderen Worten: Einige der Fotos überließen der Phantasie so gut wie nichts. Ich hatte zunächst gar nicht daran gedacht, die Bilder einzusetzen, aber ich mußte Betancourt einen Schlag nach dem anderen versetzen, mußte ihn dazu bringen Reaktionen zu zeigen.
»Sie sind ja widerlich«, sagte er höhnisch und stand wieder auf. Auch ich erhob mich. Betancourt überragte mich gewaltig, aber das machte mir nichts aus. Ich bin nicht viel größer als einen Meter fünfzig; mich überragen die meisten Menschen.
»Ich würde mir den Gebrauch dieses Wortes gut überle-

gen«, riet ich ihm, holte eine Aktenmappe hervor und schob sie ihm quer über den Schreibtisch hin. »Das ist das Gedächtnisprotokoll eines Geständnisses, das Dr. Allen Samuels vor zwei Tagen in Isabela de Sagua auf Cuba gemacht hat. Ich habe dafür eine Zeugin.«
Betancourt legte die Hand auf die Aktenmappe, als weigerte er sich, ihre Existenz anzuerkennen. »Das ist doch lächerlich.«
»Dr. Samuels erklärte, Sie hätten Alberto Cruz und Regina Larrea ermordet.« Ich nahm ihm die Arbeit ab und schlug die Aktenmappe auf. Jetzt mußte er hinsehen.
»Das ist absolut lächerlich. Ich habe diese Leute nicht getötet.«
»Samuels behauptete es. Außerdem hat er uns alles über Ihr cubanisches Unternehmen erzählt, bis hin zur Geschichte der Beziehung zwischen Ihnen beiden. Wenn die Sache publik wird, ist er zu allem bereit, um Sie des Mordes zu überführen.«
»Allen ist ein Lügner, ein Verrückter«, sagte Betancourt. »Die alte Frau war für niemanden eine Gefahr. Ich weiß nicht, wie Samuels ihre Tötung bewerkstelligt hat, sie war jedenfalls nicht notwendig. Er hatte Angst um seinen guten Ruf, was nun wirklich lächerlich ist. Der war nämlich schon längst ruiniert. Der Idiot glaubte immer noch, er würde irgendwann wieder als Arzt arbeiten können.«
Betancourt ging zum Fenster und preßte die Hand an die Scheibe. Einen Augenblick lang dachte ich, er würde rausspringen. Doch dann drehte er sich um und fragte mich: »Wo ist Samuels eigentlich? Wie haben Sie ihn dazu gebracht, mit Ihnen zu sprechen?«
»Er ist aus dem Rennen.« Es war die Wahrheit, aber die brauchte ich ja nicht näher zu erläutern. »Ihre geschäftlichen Unternehmungen sind beendet, und Ihr Expartner ist

bereit, auszupacken. Aus Ihrer Perspektive ist das eine ziemlich beschissene Situation, würde ich sagen.«

Er wandte den Kopf ab und hob die Hand, um mich zum Schweigen zu bringen. Dann kehrte er, als wäre nichts passiert, zu seinem Stuhl zurück, nahm die Tasse mit dem lauwarmen Kaffee, nippte mehrmals daran und betrachtete währenddessen die auf meinem Schreibtisch ausgebreiteten Papiere, als wären sie reines Gift. Sein Blick schoß von den getippten Listen aus Albertos Notizbuch zu den Fotos mit ihm und seinen Geliebten und von dort zum Transkript von Samuels letzten Worten.

»Ich bin Anwalt und kann diese Dinge recht gut beurteilen«, sagte er und knöpfte sich die Anzugjacke auf. Eine Schrecksekunde lang dachte ich, er würde eine Pistole hervorziehen, doch es war nur eine dicke Zigarre. »Haben Sie was dagegen?« fragte er.

»Aber bitte – es ist ja eine besondere Gelegenheit.« Ich holte einen Aschenbecher aus der untersten Schreibtischschublade und gab ihn ihm.

»Wie bereits gesagt, bin ich in Sachen Strafverteidigung ziemlich firm.« Er zündete die Zigarre mit einem versilberten Feuerzeug an und blies eine widerliche Rauchwolke aus, die sich sofort im ganzen Raum verteilte. »Und das, was ich hier sehe, gibt mir keinerlei Anlaß zur Besorgnis.«

Er probierte es wenigstens, das mußte ich ihm lassen. »Müssen wir das alles jetzt wirklich Punkt für Punkt durchgehen?« fragte ich. »Zunächst mal bin ich sicher, daß das Finanzamt großes Interesse daran hätte, Ihre Steuererklärungen der letzten vier Jahre noch mal zu überprüfen. Ich hasse das Finanzamt wahrscheinlich genauso wie Sie, aber soweit ich weiß, bekommt jeder, der auf einen Fall von Steuerhinterziehung hinweist, eine Belohnung, wenn das hinterzogene Geld eingetrieben werden kann.«

Noch eine dicke Rauchwolke. Und eisiges Schweigen. »Was Ihre in der Öffentlichkeit nicht zu übersehende Gattin betrifft, so bin ich sicher, daß Sie alles andere als eine ideale Ehe führen.« Er kniff die Augen zusammen. »Und selbst in Miami werden Ehebrecher nicht gerade mit Wohlwollen betrachtet. Der *Herald* wäre bestimmt nur zu gern bereit, die Story zu veröffentlichen – besonders in Anbetracht der Existenz aussagekräftiger Fotos.«

Er richtete das Ende der Zigarre auf mich. »Wissen Sie, was das für meine Tochter bedeuten würde?«

»Das hätten Sie sich beim Rumbumsen überlegen müssen.«

Eine Weile schwiegen wir beide. Ich machte meine Sache gut. Er haßte mich abgrundtief.

»Und dann wäre da noch die Staatsanwaltschaft. Die Leute dort würden bestimmt nichts lieber tun, als einen der prominentesten Anwälte der Stadt so schnell wie möglich anzuklagen. Washington würde von der Sache garantiert erfahren, und unter den Bundesstaatsanwälten haben Sie sich mit Sicherheit bereits einige Feinde gemacht.«

Er lachte fast bewundernd auf. »Sie sind wirklich der Abschaum der Menschheit: Sie drohen mir mit Erpressung. Ich sollte Sie verhaften lassen.«

»Aber ich bitte Sie, Elio.« Ich trank einen Schluck kalten Kaffee und bemerkte erfreut, daß meine Hände ganz ruhig waren.

Sein Lächeln verflog. Im grellen Licht der Lampe über seinem Kopf wirkte er hager und abgespannt; seine Augen lagen tief in den Höhlen. Jetzt, in die Ecke gedrängt, zeigte sich der wahre Elio Betancourt: ein berechnendes, egoistisches menschliches Wrack. »Was wollen Sie von mir?« fragte er.

»Zwei Dinge. Ich will Ihr Wort, daß Sie nie versuchen werden, mich oder Barbara Perez in irgendeiner Weise zu schädigen oder zu belästigen.«

Er nickte gelassen. »Einverstanden. Was noch?«
»Ich möchte, daß Sie alle Ihre Unterlagen über die Babys, die Sie aus Cuba hierhergebracht haben, vorlegen beziehungsweise rekonstruieren. Was die Morenos Ihretwegen zu erleiden hatten, soll kein anderes Elternpaar mehr durchmachen müssen.«
»Das geht nicht«, sagte er mit leerem Blick.
»Darüber hinaus werden Sie die bis jetzt illegalen Adoptionen auf dem Papier zu legalen Geburten machen. Für die Kosten kommen selbstverständlich Sie auf.«
»Sie sind ja verrückt«, sagte er und richtete den Blick zur Decke. Seine Zigarre kokelte im Aschenbecher vor sich hin. »Wie soll ich das denn, bitte, machen?«
»Weiß ich nicht. Das ist Ihr Problem.«
»Vergessen Sie's.« Er stand wieder auf und sah mit großer Geste auf seine Armbanduhr. »Ich habe Ihnen lange genug zugehört. Wir sind uns nicht einig geworden.«
»Gut«, sagte ich und drückte auf den Knopf der Sprechanlage. »Leonardo, würdest du jetzt bitte Maribel reinschikken?«
Maribel, die eine Jeans und ein Polohemd aus Lourdes' Kleiderschrank trug, kam unsicher herein. Betancourt stand mit seinem Aktenkoffer in der Hand da und wiegte sich nervös auf den Fußspitzen vor und zurück.
»Das ist er«, sagte Maribel leise. »Das ist der Mann.«
Betancourt fragte, an mich gewandt: »Was ist das denn nun wieder für ein Trick? Ich habe diese Frau noch nie gesehen.«
Ich stand auf, schloß die Bürotür und deutete auf die Stühle. Betancourt und Maribel blieben stehen. »Erinnern Sie sich wirklich nicht?« fragte ich ihn.
Maribel kreuzte die Arme über der Brust und trug ihr Sprüchlein vor: »Sie waren im Oktober 1991 in Havanna

ein Freier von mir. Sie hielten sich dort ein paar Tage wegen eines Juristenkongresses auf. Ich arbeitete im Haus von Señora Anna im Vedado. Sie wohnten im Hotel Nacional. Was ich machte, gefiel Ihnen so gut, daß Sie drei- oder viermal wiederkamen, bevor Sie nach Miami zurückflogen.«

Betancourt ließ den Aktenkoffer fallen und plumpste auf seinen Stuhl. »O Gott!« sagte er. »O mein Gott!«

»Das ist auch hier mit drin.« Ich deutete auf die Samuels-Papiere. »Ihr Freund Allen sagte, daß Sie sich den Babyplan während dieses Aufenthalts in Havanna ausgedacht haben.«

»Was ...« Betancourt unterbrach sich und errötete. »Was wollen Sie mir da anhängen?«

Ich setzte mich auf die Schreibtischkante und beugte mich weit zu ihm vor. »Soviel ich weiß, werden für die Bestimmung der Vaterschaft nur Blutproben der Mutter, des Vaters und des Babys verlangt. Sie als Anwalt wissen doch bestimmt, daß die Gerichte davon ausgehen, daß die medizinischen Testergebnisse zu 99,95 Prozent korrekt sind.«

»Woher wußten Sie, daß ich es war?« fragte er Maribel, ihr Gesicht, ihre Hände, ihren Körper musternd, als würde er sich erinnern.

Sie senkte den Blick. »Sie waren der einzige Freier, den ich je hatte. Als Sie weg waren und ich schwanger war, tat ich Señora Anna so leid, daß sie mich Hausarbeiten verrichten ließ und ich nie mehr mit Männern mitgehen mußte.«

Betancourt betrachtete Maribel noch eine Weile; dann wandte er den Blick von ihr. »Sagen Sie ihr, daß sie gehen soll.« Schweigend verließ Maribel den Raum. »Sie haben gewonnen. Ich mache alles, was Sie wollen.«

»Es gibt da natürlich noch eine zusätzliche Forderung.«

»Natürlich.« Wieder mal stand er auf, diesmal mit hängenden Schultern. »Ich werde mich finanziell um das Mädchen kümmern müssen.«

»Per monatlicher Zahlung. Ich helfe Ihnen, die Sache diskret zu gestalten.«

Betancourt sah zu mir auf, als hätte ich ihm kurz vor dem Sturz von einer Klippe einen Ast hingehalten. Dann nickte er und ging. Ich sah noch, wie er auf dem Weg nach draußen zu Maribel hinschielte.

Maribel kam rein und setzte sich auf den Stuhl, auf dem eben noch Betancourt gesessen hatte. Wahrscheinlich war er sogar noch warm. »Hast Du ein Taschentuch für mich, Lupe?«

»Aber sicher.« Ich gab ihr ein parfümiertes Leinentaschentuch aus meinem Schreibtisch, und sie wischte sich wie wild die Theaterschminke ab, mit der ich ihr Muttermal überdeckt hatte. Als sie fertig war, sahen wir einander an und lachten wie kleine Mädchen.

»Sie sind schlau!« sagte Maribel freudestrahlend. »Ich kann gar nicht glauben, daß er mich für das andere Mädchen gehalten hat, auch wenn Sie mein Muttermal versteckt haben. Maria Rosario und ich sehen uns zwar schon ein bißchen ähnlich, aber daß uns jemand verwechseln könnte, hätte ich nie gedacht!«

Mir war nach einer Zigarre zumute. Eigentlich bin ich ja Nichtraucherin, aber in diesem Moment wäre es genau das richtige gewesen. »Es war unser Glück, daß ihr beide so viel miteinander gesprochen habt, als die Mutter Oberin dich einsperren ließ«, sagte ich. »Ihre Geschichte von Betancourt war einfach perfekt.«

Ich erzählte ihr von den Unterhaltszahlungen, die ich aus Betancourt rausgeholt hatte, und sie schlug die Hand vor den Mund. »Das ist aber nicht recht!«

»Das alles war nicht recht. Aber Michelle wird gesund, und für dich habe ich ein bißchen Geld rausgeschlagen. Keine Sorge – es wird ihm nicht weh tun, und es ist das mindeste, was man von ihm verlangen kann.«

»Ich gehe bald fort von hier«, sagte Maribel plötzlich sehr ernst.
»Macht nichts. Ich veranlasse, daß dir das Geld geschickt wird.«
Sie überlegte kurz und sagte dann: »Ich nehme sein Geld.«
»Gut.«
»Im Krankenhaus haben sie mir gesagt, daß ich noch einmal Knochenmark spenden muß, dann bin ich fertig. Meine Tochter habe ich immer noch nicht gesehen, und ich glaube, ich werde auch nicht darum bitten, sie sehen zu dürfen.«
»Das tut mir sehr leid«, sagte ich, und ich meinte es ernst.
»Es braucht Ihnen nicht leid zu tun. Ich habe einen Cousin in Union City, in New Jersey. Ich glaube, ich fahre dorthin und suche mir ein Kloster, in dem ich wohnen kann. Ich schlage mich hier schon durch – bis Castro stürzt. Dann fahre ich wieder nach Hause.«
»Das ist ein guter Plan, Schätzchen. Ich bete für dich und für Michelle.« Ich ging um den Schreibtisch herum und umarmte sie.
Als Maribel weg war, überlegte ich mir, was ich der Polizei sagen sollte. Nachdem ich Samuels' und Betancourts Berichte über Reginas Ermordung und die jeweilige Schuldzuweisung gehört hatte, glaubte ich, ehrlich gesagt, eher dem Anwalt. Regina hatte Samuels' Vergangenheit aufgedeckt und, ganz im Stil einer alten cubanischen Katholikin, Betancourt angerufen, als sein Name aufgetaucht war. Wahrscheinlich würde ich nie erfahren, mit wem sie in North Carolina gesprochen und wer den von Samuels in Auftrag gegebenen Mord ausgeführt hatte, doch Samuels war der dafür Verantwortliche, und ihn konnte man nun nicht mehr einsperren.
In bezug auf einen anderen Punkt glaubte ich allerdings wiederum Samuels: Betancourt hatte Alberto Cruz getötet.

Alberto hatte immer gewußt, daß er ein hohes Risiko einging. Der Mann, der ihn bezahlt hatte, tötete ihn schließlich auch.

Während ich in diesen morbiden Gedanken versunken war, klingelte das Telefon. Es war Barbaras Sohn José, der aus dem Jackson Memorial Hospital anrief. Im Hintergrund herrschte ein solcher Lärm, daß ich ihn kaum verstand. Es klang, als wäre eine Riesenparty im Gange.

Plötzlich übertönte eine vertraute Stimme das Getöse. »Ist das Lupe? Gib mir das Telefon!«

»Barbara, wie geht's dir denn?«

»Ich habe Zwillinge geboren, Lupe! Einen Jungen und ein Mädchen, ist das zu fassen?« Sie lachte schallend auf. »Mann, wir hatten viel Spaß miteinander, was, Lupe?«

Ich versuchte ihr zu gratulieren, aber dann brüllte Barbara irgendwem in ihrem Zimmer etwas zu und war schon wieder ganz bei der Party. Ich legte auf, rief meinen Blumenhändler an und beauftragte ihn, einen Riesenstrauß – rosarote und blaue Blumen – in Barbaras Zimmer bringen zu lassen. Dann wählte ich eine vertraute Nummer.

»Tommy? Ich bin wieder da. Hast du Lust, heute abend auszugehen? Zerreiß das Testament, und besorg ein paar Flaschen Champagner. Wirst eine Menge Spaß haben heut' nacht, *querido*, das verspreche ich dir!«

Anne McLean Matthews

Die Höhle

Ein Psychothriller, 304 Seiten, gebunden.
Aus dem Amerikanischen von Friederike Zeininger

Eine mörderische Jagd durch unterirdische Gänge und die Abgründe des Unterbewußtseins – seit dem »Schweigen der Lämmer« eines der brillantesten Psychogramme von Täter und Opfer.
Die Psychologin Helen gerät in die Gewalt eines hochintelligenten Killers, der ein brutales Katz- und Mausspiel inszeniert. – Glaubt sie anfangs noch, den Mörder begreifen und ihm dadurch entkommen zu können, so muß sie bald erkennen, daß dieser Psychopath mit grausamer Raffinesse jeden ihrer Schritte manipuliert. Aus seinem Irrgarten des Bösen scheint es kein Entrinnen zu geben: jeder Ausweg entpuppt sich als neue Falle, in die er sie gelockt hat, und die entsetzlichste davon ist eine unterirdische, riesige Höhle …

Nikolaustag, 6.12.01
von Helga